Mick Herron

London Rules

Ein Fall für Jackson Lamb

ROMAN

Aus dem Englischen von
Stefanie Schäfer

Diogenes

Die englische Originalausgabe erschien 2018 bei
John Murray Publishers Ltd., London, an Hachette UK Company

Covermotiv: Design by Diogenes Verlag unter Verwendung
einer Fotografie von Tomas Anton Escobar / Unsplash

www.diogenes.ch
40/22/852/2
ISBN 978 3 257 30093 2

Für Sarah Hilary

1

Die Killer kamen in einem sandfarbenen Jeep und machten mit dem Dorf kurzen Prozess.

Sie waren zu fünft und trugen uneinheitliche Militärkleidung, zwei von ihnen in Schwarz, die anderen in verschiedenfarbigen Tarnmustern. Halstücher bedeckten die untere Gesichtshälfte, Sonnenbrillen die obere, und sie hatten schwere Stiefel an, als hätten sie die umliegenden Hügel auf die harte Tour überquert. An ihren Gürteln hing Gefechtsausrüstung. Als der Erste aus dem Fahrzeug stieg, warf er eine Wasserflasche auf den Sitz hinter sich; die Bewegung spiegelte sich in den Gläsern seiner Pilotenbrille wider.

Es war kurz vor Mittag, und die Sonne stand so weiß am Himmel, wie es die Einheimischen gewohnt waren. Irgendwo in der Nähe plätscherte Wasser über Steine. Die letzten Unruhestifter, die hier aufgetaucht waren, hatten Schwerter getragen.

Die Männer stiegen aus dem Auto, reckten sich am Straßenrand und spuckten auf den Gehsteig. Sie sagten kein Wort. Sie schienen keine Eile zu haben, wirkten aber dennoch konzentriert und angespannt. Es war Teil der Operation: ankommen, die Glieder lockern und dehnen. Sie waren lange in der Hitze unterwegs gewesen. Es hatte keinen Sinn, loszulegen, bevor sie ihre Körper nicht wieder voll unter Kontrolle hatten und ihren Reflexen vertrauen konnten. Dabei spielte es keine Rolle, dass sie Aufmerksamkeit erregten, denn niemand, der sie beobachtete, konnte beeinflussen, was geschehen würde. Vorgewarnt zu sein bedeutete nicht unbedingt auch gewappnet zu sein. Die Dorfbewohner hatten nichts weiter als Stöcke.

Auf einen dieser Stöcke – ein uraltes Ding, das in vielem seinem Ursprungsbaum glich, knorrig und rau, aber zugleich robust und verlässlich – lehnte sich ein älterer Mann, dessen wettergegerbtes Aussehen ihn als Bauer auswies. Doch irgendwo in seinem Kopf verbarg sich womöglich eine Erinnerung an den Krieg, denn er schien als Einziger von all jenen, die den Ankömmlingen bei ihren Übungen zusahen, ihre Absichten zu erahnen. In seinen Augen, die von der Sonne bereits ein wenig tränten, spiegelte sich Angst und zugleich eine gewisse Resignation, als hätte er schon immer gewusst, dass dies oder etwas Ähnliches auf ihn zukommen und ihn verschlingen würde. Nicht weit entfernt unterbrachen zwei Frauen ihre Unterhaltung. Die eine hielt eine Stofftasche in der Hand. Die andere hob langsam die Hände an den Mund. Ein barfüßiger Junge trat aus einer Tür hinaus ins Sonnenlicht, die Augen gegen das grelle Licht zusammengekniffen.

In der Nähe rasselte eine Kette, als ein Hund seine Grenzen austestete. In einem behelfsmäßigen Hühnerstall, dessen Gitter und Holzstreben ein Flickenteppich aus recycelten Materialien waren, hockte ein Huhn und legte ein Ei, das keiner je einsammeln würde.

Hinten aus ihrem Jeep holten die Männer Waffen, schlank und schwarz und grauenvoll.

Das letzte normale Geräusch war von dem alten Mann zu hören, der seinen Stock fallen ließ. Dabei bewegte er die Lippen, aber kein Ton kam heraus.

Und dann begann es.

Von Weitem hätte es ein Feuerwerk sein können. In den umliegenden Hügeln schwangen sich die Vögel ängstlich flatternd in die Luft, während im Dorf die Katzen und Hunde in Deckung sprangen. Querschläger machten sich selbstständig, kreisten in wahllosen Schleifen und wirbelten herum, als imitierten sie einen Volkstanz; der Hühnerstall zerbarst in tausend Teile, und Kerben wurden in Steine geschlagen, die jahrhundertelang unversehrt geblieben waren. Doch andere Kugeln fanden ihr Ziel. Der alte Mann stürzte neben seinen Stock zu Boden, und die beiden Frauen wurden in entgegengesetzte Richtungen geschleudert, auseinandergerissen von Bleigeschossen, die weniger wogen als ihre Finger. Der barfüßige Junge versuchte zu fliehen. In den Hügeln gab es Tunnel in den Felsen, und mit ein wenig Zeit hätte er vielleicht den Weg dorthin gefunden und in der Dunkelheit gewartet, bis die Mörder verschwunden waren, aber diese Möglichkeit wurde durch eine Kugel zunichtegemacht, die ihn im Nacken traf und ihn den kurzen Hang hinunter zum Fluss schleuderte, der heute kaum mehr als ein Rinnsal war. Die Dorfbewohner im Freien zerstreuten sich jetzt, rannten auf die Felder, suchten Schutz hinter Mauern und in Gräben, und selbst diejenigen, die nicht gesehen hatten, was geschah, hatte die Angst erfasst, denn die Katastrophe ist ihr eigener Herold, der seine Ankunft den Frühaufstehern und Nachzüglern gleichermaßen verkündet. Sie hat einen bestimmten Geruch, eine eigene Tonlage. Sie lässt Mütter nach ihren Kindern schreien und die Alten Gott anflehen.

Zwei Minuten später war alles vorbei, und die Mörder verschwanden. Der Jeep, der während des kurzen Gemetzels im Leerlauf gewartet hatte, ließ im Davonrasen den Kies aufspritzen, und dann herrschte für kurze Zeit Stille. Das sich entfernende Motorgeräusch verschmolz mit der Landschaft und verlor sich. Ein Mäusebussard am Himmel stieß seinen katzenartigen Schrei aus. In der Nähe drang ein Gurgeln aus einer zerfetzten Kehle, als ränge jemand mit einer neuen Sprache, deren erste Worte auch ihre letzten waren. Dahinter, dann darüber und bald überall ertönten die Schreie der Überlebenden, für die jegliches vertraute Leben ebenso erloschen war wie für die Toten.

Innerhalb weniger Stunden karrten Lastwagen weitere Männer mit Gewehren heran, die diesmal nicht das Dorf, sondern die umliegenden Hänge ins Visier nahmen. Hubschrauber landeten und brachten Ärzte und Militärpersonal; andere pflügten den Himmel in orchestrierter Wut, während sich Fernsehkameras anklagend auf den Schauplatz des Verbrechens richteten. Auf den Straßen wurden die Toten mit Leichentüchern bedeckt, entlaufene Hühner pickten entlang des Flusses im Dreck. Eine Glocke läutete, oder zumindest würden sich die Leute später an Glockengeläut erinnern. Vielleicht war es aber auch nur Einbildung. Sicher war jedoch, dass sich über den knatternden Hubschraubern immer noch ein Himmel spannte, dessen Blau ungetrübt blieb, dass hoch oben ein Bussard schrie und die erstarrten Hügel von Derbyshire lange Schatten warfen.

ERSTER TEIL
Cool Cats

2

In manchen Gegenden der Welt kommt die Morgendämmerung mit rosigen Fingern, um die Falten zu glätten, die die Nacht hinterlassen hat. In der Aldersgate Street jedoch, im Londoner Stadtteil Finsbury, kommt sie mit Panzerknackerhandschuhen, um keine Abdrücke auf Fensterbänken und Türklinken zu hinterlassen; sie linst durch Schlüssellöcher, testet Schlösser aus und checkt ganz allgemein die Lage vor Tagesanbruch. Die Morgendämmerung ist auf ungefegte Ecken und staubige Oberflächen spezialisiert, auf die Winkel und Kammern, die der Tag nur selten zu Gesicht bekommt, denn dieser ist vollauf mit Geschäftsterminen und Organisatorischem beschäftigt, während die Rolle seiner jüngeren Schwester darin besteht, im anbrechenden Zwielicht umherzuschleichen, nie sicher, was sie dort findet. Es ist eine Sache, Licht auf etwas zu werfen. Man kann nur nicht unbedingt erwarten, dass es auch glänzt.

Als die Morgendämmerung Slough House erreicht – ein schäbiges Gebäude, dessen Erdgeschoss ein schmieriges chinesisches Restaurant auf der einen und einen darbenden Zeitungskiosk auf der anderen Seite beherbergt und dessen Eingangstür, von Zeit und Witterung verdreckt, nie geöffnet wird –, schleicht sie auf Einbrecherpfaden hinein, über die gegenüberliegenden Dächer, und ihr erster Anlaufpunkt ist das Büro von Jackson Lamb, das im obersten Stockwerk liegt. Hier findet sie ihre einzige tätige Konkurrentin vor, eine Schreibtischlampe auf einem Stapel von Telefonbüchern, die schon so lange ihren Zweck als Stütze erfüllen, dass ihre verblichenen Umschläge eine unfreiwillige Verbindung eingegangen und die Bände miteinander verklebt sind. Der Raum ist beengt und unheimlich, wie ein Zwinger, doch am meisten fällt sein Zustand der Verwahrlosung ins Auge. Es heißt, Psychopathen verzierten ihre Wände gern mit verrückten Schriftzügen, Schleifen und Wirbeln unendlicher Gleichungen, in dem Versuch, den Code zu knacken, dem ihr Leben unterworfen ist. Lamb lässt lieber die Wände für sich sprechen, und sie haben insofern kooperiert, dass die Risse in ihrem Verputz und ihre Schimmelflecken hier und da etwas hervorgebracht haben, das fast einer echten Schrift gleichkommt – eine hingekritzelte Bemerkung vielleicht –, aber allzu schnell verschwimmt und verblasst jeglicher Sinn, den diese Zeichen enthalten könnten, als hätte sie eine Hand wie von selbst geschrieben und dann entgegen der Weisheit der Jahrhunderte beschlossen, sie wieder wegzuradieren.

Lambs Zimmer lädt nicht zum Verweilen ein, und die Morgendämmerung hält sich ohnehin nirgendwo lange auf. Im Büro gegenüber findet sie weniger Verstörendes. Hier herrscht Ordnung, und es liegt eine ruhige Effizienz in der Art und Weise, wie die Ordner gestapelt sind – ihre Kanten in einer Linie mit dem Schreibtisch, und von gleich langen, zu Schleifen gebundenen Bändern gehalten –, im geleerten Papierkorb und den staubfreien Oberflächen der gepflegten

Regale. Das Zimmer strahlt eine Ruhe aus, die nicht zu Slough House passt, und wenn man zwischen diesen beiden Räumen, der Höhle des Chefs und dem Schlupfwinkel Catherine Standishs, hin und her pendeln würde, könnte sich ein Gleichgewicht einstellen, das dem Haus Frieden bringen könnte, auch wenn dieser vermutlich nur von kurzer Dauer wäre.

Ebenso wie die Anwesenheit der Morgendämmerung in Catherines Zimmer, denn die Zeit fliegt. Eine Etage tiefer befindet sich eine Küche. Die Lieblingsmahlzeit der Morgendämmerung ist das Frühstück, das manchmal nur aus Gin besteht, aber so oder so würde sie hier wenig Nahrung finden, da die Schränke selbst eine Kirchenmaus enttäuschen würden. Es gibt weder Keksdosen noch Konservengläser, weder Notfallschokolade noch Obstschalen oder Knäckebrotpackungen, die die Oberfläche der Anrichte verschandeln; lediglich vereinzelte Teile Plastikbesteck, einige angeschlagene Tassen und einen erstaunlich neuen Wasserkocher. Ein Kühlschrank ist zwar vorhanden, aber er enthält nichts außer zwei Dosen Energydrink, beide mit der Aufschrift »Roddy Ho«, und dahinter in unterschiedlicher Schrift die Ergänzung »ist ein Idiot«, sowie einen Becher Hummus, der entweder mit Minzgeschmack oder aus einem anderen Grund grün ist. Rings um das Gerät hängt ein Geruch, der entfernt an Verwesung erinnert. Glücklicherweise besitzt die Morgendämmerung keinen Geruchssinn.

Nachdem sie kurz die beiden Büros auf dieser Etage durchstreift hat – unscheinbare Räume, deren Farbgebung nur noch in alten Musterbüchern mit gelbgrau verblassten Seiten existiert – und die dunkle Stelle unter dem Heizkörper umgangen hat, wo scheinbar ein Leck eine Art Rostfleck hinterlassen hat, findet sie sich auf der alten, klapprigen Treppe wieder, die nur von der Morgendämmerung geräuschlos benutzt werden kann – und auch, nicht zu vergessen, von Jackson Lamb, der, sofern ihm danach ist, so leise wie ein frisch heraufbeschworenes Gespenst durch Slough House zu wandern vermag, wenn auch etwas korpulenter. Zu anderen Zeiten zieht Lamb die direkte Annäherung vor und nimmt die Treppe in Angriff wie ein Bär, der eine Schubkarre schiebt, falls die Schubkarre voller Blechdosen und der Bär betrunken wäre.

Mehr wachsames Gespenst als betrunkener Bär, erreicht die Morgendämmerung die letzten beiden Büros und findet wenig, was sie von denen im Stockwerk darüber unterscheidet, abgesehen vielleicht von der leicht strukturierten Beschaffenheit des Anstrichs hinter einem Schreibtisch, als hätte man dort frische Farbe aufgetragen, ohne vorher die Wand richtig zu reinigen, und als wäre irgendeine klumpige Substanz auf dem Putz zurückgeblieben: Am besten, man hinterfragt nicht lange, was das sein könnte. Ansonsten strahlt dieses Büro die gleiche Atmosphäre von frustriertem Ehrgeiz aus wie die übrigen, und für etwas so sensibles wie die leichtfüßige Morgendämmerung enthält es zudem eine Erinnerung an Gewalt und womöglich das Versprechen von weiterer Aggression, die noch folgen würde. Doch die Morgendämmerung weiß, dass Versprechen leicht gebrochen werden, und die Aussicht hält sie keinen Moment lang auf. Sie wandert weiter, die letzte Treppe hinunter und irgendwie durch die Hintertür, ohne sie anstoßen zu müssen, obwohl sie sich bekanntlich normalem Gebrauch widersetzt. In dem feuchten kleinen Hof hinter Slough House hält die Morgendämmerung inne, wohl wissend, dass ihre Zeit fast abgelaufen ist, und genießt diese letzten kühlen Momente. Früher hätte sie vielleicht ein Pferd gehört, das die Straße hinaufschritt; in jüngerer Zeit hätte das fröhliche Brummen eines Milchwagens ihr die letzte Minute vertrieben. Doch heute ertönt nur das Heulen eines Krankenwagens, der spät dran ist, und als das Echo seines durchdringenden Wehklagens zwischen Mauern und Gebäuden verhallt, ist die Morgendämmerung verschwunden und dem Tag gewichen, der, kaum in den Sog von Slough House geraten, keineswegs mehr jene Verkörperung von Fleiß und Geschäftigkeit darstellt, die er zu sein drohte. Stattdessen ist er – wie der Tag vor ihm und der Tag davor – nur ein weiteres träges Zwischenspiel, dessen Sekunden bis zu seinem Verschwinden gezählt werden, aber da er genau weiß, dass keiner der Bewohner etwas tun kann, um sein Ende herbeizuführen, lässt er sich Zeit damit, seine Zelte aufzuschlagen. Lässig, selbstgefällig, unbehelligt von Zweifeln oder Pflichten, verteilt er sich auf die Büros von Slough House und lässt sich dann, wie eine faule Katze, in den wärmsten Ecken zum Dösen nieder, während um ihn herum nicht viel passiert.

Roddy Ho, Roddy Ho, reitet durch die Lande.

(Ein echter Ohrwurm!)

Voller Stolz und Wagemut folgt ihm seine Bande.

Manche halten Roderick Ho für einen Fachidioten, einen lupenreinen Computernerd, dafür aber weniger bewandert in anderen Bereichen des Lebens, etwa wenn es darum geht,

Freunde zu finden, vernünftig zu sein und T-Shirts zu bügeln. Aber wer so denkt, hat ihn noch nicht in Aktion gesehen. Hat ihn noch nicht auf Streifzug erlebt.

Mittagszeit in der Nähe der Aldersgate Street. Rechts die hässlichen Betontürme des Barbican Centres, links eine kaum ansehnlichere Wohnsiedlung. Aber es ist ein tödliches Pflaster, dieser wenig beachtete Teil Londons, ein Schlachtfeld, auf dem einem ein falscher Schritt zum Verhängnis werden kann. Man hat nur eine Chance, einen Skalp zu erbeuten, und Roddy Hos Beute könnte überall sein.

Er wusste verdammt genau, dass er nahe dran war.

Also bewegte er sich panthergleich zwischen geparkten Autos hindurch und hielt neben einem Plakat inne, das irgendeine städtische Attraktion verkündete. In sein Ohr, auf das die Beats aus seinem iPod einhämmerten wie auf einen Zaunpfahl, kreischte ein überdrehter Mittvierziger zärtlich von seinem Plan, seine Freundin zu töten und zu essen. An Roddys Kinn war der Bart, den er sich im letzten Winter hatte wachsen lassen, inzwischen etwas fachmännischer gestutzt, weil er auf die harte Tour gelernt hatte, dass Küchenscheren dazu nicht taugen. Auf dem Kopf trug Roddy neuerdings eine Basecap. Image ist wichtig, das wusste Roddy. Die Marke zählt. Wenn du willst, dass die Öffentlichkeit deinen Avatar erkennt, muss dein Avatar ein Statement setzen. Seiner persönlichen Meinung nach hatte er diesen Aspekt perfekt getroffen. Ein gepflegter kleiner Ziegenbart und eine Baseballkappe: Originalität und Stil. Roderick Ho verkörperte das Gesamtpaket, so wie Brad Pitt früher, vor dem Schlamassel.

Eine echte Marktlücke, wenn man es recht bedachte. Er musste mal mit Kim, seiner Freundin, über einen Künstlernamen beratschlagen.

Koddy.

Rim …?

Nee. Da war noch Luft nach oben.

Aber darum würde er sich später kümmern, denn jetzt war es an der Zeit, das Lockmodul zu aktivieren, diese Kreatur ins Freie zu holen und sie zu Fall zu bringen. Das erforderte Kraft, Timing und den Einsatz von Waffen, kurz gesagt: seine Kernkompetenzen … Wer auch immer sich Pokémon GO ausgedacht hatte, musste Roderick Ho auf der Kurzwahltaste seiner Muse gehabt haben. Die Namen reimten sich sogar – als wäre er für das Spiel geboren. Her mit dem Sternenstaub, dachte er. Her mit jeder Menge Sternenstaub, und dann seht euch an, wie der Rodster strahlt!

Als bestünde er nur aus Reflexen, Sehnen und Konzentration, flimmerte Ho durch die Mittagsluft, als wäre er der coolste aller coolen Typen, der fieseste aller Ärsche, der Daddy aller harten Kerle, einem Feind auf der Spur, der nicht existierte.

Ein Stück weiter die Straße runter drehte ein Feind, der durchaus existierte, den Zündschlüssel und fuhr aus der Parklücke.

An diesem Morgen hatte Catherine Standish auf dem Weg zur U-Bahn beim Zeitungshändler vorbeigeschaut, um einen *Guardian* zu kaufen. Hinter der Ladentheke war ein stählernes Rollo runtergelassen, um die vielen Zigarettenschachteln zu verbergen, damit ein verirrter Blick nicht den

Weg zu einem frühen Tod bereitete, während zu ihrer Linken, in der obersten Reihe des Regals, die wenigen pornografischen Magazine, die das digitale Zeitalter überlebt hatten, in Plastikhüllen eingeschweißt waren, die ihre Wirkung auf wollüstige Gemüter neutralisieren sollten. Diese ganzen sorgfältigen Schutzmaßnahmen, dachte sie, um uns vor Impulsen zu schützen, die wir als schädlich erachten, und dann steht gleich neben der Tür ein Regal mit Wein im Sonderangebot, zwei Flaschen für neun Pfund, und hinten an der Theke reihten sich die Spirituosen, die alle verlockend um zwei Pfund reduziert waren. Zwar war nichts für echte Genießer dabei, aber immerhin hätte jede einzelne von ihnen den verbohrtesten Kenner sturzbetrunken und offen für Angebote machen können.

Sie kaufte ihre Zeitung, nickte zum Dank und trat wieder hinaus auf die Straße.

Als sie an ihrer Haltestellte ausstieg, erinnerte sie sich daran, dass sie an der Reihe war, Milch fürs Büro zu kaufen – keine große Gedächtnisleistung: Sie war immer an der Reihe, Milch zu holen –, und ging in den Laden neben Slough House, wo die Milch, Seite an Seite mit Bier und fertig gemixtem Gin Tonic in Dosen, im Kühlschrank stand. Schon zum zweiten Mal, dachte sie, hätte sie eine Fahrkarte in die Unterwelt kaufen können, bevor ihr Tag überhaupt begonnen hatte. Die meisten Sünden erforderten ein wenig Anstrengung. Doch eine trockene Alkoholikerin konnte im Leerlauf dahinrollen – die Versuchungen kamen von selbst vorbei.

Daran war nichts Ungewöhnliches. Es war nur die Oberflächenspannung, der alltägliche Spießrutenlauf der ehemaligen Trinkerin. Um die Mittagszeit, die Verlockung der dunklen Seite hinter sich, war Catherine in die Arbeit des Tages vertieft: die Erstellung des halbjährlichen Rechnungsabschlusses der Abteilung, der eine Begründung für »außerplanmäßige Ausgaben« enthielt. Davon hatte es dieses Jahr in Slough House eine ganze Menge gegeben: kaputte Türen, Teppichreinigung; all das, was ein bewaffneter Überfall so mit sich bringt. Die meisten Reparaturen waren schlampig ausgeführt worden, was Catherine weder überraschte noch besonders störte: Sie hatte sich längst an den zweitklassigen Status gewöhnt, den die Slow Horses genossen. Wesentlich mehr Sorgen machte sie sich wegen der langfristigen Schäden, die bei den Slow Horses selbst zurückgeblieben waren. Shirley Dander verhielt sich verdächtig ruhig, auf eine Art wie sich Catherine Eisberge halb verborgen unter der Oberfläche vorstellte, kurz bevor sie Ozeandampfer zum Sinken brachten. River Cartwright war ebenfalls noch verschlossener als sonst. Und was J. K. Coe anging, so erkannte Catherine eine Handgranate, wenn sie eine sah. Und sie glaubte nicht, dass sein Bolzen besonders festsaß.

Roddy Ho war natürlich derselbe wie immer, aber das war eher Last als Trost.

Gut, dass wenigstens Louisa Guy relativ zurechnungsfähig war.

Catherine wühlte sich durch die Papierstapel vor ihr, deren Kanten sauber, wenn auch nicht neurotisch penibel ausgerichtet waren, korrigierte die Zahlen, wo Lambs Eintragungen zu ungenau und offensichtlich fehlerhaft waren, und ersetzte seine Rechtfertigungen (»weil ich es verdammt noch mal sage«) durch eigene, diplomatischere Formulierungen. Wenn es an der Zeit war, nach Hause zu fahren, würde sie sich erneut den vielen Versuchungen stellen müssen. Doch wenn der tägliche Umgang mit Jackson Lamb sie eines gelehrt hatte, dann sich nicht über die kleinen Herausforderungen des Lebens aufzuregen.

Er hatte die Angewohnheit, ihr mehr als genug vorzusetzen, worüber sie sich Sorgen machen musste, und zwar von allen Seiten und unausweichlich.

Shirley Dander hatte zweiundsechzig Tage hinter sich.

Zweiundsechzig drogenfreie Tage.

Man konnte sie auf dem Kalender abstreichen.

Hätte man tun können: Shirley tat es nicht. Zweiundsechzig war nur eine Zahl, genau wie einundsechzig, und wenn sie zufällig mitzählte, dann nur, weil die Tage alle dem immergleichen Ablauf folgend verstrichen waren: sehr, sehr langsam. Morgens hakte sie die Minuten ab, nachmittags zählte sie die Sekunden, und mindestens einmal am Tag starrte sie die Wände an, besonders die hinter dem ehemaligen Schreibtisch von Marcus. Als sie Marcus das letzte Mal gesehen hatte, hatte er an dieser Wand gelehnt, auf seinem weit nach hinten gekippten Bürostuhl. Sie war danach gestrichen worden. Halbherzig und schlampig.

Und so sah Shirleys Lösung für dieses Problem aus: an etwas anderes denken.

Es war Mittagszeit, und draußen schien die Sonne hell und warm. Shirley war auf dem Weg zurück nach Slough House, um dort den Nachmittag in erzwungener Trägheit zu verbringen, und anschließend würde sie rüber nach

Shoreditch trudeln und sich zur letzten ihrer AFM-Sitzungen schleppen … Acht Monate lang Anger-Fucking-Management-Sitzungen, und heute Abend würde sie offiziell für wutfrei erklärt werden. Es hatte Andeutungen gegeben, dass sie vielleicht sogar eine Anstecknadel bekommen würde. Das könnte zum Problem werden – wenn jemand versuchen sollte, ihr einen Button anzuheften, konnte er seine Zähne in einem Taschentuch nach Hause tragen –, aber zum Glück hatte sie etwas einstecken, auf das sie sich konzentrieren konnte; etwas, das ihr über alle heiklen Momente hinweghelfen würde, die zu einer Verlängerung der gerichtlich angeordneten Therapie führen könnten.

Ein hübsches kleines Päckchen mit dem besten Koks, das weit und breit erhältlich war; ihre Belohnung für den Abschluss des Kurses.

Zweiundsechzig war vielleicht nur eine Zahl, aber Shirley hatte nicht die Absicht, noch weiter zu gehen.

Ihre Abstinenz hatte dazu geführt, dass sie einen Gang zurückgeschaltet hatte und ihr die Welt in letzter Zeit fader, grauer und weniger provokativ erschienen war. Das half zwar bei dieser AFM-Geschichte, aber es fing an, sie zu nerven. Letzte Woche hatte sie einen Anruf von einem Unbekannten erhalten, der irgendeinen Mist über eine falsch verkaufte Versicherung erzählte, und Shirley hatte nicht mal gesagt, dass er sich seine blöde Versicherung in den Hintern stecken sollte. Allerdings fühlte es sich weniger so an, als hätte sich ihre innere Einstellung geändert, sondern es war vielmehr wie eine Kapitulation. Ihr Plan sah also folgendermaßen aus: den letzten Tag überstehen, sich von der Therapeutin – die Shirley eines Abends nach Hause verfolgen und umbringen würde – auf die Schulter klopfen lassen und anschließend in die Clubs gehen, sich ordentlich volllaufen lassen und wieder lernen zu leben. Zweiundsechzig Tage waren genug und bewiesen ihre stets behauptete Theorie, dass sie jederzeit aufhören könne, wenn sie wollte.

Außerdem war Marcus jetzt schon lange tot. Er würde ihr deswegen also nicht auf die Nerven gehen.

Aber an Marcus zu denken war verboten.

Sie ging also an der Siedlung vorbei in Richtung Aldersgate Street, mit Koks in der Tasche und in Gedanken schon bei dem bevorstehenden Abend, als sie fünf Meter vor sich zweierlei sah, was sich komisch verhielt.

Das eine war Roderick Ho, der eine Art Tanz mit seinem Handy aufführte.

Das andere war ein herannahender silberner Honda, der nach links abbog, wo man gar nicht links abbiegen konnte.

Er bretterte auf den Bürgersteig und direkt auf Ho zu.

Also, die Sache ist die, dachte Louisa Guy. Wenn ich Bibliothekarin hätte werden wollen, wäre ich Bibliothekarin geworden. Ich wäre auf die Bibliothekarinnenschule gegangen, hätte Prüfungen abgelegt und genug Bibliotheksmarken für eine Bibliothekarinnenuniform gespart. Was auch immer man von einer Bibliothekarin erwartet, ich hätte es getan: genau nach Vorschrift. Und von allen Bibliothekarinnen weit und breit wäre ich mit Abstand die beste gewesen; die Art von Bibliothekarin, von der andere Bibliothekarinnen Lieder singen, wenn sie sich um ihre Bibliotheksfeuer versammeln.

Nur eines hätte ich garantiert nicht getan, nämlich dem

Geheimdienst beizutreten. Denn das wäre doch einfach absurd.

Und doch bin ich hier.

Hier war sie.

Hier in Slough House, wo sie durch die Ausleihstatistiken der Bibliotheken scrollte und recherchierte, wer in den letzten Jahren bestimmte Titel ausgeliehen hatte. Bücher wie *Der Islam ruft* und *Die Bedeutung des Dschihad.* Und hätte jemand tatsächlich ein Buch namens *Wie man gegen eine Zivilbevölkerung Krieg führt* geschrieben, wäre das auch auf der Liste gelandet.

»Ist es wirklich wahrscheinlich«, hatte sie gefragt, als ihr das Projekt übergeben wurde, »dass die Zusammenstellung einer Liste von Personen, die bestimmte Bücher aus der Bibliothek ausgeliehen haben, uns helfen wird, angehende Terroristen aufzuspüren?«

»So gesehen«, hatte Lamb geantwortet, »stehen die Chancen wahrscheinlich eine Million zu eins.« Er schüttelte den Kopf. »Ich gebe ganz offen zu: Ich möchte nicht in Ihrer Haut stecken.«

»Danke. Aber warum führen die Bibliotheken diese Bücher überhaupt, wenn sie so gefährlich sind?«

»Falsch verstandene politische Korrektheit«, erklärte Lamb betrübt. »Ich bin ein fanatischer Gegner der Zensur, wie Sie wissen. Aber manche Bücher sollten einfach verbrannt werden.«

Genau wie manche Chefs. Drei Monate lang hatte sie an dieser Liste gearbeitet, für die sie die Statistiken des öffentlichen Verleihrechts mit den Datenbanken der einzelnen Bezirksbibliotheken abgeglichen hatte. Sie erstreckte sich nun über knapp die Hälfte eines DIN-A4-Blattes, und sie war in der alphabetischen Liste der Grafschaften bei Buckinghamshire angekommen. Gott sei Dank musste sie nicht das gesamte Vereinigte Königreich abdecken, denn dafür hätte sogar eine echte Bibliothekarin Jahre gebraucht.

Nicht das ganze Land, nein. Nur England, Wales und Nordirland.

»Scheiß auf Schottland«, hatte Lamb erklärt. »Wenn die unbedingt unabhängig sein wollen, sollen sie ihre Drecksarbeit selber machen.«

Ihr einziger Verbündeter bei ihrer nicht enden wollenden Aufgabe war die Regierung, die sie unterstützte, indem sie so viele Bibliotheken wie möglich schloss.

Im Kampf gegen den Terror nimmt man jede Hilfe an, die man kriegen kann.

Louisa kicherte vor sich hin, denn manchmal musste man das, sonst wurde man verrückt. Es sei denn, das Kichern war der Beweis, dass man bereits verrückt geworden war. J. K. Coe musste es wissen, nicht so sehr wegen seiner angeblichen Expertise in psychologischer Beurteilung, sondern weil er selbst ein Borderline-Spinner war. Willkommen in Slough House – alles klar auf der Andrea Doria.

Louisa stieß sich von ihrem Schreibtisch ab und stand auf, um sich zu strecken. In letzter Zeit war sie öfter im Fitnessstudio und wurde jetzt schnell kribbelig, wenn sie längere Zeit an ihren Computer gefesselt war. Durch das Fenster sah sie auf der Aldersgate Street das übliche, wenig verheißungsvolle Gemisch aus aggressivem Verkehr und gehetzten Passanten. Niemand schlenderte jemals durch diesen Teil Londons; er war lediglich eine Zwischenstation auf dem Weg woandershin. Es sei denn, man war ein Spion auf dem Abstellgleis – in diesem Fall war die Reise dort zu Ende.

Mein Gott, wie sie sich langweilte!

Und dann, wie um sie zu trösten, lenkte die Welt sie ein wenig ab: Aus der Ferne war ein Kreischen und ein Aufprall zu hören, der Lärm eines Verkehrsunfalls.

Was war passiert?

Hallo Tina,
nur eine kurze Nachricht, um dir mitzuteilen, wie es hier in Devon läuft – nicht gut, um ehrlich zu sein. Man hat mir gesagt, dass ich Ende des Monats entlassen werde, weil der Sohn der Schwester des Chefs einen Job braucht, also muss jemand für den kleinen Scheißer Platz machen. Vielen Dank auch!
Aber es ist nicht alles schlecht, der Chef weiß nämlich, dass er mir etwas schuldet, und hat mir über einen seiner Kontakte einen sechsmonatigen Job in – stell dir vor – Albanien beschafft! Aber es ist eine einfache Sache, die Verkabelung von drei Hotelneubauten, und das Leben dort ist billig, von daher werde ich

Coe hielt mitten im Satz inne und starrte durch das Fenster auf das Barbican gegenüber. Es war ein Orwellscher Albtraum von einem Komplex, eine Betonmonstrosität, aber Ehre, wem Ehre gebührt: Wie die berühmt-berüchtigten Nachtclubbesitzer und Kriminellen Ronnie und Reggie Kray in den 1960er-Jahren hatte das Barbican seinen Status als brutales Stück Scheiße überwunden und stattdessen Ikonenstatus erlangt. Aber das waren die Londoner Regeln: Zwinge andere, dich zu akzeptieren, und zwar zu deinen Bedingungen. Und wenn es ihnen nicht passt, muss man ihnen so lange auf die Nerven gehen, bis sie dazu bereit sind.

Jackson Lamb, zum Beispiel. Nein, das war ein schlechtes Beispiel: Lamb war es völlig egal, zu wessen Bedingungen man ihn akzeptierte. Er machte sowieso weiter. Er blieb einfach da.

Tina hingegen war es nicht, oder würde es nicht mehr lange sein. Tina war ohnehin nicht ihr richtiger Name. J. K. Coe fand es schlicht einfacher, diese Briefe zu verfassen, wenn sie mit einem richtigen Namen versehen waren; aus demselben Grund unterzeichnete er sie immer mit Dan. Dan – wer auch immer er war – war ein verdeckter Ermittler, der sich in diejenige Gruppe von Aktivisten einmischte, die gerade zu extrem wurde (Tierschützer, Umweltschützer, die Fangemeinde der Radio-Seifenoper *The Archers*), während Tina – wer auch immer sie war – jemand war, mit dem er sich im Laufe der Zeit angefreundet hatte. Es gab immer eine Tina. Damals, als Coe beim Psychologischen Dienst war, hatte er eine Studie über Tinas beiderlei Geschlechts verfasst; die Agenten im Einsatz wurden davor gewarnt, emotionale Bindungen zu der untersuchten Gruppe zu entwickeln, aber sie taten es trotzdem immer wieder. Man konnte niemanden effizient verraten, wenn man ihn nicht zuerst liebte. Wenn die Operation beendet war und Dan an die Oberfläche zurückkehrte, musste es Briefe geben; ein langer Abschied, der sich über Monate erstreckte. Zuerst zog Dan aus der Gegend weg, ziemlich weit weg, aber nicht unerreichbar. Er meldete sich noch sporadisch, dann bekam er ein besseres Angebot und zog ins Ausland. Die Briefe oder E-Mails gerieten ins Stocken und hörten irgendwann ganz auf. Und bald würde Dan vergessen sein, von allen außer von Tina, die seine Briefe in einem Schuhkarton unter ihrem Bett aufbewahrte und nach ihrem dritten Glas Chardonnay Albanien auf Google Earth suchte. Anstatt ihn zum Beispiel vor Gericht zu zerren, weil er sie unter Vorspiegelung falscher Tatsachen gevögelt hatte. Niemand hatte Lust, sich auf so etwas einzulassen.

Aber natürlich schreiben die Joes, die Agenten im Außendienst, die Briefe nicht selbst. Das war ein Job für Spione wie J. K. Coe, die sich die Tage in Slough House um die Ohren schlugen. Und um ehrlich zu sein, hatte er mit dieser Aufgabe noch Glück. Die meisten Leute, die einen Typen in Handschellen erschossen hatten, hätten mit einer höheren Strafe rechnen müssen. Glücklicherweise hatte Coe das am Ende einer Reihe von Ereignissen getan, die für die Geheimdienste insgesamt so schmerzhaft kompromittierend waren, dass sie – wie Lamb bemerkt hatte – einen »riesigen, stinkenden Scheißhaufen« offenbarten und dem Regent's Park keine andere Wahl gelassen hatten, als einen Teppich des Schweigens über alles zu breiten und Slough House darunterzufegen. Die Slow Horses waren das natürlich gewohnt. Wären sie nicht ohnehin schon lahme Gäule gewesen, wären sie jetzt stattdessen Staubmäuse.

Coe knackte mit den Fingerknöcheln und fügte seinem Brief die Worte »in der Lage sein, ein bisschen was zu sparen« hinzu. Ja, genau; Dan würde ein bisschen was sparen, dann ein albanisches Mädchen kennenlernen und – langer Rede kurzer Sinn – nie wieder nach Hause kommen. In der

Zwischenzeit würde der echte Dan längst wieder undercover sein, bei einem anderen Einsatz, und der Ball würde in eine neue Richtung rollen. In der Spook Street, der Straße der Spione, standen die Räder nie still. Es sei denn, man befand sich in Slough House. Aber es bestand ein großer Unterschied zwischen J.K. Coe und den anderen Slow Horses, und zwar der, dass er keineswegs dort sein wollte, wo die Action war. Wenn er den ganzen Tag hier sitzen und tippen könnte und nie ein Wort mit jemandem reden müsste, wäre ihm das recht. Denn sein Leben geriet allmählich wieder ins Gleichgewicht. Die Träume suchten ihn endlich seltener heim, und die Panikattacken hatten nachgelassen. Er ertappte sich nicht mehr dabei, wie er wie besessen auf einer imaginären Tastatur herumklimperte und Keith Jarretts improvisierte Klaviersoli nachspielte. Der Zustand war erträglich, und das würde wohl auch so bleiben, wenn nichts passierte.

Er hoffte inständig, dass nichts passieren würde.

Das Auto verschmierte Roderick Ho wie Ketchup auf dem Betonbelag, zerbrach ihn wie eine Plastikpuppe auf der Motorhaube, sodass ihn nur noch seine Kleidung zusammenhielt. Es ging alles so schnell, dass Shirley es sah, bevor es passierte. Und das war gut für Ho, denn so hatte sie Zeit, es zu verhindern.

Sie legte die fünf Meter zurück wie ein geölter Blitz und rief Hos Namen. Doch er drehte sich nicht um – er hatte dem Auto den Rücken zugewandt, die Kopfhörer seines iPods in den Ohren, starrte auf sein Smartphone und sah im Grunde wie ein dämlicher Tourist aus, der schon zweimal abgezockt worden war: einmal von einem Hutverkäufer und ein zweites Mal von einem, der Bärte verschenkte. Als Shirley ihn in Hüfthöhe tackelte, war er offenbar gerade dabei, ein Foto von irgendetwas zu machen. Doch er kam nicht mehr dazu. Shirleys Gewicht schickte ihn zu Boden, einen halben Augenblick, bevor das Auto vorbeipflügte: Es schlingerte in den Fußgängerbereich, prallte gegen eine niedrige Backsteinmauer, die eine Grünanlage begrenzte, und kam dann quietschend zum Stehen. Der Geruch nach verbranntem Gummi stach Shirley in die Nase. Ho kreischte; sein Handy war kaputt. Das Auto setzte sich wieder in Bewegung, aber anstatt noch einmal auf sie zuzufahren, umrundete es die Backsteinmauer, bog nach links auf die Straße ab, kurvte um die Absperrung und fuhr in östliche Richtung davon.

Shirley sah ihm nach, zu spät, um das Nummernschild erkennen zu können oder auch nur die Anzahl der Insassen. Bald würde sie den Aufprall nach ihrem Hechtsprung in den meisten ihrer Knochen spüren, aber im Moment spielte sie ihn in ihrem Kopf einfach aus der Sicht eines Dritten nach: ein anmutiger, gazellenhafter Sturzflug; Lebensrettung und Poesie in Bewegung zugleich. Marcus wäre stolz gewesen, dachte sie.

Verdammt stolz.

Unter ihr brüllte Roddy: »Du blöde Kuh!«

Das Internet war voller Geflüster.

Nein, dachte River Cartwright. Vergiss es.

Das Internet brüllte sich die Seele aus dem Leib, wie immer.

Er saß in einem Zug Richtung Marylebone, auf dem Weg zurück nach London, nachdem er sich den Vormittag freigenommen hatte: Urlaub zur Pflege Angehöriger, hatte er angegeben, was Lamb als »verdammte Bummelei« abtat.

»Wir sind hier nicht beim Sozialamt!«

»Aber auch nicht auf der Rennbahn«, hatte Catherine Standish erwidert. »Wenn River den Vormittag frei braucht, dann braucht er ihn.«

»Und wer erledigt in der Zwischenzeit seine Arbeit?«

River hatte seit drei Wochen keinen Finger gerührt, hielt dies aber nicht für eine geeignete Verteidigung. »Ich schaffe das schon«, versprach er.

Lamb hatte gegrunzt und weiter nichts gesagt.

Also hatte sich River in aller Herrgottsfrühe in den Kampf gegen den Pendlerstrom geworfen und auf den Weg in Richtung Skylarks gemacht, dem Pflegeheim, in dem der O.B. inzwischen lebte; zwar keine geheimdiensteigene Einrichtung – der Service hatte derartige Frivolitäten längst ausgelagert –, aber eine, die der Sicherheit eine höhere Priorität einräumte als die meisten Institutionen dieser Art.

Der *Old Bastard,* Rivers Großvater, hatte sich in den düsteren Korridoren seines eigenen Verstandes verloren und kehrte nur gelegentlich ins Hier und Jetzt zurück, wo er wie ein alter Dachs die Luft schnupperte und schmerzerfüllt dreinschaute, wobei River nicht wusste, ob dies an der kurzzeitigen Erkenntnis lag, dass er die Realität nur noch rudimentär im Griff hatte, oder auf die momentane Rückkehr dieses Griffs. Nachdem er ein Leben lang Geheimnisse gehütet hatte, hatte sich der alte Spion in ihnen verirrt und wusste nicht mehr, welche Wahrheiten er verbarg und welche Lügen er verbreitete. Er und seine verstorbene Frau Rose hatten River, ihr einziges Enkelkind, aufgezogen. Als er mit ihm im Garten des Skylarks saß, wo eine Decke die Knie des alten Mannes und ein eiserner Vorhang die Hälfte seiner Lebensgeschichte verhüllte, fühlte sich River hilflos. Er war in die Fußstapfen des O. B. getreten und hatte eine Karriere beim Geheimdienst angestrebt, und auch wenn sein eigener Weg gezwungenermaßen umgeleitet worden war, so war es doch tröstlich zu wissen, dass der alte Mann zumindest das gleiche Terrain abgesteckt hatte. Doch jetzt war er verwaist. Die Spuren, denen er gefolgt war, drehten sich im Kreis, und wenn sie irgendwann ins Stocken gerieten, würden sie an keiner bestimmten Stelle innehalten. Der Traum eines jeden Spions war es, alle Verfolger abzuschütteln und sich unbeobachtet zu wissen. Der O. B. näherte sich rapide diesem Zustand: einem unbekannten Ort, wo man ihn nicht finden konnte, wohin keiner gelangte und wo man nicht von feindlichen Augen verfolgt wurde.

Es war warm gewesen heute Morgen, und heller Sonnenschein hatte Schatten auf den Rasen geworfen. Das Haus lag am Ende eines Tals, und River sah die Hügel in der Ferne und harmlose Wolken, die über einen farbkastenblauen Himmel zogen. Zwischen zwei Waldstücken war kurz ein Zug zu sehen, aber er verursachte nichts weiter als ein unaufdringliches Flüstern, das die Ruhe kaum störte. River roch gemähtes Gras und etwas anderes, das er nicht benennen konnte. Wenn er hätte raten müssen, hätte er auf fehlenden Verkehr getippt.

Er hatte auf einem der drei weißen Plastikstühle Platz genommen, die um einen weißen Plastiktisch standen, aus dessen Mitte ein Sonnenschirm ragte. Der dritte Stuhl war frei. Es gab zwei weitere ähnliche Sitzgruppen, von denen eine unbenutzt und die andere von einem älteren Ehepaar besetzt war. Eine jüngere Frau saß dabei und redete, wie es schien, sehr bestimmt auf die beiden ein. River verstand jedoch kein Wort, denn sein Großvater sprach so laut, dass er damit alle anderen Gespräche übertönte.

»Es muss also im August zweiundfünfzig gewesen sein«, sagte er. »Am fünfzehnten, wenn ich mich nicht irre. Einem Dienstag. Gegen vier Uhr nachmittags.«

Das Gedächtnis des O. B. schärfte sich in diesen Tagen von selbst. Es war stolz auf seine Detailgenauigkeit, auch wenn diese Details höchstens zufällig mit der Realität übereinstimmten.

»Und als der Anruf kam, war Joe höchstpersönlich am Apparat.«

»... Joe?«

»Stalin, mein Junge. Du schläfst mir doch nicht etwa ein, oder?«

Nein, River schlief nicht ein.

Er dachte: Dahin führt das Leben in der Spook Street also. Noch vor nicht allzu langer Zeit war die Vergangenheit des alten Mannes bellend aus dem Schatten gesprungen und hatte große Happen aus der Gegenwart herausgebissen. Wäre das publik geworden, hätten viele laut nach Vergeltung geschrien. Auch River, im Übrigen. Aber selbst wenn sich seine eigene, eher zwielichtige Herkunft als das Ergebnis von O. B.s Manipulationen mit dem Leben anderer herausgestellt hatte, so blieb es doch sein Leben. Man konnte sich nicht aus der Existenz herausdiskutieren. Außerdem gab es keine Möglichkeit, seinen Großvater für vergangene Sünden zur Rechenschaft zu ziehen, jetzt, da diese Sünden zu Fiktionen verschwommen waren. In der Woche zuvor hatte River eine Geschichte gehört, die der alte Mann noch nie erzählt hatte, in der mehr Schüsse fielen als sonst und in der eine komplizierte Reihe von Codenamen in Notizbüchern vorkam. Zehn Minuten Google-Suche später stellte sich heraus, dass der O. B. die Handlung von *Agenten sterben einsam* wiedergegeben hatte.

Als sich die Erzählung des alten Mannes in Schweigen auflöste, fragte River: »Hast du alles, was du brauchst, Opa?«

»Warum sollte ich etwas brauchen? Hm?«

»Nur so. Ich dachte, du möchtest vielleicht etwas von …«

Er brach ab. Etwas von zu Hause. Aber zu Hause war gefährliches Terrain, ein Thema, das man am besten vermied. Der alte Mann war nie ein Agent im Einsatz gewesen, sondern immer ein Schreibtischtäter. Es war seine Aufgabe gewesen, Agenten ins Unbekannte zu schicken und sie aus einer Entfernung zu führen, die andere für sicher hielten. Aber hier war er nun, allein im Land der Joes; seine Tarnung war aufgeflogen, sein Zuhause unhaltbar. Es gab keinen sicheren Ort. Nur dieses Herrenhaus in einer ruhigen Landschaft, in der die Krankenschwestern diskret genug waren, um zu wissen, dass man manche Geschichten am besten auf sich beruhen ließ.

Im Zug auf dem Weg zurück nach London rutschte River auf dem Sitz hin und her und scrollte die Seite mit den Suchergebnissen herunter. Schon toll, welche Privilegien eine Spionagekarriere mit sich brachte: Wenn man Informationen brauchte, konnte man im Internet surfen wie jeder andere Depp auch. Und im Internet war die Hölle los. Die Jagd nach den Mördern von Abbotsfield brachte bisher noch keine konkreten Ergebnisse, obwohl sich der sogenannte Islamische Staat zu dem Anschlag bekannt hatte. Am Abend zuvor hatte Dennis Gimball in einer Nachtsitzung des Parlaments die Sicherheitsdienste gegeißelt und Claude Whelan, den Chef von Regent's Park, für unfähig erklärt; er ging sogar so weit, zu behaupten, dass er ein IS-Sympathisant sei. Dass dies himmelschreiender Unsinn war, war Nebensache: In den letzten Jahren hatte sich der politische Irrsinn neu kalibriert, und selbst die Mainstream-Medien mussten so tun, als ob sie Gimball ernst nähmen, nur für den Fall. Inzwischen gab es zwölf Tote in Abbotsfield, und ein winziges Dorf war zu einem geopolitischen Schlagwort geworden. Es würde noch viel mehr Debatten geben, viel mehr Händeringen, bevor die Geschichte aus den Schlagzeilen verschwand. Es sei denn, natürlich, es würde in nächster Zeit etwas anderes passieren.

Kurz vor der Ankunft klappte River seinen Laptop zu. Der O. B. döste inzwischen vermutlich wieder vor sich hin und genoss einen trägen Nachmittag in der Sonne. Die Zeiten hatten sich geändert, das war alles. River war jetzt der Betreuer seines Großvaters.

Früher oder später gerieten alle Sünden der Vergangenheit ans Licht der Gegenwart.

»Du blöde Kuh!«

Er war seitlich umgerissen worden, und der Lärm in seinem Kopf war explodiert: kreischende Gitarren, die mitten im Wimmern abbrachen, Lokomotivtrommeln, die mitten im Takt erstarben. Die plötzliche Stille war ohrenbetäubend. Es war, als hätte man ihm den Stecker gezogen.

Und seine Beute war natürlich nirgends zu sehen. Sein Smartphone war zerbrochen, die Außenhülle weggeschleudert worden.

Es war Shirley Dander, die sich auf ihn gestürzt hatte, offenbar übermannt von ihrer Leidenschaft.

Sie krabbelte von ihm herunter und tat so, als würde sie einem davonfahrenden Auto hinterhersehen. Roddy setzte sich auf und strich sich über die Ärmel seiner fast neuen Lederjacke. Belästigung am Arbeitsplatz war nichts Neues für ihn: erst Louisa Guy, jetzt das. Aber Louisa war zumindest noch auf der richtigen Seite von sexy, während Shirley Dander, soweit es den Rodster betraf, es nie gewesen war.

»Warum hast du das gemacht, verdammt noch mal?«

»Um deinen Arsch zu retten«, erwiderte sie, ohne sich umzusehen.

Seinen Arsch. Die hatte wohl nur eines im Sinn.

»Ich hätte ihn fast gehabt, weißt du!« Es wäre sinnlos gewesen, ihr die Feinheiten einer Quest zu erklären: Sie hätte die Komplexität des Spiels überhaupt nicht begriffen; was Gaming anging, lief sie höchstens Gefahr, für einen Troll gehalten zu werden. Trotzdem musste er ihr wenigstens ansatzweise klarmachen, was sie ihm vermasselt hatte, nur für ein bisschen Grapschen. »Ein Bisasam! Weißt du, wie selten der ist?«

Nein, wusste sie offenbar nicht.

»Was«, fragte sie, »redest du da für einen Scheiß?«

Er rappelte sich auf.

»Okay«, sagte er. »Tun wir mal so, als wolltest du nur meine Jagd sabotieren. Mehr braucht Kim sowieso nicht zu erfahren.«

»... Häh?«

»Meine Freundin«, erklärte er, damit sie wusste, woran sie war.

»Hast du dir das Nummernschild gemerkt?«

»Welches Nummernschild?«

»Von dem Auto, das gerade versucht hat, dich zu überfahren.«

»Das ist auch eine gute Ausrede«, sagte Roddy. »Aber lass uns bei meiner bleiben. Ist weniger kompliziert. Wirft weniger Fragen auf.«

Nachdem er ihr diese berufliche Lektion erteilt hatte, sammelte er die Teile seines Handys ein und kehrte nach Slough House zurück ...

... wo der Tag inzwischen angebrochen und die Dämmerung ein vergessener Eindringling ist. Als River an seinen Schreibtisch zurückkehrt – seine derzeitige Aufgabe ist so hirnverbrannt langweilig und führt so sicher nicht zu nützlichen Daten, dass es fast wehtut und er sich kaum daran erinnern kann, worum es dabei geht –, sind alle lahmen Gäule wieder im Stall und die Vibrationen kollektiven Überdrusses fast hörbar. Oben in seiner Dachkammer kratzt Jackson Lamb den letzten Rest gebratenen Reis mit Huhn aus einem Alunapf und pfeffert diesen anschließend in eine so dunkle Ecke, dass ihn sein schlechtes Gewissen nicht plagt, falls ein solches Fabelwesen überhaupt existiert. Zwei Stockwerke tiefer verzieht Shirley Dander nachdenklich das Gesicht, während sie im Geist noch einmal die Abfolge der Ereignisse durchspielt, die dazu geführt haben, dass sie Roderick Ho plattgemacht hat: Das ist zwar immer eine gute Tat, aber hatte sie wirklich verhindert, dass ihr ein Auto damit zuvorkam? Oder ist es nur wieder einer von diesen schwanzgesteuerten Londoner Idioten gewesen, bei denen jeder Ausflug auf die Straßen der Hauptstadt zu einem Demolition Derby mutiert? Vielleicht sollte sie mit jemandem darüber reden. Vielleicht mit Catherine Standish. Oder mit Louisa Guy. Louisa konnte zwar manchmal ein eiskaltes Miststück sein, aber wenigstens dachte sie nicht mit einem Schwanz. An manchen Tagen nimmt man, was man kriegen kann.

Später wird Lamb eine seiner gelegentlichen Abteilungsrunden abhalten, deren Hauptzweck es ist, die anhaltende Unzufriedenheit aller Beteiligten zu gewährleisten, aber im Moment herrscht eine Art Friede in Slough House, und das Murren und Knurren seiner Bewohner hält sich im Großen und Ganzen in Grenzen. Die Uhren, die alle Beschäftigen individuell im Blick haben, gehen in Slough House um etwa fünfzig Prozent langsamer als an den meisten anderen Orten, während der Tag, wie der O.B. im fernen Berkshire, den Nachmittag verschläft.

Anderswo hingegen wuselt er herum wie ein durchgeknallter Kobold.

3

Einem Ondit zufolge musste die Liste der Fragen, die Opfern von Kopfverletzungen traditionell gestellt werden, um sie auf eine Gehirnerschütterung zu untersuchen – welches Datum ist heute, wo wohnen Sie, wer ist der Premierminister? –, in Anbetracht der Amtszeit des derzeitigen Premierministers geändert werden, da der weit verbreitete Unglaube daran, dass er noch im Amt sei, zu einer Reihe von falsch positiven Ergebnissen zu führen drohte. Das könnte erklären, dachte Claude Whelan, warum er darauf bestand, mit PM angesprochen zu werden.

Aber wie alle seine Artgenossen war der Mann gefährlich, wenn er in die Ecke getrieben wurde, und in der Politik fehlte es nie an Ecken.

»Wissen Sie, was die größte Bedrohung für das Parlament ist?«, fragte er Whelan jetzt.

»Ein Cyber-«

»Nein, das ist die größte Bedrohung für die Nation. Die größte Bedrohung für das Parlament ist die Demokratie. Seit Jahrhunderten ist sie ein notwendiges Übel, und wir konnten sie größtenteils zu unserem Vorteil nutzen. Aber ein verdammtes Referendum später ist es schon so, als hätte jemand einem betrunkenen Kleinkind eine geladene Waffe gegeben.« Er hielt eine Zeitung in der Hand, aufgeschlagen auf der Seite mit der Kolumne von Dodie Gimball. »Haben Sie das schon gelesen?«

Das hatte Whelan.

Der Premierminister zitierte trotzdem daraus: »›An wen sollen wir uns wenden, wenn wir Schutz suchen? Ja, wir haben unsere Sicherheitsdienste, aber sie sind nur in dem Sinn ›Dienste‹, wie ein Bulle eine Kuh ›bedient‹. Mit anderen Worten, liebe Leserinnen und Leser, eine Verarschung ersten Ranges.‹«

Whelan sagte: »Ich bin mir nicht ganz sicher, ob das funktioniert. Sie wechselt vom Plural zu …«

»Ja, schon gut, am besten, wir hetzen ihr als Erstes die Sprachpolizei auf den Hals. Was meinen Sie, darf die Verhaftungen durchführen? Oder hängen sie sie kurzerhand am nächsten Partizip auf?«

Whelan nickte anerkennend. Er war ein kleiner Mann mit hoher Stirn und einem angenehmen Auftreten. Letzteres war eine Überraschung in Anbetracht seiner vielen Jahre mit den Hinterzimmerjungs des Nachrichtendienstes, einer Bruderschaft, die nicht gerade für ihre sozialen Kompetenzen bekannt war. Sein Aufstieg in die Führungsetage war unerwartet gewesen und vor allem darauf zurückzuführen, dass er nicht in die Verbrechen und Vergehen verwickelt gewesen war, die dazu geführt hatten, dass der Chefposten überhaupt frei wurde. Saubere Hände zu haben war ein ungewöhnliches Kriterium für die Stelle, aber die Machenschaften seiner Vorgängerin hatten dafür gesorgt, dass es zumindest in diesem Fall politisch opportun war.

Das bedeutete allerdings auch, dass er wenig Erfahrung auf dem politischen Parkett besaß. Seine erforderliche

Lernkurve war, wie seine Stellvertreterin Diana Taverner festgestellt hatte, steiler als die Rechnung einer Bar im West End.

Jetzt sagte er: »Zwölf Menschen sind gestorben. Wie ungeschickt sie es auch formulieren mag, der Teil ist saubere Berichterstattung.«

»Saubere Berichterstattung wäre es, die Schuld den mordenden Kretins zu geben, die die Morde begangen haben. Nein, Gimball hat ihre eigene Agenda. Ist Ihnen bewusst, wer sie ist?«

»Ich weiß, wer ihr Ehemann ist.«

»Na dann«, sagte der Premierminister und schlug sich die Zeitung gegen den Oberschenkel, oder versuchte es zumindest. Eigentlich war nicht genug Platz für diese Geste.

Sie befanden sich in einem Raum, der kaum mehr als eine Abstellkammer war, jedoch informell als »Brutkasten« bekannt war. Nummer 10 war ein Labyrinth, so als hätte ein Architekt Korridore gesammelt und beschlossen, sie alle auf einmal zu nutzen. Außerdem gab es eine Vielzahl kleiner Räume zwischen den eigentlichen Büros, und in den meisten von ihnen konnte zu jeder beliebigen Zeit irgendein Komplott ausgebrütet werden. Von daher der Begriff »Brutkasten«. Die Kabuffs waren ideal für diesen Zweck, da sie jeweils nur für zwei Personen Platz boten und somit die politische Angst reduzierten, dass einem oder einer Anwesenden die Schuld für irgendetwas zugeschoben werden könnte.

Die Sitzung, von der sie gerade kamen und in der die Ereignisse in Derbyshire besprochen worden waren, hatte eine ganze Menge solcher Ängste ausgelöst.

»Und der Mistkerl will meinen Job«, fuhr der Premierminister fort.

»Er lässt gerne verlauten, dass es ihm Spaß machen würde, das Land zu regieren«, stimmte Whelan zu. »Aber, Herr Premierminister, bei allem Respekt, er ist der einzige Abgeordnete seiner Partei. Welche mögliche Bedrohung könnte er darstellen?«

»Er hat angedeutet, dass er eventuell bereit sei, *der* Partei wieder beizutreten.«

»Aha.«

»Ja, genau, aha, verdammt noch mal. Und er hat es nicht mir gegenüber angedeutet, verstehen Sie? Sondern diversen … geneigten Zuhörern gegenüber. Wozu ungefähr die Hälfte meines eigenen verflixten Kabinetts gehört.«

Und dabei kam es nicht darauf an, welche Hälfte genau. Wie auch immer, der Premierminister war angeschlagen: Das Referendum über den Austritt des Vereinigten Königreichs aus der Europäischen Union bedeutete, dass er einen Kurs einschlagen musste, gegen den er sich offen ausgesprochen hatte, egal wie seine privaten Ansichten zu diesem Thema aussahen. Nur dem Fehlen eines starken Kandidaten innerhalb der Partei – die offensichtlichsten waren durch ein Ausmaß von Verrat, Hinterhältigkeit und Doppelzüngigkeit zu Fall gebracht worden, wie man es seit der Wiedervereinigung der Spice Girls nicht mehr gesehen hatte – hatte er es zu verdanken, dass er sich überhaupt so lange an der Macht halten konnte. Aber wenn Dennis Gimball angedeutet hatte, dass er in eine Partei zurückkehren könnte, die er einige Jahre zuvor »mit größtem Widerwillen« verlassen hatte, um sich einer Ein-Themen-Partei anzuschließen, die die Brexit-Kampagne anführte, dann würden die Karten noch einmal ganz neu gemischt werden. Nur wenige glaubten, dass der Premierminister die Eier hatte, das aktuelle Spiel durchzustehen, geschweige denn ein neues. Und abgesehen von allem anderen musste er sich jetzt auch noch mit einer terroristischen Gräueltat auseinandersetzen.

Whelan brachte jedoch nicht mehr heraus als: »Ein Wiedereintritt? Das ist doch nicht sehr wahrscheinlich, oder?«

»Nicht wahrscheinlich? Kriegen Sie überhaupt irgendwas mit? Unwahrscheinlich ist das neue Normal. Seine Ehefrau schreibt zweimal wöchentlich eine Kolumne, die einer Pressemitteilung für die Stürzt-den-PM-Brigade gleichkommt, und wenn er bereit ist, den Sprung zu wagen, wird er sich innerhalb von zwei Monaten auf meinem Stuhl den Hintern wärmen. Und seine neu entdeckte Liebe zur Demokratie« – wobei Letzteres bei ihm wie ein Synonym für Pädophilie klang – »bedeutet, dass ihm zweiundfünfzig Prozent der Bevölkerung Rosenblätter vor die Füße streuen werden. Und sie haben nicht nur mich im Visier. Der Hauptgrund, warum sich Gimball als Geißel des Geheimdienstes profiliert, mit medialer Unterstützung von seiner Karla Kolumna, ist, dass ich Ihnen meine volle Unterstützung zugesichert habe. Hundertprozentiges Vertrauen, schon vergessen? Das beweist ja wohl meine Loyalität, aber ist Ihnen auch bewusst, welches Risiko ich damit eingehe? Wir stehen und fallen gemeinsam, also frage ich Sie noch einmal, ohne dass meine ach so ehrenwerten Freunde Ihre Antwort mitschreiben: Wie weit sind Sie mit der Verhaftung dieser schießwütigen Dreckskerle? Denn wenn wir den Fall nicht bald abschließen, werden Sie das zweithöchste Opfer sein. Vielleicht spießen sie unsere Köpfe auf benachbarte Stangen auf. Wär das nicht gemütlich?«

Whelan kam der Gedanke, dass der Premierminister, wenn er bei seiner Ansprache an die Nation nur halb so viel Ehrgeiz an den Tag legen würde, wie wenn es um die Sicherheit seines Arbeitsplatzes ging, er nicht als solches Leichtgewicht angesehen werden würde.

Whelan sagte: »Ich habe in dem Bericht, den ich gerade abgegeben habe, nichts verschwiegen. Verhaftungen stehen nicht unmittelbar bevor, aber sie werden stattfinden. Garantien dafür, dass ein weiterer Anschlag dieser Art nicht stattfinden wird, kann ich nicht geben. Wer auch immer diese Leute sind …«

»IS!«, fauchte der Premierminister.

»Ja, der IS hat sich zu dem Anschlag bekannt. Aber wer auch immer diese Leute sind, sie sind untergetaucht. Sie könnten überall sein, und sie könnten alles Mögliche planen. Wir können in dieser Situation nichts garantieren, aber ich wiederhole, dass ich systematische Hausdurchsuchungen in Gebieten mit einem hohen muslimischen Bevölkerungsanteil zum jetzigen Zeitpunkt nicht für sinnvoll halte.«

»In diesem Punkt bin ich anderer Meinung. Denn jeder Eindruck, dass wir konkret etwas unternehmen, wäre meiner Ansicht nach in dieser Phase nützlich.«

»Ich verstehe das, Herr Premierminister, aber ich würde zur Vorsicht raten. Wenn wir den Widerstand der radikalisierten Teile der islamischen Gemeinschaft provozieren, spielen wir ihnen in die Hände.«

Dieses Argument hatte Whelan an diesem Morgen bereits dreimal vorgebracht, und er war bereit, es erneut anzuführen, wurde jetzt aber durch eine Veränderung in der Atmosphäre hinter den Kulissen abgelenkt. Das Hintergrundgeräusch aus dem nächstgelegenen Korridor, das Rascheln, Klappern und Murmeln der Angestellten, die geschäftig wirken wollen, war in den letzten zehn Sekunden verstummt und wurde durch das leisere, aber weitaus bedrohlichere Geräusch derselben Leute ersetzt, die Nachrichten auf ihren Handys lasen.

»Was ist das?«, fragte er.

»Ich höre nichts«, antwortete der Premierminister.

»Ich auch nicht«, sagte Whelan. »Genau das beunruhigt mich ja.«

Sie traten gerade aus der Tür, als jemand die Lautstärke eines Nachrichtensenders aufdrehte, der Amateuraufnahmen einer Gewalttat zeigte.

Blut, Panik, Trümmer.

Es sah nicht so aus, als würde der Fall in nächster Zeit aufgeklärt werden.

»Mir ist zu Ohren gekommen, dass ihr Arschgeigen keine glücklichen Hühner seid.«

Das war Jackson Lamb. Die Arschgeigen waren sein Team.

»Deshalb habe ich dieses Treffen einberufen, damit ihr euren Unmut äußern könnt.«

»Also …«, begann River.

»Entschuldigung, sagte ich ›ihr‹? Ich meinte mich.«

Sie befanden sich in Lambs Büro, was für Lamb den Vorteil hatte, dass er sich nirgendwo hinbewegen musste, und für alle anderen den Nachteil, dass es Lambs Büro war. Lamb rauchte in seinem Büro, trank und aß, und wenn er darin einen Eimer hätte, so vermuteten manche, würde er es überhaupt nie verlassen. Nicht, dass es so überaus attraktiv gewesen wäre. Andererseits waren Bärenhöhlen auch nicht besonders gut ausgestattet, und trotzdem schienen die Bären sich in ihnen wohlzufühlen.

»Hat einer von euch Witzbolden ein Furzkissen auf meinen Stuhl gelegt? Nein? Na, wenn das so ist, habe ich wohl gerade gefurzt.« Lamb lehnte sich zurück und grinste selbstzufrieden. »Okay, ihr seid alle angespannt, weil es einen nationalen Notstand gibt, und irgendwo in euren winzigen Hinterköpfen erinnert ihr euch, dass ihr dem Sicherheitsdienst angehört. Da klingelt doch was, oder? Das schicke, große Gebäude im Regent's Park?«

»Jackson«, sagte Catherine.

»Es macht mir keine Freude, das sagen zu müssen, aber halt verdammt noch mal die Klappe, während ich rede, Standish. Das gebietet schließlich die Höflichkeit.«

»Ich freue mich jedes Mal, wenn du dich um meine Manieren sorgst, aber müssen wir uns diesen Vortrag wirklich anhören?«

»Aber er ist doch sicher gut für die Moral, meinst du nicht auch? Außerdem hat unser Neuzugang ihn erst einmal gehört. Ich würde es bedauern, wenn er das Gefühl hätte, etwas zu verpassen. Wie war noch mal Ihr Name?«

»Coe«, sagte J. K. Coe, der seit einem Jahr dabei war.

»Coe. Sie sind der mit den Panikattacken, richtig? *Achtung, hinter Ihnen!* War nur ein Scherz.«

Catherine schlug die Hände vors Gesicht.

Lamb zündete sich eine Zigarette an und sagte: »Wo war ich stehen geblieben? Ach ja. Wie Sie wissen, bin ich sehr für politische Korrektheit, aber wer auch immer entschieden hat, dass wir alle gleich sind, hat eine Tracht Prügel verdient. Wenn das so wäre, würdet ihr nicht in Slough House hocken und auf mein Kommando Männchen machen, während die coolen Typen drüben im Regent's Park die Welt retten. Teile von Derbyshire mal ausgenommen.« Er atmete ein und ließ Rauch aus seinem Mund, seinen Nasenlöchern und möglicherweise seinen Ohren aufsteigen, während er fortfuhr: »Und wenn wir zuließen, dass ihr ihnen helft, würdet ihr zweifellos das Einzige tun, worin ihr nachweislich gut seid, nämlich eine üble Situation noch schlimmer zu machen. Irgendwelche Kommentare so weit?«

»Also …«, begann River.

»Das war eine rhetorische Frage, Cartwright. Wenn ich damit rechnen würde, dass Sie tatsächlich etwas sagen wollen, würde ich vorher rausgehen.«

»Jede Fahndung braucht Unterstützung«, meldete sich Louisa zu Wort. »Die Aufzeichnungen der Videoüberwachungskameras checken, Fahrzeuge überprüfen, nichts anderes, als wir ohnehin die ganze Zeit tun. Glauben Sie nicht, dass der Park unsere Hilfe zu schätzen wüsste?«

»Stellen Sie eine kluge Vermutung an.«

»Wir sollen helfen?«

»Ich sagte ›klug‹«, erwiderte Lamb. »Ihre Vermutung hat den Hauptschulabschluss und arbeitet im Supermarkt.«

»Ich dachte nur …«

»Tja, aber fürs Denken werden Sie nicht bezahlt. Was in

Ihrem Fall auch verdammt gut so ist.« Lamb verlagerte das Gewicht, fuhr mit der freien Hand in die Hose und fing an, sich zu kratzen. »Also. Wie ich schon sagte, bevor Sie aus diesem Meeting ein offenes Forum gemacht haben, ist hier eine Menge los, und Sie dürfen nicht mitspielen. Also verpissen wir uns zurück an unsere Schreibtische, ja? Müßigkeit ist aller Wichser Anfang und so weiter.«

»Aller Laster.«

»Klar, Laster, 'tschuldigung.«

Sie trotteten hinaus, oder zumindest die Hälfte von ihnen. Lamb lehnte sich zurück, die Augen geschlossen, die Hand immer noch in der Hose, und tat so, als würde er nicht bemerken, dass Shirley, Louisa und Catherine noch immer in seinem Büro waren. Wahrscheinlich hätte er den ganzen Tag so weitermachen können, aber Catherine hatte keine Lust dazu.

»Bist du fertig? Oder hast du noch nicht angefangen?«

Er öffnete ein Auge. »Warum, lässt du eine Stoppuhr laufen?«

»Shirley hat dir etwas zu sagen.«

»Oh, Scheiße.«

»Ich glaube, du meinst: ›Was gibt's, Dander?‹«

»Ja, das habe ich wohl gemeint«, sagte Lamb. »Aber meine Autokorrektur hat zugeschlagen.« Er zog seine Hand zurück und öffnete sein anderes Auge. »Was gibt's, Dander?«

»Jemand hat versucht, Ho zu überfahren.«

»Gerade eben?«

»In der Mittagspause. Auf der Straße.« Shirley hielt inne und fügte der Klarheit halber hinzu: »Mit einem Auto.«

»Vielleicht hat man ihn mit einem Eichhörnchen verwechselt. Ich habe ihn bereits auf seinen Bart angesprochen.«

»Es war Absicht.«

»Wie schrecklich, wenn Ho aus Versehen überfahren werden würde. Das würde uns alle um den Spaß bringen. Wo ist das passiert?«

»In der Fann Street.«

»Und ihr drei habt es gesehen?«

»Nein, nur ich«, sagte Shirley.

»Und was seid ihr zwei, ihre Backgroundsängerinnen?«

Catherine sagte: »Wenn jemand es auf einen von uns abgesehen hat, dann sind wir alle in Gefahr. Möglicherweise.«

»Und Slough House war schon einmal Ziel eines Angriffs«, fügte Louisa hinzu.

»Daran müssen Sie mich nicht erinnern«, knurrte Lamb. »Und ich war wieder mal der Dumme, der anschließend den ganzen Papierkram am Hals hatte. Was für ein Auto war es?«

»Ein Honda. Silbern.«

»Irgendwelche besonderen Merkmale? Wie zum Beispiel ein Kennzeichen?«

»Ich musste erst mal Ho retten, und dann war es so schnell weg.«

»Wenn das noch mal passiert, sollten Sie vielleicht Ihre Prioritäten überdenken. Was genau ist passiert? Ist das Fahrzeug gezielt auf Ho zugefahren?«

»Ja, einfach über den Bordstein und auf den Bürgersteig.«

»Aha.«

Catherine sagte: »An der Stelle gibt es keine Kameras. Egal, ob sie ihn erwischt haben oder nicht, jedenfalls konnten sie ungesehen entkommen.«

»Fahrerflucht ist nicht dasselbe wie versuchter Mord. Otto Normalverbraucher zahlt lieber Steuern, als sich freiwillig zu stellen. Hat sich jemand aus dem Fenster gelehnt und gerufen: ›Nächstes Mal kriege ich dich‹?«

Shirley schüttelte den Kopf.

»Dann können wir davon ausgehen, dass es ein Tourist war. Der unerwartete Anblick von Roderick Ho würde fast jeden erschrecken, und Sie wissen ja, wie Ausländer sind. Schnell verängstigt. Und miserable Autofahrer. Warum hat Ho das eigentlich nicht selbst angesprochen? Normalerweise ist er doch kein Mauerblümchen, oder? Eher Giftefeu.«

»Er hat es nicht bemerkt«, erklärte Shirley.

Lamb starrte sie ein oder zwei Augenblicke lang an und nickte dann. »Ach so. Jetzt bin ich im Bilde.«

Louisa sagte: »Silberner Honda. In östlicher Richtung geflüchtet. Könnten wir aufspüren.«

»Und ihm einen zweiten Versuch anbieten? Mir gefällt Ihre Denkweise. Aber ich persönlich würde jetzt erst mal nichts unternehmen. Wenn Ho einen zweiten Versuch überlebt, hält er sich am Ende für was Besonderes. Und dann müsste ich ihn wohl noch höchstpersönlich umbringen.«

»Du willst den Vorfall also nicht ernst nehmen?«, fragte Catherine.

»Ich bin froh, dass du fragst. Nein, das werde ich nicht. Dander, Sie als zugekokste Idiotin ohne Affektkontrolle sind nicht gerade die beste Augenzeugin der Welt, also entschuldigen Sie meinen Widerwillen, unsere spärlichen Ressourcen aufgrund Ihrer Aussagen zu verschwenden. Wenn eine von euch findet, dass ich damit einen Managementfehler mache, könnt ihr euch gerne verpissen. Ich halte bestimmt niemanden zurück.«

»Also vergessen wir einfach, dass es passiert ist?«, fragte Catherine.

Lamb seufzte. »Ich will hier nicht des Teufels Avocado spielen. Es ist so gut wie gar nichts passiert. Unser Roderick verbringt, wie Sie sicher wissen, die Hälfte seiner Zeit damit, die Kreditwürdigkeit von Leuten zu pulverisieren, die ihm den Platz in der U-Bahn weggenommen haben. Früher oder später musste er ja mal an jemanden geraten, der ihm auf die Schliche kommt. Es wäre wirklich kein Wunder, wenn er eines Tages als Schmierfleck auf dem Bürgersteig endet, aber wir sollten kein Drama daraus machen, dass irgendjemand das Wenden in drei Zügen nicht beherrscht.« Er grinste breit und entblößte dabei sein fürchterliches Gebiss. »Als gestandener Feminist frage ich Sie also: Habt ihr Mädels eigentlich nichts Besseres zu tun, als euch darüber eure Köpfchen zu zerbrechen?«

Sie gingen hinaus, doch bevor Catherine das Büro verließ, drehte sie sich noch einmal um. »Übrigens«, sagte sie. »Es heißt ›Advokat‹.«

»Übrigens«, erwiderte Lamb, »ist mir das scheißegal.«

»Vierzehn Tote«, sagte Diana Taverner. »Und weitere Opfer schweben noch in Lebensgefahr.«

»Gibt es Aufzeichnungen von Überwachungskameras?«

»Keine, die uns unmittelbar weiterhelfen. Zu chaotisch. Wir geben das Material an die Bild- und Toncrew weiter, mal sehen, was sie herausfinden. Wir gehen auch davon aus, dass es Amateurfotos und -videos gibt, die wir nutzen können. Aber mein Gott noch mal, wer tut denn so was?«

Whelan hob eine Augenbraue.

»Ja, schon gut, wir wissen, wer so etwas tut«, sagte sie. »Aber warum? Erst dieses willkürliche Gemetzel unter Zivilisten, und jetzt das. Wie aus einem *Batman*-Film!«

Auf dem Rückweg von Downing Street No. 10 hallte Whelan die Empörung des Premierministers noch in den Ohren. Unterwegs hatte sein Wagen kurz vor dem Schaufenster eines Elektrofachhandels angehalten, und genau wie im Film – Gott, wie er es hasste, wenn so was passierte – hatten alle Fernsehschirme die gleichen Bilder gezeigt, die er sich jetzt ansah: Blut, Trümmer und – zum Glück durch die Entfernung gedämpft – die schrecklichen Schreie der Sterbenden. Während er das Geschehen auf den Bildschirmen verfolgte, hatte sein Handy geklingelt: Claire. Seine Frau. Ob er das gesehen habe? Ja, er habe es gerade vor Augen. Hoffentlich würde er etwas unternehmen, hoffentlich dem Ganzen ein Ende bereiten. Diese Brutalität, einfach grauenvoll!

Auch in Abbotsfield hatte es Gewalt und Schrecken gegeben, aber da hatte sie ihn nicht mitten am Tag angerufen, um ihm zu sagen, wie schockiert und verstört sie sei. Sie hatte damit bis zu seiner Rückkehr in den frühen Morgenstunden gewartet. Aber diesmal – nein. Diesmal konnte sie nicht warten. Sie musste es ihm sofort sagen.

Er hatte ihr versichert, dass alles Notwendige getan werden würde. Dass er die Verantwortlichen einen Kopf kürzer machen würden, wenn auch nur im übertragenen Sinne, aber wenigstens sprachlich musste man doch seinen Rachegedanken mal freien Lauf lassen. Das war durchaus akzeptabel. In der Fantasie übte man Vergeltung, doch letztendlich überließ man das Urteil der Justiz.

Jetzt fragte er: »Meinen Sie, es waren dieselben?«

»Ganz anderer Modus Operandi«, antwortete Lady Di, »ein anderes Ziel. Eine ganz andere Art von Angriff.«

»Das ist mir klar. Es lässt sich nicht bestreiten. Aber trotzdem. Meinen Sie, die Täter waren dieselben?«

»Wenn ja, haben wir ein Problem«, sagte sie, »denn wir können absolut nicht vorhersagen, was sie als Nächstes tun werden. Solche willkürlichen, unberechenbaren Anschläge ohne ein Muster verhindern, dass wir ein verlässliches Profil erstellen können. Wer auch immer das getan hat, hat eine einzige Rohrbombe geworfen. Das bedeutet, dass es sich einerseits gut um einen Einzeltäter handeln könnte, einen rebellischen Jugendlichen. Zum anderen könnte es Teil einer größeren Anschlagsserie sein, bei der man absichtlich so unterschiedlich vorgeht, um die Hintergründe zu vernebeln. Wir müssen abwarten, bis die Spurensicherung abgeschlossen ist, dann wissen wir mehr.«

Oder bis sich jemand zu dem Anschlag bekennt, dachte Whelan.

Das Filmmaterial endete, und er klappte den Laptop zu. Di Taverner kehrte an ihren Schreibtisch zurück, setzte sich jedoch nicht hin. Beim Reden herumzutigern war eher ihre Art: Bei Einzelgesprächen musste man ihr oft zusehen, wie sie durch den Raum strich wie eine Katze, die ihr Revier absteckte. Und dieses Revier würde alles hier umfassen, wenn es nach ihr ginge. Claude Whelans Rolle als Leiter des Geheimdienstes schien oft ein Balanceakt zu sein, und Lady Di – eine von mehreren sogenannten Gleichgestellten, die alle als Stellvertreter bezeichnet wurden – wartete auf seinen Sturz, nicht um ihn aufzufangen, sondern um sicherzustellen, dass er, wenn er auf dem Boden aufschlug, nie wieder auf die Beine kam.

Deshalb war sie auch seine übliche Ansprechpartnerin, wenn die Kacke am Dampfen war. Und wenn sie vor ihm stand, konnte er wenigstens sicher sein, dass sie nicht mit einem Messer hinter seinem Rücken lauerte.

Außerdem hatte sie reichlich Erfahrung mit dampfender Kacke. Zu ihrer Zeit hatte sie davon mehr durch die Gegend geschleudert als ein jugendlicher Schimpanse.

Er sah ihr eine Weile beim Herumtigern zu und fragte dann: »Was wissen wir über Dennis Gimball?«

Damit meinte er natürlich, was Di Taverner über Gimball wusste, das nicht bereits in der Öffentlichkeit bekannt war. Während seiner Zeit als Hinterbänkler der Partei hatte sich Gimball bei seinen wenigen Ausflügen in die breite Öffentlichkeit auf Zwischenfälle in Kneipen und Geschwindigkeitsübertretungen beschränkt, aber er war zu einer Berühmtheit aufgestiegen, nachdem er sein Alleinstellungsmerkmal gefunden hatte: als Funkenmariechen der Kampagne für den Austritt des Landes aus der Europäischen Union und die Rückkehr in die 1950er-Jahre. Um diesen Kreuzzug anzuführen, musste er die Partei verlassen, was er mit dem oft erwähnten »großen Widerwillen« tat, aber ohne Hemmungen, seine ehemaligen Kollegen persönlich anzugreifen, deren Reaktionen er wiederum als Beweis dafür anführte, dass sie für öffentliche Ämter ungeeignet waren. Mit seiner Vorliebe für kastanienbraune Blazer, Slipper und launische Ausbrüche vor der Kamera war er nicht gerade zum Medienstar prädestiniert, und ihn in den Mittelpunkt zu stellen, war, wie ein Sketchautor kommentierte, wie ein Disney-Zeichentrickfilm, in dem Goofy die Hauptrolle spielte: überraschend und enttäuschend zugleich. Was ein Cameo hätte sein sollen, wurde zu einer Karriere, und das Ganze zog sich gefühlt über Jahrzehnte hin, und als es vorbei war, gab es mehr als einen verwirrten Wähler, der sich fragte, ob das Referendum nicht in Gimballs Sinne ausgefallen war, in der Hoffnung, dass sein Sieg ihn bei allen künftigen Themen zum Schweigen bringen würde. Bis jetzt hatte das nicht funktioniert.

»Tja«, sagte Lady Di. »Ich denke, wir können mit Sicherheit behaupten, dass er seine lang ersehnte neue Rolle gefunden hat.«

»Sie meinen, als Chefkritiker der Sicherheitsbehörden.«

»Ich denke, ihm geht es dabei weniger ums Prinzip als darum, die öffentliche Aufmerksamkeit auf sich zu lenken«, sagte sie. »Falls das ein Trost ist.«

»Wissen wir irgendetwas über ihn, das ihm unangenehm wäre?«

Sie warf ihm einen anerkennenden Blick zu. »Sie machen Fortschritte, Claude. Vor sechs Monaten wären Sie beim bloßen Gedanken daran noch schockiert gewesen.«

Whelan rückte das Foto seiner Frau auf dem Schreibtisch zurecht, dann stellte er es wieder so hin, wie es vorher gestanden hatte. »Überleben durch Anpassung«, bemerkte er.

»Ich sehe mir seine Akte mal näher an. Vielleicht gibt es ja irgendwelche Jugendsünden, die die Öffentlichkeit interessieren könnten. Wobei ich kaum glaube, dass er etwas geheim halten könnte. Gegen seine Frau ist Amy Schumer ein Muster an Diskretion.« Sie hielt inne. »Das war eine kulturelle Anspielung, Claude. Ich sorge dafür, dass Sie ein Memo bekommen.«

Er lächelte schwach. »Hat sie nicht einmal eine Kolumne geschrieben, in der sie Flüchtlinge als Maden bezeichnet hat?«

»Und genau die hat man ihr kurz darauf in einer Reality-TV-Show vorgesetzt. Ein seltener Fall von ausgleichender Gerechtigkeit.«

»Hat sie gesagt, wie sie schmecken?«

»Somalisch«, erwiderte Lady Di. »Das muss man ihr lassen. Sie gibt sich keine Mühe, sich Freunde zu machen.«

Doch wie bei den meisten Kolumnen wurde auch diese umso beliebter, je mehr Verachtung die Autorin für diejenigen äußerte, die anders waren als sie selbst. Oder jedenfalls wurde mehr über sie geredet, was für sie dasselbe war. Eine Tötungsliste von Personen, die tatsächlich dem nationalen Wohlergehen schaden, dachte Whelan, würde sich erheblich von der offiziellen Liste in den Bunkern unterscheiden, von wo aus die Drohnen gesteuert wurden.

Lady Di fuhr fort: »Aber wir sind nur der Stock, mit dem sie den Premierminister schlägt. Nachdem er sein absolutes Vertrauen in uns, in Sie, zum Ausdruck gebracht hatte, sind wir zum Feind geworden. Es ist ein Nullsummenspiel, denken Sie daran. Würde der Premierminister eine Rede halten, in der er Schülerlotsinnen lobt, würde Gimball sie zu Staatsfeindinnen erklären. Und Dodie würde in ihren nächsten drei Kolumnen aufzählen, wie viele Verkehrsunfälle sie schon verursacht haben.«

Vieles von dem, was Claude Whelan über die verräterische Natur der Machthungrigen wusste, hatte er von Diana Taverner gelernt, obwohl sie sich nur selten so klar ausdrückte. Meistens beobachtete er einfach nur ihr Verhalten.

Er fragte: »Und wie sollen wir Zafar Jaffrey einschätzen? Den Feind unseres Feindes?«

»Wollen Sie das wissen, weil es uns interessiert? Oder weil der Premierminister es wissen will?«

Weil der Premierminister es wissen wollte. Vor der Sitzung, zu der Whelan eingeladen worden war, um vor dem Kabinett zu sprechen, hatte der Premierminister ihn zur Seite genommen. »Jaffrey. Er ist blitzsauber, oder? Mir sind da Gerüchte zu Ohren gekommen.«

»Sie hat auch ihn auf dem Kieker«, sagte Whelan. »Sein Foto erscheint immer dann auf ihrer Seite, wenn sie sich auf islamistischen Extremismus bezieht. Man braucht kein Psychologiestudium, um die Zusammenhänge zu erkennen.«

»Tja, er ist schwarz«, entgegnete Lady Di. »Die Gimballs sagen zwar nicht direkt ›Schickt sie zurück‹, aber sie werden mit Sicherheit keine Regenbogenpartei unterstützen.« Sie hielt inne. »Jaffrey wurde von allen Seiten durchleuchtet, von uns, von der Verkehrspolizei, wahrscheinlich sogar von den Pfadfinderinnen. Niemand hat ihn bisher dabei erwischt, wie er in seinem Keller Selbstmordgürtel bastelt.«

»Irgendwelche dubiosen Verbindungen?«

»Er ist ein Politiker. Die teilen sich alle irgendwann mal

ein Podium mit zwielichtigen Kandidaten, denn zwielichtige Kandidaten machen es sich zur Aufgabe, Podien mit Politikern zu teilen. Aber wenn er irgendetwas zu verbergen hätte, wäre das längst ans Licht gekommen. Seien wir ehrlich, er ist Mitte vierzig und er hat einen Schwanz. Wenn er der Typ wäre, der auf eine Sexfalle hereinfällt, hätte er das schon getan.«

»Kein Aber?«

»Es gibt immer ein Aber«, erwiderte Lady Di. »Man hat uns schon öfter hinters Licht geführt.«

»Dann sollten wir einen zweiten Blick auf ihn werfen«, riet Whelan. »Nur für den Fall, dass er seit der letzten Kontrolle irgendwo reingetreten ist, wo er nicht hätte reintreten sollen.«

Sie sah ihn mit einer solchen Unschuldsmiene an, dass er genau wusste, auf welchen Hochtouren ihr Gehirn gerade arbeitete. »Gibt es dafür einen bestimmten Grund? Wir haben gerade viel um die Ohren, müssen wir da wirklich unsere Hausaufgaben noch einmal machen?«

Doch Westminster, überlegte Whelan, war nicht das einzige Nullsummenspiel in der Stadt. Er hatte nicht die Absicht, Diana Taverner in alle Ecken und Winkel blicken zu lassen. Sie hielt selbst das reinste Labyrinth verborgen.

»Verbuchen Sie es unter Organisatorisches«, sagte er. »Nehmen Sie die Dogs, wenn Sie wollen. Sie haben nichts mit Abbotsfield oder dieser neuen Sache zu tun. Die freuen sich bestimmt über Abwechslung.«

Lady Di nickte. »Wie Sie wünschen, Claude.«

»Ach, und noch etwas. Übermorgen findet in der Westmister Abbey ein Gottesdienst für die zivilen Opfer des

Krieges statt. Angesichts der jüngsten Ereignisse wird es eine Art Gedenkfeier werden. Es wird viel Prominenz erwartet, also müssen wir die üblichen Sicherheitsmaßnahmen durchführen.«

»Und in der Zwischenzeit schauen wir, ob wir die Mörder von Abbotsfield aufspüren können, ja?«

Manchmal lohnte es sich, Lady Di das letzte Wort zu überlassen, und sei es nur, um Gewissheit zu haben, dass das Gespräch zu Ende war. Er nickte knapp und sah zu, wie sie den Raum verließ. Als er allein war, streckte er die Hand aus und ließ die Finger einen Moment lang auf Claires Foto verweilen, um ihre ruhige Standhaftigkeit, ihre moralische Gewissheit zu erspüren. *Setze dem ein Ende,* dachte er. Wie schön, wenn immer alles so einfach wäre.

Louisa ging in die Küche, um sich eine Tasse Tee zu kochen, denn jede Zeitspanne, die sie nicht damit verbrachte, Listen von Bibliotheksbenutzern zu überprüfen, bedeutete einen kleinen Sieg im langen Kampf des Lebens. Shirley war ihr dicht auf den Fersen, ein bisschen zu dicht für Louisas Geschmack. Shirley war in den letzten Wochen nicht mehr ganz so manisch gewesen wie früher, überlegte Louisa. Was manche Leute als gutes Zeichen werten würden, sie jedoch eher alarmierend fand.

Ohne Umschweife fragte Shirley: »Auf wessen Seite stehst du?«

»Ich würde sagen, auf der von Daenerys Targaryen«, sagte Louisa, ohne sich umzusehen. »Nicht so sehr wegen der Drachen, eher wegen der Sklavenbefreiung. Aber die Drachen sind schon Klasse, oder?«

»Ich weiß ganz genau, was ich gesehen habe«, fuhr Shirley fort. »Und es war definitiv ein versuchter Anschlag.«

Es sah nicht so aus, als ob sie so schnell aus der Sache rauskommen würde. Louisa unterdrückte einen Seufzer und füllte den Wasserkocher. »Möchtest du auch eine Tasse Tee?«, fragte sie und wurde sich bewusst, dass sie Shirley zum ersten Mal gefragt hatte, ob sie Tee wollte, seitdem sie zusammenarbeiteten. Sie war seltsam erleichtert, als Shirley das Angebot ignorierte.

»Ich wünschte nur, ich hätte das Kennzeichen erkannt.«

»Ja, das hätte vielleicht geholfen, die Situation zu klären«, stimmte Louisa zu.

»Hey, du warst nicht dabei. Es ging alles so schnell!«

»Das sollte doch keine Kritik sein«, beschwichtigte sie Louisa, obwohl es eine gewesen war. Shirley war in vielem schnell: eingeschnappt sein, die Stimmung wechseln, einen Donut essen. Das Sammeln von Daten gehörte, wie sich herausgestellt hatte, nicht dazu.

»Egal, es war auf jeden Fall Absicht, und derjenige, der dahintersteckt, hat den Wagen garantiert gestohlen. Wir würden sowieso nichts weiter finden als ein ausgebranntes Wrack mitten im Nirgendwo, und mit dem Kennzeichen könnten wir nichts anfangen.«

»Wenn du meinst.«

»Toll, es bringt mich ja richtig weiter, mit dir zu reden.«

Da war sie wieder, die alte Shirley, nur dass sie diesmal nicht anschließend türenknallend und mit Sachen um sich schmeißend aus der Küche stürmte. Louisa wusste, dass sie an einem Aggressionsbewältigungskurs teilgenommen hatte, aber das war der erste Hinweis darauf, dass er tatsächlich etwas gebracht hatte. Sie hätte gedacht, dass dafür das weibliche Äquivalent einer chemischen Kastration nötig gewesen wäre, aber das war wohl ein Irrtum gewesen. Die Wunder der Therapie.

»Tja, weißt du«, sagte sie, da Shirley immer noch in der Küche herumlungerte, »ich kann mich so oder so nicht besonders über die Sache aufregen.«

»Warum nicht?«

»Einerseits hat Lamb wahrscheinlich recht. Wie groß ist die Wahrscheinlichkeit, dass Ho auf einer Abschussliste steht? Ich meine, einer professionellen. Schließlich würde ihn jeder, der ihn kennt, am liebsten umbringen.« Sie fischte einen Teebeutel aus einer verbeulten Dose. »Andererseits: Wenn er sich irrt und Ho tatsächlich umgebracht werden soll, bin ich mir nicht sicher, ob mich das besonders traurig macht.«

»Es sei denn, Ho wurde wegen seiner Arbeit zur Zielscheibe«, entgegnete Shirley. »Weil er einer von uns ist.«

»Ho ist vieles«, meinte Louisa. »Aber ›einer von uns‹ ist nicht das Erste, was mir dazu einfällt.«

»Du weißt genau, was ich meine. Es ist schon komisch, dass sie es ausgerechnet auf Ho abgesehen haben, denn er ist so ein Trottel, dass er es nicht mal merkt. Aber mal angenommen, derjenige, der ihn umnieten wollte, kommt auf die Idee, dass es einfacher ist, bei uns im Haus eine Bombe zu legen? Oder mit einer Schrotflinte reinzustürmen? Hast du vergessen, was beim letzten Mal passiert ist?«

Louisa sagte nichts. Als Slough House das letzte Mal ins Fadenkreuz geraten war, hatte Marcus den Preis dafür bezahlt. Und wenn sie und Shirley etwas gemeinsam hatten, abgesehen von ihrem Status als Ausgestoßene, dann war es, dass sie Marcus beide sehr gemocht hatten.

Der Wasserkocher brodelte, und der Dampf verteilte sich in dem kleinen Kabuff. Louisa strich sich eine Haarsträhne hinters Ohr und goss heißes Wasser in ihren Becher. Shirley rührte sich immer noch nicht vom Fleck, und Louisa empfand allmählich Mitleid für sie. Als Min Harper gestorben war, hatte Louisa niemanden gehabt, mit dem sie hätte reden können. Marcus und Shirley waren zwar kein Paar gewesen, aber immerhin das, was in Slough House Partnern am nächsten kam. Shirley machte jetzt die Trauer durch, die Louisa damals empfunden hatte. Es war nicht dasselbe – Gefühle sind niemals gleich –, aber immerhin so ähnlich, dass Louisa eine Ahnung davon hatte.

Doch wenn man erst einmal anfing, diese Mauern einzureißen, konnte man nicht wissen, was dahinter hervorkriechen würde.

Sie schaute in den Kühlschrank und fand die Milch. Gab vielleicht einen halben Teelöffel davon in ihre Tasse. Komisch, dass man an seinem Ritual für die Teezubereitung immer festhielt, selbst wenn der Beutel, den man benutzte, nur aromatisierten Staub enthielt und das Wasser metallisch schmeckte.

»Ich habe mich schon gefragt«, setzte Shirley an und hielt dann inne.

Louisa wartete. »Was?«

»Ach, nee, vergiss es.«

»Shirley. Was hast du dich gefragt?«

»Ob ich ihn vielleicht ein bisschen im Auge behalten sollte. Ho.«

»Du willst auf Ho aufpassen?«

»Ja, schon.«

»Echt jetzt?«

»Nur für alle Fälle. Falls so was noch mal passiert, weißt du.«

Oh Gott.

»Du hast dich also gefragt«, sagte Louisa, »ob ich es für eine gute Idee halte?«

»Nein, ich habe mir überlegt, ob du mir helfen würdest«, murmelte Shirley.

»Ich soll meine Freizeit opfern, um Roderick Ho zu beobachten«, erwiderte Louisa. Diesen Gedanken auch nur auszusprechen verdarb die Luft wie ein Furz in einem überfüllten Fahrstuhl.

»Nur für ein, zwei Tage. Nicht lange.«

Louisa nippte an ihrem Tee und beschloss, dass er viel besser geschmeckt hätte, wenn sie sich damit in ihrem Büro versteckt hätte, bis Shirley das Gebäude verlassen hatte, anstatt einen halben Teelöffel Milch hineinzugeben.

»Damit handelst du indirekt gegen Lambs Befehle, das ist dir klar, oder?«

»Ja und, was dagegen?«

»Moralisch gesehen nicht«, antwortete Louisa. »Ich möchte nur nicht in deiner Haut stecken, wenn er es herausfindet.«

»Wie kommst du darauf, dass er es herausfinden wird?«

»Aus Erfahrung.« Sie dachte an den Knall und das Krachen, das sie vorhin gehört hatte. Auch sie war davon ausgegangen, dass es einen Unfall gegeben hatte, an dem irgendwie ein Auto beteiligt war. Sie glaubte allerdings nicht an Shirleys Version der Ereignisse. »Also, Shirley.« Ihr war nicht wohl dabei, aber sie sagte es trotzdem: »Ich verstehe, dass du dir Sorgen machst. Aber ich glaube nicht, dass das wirklich nötig ist. Was letztes Mal passiert ist, mit Marcus und so, das war natürlich sehr schlimm. Aber es lag nur daran, dass wir in etwas Größeres verwickelt waren. Niemand hat es auf uns abgesehen. Warum auch?«

»Du hältst mich für eine Spinnerin«, stellte Shirley fest. »Eine koksende Spinnerin.«

Das traf es so ungefähr.

»Nein«, sagte Louisa. »Das tue ich nicht.«

»Doch, das tust du. Also fick dich.«

Das sagte sie jedoch ziemlich ruhig und machte nicht den Eindruck, als würde sie gleich den Teelöffel nehmen und versuchen, Louisa ein Auge auszustechen. Und wieder dachte Louisa: Dieser Aggressionsbewältigungskurs scheint zu wirken. Wer hätte das gedacht?

»Okay«, sagte sie. »Wenn du meinst.«

Sie trug ihre eklige Plörre raus in den Flur, aber bevor sie ihr Büro betreten konnte, rief River sie aus seinem.

»Louisa? Komm, das musst du dir anschauen!«

Er sah sich irgendetwas auf YouTube an; es schien ein Amateurvideo zu sein. J.K. Coe saß am anderen Schreibtisch und blickte nicht auf, als Louisa eintrat. Das war typisch für ihn. Er verbrachte die meiste Zeit auf dem Planeten Coe: Es musste einsam dort oben sein, aber wenigstens gab es dort Sauerstoff, sonst wäre er schon längst erstickt. Aber was sah sich River da an?

»Ach du Scheiße!«, stieß sie hervor.

»Das wurde vor etwa einer Dreiviertelstunde gepostet.«

Das Video zeigte verschwommen eine Menschenmenge, die vor einer Art Explosion davonlief. Was auch immer es gewesen war, es hatte sich auf der anderen Seite einer Glasscheibe ereignet, die nun mit Blut und etwas, das wie Fell oder vielleicht Federn aussah, bespritzt und gesprenkelt war.

»Wer … was war das? Was ist da gestorben?«

»Pinguine«, sagte River. »Irgendein Mistkerl hat eine Rohrbombe in das Pinguingehege im Dobsey Park geworfen. Das ist in der Nähe von Chester. Vierzehn von den kleinen Viechern sind umgekommen. Die meisten anderen werden es wahrscheinlich auch nicht überleben.«

Die Bombe war im Becken gelandet, und die Hälfte der Kolonie war hinterhergetaucht. Komische kleine Tierchen, diese Pinguine, und jetzt war die Hälfte von ihnen tot.

»Weiß man schon, wer …«

»Noch nicht.« River suchte nach den offiziellen Nachrichtenseiten. Die BBC-Titelseite enthielt kaum Fakten, dafür aber einen Screenshot von einem iPhone, der das Gemetzel zeigte. Es sah aus wie in einem Schlachthaus. Hier und da ein Fetzen Pinguin. Etwas, was wie eine intakte Brustflosse aussah. Pinguine waren unbeholfen an Land, behände unter Wasser, aber größtenteils Hackfleisch, wenn man sie brutaler Physik aussetzte.

Shirley hatte sich zu ihnen gesellt. Ihr Gesicht verzog sich vor Entsetzen. »Oh mein Gott! Das ist ja furchtbar!«

»›The Watering Hole‹«, las River. »So heißt das Pinguingehege. Klingt eher nach einem Wasserloch für Elefanten, Gazellen und so, oder?«, fragte er und bewies damit mehr zoologisches Wissen, als Louisa ihm zugetraut hätte.

J. K. Coe sah von seinem Schreibtisch auf und starrte sie einen Moment lang an. Dann trübte sich sein Blick, und er schaute stattdessen aus dem Fenster.

Louisa fühlte sich elend. Zwölf Tote in Abbotsfield, und jetzt das. Sie sah Shirley an, die jetzt betrübt und angewidert dreinschaute. Es war fast unheimlich, denn die Shirley, an die sie gewöhnt war, hätte längst Löcher in die Wand geschlagen. Nicht, weil sie Pinguine besonders mochte, soweit Louisa wusste, aber normalerweise nahm sie jede Gelegenheit zum Ausrasten wahr.

Ehe sie sich versah, rutschte es ihr heraus: »Shirley meint, wir sollten Ho im Auge behalten.«

»Wie, etwa auf ihn aufpassen?«, fragte River.

»So was in der Art.«

»Nach Feierabend?«

»Während der Arbeit sind wir die Einzigen, die ihm etwas tun könnten.«

»Du weißt, dass er ein Clubgänger ist, oder?«

»Hab ich mir gedacht.«

»Wo er sich vermutlich mit Gleichgesinnten trifft. Leuten wie Ho.« Er hielt inne. »Wir brauchen Schutzanzüge.«

Shirley sagte: »Das heißt, du bist dabei?«

»Ich habe momentan nichts anderes vor«, sagte River. Er sah Louisa an. »Du machst doch auch mit, oder?«

Louisa zuckte mit den Schultern. »Okay, warum nicht? Ich bin dabei.«

4

Wenn die Frage aufkam, was bei Interviews oft der Fall war, hatte Dodie Gimball stets die Antwort parat: »Oh, da irren Sie sich. Bei uns zu Hause hat Dennis die Hosen an.« Und das stimmte auch größtenteils, was sie aber nicht erwähnte, war, dass er gelegentlich auch ein etwas zu ausgefallenes rotes Cocktailkleid trug, das er ihr zu ihrem Vierzigsten geschenkt hatte, ebenso wie diverse Dessous von ihr, die er peinlich genau ersetzte, wenn sie kaputtgingen. Es war ein harmloses Kavaliersdelikt – in ihrer Jugend war Dodie ausschließlich mit Jungs aus der Public School zusammen gewesen und hatte daher nicht mit der Wimper gezuckt, als Dennis' kleine Marotte ans Licht gekommen war. Wenigstens hatte er kein Interesse daran, in einen Neoprenanzug zu schlüpfen und zu verlangen, dass sie in Stilettos auf ihm herumlief, was nicht nur einer, sondern gleich zwei ehemalige Harrow-Zöglinge als abendlichen Zeitvertreib vorgeschlagen hatten. (Sie waren im selben Jahrgang gewesen.) Und man konnte über das System sagen, was man wollte: Es verlieh seine Schülerinnen und Schüler eine Ahnung von den literarischen Klassikern, ein prall gefülltes Adressbuch und das Wissen, welche Gabel man bei Tisch benutzen musste. Staatliche Bildung war etwas für Chemiker und die schäbigeren Poeten. Allerdings war Dodie bis heute ein wenig gekränkt, dass Dennis ihr Geschenk zum vierzigsten Geburtstag zu seinem eigenen Vergnügen ausgesucht hatte.

Wie dem auch sei, dieser kleine Punkt war letzte Woche von der Gimball-Agenda abgehakt worden und würde daher eine Weile nicht mehr auftauchen. Was sie jetzt im Wohnzimmer ihres Apartments in Chelsea besprachen, fiel eher in den Bereich ihrer gemeinsamen beruflichen Interessen als in den ihrer mehr oder weniger gemeinsamen Freizeitbeschäftigungen.

»Und du bist dir ganz sicher, dass die Informationen korrekt sind? Dass dieser Mann …«

»Barrett.«

»Dass dieser Barrett weiß, wovon er redet?«

Diese Fragen waren rein rhetorisch, denn Dodie hatte sie bereits zweimal beantwortet. Aber das war Dennis' Art: Wenn er Informationen verarbeitete, ließ er sie gerne mehrmals Revue passieren. Und wenn er sich dann auf die Hinterbeine stellte und sie der Öffentlichkeit vortrug, brauchte er nicht auf Notizen zu spähen oder nach den richtigen Worten zu suchen. Er strahlte Selbstvertrauen und den Nimbus der Wahrhaftigkeit aus. Selbst – oder gerade – wenn das Material erfunden war.

Sie sagte: »Er hat schon öfter für uns gearbeitet, und wir mussten noch nie etwas zurückziehen. Er war früher Polizist, glaube ich. Oder jedenfalls macht er den Eindruck. Wie auch immer, er ist unser Mann für die Grauzonen. Du weißt schon, Leute beschatten. Die Ohren offen halten. Natürlich alles im Interesse der Öffentlichkeit.«

»Selbstverständlich.«

»Er hat Zafar Jaffreys Handlanger im Auge behalten.«

Zafar Jaffrey: der Lieblingsmuslim des Premierministers, sein Favorit im Rennen um das Amt des Bürgermeisters der West Midlands, und genau der Sprecher, den seine Community brauchte, weil er anständig, vernünftig, moderat und menschlich war; der Erste, der Extremismus verurteilte, und der Erste, der seine muslimischen Mitbürger gegen islamfeindliche Beschimpfungen verteidigte. Das war die offizielle Linie, und selbst Dodie musste zugeben, dass er im Fernsehen gut aussah, aber es gab schließlich eine Grenze, die man nicht überschreiten sollte, wenn man den Angehörigen anderer Religionen die Türen öffnete – war es so falsch, hier »Rassen« hinzuzufügen? –, und diese Grenze war erreicht, wenn man ihnen einen Haustürschlüssel gab. Außerdem war da noch die Sache mit seinem Bruder. Er hatte zwar nie versucht, es zu verheimlichen – das wäre auch gar nicht möglich gewesen –, aber selbst sein öffentliches Eingeständnis konnte die Wogen nicht glätten: Es war eine Tatsache, dass Jaffreys jüngerer Bruder nach Syrien gegangen und dort im Dschihad gestorben war. Er war ein Terrorist gewesen, um das Kind beim Namen zu nennen. Auf einer Stufe mit denen, die hier im gemäßigten Großbritannien Unschuldige niedergeschossen hatten.

Dennis schloss die Augen und rezitierte: »Der Handlanger. Ein Ex-Knacki um die dreißig namens Tyson Bowman, der zwei Vergehen wegen Körperverletzung im Lebenslauf stehen hat. Ein fieser Typ. Behauptet, zu Allah gefunden zu haben und sich an Recht und Gesetz zu halten, hat aber eine dieser Gesichtstätowierungen, so ein Tribal?«

»Sag besser nicht ›Tribal‹, Schatz.«

»Du hast recht. Wie auch immer, die meisten von Jaffreys Mitarbeitern haben Vorstrafen. Das ist sein Ding. Wiedereingliederung.« Er rümpfte die Nase: linker Schwachsinn. »Jaffrey wird nicht leugnen, dass er Verbindungen zu Kriminellen hat.«

»Jaffrey ist gar nicht da, also kann er weder etwas bestätigen noch dementieren, also lass die Politik aus dem Spiel und betone einfach die Tatsache, dass der Handlanger im Gefängnis gesessen hat. Wie auch immer. Dieser Barrett hat ein Video von Bowman, wie er einen schäbigen kleinen Laden in der Nähe von St. Paul's besucht, angeblich ein Schreibwarengeschäft, obwohl das anscheinend nur … eine ›Fassade‹ ist, so sagt man doch, oder? Der Inhaber ist ein gewisser Reginald Blaine, der sich ›Dancer‹ nennt. Und dieser Dancer hat Verbindungen zur Unterwelt, sagt Barrett. Er soll mit Waffen handeln und außerdem auf das Fälschen von Ausweisen spezialisiert sein.«

»Und warum sitzt er dann nicht im Knast?«

»Weil die Welt aus Grauzonen besteht, Liebling. Wenn der Mann den Behörden nützliche Informationen liefert, dann lässt man ihm zweifellos einen gewissen Spielraum. Aber das ist nicht unsere Angelegenheit. Was zählt, ist erstens, dass er mit Waffen und gefälschten Papieren handelt, und zweitens, dass Jaffreys Helfer mit ihm zu tun hatte.«

»Aber nicht Jaffrey selbst.«

»Natürlich nicht Jaffrey selbst. Dafür hat er ja …«

»Einen Handlanger«, beendete Dennis ihren Satz.

Sie waren ein Team. So war ihre Partnerschaft angelegt.

Das Glas seiner Frau war leer, also füllte er es nach: ein recht amüsanter Claret aus einem dieser Weindepots am

Stadtrand. Es konnte nie schaden, sich dort beim Einkaufen sehen zu lassen, wo gewöhnliche Leute einkauften, vorausgesetzt, sie waren die richtige Art von gewöhnlich.

»Und bist du sicher, dass ein öffentliches Meeting die richtige Gelegenheit ist, um diese Informationen zu verbreiten? Im Parlament wäre es vielleicht sicherer.«

»Kann sein, aber wir verstecken uns nicht hinter den Röcken der Mutter aller Parlamente«, erwiderte Dodie. »Wir ergreifen unser Schwert der Wahrheit und ziehen aus, um das Volk zu verteidigen.«

Er prostete ihr anerkennend zu.

»Außerdem«, fuhr sie fort, »ist es eine Tatsache, die jeder Prüfung standhält. Die ganze Geschichte wird am nächsten Morgen in meiner Kolumne veröffentlicht werden, zusammen mit einem Beweisfoto. Jaffrey wird nicht klagen. Denn wenn er das tut, ist er geliefert.«

Dennis schlüpfte jetzt in die andere Rolle; er überprüfte nicht mehr den Inhalt seiner bevorstehenden Rede, sondern probte sie, erkundete das Gewicht ihrer Bedeutung. »Es gibt keine unschuldigen Erklärungen für den Wunsch nach falschen Identitäten. Und die Tatsache, dass Jaffrey …«

»Oder sein Handlanger.«

»… oder sein Untergebener innerhalb von achtundvierzig Stunden nach dem Vorfall in Abbotsfield Kontakt zu einem bekannten Anbieter von gefälschten Ausweispapieren aufgenommen hat, spricht ja wohl für sich.«

»›Erfordert eine Erklärung‹ wäre vielleicht besser.«

»Erfordert eine Erklärung«, verbesserte sich Dennis. »Ist es zu viel verlangt, dass der Premierminister eine solche Erklärung von seinem Mitarbeiter verlangt?«

»Unnötig«, urteilte Dodie. »Alle werden die richtigen Schlüsse ziehen, glaub mir. Und selbst wenn nicht, werde ich es an ihrer Stelle in meiner Kolumne tun. Zugleich muss der Premierminister noch deine Ankündigung verdauen, dass du nach reiflicher Überlegung, wo und wie du deinem Land am besten dienen kannst …«

»In diesen schwierigen Zeiten«, ergänzte Dennis.

»In diesen schwierigen Zeiten, du dich entschlossen hast, der Partei wieder beizutreten, deren Ziele und Ideale dir immer am Herzen lagen und auf deren Hinterbänken du gerne an der Seite derer arbeiten wirst, die du immer zu deinen engsten Freunden gezählt hast.«

»Wobei ich die Neuzugänge ehrlich gesagt richtig schrecklich finde«, meinte Dennis.

»Aber wenigstens nicht so schlimm wie unsere eigene Truppe.«

Womit sie recht hatte. Die Partei, der Gimball beigetreten war, mochte nur einen einzigen Punkt auf der Agenda haben, aber der reichte aus, um ihre eher schlichten Aktivisten zu entzweien, für die eine Schlägerei auf einem Parkplatz als Debatte galt. Es würde zweifellos zu einer Hysterie unter ihnen führen, wenn er ins andere Lager überlief – oder besser: wieder dorthin zurücklief –, aber am Ende wäre es nichts weiter als ein Sturm im Wasserglas.

Er erhob erneut sein Glas auf seine Frau. Sie machten großen Spaß, diese Strategiesitzungen. Ein Musterbeispiel für kooperative Planung. »Ich frage mich, wie der Premierminister reagieren wird«, sagte er.

»Ich denke, er wird so tun, als würde er ein gemästetes Kalb schlachten, weil der verlorene Sohn zurückkehrt, und versuchen, nicht zu zeigen, dass er sich beschmutzt hat. Er hat gerade verkündet, dass Jaffrey seine volle Unterstützung hat, und nach meinem Artikel von neulich …«

»Wie ein Bulle eine Kuh bedient, ha ha! Sehr gut!«

»… hatte er gar keine andere Wahl, als sich für den MI 5-Chef starkzumachen, wie heißt er noch gleich? Dieser gewöhnliche kleine Mann.«

»Claude Whelan.«

»Der Vorzeigemuslim des Premierministers entpuppt sich also als etwas, was die Political Correctness verbietet auszusprechen, und der Mann, der die Glaubwürdigkeit des besagten Muslims überprüfen sollte, hat bei seiner Aufgabe versagt. Der Premierminister hat wirklich nicht das beste Urteilsvermögen, wie es aussieht, oder?«

»In dem Maße, dass man ihn eigentlich ersetzen müsste.«

»Und wer wäre besser dazu geeignet als der Held des Referendums? Happy Ends sind in der Politik so selten, Liebling, dass dieses hier noch Jahre später für Furore sorgen wird.«

Wie andere Zeitungskolumnistinnen und andere Politiker auch hielten sich die beiden tatsächlich für beliebt.

Dennis Gimball trank seinen Wein aus, stand auf und reckte sich. »So«, sagte er. »Dann ist ja alles in trockenen Tüchern. Ich gehe mir nur noch mal die Beine vertreten. Und hole unterwegs eine Zeitung.«

»Wenn man dich beim Rauchen erwischt, Schatz, steht das morgen in den Schlagzeilen. Du hast viel Wirbel darum gemacht, dass du aufgehört hast, weißt du noch?«

»Es stand aber nicht auf der Titelseite des Manifests.«

»Das war beim ersten Mal lustig, Schatz, aber sag das nie

wieder. Wenn du rauchen willst, dann tu es im Garten. Und pass auf, dass dich keiner sieht.«

Manchmal, dachte sie, war es, als hätte sie ein Kind.

Während er im Garten war, blätterte sie in ihrem Kalender und ging die Details der öffentlichen Sitzung am nächsten Abend durch, die mal wieder in ihrem Wahlkreis stattfand. Sie hatten sich bewusst für eine lokale Veranstaltung entschieden. Dennis' Stärke lag darin, dass er die einfachen Leute tolerierte und so tat, als sei er nicht bedeutender als sie, und in dieser Phase seiner Karriere war diese Taktik wichtiger denn je. Er würde seine Ankündigung vor heimischem Publikum und vor heimischen Kameras machen. Seine Anhänger würden sich fühlen, als wären sie mitten im Geschehen, und die darauffolgende Welle positiver Gefühle würde ihn durch die nächsten Monate tragen. Zugleich würde dieselbe Welle den Premierminister in den Abgrund reißen. Der Premierminister war ein liebenswürdiger Idiot, dessen Liebenswürdigkeit sich abnutzte und dessen Idiotie von Tag zu Tag offensichtlicher wurde. Er hatte sich mit lauter Vertrauten umgeben, sodass eine Kabinettssitzung dem Gemeinschaftsraum seiner Oberstufe glich, und er hatte nicht die leiseste Ahnung, welchen Unmut dies hervorrief. Doch das Blatt wendete sich, und bald würde sich die Schlinge um seinen Hals zuziehen.

Das war übrigens wunderbares Material. Sie sollte sich Notizen machen – Welle der Gefühle, in den Abgrund reißen, Schlinge …

Dodie trank ihren Wein aus und wandte sich dem nächsten Punkt auf ihrer Liste zu: was sie bei der Veranstaltung tragen sollte. Etwas Schlichtes, Seriöses, nicht allzu Auffälliges, das aber Klasse ausstrahlte, was, ehrlich gesagt, das rote Cocktailkleid nie getan hatte. Dennis musste das natürlich nicht wissen. Selbst die besten Ehen brauchten ihre Geheimnisse.

Nach fünf Uhr führten die Treppen in Slough House nur noch in eine Richtung. Das war jedenfalls die allgemeine Regel. Shirleys letzter AFM-Termin war um sechs, und sie brauchte zu Fuß nicht mal eine halbe Stunde bis dorthin. Trotzdem gehörte der Fußweg zu den vielen Dingen, gegen die sich ihre schwer zu zügelnden Aggressionen richteten: Wenn sie schon irgendetwas treten musste, dann bitte schön nicht das Pflaster. Außerdem brannte sie darauf, die Hauptaufgabe des Abends in Angriff zu nehmen: Roddy Ho zu beschatten und festzustellen, welche Reptilien in seinem Kielwasser wimmelten. Sie war sogar so sehr darauf fokussiert, dass sie das Päckchen Koks in ihrer Tasche immer wieder für kurze Zeit vergaß.

Aber eben nur für kurze Zeit.

Vielleicht sollte sie es sich jetzt reinziehen? Den Abend mit einem Rausch beginnen: ein bisschen ihre Sinne schärfen. Sie hatte noch nie Koks vor einem AFM genommen, außer ein- oder zweimal, aber egal, sie hatte den Kurs überlebt, oder? Er war nur einmal verlängert worden, oder vielleicht zweimal … Na ja, vielleicht war es doch keine so gute Idee, sich zuzudröhnen.

Was bedeutete, in ihrem Büro zu bleiben und die Zähne zusammenzubeißen. Den öden Arbeitstag um weitere dreißig öde Minuten zu verlängern, wobei sie genau wusste, dass River Cartwright und Louisa Guy bereits an der Arbeit waren: *ihrer* Arbeit. Es war mal wieder typisch für sie, dass sie die ganze Action verpasste. Schlimmstenfalls wurde Ho auf interessante Weise umgelegt, und sie war nicht dabei. Und die Geschichte würde sie sich hinterher bis zum Erbrechen anhören müssen. Doch sie saß hier fest. Noch achtundzwanzig Minuten, ganz allein in Slough House, abgesehen von …

Lamb und Catherine.

Neben Ho beschäftigte sie noch etwas anderes, und zwar schon eine ganze Weile, aber der richtige Moment, sich darum zu kümmern, hatte sich nie ergeben, vor allem, weil es einen solchen Moment höchstwahrscheinlich nicht gab. Jetzt hingegen wäre ein guter Zeitpunkt, so oder so. Denn entweder, sie raffte sich auf, oder sie blieb hier sitzen, zählte die Minuten und fügte sie der Strichliste ihrer Tage hinzu …

Scheiß drauf.

Shirley stand auf, verließ das Büro und nahm die Treppe in die falsche Richtung.

»Wie kann es sein, dass Ho in einem Haus wohnt?«, fragte River.

»Was dachtest du denn? Dass er in einem umgeklappten Pizzakarton haust?«

»Du weißt genau, was ich meine.«

Ja, das wusste sie.

Er meinte, dass Ho in einem Haus wohnte. Einem *Haus*! Nicht etwa in einer Wohnung oder einem Einzimmerapartment, sondern in einem richtigen Londoner Haus, mit einer Haustür und einem Dach und allem, was dazugehörte.

River lebte in einer Einzimmerwohnung im East End, mit Blick auf eine Reihe von Läden, wo ihn regelmäßig lärmende Besoffene vom Schlafen abhielten und die Miete von Quartal zu Quartal teurer wurde. Louisa besaß eine eigene Wohnung, aber sie lag meilenweit außerhalb der Stadt in einer Gegend, die auf dieselbe Art zu London gehörte wie die Flughäfen. Ho dagegen wohnte offensichtlich in einem Haus: nicht in der saubersten Gegend der Hauptstadt, auch nicht in der hellsten, aber immerhin. In einem Haus, verdammt noch mal!

»Muss reiche Eltern haben«, spekulierte Louisa.

»Davon können wir ausgehen. Und schau mal, was hat er denn da? Was ist das?«

»Eine verglaste Veranda?«

Es sah aus wie ein Wintergarten im Obergeschoss: ein Raum, dessen Außenwand größtenteils aus Glas bestand. Durch die Spalten zwischen den Vorhängen konnten River und Louisa Türme von elektronischen Geräten erkennen, entweder Musik- oder Computerequipment. Der Raum war erleuchtet, und Ho – oder eine andere Person – ging darin auf und ab.

»Ich meine mich zu erinnern, dass er mir davon erzählt hat«, sagte Louisa.

»Ho hat dir von seinem Haus erzählt?«

»So ähnlich.«

»Du hast ihn belauscht?«

»Ich bin eine Spionin, schon vergessen?«

Sie saßen in Louisas Auto und na ja, spionierten. Zur Stärkung aßen sie Burger aus Styroporbehältern und teilten sich eine Portion Käse-Kartoffelwedges, über die sie vorher länger diskutiert hatten (»Du brauchst kein Salz draufzustreuen, die sind schon gesalzen. – Doch, es ist schon genug drauf!«). Die Zankerei hatte glatt das gute Gefühl zunichtegemacht, auf eine halbe Portion Käse-Kartoffelwedges zu verzichten. Ho war seit einer Stunde zu Hause, und sie hatten bereits vereinbart, dass sie Shirley gleich morgen früh von einer Brücke werfen würden, wenn er die ganze Nacht zu Hause blieb und nichts passierte.

Das Auto miefte nach Essen, und Louisa ließ das Fenster herunter, um frische Luft reinzulassen.

»Apropos Haus«, sagte River.

»Ja?«

»Ich war neulich mal da.«

»Im Haus deiner Großeltern?«

River nickte.

»Muss komisch sein, jetzt, wo er nicht mehr da ist.«

»Ja, es war, als wäre ich zum ersten Mal ganz alleine da. Das kann nicht stimmen, aber so hat es sich angefühlt.«

Es war, als wäre er in die Vergangenheit einer anderen Person eingetaucht. Die Bücher in den Regalen, die Jacken und Mäntel an der Garderobe, die Gummistiefel neben der Hintertür. River war vor zehn Jahren ausgezogen, aber hier und da gab es noch Spuren seiner Anwesenheit: Späne auf der Fußleiste, Kisten auf dem Dachboden, das Regal mit seinen Kinder- und Jugendbüchern. Doch in den letzten Jahren hatte das Haus ganz dem O.B. gehört, und davor war es das vom O.B. und von Rose, Rivers Großmutter, gewesen. Als er durch die Räume ging, hatte er sich wie ein Fremder gefühlt, als hätte jemand ein Museum seiner Großeltern zusammengestellt, aber vergessen, die Etiketten anzubringen. Er hatte sich dabei ertappt, wie er Gegenstände berührte und versuchte, sie in eine Chronologie einzuordnen, von der er immer nur einen kleinen Teil gekannt hatte.

»Was wird damit passieren?«

»Damit passieren?«

Louisa wandte den Blick ab und schaute dann wieder zurück. »Er wird nicht ewig leben, River.«

»Ja, ich weiß. Ich weiß.«

»Bist du Alleinerbe?«

»Meine Mutter ist seine nächste Angehörige.«

»Aber ist es wahrscheinlich, dass er es ihr hinterlässt?«

»Ich weiß nicht. Nein. Wahrscheinlich nicht.«

»Na dann.«

»Aber es ist ja nicht so, dass ich nur darauf warte, dass er …«

»Ich weiß.«

»… stirbt, ich zähle nicht …«

»Ich weiß.«

»… die Tage oder so. Ja, ich werde wahrscheinlich erben. Und ja, das wird mir helfen, London ist scheiß teuer. Aber ich würde ihn lieber noch eine Weile behalten, ich hätte ihn gerne um mich. Sogar jetzt, wo er die halbe Zeit nicht richtig bei sich ist.«

»Ich weiß«, sagte Louisa.

Der Styroporbehälter in seinen Händen kreischte wie eine geprügelte Robbe. Oder wie einer von diesen armen Pinguinen: ein schräges Ziel. Zählte es überhaupt als Terrorismus, wenn keine Säugetiere getötet wurden?

»Da kommt er«, sagte Louisa.

Ho verließ sein Haus und stieg direkt in ein Uber.

»Jetzt geht's los«, murmelte Louisa und setzte zu seiner Verfolgung an.

Lamb war gekrümmt wie eine Sprungfeder, also eins von diesen Dingern in einem verrosteten alten Bettgestell. Er fläzte auf seinem Stuhl, die Augen geschlossen, einen Fuß auf dem Schreibtisch, in der rechten Hand eine brennende Zigarette. Sein aufgeknöpftes Hemd stand offen, und Shirley sah, wie sich sein Bauch hob und senkte. Der Rauch seiner Zigarette kräuselte sich in einer blaugrauen Spirale empor und verteilte sich oben an der Zimmerdecke.

Es war früh am Abend und draußen noch hell, aber Lamb hatte gegen seine innere Uhr geboxt und durch technischen K.o. gewonnen. In seinem Zimmer herrschte auf ewig die tote Zone; jene Zeit, in der man aus dem Schlaf aufschreckte, mit Herzrasen und all seinen Problemen auf der Bettkante. Shirley war kurz davor, klein beizugeben und die Treppe auf die passende Feierabend-Art zu benutzen: runter und raus. Aber dafür war es schon zu spät.

»Wenn Sie eine Gehaltserhöhung wollen«, sagte Lamb, die Augen immer noch geschlossen, »stellen Sie sich einfach vor, ich wäre der Weihnachtsmann.«

»Sie geben mir eine Gehaltserhöhung?«

»Ich sage ho ho ho.«

»Ich bin nicht auf eine Gehaltserhöhung aus.«

»Urlaub? Die Antwort ist die gleiche.«

»Marcus hatte eine Waffe«, sagte Shirley.

Daraufhin öffnete Lamb ein Auge. »Okay«, gab er zu. »Damit hätte ich jetzt nicht gerechnet.«

»Kann ich sie haben?«

»Klar, warum nicht? Sie liegt da hinten auf dem Regal.« Lamb deutete mit einer vagen Kopfbewegung in eine Ecke. »Bedienen Sie sich.«

»Das soll ein Witz sein, oder?«

»Natürlich ist das ein Witz, verdammt noch mal. Ich lese zwar nicht diesen ganzen Management-Scheiß, aber ich bin mir ziemlich sicher, dass ich keine Mitarbeiter bewaffnen darf, nur weil ihnen langweilig ist. Das ist der Hauptgrund, warum British Home Stores Pleite gemacht hat.«

»Mir ist nicht langweilig.«

»Ach, tatsächlich? Das nehme ich als Kritik an meinem Führungsstil.«

»Okay, meinetwegen, mir ist langweilig«, korrigierte sich Shirley, »aber das ist nicht der Grund, weshalb ich Marcus' Waffe haben will.«

»Wenn Sie einen Briefbeschwerer brauchen, klauen Sie einen Tacker wie alle anderen auch.«

»Der Park hat eine Waffenkammer.«

»Der Park hat auch ein Spa und ein Fitnessstudio. Es gibt sogar eine Kinderkrippe, wussten Sie das? Wenn Sie Wert auf Sozialleistungen legen, hätten Sie das bedenken sollen, bevor Sie Ihre Karriere versaut haben.« Er nahm seinen Fuß vom Schreibtisch, wobei er einige wahrscheinlich unwichtige Papiere verschob, beugte sich vor und drückte seine Zigarette in einer Teetasse aus. »Dass ich Ihnen das sage, zählt übrigens als Seelsorge. Irgendwo gibt es ein Feedback-Formular, wenn Sie sich die Mühe machen wollen.«

»Wenn's hier mal wieder rundgeht«, sagte Shirley, »möchte ich mich nicht noch mal hinter einer Tür verstecken müssen, die im Wesentlichen aus Presspappe besteht. Als dieser durchgeknallte Profikiller das Haus gestürmt hat, mussten wir uns mit einem Wasserkocher und einem Stuhl verteidigen.«

»Dander, nicht dass Sie denken, ich würde auch nur einen feuchten Scheiß darauf geben, aber Sie sind ein Junkie und ein wandelndes Pulverfass. Ihnen eine scharfe Waffe zu überlassen wäre ungefähr so, als würde man einem Dreijährigen eine Schachtel Streichhölzer in die Hand drücken. Das könnte für zehn Minuten Unterhaltung sorgen, aber ich hätte sofort die Personalabteilung auf dem Hals, und zwar schneller, als ich sagen könnte: ›Lecker, hier riecht's nach Grill.‹ Und dann der Papierkram! Ich will ja nicht jammern, aber Standish lässt mich auch so schon fünfzehn Formulare pro Tag unterschreiben.« Er hielt eine Hand vors Gesicht und zog eine jammervolle Miene. »Ich glaube, ich kriege Sehnenscheidenentzündung.«

»Keiner würde davon erfahren«, versuchte Shirley es weiter. »Niemand wusste, dass Marcus sie hatte. Er hat sie sich auf dem Schwarzmarkt besorgt.«

Lamb tat schockiert. »Sie meinen, wenn man ihn damit erwischt wäre, hätte man ihn wegen einer Straftat belangen können?«

»Ja.«

»Da ist er noch mal ungeschoren davongekommen. Schade, dass er es nicht zur Gewohnheit gemacht hat.«

Sie starrte ihn lange an, gefühlt eine halbe Minute. Er hatte seinen liebenswürdigsten Gesichtsausdruck aufgesetzt – frisch geficktes Warzenschwein oder so –, und alles deutete darauf hin, dass er bereit war, ihn bis zu seinem letzten Fanfarenstoß beizubehalten. Was in Anbetracht von Lambs paradoxerweise bodenlosen Furzkapazitäten noch eine ganze Weile dauern konnte.

Anger Fucking Management! Nach dieser kleinen Unterhaltung sollte ihre Sitzung ein Kinderspiel sein.

»Was ist, wenn wir wieder angegriffen werden?«, fragte sie zum Abschied.

»Wir haben doch einen neuen Wasserkocher, oder?«, erwiderte Lamb und schloss die Augen. »Bitte gehen Sie leise die Treppe hinunter. Manche hier haben ein zartes Gemüt.«

Drüben im Park sickerten derweil die Befehle die Nahrungskette entlang nach unten.

»Jaffrey ist blitzsauber, oder?«, hatte der Premierminister Claude Whelan gefragt. »Mir sind da Gerüchte zu Ohren gekommen …«

»Der Chef will sichergehen, dass Zafar Jaffrey … vollkommen sauber ist«, sagte Lady Di jetzt zu Emma Flyte.

Das ist niemand, dachte Flyte. Wir sind hier in der Politik, nicht im Staubsaugergeschäft.

Doch sie sagte nur: »Wie bald will er es wissen?«

»Vor zehn Minuten«, sagte Lady Di. »Warum sind Sie noch hier?«

Es herrschte böses Blut zwischen ihnen, wenn auch nicht so schlimm, wie es hätte sein können. Immerhin standen beide noch aufrecht. Doch Emma Flyte, die die Bürde außergewöhnlicher Schönheit trug, war Feindseligkeit von beiden Geschlechtern gewöhnt, wenn auch meist nur in verhüllten Worten. In gewisser Weise war Lady Dis offene Abneigung erfrischend. Und außerdem besaß Flyte die Unterstützung von Claude Whelan, deswegen war sie immer noch hier: in ihrer Funktion als »Head Dog«, das heißt Chefin der Dienstaufsicht des MI 5. In der Vergangenheit war die Abteilung hin und wieder als private Söldnertruppe eingesetzt worden, missbraucht von den gnadenlosen Launen eines Chefs oder einer Chefin, aber unter Flytes Führung war sie wieder zu dem geworden, was sie ursprünglich sein oder als was sie zumindest gelten sollte: eine unparteiische Abteilung, die sich der Verfolgung und Bereinigung inakzeptabler interner Aktivitäten widmete. Genauer ausgedrückt: der Jagd auf Spione, die aus der Reihe tanzten. Flytes Unnachgiebigkeit in dieser Hinsicht war der Hauptstreitpunkt zwischen ihr und Taverner, aber in diesem Fall war sie bereit, mal fünfe gerade sein zu lassen. Es hatte nichts mit einer Gegenleistung für Whelans Unterstützung zu tun, sondern mit der stillschweigenden Übereinkunft, dass jeder das Seine tat, wenn der Park unter Beschuss stand. Und seit Abbotsfield stand der Park unter Beschuss.

Außerdem ließ sich Lady Di – ganz Profi – ihre Feindseligkeit niemals anmerken, es sei denn, es war absolut notwendig oder sie hatte gerade Lust dazu.

Also sagte Flyte einfach: »Ich plane nur gerade meinen nächsten Schritt«, und machte sich auf den Weg, um die Sache in Gang zu setzen, was zunächst einmal bedeutete, Devon Welles anzuweisen, sich Zugang zu den verfügbaren Informationen zu verschaffen und sie auf den neuesten Stand zu bringen.

Devon war, ebenso wie sie, ein ehemaliger Polizist, was bedeutete, dass er wusste, wann er Befehle befolgen musste, wann er sich nicht einmischen sollte und wo die nächste

Kneipe war. In diesem Fall brauchte er vierzig Minuten, um die Fäden zusammenzuführen, die der Service bisher um Zafar Jaffrey gesponnen hatte: zwei umfassende Überprüfungen und eine Handvoll oberflächlicher Checks.

»Ziemlich viel für einen Politiker aus dem Mittelfeld«, bemerkte Flyte.

»Für einen farblosen Politiker aus dem Mittelfeld wäre es viel«, korrigierte Welles. »Aber abgesehen vom Londoner Bürgermeister ist Jaffrey der profilierteste muslimische Politiker des Landes. Und jede Überprüfung fand vor einer offiziellen Begegnung mit dem Premierminister statt. Und der ist nun mal nicht der Typ, der sich auf irgendwen ohne blitzsaubere Weste einlassen würde.«

»Du sagst in meiner Gegenwart ›farblos‹?«

»Nachdem du eben in meinem Beisein einen schwarzen Kaffee bestellt hast.«

Sie saßen in der Kantine, in der viele Besprechungen stattfanden, die entweder kein bisschen privat waren oder so privat, dass es den Anschein haben sollte, als wären sie es nicht.

Welles sagte: »Vor drei Jahren wurde die ganze Familie unter die Lupe genommen, als Jaffreys Bruder nach Syrien ging, und dann noch einmal, als Jaffrey seine Kandidatur für das Amt des Bürgermeisters ankündigte. Er ist durchgekommen, zwar nicht mit fliegenden Fahnen, aber wer tut das schon? Jedenfalls ist er in jeder Hinsicht so sauber, wie man es sich nur wünschen kann. Seine Familie gehört zur Mittelschicht, aber er ist ein Mann des Volkes und sehr telegen. Bestimmt hast du das Interview gesehen, in dem er vor laufenden Kameras in Tränen ausbrach und davon sprach, dass er und seine Familie sich nicht genug um seinen Bruder gekümmert hätten und wie wichtig es sei, dass andere muslimische Familien in Großbritannien besser auf ihre Söhne aufpassten. Danach saß er in einigen Ausschüssen, äußerte sich taktisch klug in Fernsehdebatten und wurde zum Sonderberater des Premierministers ernannt. So weit, so gut.«

»Erzähl mir von seinem Bruder.«

»Karim. Er war ein bisschen jünger, ungefähr zwölf Jahre. Er wurde radikalisiert, ohne dass jemand es mitbekommen hat. Hauptsächlich durch schlechte Internetverbindungen. Hört sich an wie ein technisches Problem, aber du weißt schon, was ich meine. Er hat in einigen Foren mitgemischt, die inzwischen geschlossen wurden. Die Familie hat erst davon erfahren, als er ein Video aus Syrien postete. Und das Letzte, was sie von ihm gehört haben, war, dass er ein paar Monate später den Anstandswauwau für jemanden gespielt hat, als der ein Date mit einer Drohne hatte. Ich würde in Syrien nicht unbedingt auf Prominentenjagd gehen, du vielleicht?«

»Ich werde es von meiner Bucket List streichen. Was ist mit seiner Entourage?«

»Jaffrey arbeitet viel mit radikalisierten Jugendlichen – ehemals radikalen, meine ich. Er ermuntert sie dazu, in Schulen zu sprechen, Blogs zu schreiben und Podcasts zu machen. Und er rekrutiert seine Mitarbeiter aus ihren Reihen. Von denen haben wir jede Menge Überprüfungsberichte mit doppelter und dreifacher Absicherung. Das ist natürlich nur ein kurzer Überblick. Aber trotzdem …«

»Niemand setzt seine Karriere aufs Spiel, indem er oder sie garantiert, dass alle eine weiße Weste haben.«

»Darauf läuft es hinaus.« Welles hielt inne. »Außerdem habe ich mich vorhin mit einem ehemaligen Kontaktmann unterhalten. Einem Schmierfinken.«

»Du hast mit einem Journalisten gesprochen?«, fragte sie.

»Wenn die digitale Revolution gewonnen hat, werden wir alle täglich mit Journalisten sprechen – ›und einmal Pommes dazu, bitte‹. Jeder könnte einer sein. Manchmal sind sie aber durchaus nützlich. Meine Kontaktperson arbeitet zum Beispiel bei der Zeitung, für die Dodie Gimball ihre Kolumne schreibt. Es sieht ganz danach aus, als hätte Gimball vor zu behaupten, Jaffrey habe Verbindungen zu einer, äh, zwielichtigen Person, die mit Waffen und gefälschten Papieren handelt. Dodie hat ihre Schlüsse gezogen und ist auf Terrorismus gekommen. Sie stellt sogar eine direkte Verbindung zwischen Jaffrey und der Gruppe her, die für die Morde in Derbyshire verantwortlich ist.«

Flyte sagte: »Oh – kay. Zehn Minuten, nachdem ich den Auftrag erhalten habe, sicherzugehen, dass unser Mann ein Weißkittel ist, stellt sich heraus, dass er für einen Massenmord verantwortlich gemacht wird.«

»Eher eine Stunde«, erwiderte Welles. »Und darf man Weißkittel noch sagen?«

»Nicht einmal wir haben bisher die Verantwortlichen für Derbyshire identifiziert. Also woher zum Teufel will Gimball so was wissen?«

»Das spielt überhaupt keine Rolle. Sie hat etwas Dreck gefunden und schleudert ihn herum, sonst nichts. Sie ist die Ehefrau von Dennis, dem Anti-Europa-Abgeordneten. Wahrscheinlich hat sie einen geheimen Plan.«

»Den hat doch jeder«, brummte Flyte. Sie trank ihren Kaffee aus und stand auf. »Danke, Dev. Aber bitte grab weiter.«

»Mach ich.«

Sie ging auf die Suche nach Lady Di.

Catherine schaltete den Wasserkocher ein und schrubbte während des Wartens an einem Fleck auf der Küchenzeile herum. Immer war irgendetwas. Vor noch nicht allzu langer Zeit hatte sie geglaubt, Slough House für immer hinter sich gelassen zu haben, und das Leben, das sie in diesen Monaten geführt hatte, war ganz akzeptabel gewesen: Auf die Nachmittage waren Abende gefolgt und darauf wieder Vormittage, und zu keiner dieser Tageszeiten hatte sie getrunken. Aber leicht war es nicht gewesen. Es gibt Schlimmeres für eine Alkoholikerin, als Zeit zu haben, aber nicht viel. Ihre Wohnung war ein Muster an Ordnung, fast eine Karikatur. Um Zeit in Aufräumen investieren zu können, musste sie zuerst Durcheinander schaffen. Hier in Slough House gehörte Unordnung zum Standard. Also gab es immer etwas zu tun.

Aber nicht alle Flecken ließen sich wegschrubben. Vor einiger Zeit hatte es in Slough House drei Todesfälle gegeben, und selbst Lamb gab zu, dass das für einen Nachmittag mitten in der Woche ziemlich viel war. Sie hatten einen Kollegen und einen ehemaligen Spion verloren, und auch ein Gefangener war erschossen worden. Catherine war vielleicht die Einzige, die diesen letzten Tod betrauerte. Es war nicht so sehr die Tatsache, dass ein Leben genommen worden war, sondern vielmehr die Art und Weise: J.K. Coe hatte ihn ermordet, und Catherine glaubte fest, dass solche Taten Konsequenzen nach sich zogen. Das hatte nichts mit Religion oder spirituellem Bewusstsein zu tun, sondern lediglich mit ihrem hart erarbeiteten Wissen, dass Schlechtes auf Schlechtes folgte. Kreise waren traditionell teuflisch. Catherine vermutete, dass andere geometrische Formen auch ihre Nachteile hatten, aber einen besseren Ruf.

Sie hörte auf zu schrubben, brühte zwei Tassen Tee auf und trug sie hoch in Lambs Zimmer. Das Spültuch nahm sie mit.

Er regte sich. »Habe ich versehentlich eine Politik der offenen Tür eingeführt? Denn wenn ja, dann meinte ich nicht meine Tür. Sondern die aller anderen.«

Catherine stellte die beiden Tassen auf seinen Schreibtisch, nahm eine einzelne Socke, einen Kamm, dem so viele Zähne fehlten, dass er ein Gebiss brauchte, und eine leere Sandwichpackung vom Stuhl vor dem Schreibtisch und wischte ihn mit dem Lappen aus der Spüle ab. Dann setzte sie sich.

»Das ist ja wie eine königliche Visite«, brummte er. »Wenn dein Hintern so wählerisch ist, warum hängt er dann an dir? Was willst du eigentlich? Nein, sag nichts, ich weiß schon Bescheid.«

»Jemand hat versucht, Roddy zu überfahren.«

»So, so. Ist dir womöglich entgangen, dass wir vorhin ein Meeting hatten? Und dass das Thema unter ›Sonstiges‹ abgehakt wurde?«

»Du hast behauptet, es würde nicht stimmen.«

»Ich habe lediglich darauf hingewiesen, dass Dander eine zugekokste Dumpfbacke ist«, erwiderte er. »Das ist natürlich ein feiner Unterschied, aber Subtilität war schon immer meine Stärke.«

Er furzte und griff nach seinem Tee.

»Kannst du das eigentlich absichtlich machen?«, fragte Catherine fast gegen ihren Willen.

»Was?«

»Na … Ach, vergiss es. Du glaubst ihr also. Trotz ihrer Probleme.«

Das Geräusch, mit dem er seinen Tee schlürfte, wäre eines Schweins würdig gewesen.

»Und trotzdem hast du sie in dem Glauben gelassen, du würdest es nicht tun.«

»Mein Gott, Standish.« Er öffnete seine Schreibtischschublade. Sie wusste, was sie erwartete, und da war sie: eine Flasche Talisker. Er schraubte sie auf und schenkte seine Tasse bis obenhin voll. »Ergänze bitte Folgendes, ja? Wenn Sie Informationen über eine glaubwürdige Bedrohung für einen Agenten erhalten …«

»Alles klar.«

»Das war nicht der genaue Wortlaut.«

Sie kam wohl nicht umhin. »… muss dies sofort dem Leiter der örtlichen Dienststelle (Ops) gemeldet werden.«

»Ich konnte die Klammern förmlich hören«, kommentierte Lamb. »Und was ist unsere örtliche Dienststelle, hilf mir kurz auf die Sprünge?«

»Regent's Park.«

»Regent's Park. Also, laut Dienstvorschrift Nummer sowieso …«

»Siebenundzwanzig (drei).«

»Besten Dank. Darin heißt es, dass ein ausführlicher Bericht über die Ereignisse von heute Morgen an Lady Di Taverner geschickt werden muss, die daraufhin zweifellos Claude Whelan informiert. Für einen angeblich geheimen Dienst passiert eine Menge in dreifacher Ausfertigung.« Lamb nahm einen kräftigen Schluck aus der Tasse, die vorher Tee enthalten hatte. »Ah, schon besser. Glücklicherweise wird in diesem Fall die Dienstvorschrift siebenundzwanzig-drei durch die Londoner Dienstvorschrift, Regel eins, ersetzt. Und die lautet?«

Er legte die Hand an sein monströses Ohr.

Die »London Rules« waren nirgendwo schriftlich festgelegt, aber jeder kannte Regel eins.

»Rette deinen Arsch.«

»Genau.« Er rülpste stolz. »Vielleicht ist es dir noch nicht aufgefallen, aber Regent's Park ist nicht besonders scharf auf Slough House. Es gibt sogar Leute, die uns am liebsten in einen Sack stecken und in die Themse werfen würden.« Er schüttelte den Kopf bei dem Gedanken daran, dass er unbeliebt war, zauberte irgendwo eine Zigarette hervor und zündete sie an. »Also: Jedes Mal, wenn die da drüben die Gelegenheit kriegen, Memos über uns zu schreiben, liegt es in unserem Interesse, diese Gelegenheit zu vereiteln. Unterbrich mich, falls du mir nicht folgen kannst.«

»Dein Tempo ist wie immer beeindruckend«, sagte Catherine. Für jemanden, der so dick ist wie du, meinte sie. Sie wedelte den Rauch weg. »Hast du dir mal überlegt, aufzuhören? Das könnte dein Leben verlängern.«

»Warum sollte ich das wollen?«

»Gutes Argument. Du meinst also, was auch immer Roddy ins Fadenkreuz von irgendjemandem gezerrt hat, kann uns zugleich in die Schusslinie von Regent's Park rücken.«

»Nur, wenn die davon erfahren.«

»Was könnte Roddy getan oder gesehen haben?«

»Weiß der Teufel. Vielleicht hat er die Pornodateien des Erzbischofs von Canterbury runtergeladen? Aber was auch immer es ist, ich bezweifle, dass er weiß, dass er es getan hat. Er hat so etwas an sich, wie sagt man doch gleich?«

»... Weltfremdes?«

»Etwas Bescheuertes, meine ich. Er ist zu bescheuert, um zu merken, wenn er in die Scheiße von jemand anderem getreten ist. Und dann trägt er sie überallhin mit.«

»Er hat schon Feierabend gemacht«, sagte Catherine.

»Ich weiß. Ich habe gemerkt, wie der Durchschnitts-IQ im Haus gestiegen ist.«

»Was ist, wenn die ihn noch einmal angreifen?«

»Der Versuch von heute Morgen, wenn es tatsächlich einer war, schafft es höchstens in die Pannenrubrik auf YouTube. Gut, dass die nicht auf unserer Seite sind, denn sonst würden sie hier landen.«

»Also unternehmen wir nichts?«

»Ich persönlich habe nicht vor, viel zu unternehmen. Aber wenn du glaubst, dass unsere kleine Bande von Möchtegernhelden sich die Chance entgehen lässt, ihre eigene Privatoperation zu starten, hast du vergessen, wie Testosteron riecht. Vorhin ist Dander schon hier aufgeschlagen und wollte allen Ernstes eine Waffe haben.«

»Du hast ihr aber keine gegeben, oder?«

»Kurz war ich in Versuchung. Sie war auf dem Weg zu ihrem Aggressionsbewältigungskurs. Stell dir mal vor, sie wäre dort bewaffnet aufgetaucht.« Sein Blick verschleierte sich, während beide die Schlagzeilen förmlich vor Augen sahen. Dann beugte er sich vor und klopfte die Asche seiner Zigarette in Catherines Tasse. »Danke.«

»Ich kann mich des Gefühls nicht erwehren, dass unser Leben viel einfacher wäre, wenn wir dem Park vertrauen könnten«, sagte sie.

»Unser guter Claude schickt mir keine Weihnachtskarte, weil ich weiß, dass er sich gern mal in fremden Betten austobt. Und das, wo er sich so große Mühe gibt, das Bild einer Musterehe aufrechtzuerhalten.« Lamb grinste. »Ich vermute, dass er seine Frau als Heilige betrachtet, was bedeutet, dass sie nur in der Kirche auf die Knie geht, wenn du weißt, was ich meine.«

»Es ist kaum misszuverstehen.«

Lamb schien die passende Antwort darauf schon parat zu haben, aber bevor er sie herausbringen konnte, überkam ihn ein Hustenanfall – ein gewaltiges Erdbeben, so heftig, dass es nicht nur ihn bis ins Mark erschütterte, sondern vermutlich auch einige derer, die er begraben hatte. Der Schreibtisch erzitterte. Catherine sah wortlos zu und fragte sich, was sie tun würde, wenn er starb, was in diesem Moment nicht ausgeschlossen schien. Er könnte direkt vor ihren Augen den Löffel abgeben. *Tja,* sagte eine kalte Stimme tief in ihrem Inneren – dieselbe Stimme, die sie davon abhielt, beim Wocheneinkauf eine Flasche Wein in den Einkaufskorb zu packen –, *tja, schließlich ist dir schon einmal ein Chef weggestorben.* Nicht, dass sie auf eine Sammlung aus war, aber wahrscheinlich würde sie es überstehen, wenn auch dieser das Zeitliche segnen würde.

Doch ihre natürlichen Instinkte gewannen die Oberhand. Sie ging nach nebenan in ihr Büro und kehrte mit einem sauberen Glas, einer Flasche Wasser und einer Schachtel Taschentücher zurück. Sie schenkte Lamb etwas Wasser ein und reichte ihm die Taschentücher. Er schnappte sich eine Handvoll und vergrub sein Gesicht darin, und als der Hustenanfall nachließ, stürzte er das Wasser in einem Zug herunter.

Noch bevor er sich fertig abgewischt hatte, fragte sie: »Wann hast du dich das letzte Mal durchchecken lassen?«

»Wir müssen jedes Jahr zur Untersuchung. Das weißt du doch.«

»Ja, weiß ich. Und wann warst du zum letzten Mal da?«

»Das war ein Hustenanfall. Ist schon wieder vorbei.«

»Du rauchst zu viel. Du trinkst zu viel. Und ich nehme an, nachts fällst du eher ins Koma als richtig zu schlafen. Und machst du jemals Sport? Nein, sag nichts.«

»Mein Körper ist ein Tempel«, erwiderte Lamb.

»Interessante Sichtweise«, meinte Catherine. »Und was ist dann die Entsprechung für deinen Lebensstil? Die Taliban?«

Er grunzte.

Sie erhob sich wieder. »Also, wo waren wir stehen geblieben? Irgendetwas ist im Gange. Wir wissen nicht, was, aber mindestens einer von uns steckt mittendrin. Und das, während das ganze Land in Alarmbereitschaft ist. Kommt dir irgendetwas davon bekannt vor?«

»In letzter Zeit habe ich das Gefühl, dass mein Leben praktisch nur noch aus Wiederholungen besteht.«

»Wobei das Serienfinale nicht mehr weit ist, wenn du

nicht bald mal anfängst, dich mehr zu bewegen.« Sie ließ ihn sitzen, ging hinaus und zog ihren Mantel an.

Lamb saß im Dunkeln und schenkte sich noch einen Drink ein.

Und nach einer Weile zündete er sich eine weitere Zigarette an.

5

Ho konnte sich den Club unmöglich selbst ausgesucht haben, beschlossen sie, denn statt eines Soundtracks, der für das Gehirn dasselbe war wie die Apfelsaftpresse für einen Apfel, herrschte hier eine Stimmung wie in den alten Zeiten. Sie saßen in einer Sitzecke im Hochparterre mit Blick auf die Tanzfläche und auch auf Roddy Ho, der mit einer Gruppe auf der anderen Seite des Raumes unterwegs war. Er hatte sie nicht gesehen, da er mit seinen Begleitern beschäftigt war, außerdem trug er eine Sonnenbrille. Das hätte sie beinahe veranlasst, ihn doch einem möglichen Tod auszuliefern, aber River hatte argumentiert, dass das Shirley gegenüber nicht fair wäre.

»Seit wann interessiert es dich, was Shirley denkt?«

River zuckte mit den Schultern.

Der Club lag in Stockwell. Nachdem das Uber ihn vor der Tür abgesetzt hatte, war Ho siebenundvierzig Minuten lang auf dem Bürgersteig auf und ab spaziert und hatte Textnachrichten geschrieben. Louisa war ein paar Mal um den Block gelaufen, aber er hatte sie nicht bemerkt; River hatte sie an einer nahegelegenen Kreuzung abgesetzt, wo er leicht zu entdecken gewesen wäre, wenn Roddy auch nur das geringste Interesse an seiner Umgebung gezeigt hätte. Wenn ich dich umbringen wollte, dachte River, wärst du längst tot. Aber er würde es sowieso nicht tun: Es hatte schon viele Gelegenheiten gegeben, bei denen River Roderick Ho liebend gerne in die ewigen Jagdgründe geschickt hätte, doch sein innerer Widerwille gegen eine Gefängnisstrafe hatte ihn stets davon abgehalten.

Schließlich war ein weiteres Taxi eingetroffen und hatte wesentlich mehr Leute ausgespuckt, als eigentlich reingepasst hätten. Darunter eine junge, attraktive Frau mit vermutlich chinesischen Wurzeln, die erlaubte, dass Roddy sie auf die Wange küsste, und die kurz seine Hand hielt, während er erst das Taxi und dann den Eintritt in den Club bezahlte. Bis River und Louisa sich wieder zusammengefunden hatten und selbst drin waren, hatte die Clique einen Tisch erobert und wartete darauf, dass Roddy von der Bar zurückkam, wo er dreimal hinmusste, um für alle Getränke zu besorgen. Dadurch war er so beschäftigt, dass er sie nicht hereinkommen sah, wobei die Sonnenbrille sicher ihr Übriges getan hatte.

»Meinst du, das ist die sagenumwobene Freundin?«, fragte Louisa.

»Sie heißt Kim.«

»Stimmt, er hat es mal erwähnt. Meinst du, er hat sie aus dem Internet?«

»Ich nehme an, er hat sie im Keller zusammengebaut – sie sieht ein bisschen zu perfekt aus.«

Da sie im Einsatz waren, tranken sie Mineralwasser, oder hätten es getan, aber es war so teuer, dass sie beschlossen, stattdessen Bier zu nehmen: Wenn Lamb sie schon skalpieren würde, wollten sie zumindest vorher ihren Spaß gehabt haben. River hatte Shirley geschrieben, wo sie waren. Sie hatte nicht geantwortet, aber das war keine Überraschung: Shirley hatte nach einem AFM oft noch tagelang eine Stinklaune.

»Obwohl sie in letzter Zeit weniger … rabiat war«, bemerkte River. »Ruhiger als sonst.«

»Ich glaube, sie ist vom Brausepulver weg.«

»Marcus fehlt ihr.«

Das Thema war Louisa zu heikel. Sie sah sich um. »Gehst du öfter in Clubs?«

»Ich? Also bitte.«

Sie beäugte ihn kritisch. »Du machst dich gut. Merkt kein Mensch, dass du es nicht gewöhnt bist. Obwohl ich tatsächlich noch nie erlebt habe, dass du tanzen gegangen bist.«

»Wir sind mitten in einer Observierung.«

»Wir sind mitten in einem Nachtclub. Wir unterhalten uns, trinken was, und so weiter. Übrigens, die Kleine da hinten guckt ständig zu dir rüber.«

River wandte sich um.

»Ätsch, reingefallen!«

River verdrehte die Augen. »Meinst du, dass noch mal jemand versucht, Ho umzubringen?«

»Hier drin wohl eher nicht. Jedenfalls kein Profi. Einer der Gäste vielleicht.«

»Er scheint viele Freunde zu haben.«

»Er gibt ständig Drinks aus. Dann hat man viele Freunde. Nur keine richtigen.«

Kim, wenn sie es denn war, tanzte jetzt mit einem der anderen Jungs aus der Gruppe, und Ho beobachtete sie mit einem verkniffenen Lächeln im Gesicht.

Louisa sagte: »Ach, ist das traurig.«

»Was treibt jemanden dazu, ein Pinguingehege in die Luft zu jagen?«

Das hatte sich Louisa auch schon gefragt. »The Watering Hole«, sagte sie. »So hieß es.«

»Glaubst du, es war ein Verrückter?«

»Was für ein Motiv könnte ein normaler Mensch haben?«

»Vielleicht gibt es eine Verbindung zu Abbotsfield.«

Louisa konnte es sich nicht vorstellen. »Außer es liegt irgendetwas Böses, Ansteckendes in der Luft. Eine Art Blutrausch, bei dem es einem egal ist, welches Blut da fließt.«

Shirley stand plötzlich an ihrem Tisch. »Habt ihr mir auch ein Bier geholt?«

»Nein«, erklärte Louisa. »Weil wir nicht wussten, wann du kommst, und weil wir keine Lust hatten, dir was zu holen.«

Shirley quetschte sich auf die Bank, von der aus sie Ho ebenfalls beobachten konnte. Sie sah ihn – er hatte sie immer noch nicht bemerkt – und in welche Richtung er blickte. »Wer ist denn die Zuckerschnecke?«

»Das muss Kim sein.«

»Die fickt Ho? Klingt nach Verarschung.«

»Wie war das AFM?«, fragte River.

»Vorbei.«

»Du könntest das feiern, indem du eine Runde schmeißt«, schlug Louisa vor.

»Mädchen holen keine Drinks an der Theke. Das verstößt gegen die Tradition.«

Beide Frauen sahen River an.

»Na toll.«

»Wir sorgen dafür, dass ihn niemand umbringt, während du weg bist.«

»Ihr braucht mir keinen Gefallen zu tun.«

River ging Bier holen, und als er zurückkam, erzählte Louisa Shirley von ihrer Idee für eine Fernsehsendung, die mit einem Blick auf Tom Hiddleston beginnen sollte, der einen langen Korridor hinabgeht, von hinten gefilmt.

River wartete. »Und was dann?«, fragte er schließlich.

Aber die Frauen hatten sich in ihren Fantasien verloren und beachteten ihn nicht.

Kim hörte schließlich auf zu tanzen und setzte sich neben Ho. Die Tanzfläche war voll und die Sicht daher eingeschränkt; die Musik wurde lauter und konkurrierte mit der Geräuschkulisse der Paarungsrituale. River beobachtete das Szenario mit einer Abgeklärtheit, als würde es ihn an seine ferne Jugend erinnern.

»Versuchst du mitzuschreiben?«, fragte Louisa.

»Wenn Frauen ihr Haar berühren, heißt das, dass sie dich attraktiv finden, oder?«

»Kann sein. Aber manche Männer geben Frauen auch das Gefühl, dass sie Läuse haben.«

Shirley sagte: »Er geht.«

Er hatte es cool genommen. Frauen wie Kim, seine Freundin, hielten einen auf Trab: Sie wussten, dass man das Alphatier war, und hatten das Gefühl, auch die anderen Männer bewerten zu müssen. Er hatte einen Dokumentarfilm über dieses Thema gesehen. Es ging um Schildkröten, aber das war das Gleiche. Er hatte trotzdem mit den anderen

Jungs Witze gerissen und ein paar Runden ausgegeben, und jetzt fuhr er mit dem Taxi nach Hause, Kim dicht neben ihm, und sobald sie ihre Textnachrichten fertig geschrieben hatte, würde sie sich wahrscheinlich an ihn kuscheln, um sie beide in Stimmung zu bringen. Nicht, dass er Hilfe gebraucht hätte. Tatsache war, dass er immer in Stimmung war, wenn Kim in der Nähe war, auch wenn ihr stressiger Job – sie arbeitete im Einzelhandel – bedeutete, dass sie normalerweise zu müde war oder Kopfschmerzen hatte. Aber trotzdem. Hier war sie.

Der Rodster kam jetzt in Fahrt. Das würde so was von cool werden!

»Wem schreibst du, Babes?«

»Hm?«

»Wem schreibst du?«

Das Licht einer Straßenlaterne, an der sie vorbeikamen, fiel auf ihr Gesicht.

»… Niemandem.«

Es waren noch zehn Minuten bis nach Hause. Der Fahrer schaute in den Rückspiegel, und sein Blick traf Roddys. Tja, dachte Roddy. Das hättest du wohl gern. Er legte eine Hand auf Kims Schulter und spürte, wie sie sich anspannte. Bestimmt die Aufregung. Du und ich, wir beide, Babes. Er begann, den Ablauf zu planen: ein bisschen stimmungsvolle Musik, ein Drink zur Feier des Tages. Er hatte extra für diese Situation eine Flasche Sekt im Kühlschrank. Es war kein alter Jahrgang, zumindest war er es nicht gewesen, als er ihn gekauft hatte, aber er wäre jetzt genau richtig.

Roddy Ho, Roddy Ho, reitet durch die Lande …

Bring it on.

Louisa behielt das Taxi die ganze Fahrt über im Blick. Das war nicht besonders schwer, zumal es den Weg zurückfuhr, den sie vorhin gekommen waren. Schwieriger war es für sie alle zu begreifen, was sie soeben gesehen hatten: Roderick Ho, der mit einer Frau in einem Taxi nach Hause fuhr.

»Was zum Teufel geht hier vor?«, fragte Shirley.

»Roddy nimmt ein Mädchen mit nach Hause«, sagte River verblüfft.

»Das sehe ich. Das ist ja das Komische. Er ist die größte Flachpfeife der Welt. Wie kommt es, dass ihm eine auf den Leim gegangen ist?«

»Wir wussten, dass er eine Freundin hat«, erwiderte Louisa. »Er hat es ein paar Mal erwähnt.«

»Schon«, wandte Shirley ein. »Aber ich habe nicht wirklich geglaubt, dass sie existiert. Geschweige denn, dass sie so aussieht.«

Bei einer kurzen Bewertungsrunde hatten sie Kim eine Achteinhalb, vielleicht sogar eine Neun gegeben.

»Hast du ihren Teint gesehen? Sie hat eine Haut wie ein Pfirsich!«

»Wechselst du schon wieder die Seiten?«, fragte River. »Vor einer Stunde hast du noch von Tom Hiddlestons Hintern geschwärmt.«

Shirley würdigte das keiner Antwort. Louisa musste es ihm erklären: »Tom Hiddlestons Hintern überschreitet Genderpräferenzen.«

»Ist ja auch egal«, sagte River, »aber angenommen, wir denken in die falsche Richtung? Vielleicht ist sie diejenige, die Ho umbringen will? In diesem Fall ist es kein gutes Zeichen, wenn sie mit ihm nach Hause fährt.«

»Hach, ich wünschte, du hättest recht!«, seufzte Shirley.

»Aber warum hat sie es bisher nicht getan?«, wandte Louisa ein. »Sie sind schon seit ein paar Monaten zusammen. Ich als Roddy Hos Freundin hätte ihn längst umgebracht.«

»Vielleicht hat sie ihn für irgendetwas benutzt.«

Shirley stöhnte, leise und kummervoll.

»Nein!«, seufzte River. »Doch nicht so! Wenn sie ihn ausnutzt, dann wegen der einzigen Sache, in der er richtig gut ist.«

»Hacken«, sagte Louisa.

»Also verarscht sie ihn«, sagte Shirley und strahlte.

»Das ergibt mehr Sinn als die Alternative«, stimmte River zu. »Und die wäre, dass Ho tatsächlich eine Freundin hat, die so aussieht.«

»Wenn das so wäre, wünschte ich, ich hätte ihm nicht das Leben gerettet.«

»Wir sind gleich da«, sagte Louisa. »Das Taxi wird langsamer.«

»Hier sind wir, Süße«, sagte Ho und bezahlte.

»Äh, Roddy, könntest du vielleicht noch einen Zwanziger drauflegen?«

»... ich ... Einen Zwanziger? Ich meine, Trinkgeld ist okay, aber ...«

»Nein, er soll mich nur nach Hause bringen, das ist alles.« Kim lächelte. »Morgen ist ein großer Tag für mich. Total wichtig. Ich brauche eine Nacht Schlaf. Zwanzig sollten genügen. Aber mach lieber fünfundzwanzig draus, ja?«

»Ich ... Na gut, Süße. Sicher. Aber ich dachte ...«

»Was hast du gedacht, Roddy?«

»Ach, nichts, Schatz.«

Er kramte nach weiteren Geldscheinen, während Kim dem Fahrer sagte, wohin er sie fahren solle. Anschließend legte sie eine Hand unter Hos Kinn und zog sein Gesicht dicht an ihres. »Du warst so verdammt … sexy vorhin, Roddy. Als du mir beim Tanzen zugesehen hast. Ich schwöre, ich war feucht.«

»… Ngh …«

Sie küsste ihn lange und leidenschaftlich; dann gab sie ihm einen kleinen Schubs. »Na los. Der Zähler läuft.«

Er stieg aus dem Taxi wie ein Mann, der sich aus den Trümmern eines verunglückten Zuges befreit, und drehte sich noch einmal um, als sie seinen Namen rief: »Roddy?«

»Ja, Süße?«

»Auf Wiedersehen.«

»… Gute Nacht, Kim.«

Das Taxi blieb stehen, während Roddy nach kurzer Suche seinen Schlüssel aus der Hosentasche zog, und Kim winkte ihm, bis er durch die Haustür war.

Dann fuhr das Taxi los.

»Es gibt einen Gott«, sagte Shirley, während sie die Szene von Louisas Auto aus beobachtete, das ein Stück weit die Straße rauf stand.

Im Taxi klopfte Kim an die Trennscheibe und sagte zum Fahrer: »Eigentlich muss ich woanders hin«, und gab ihm eine neue Adresse. Dann holte sie ihr Handy wieder heraus und rief an.

»Er ist zu Hause«, sagte sie. »Allein, ja.«

Sie schien schon Schluss machen zu wollen, fügte aber noch hinzu. »Und hör mal … mach es schnell, ja? Er ist harmlos.«

Sie steckte ihr Handy in die Tasche und ließ sich in den Rücksitz sinken.

»Und was jetzt?«, fragte Louisa.

»Er ist zu Hause. Niemand hat versucht, ihn umzubringen. Ich bin dafür, dass wir für heute Schluss machen«, sagte River und unterdrückte ein Gähnen.

»Weichei«, sagte Shirley.

»Ich finde, er hat recht«, sagte Louisa. »Was sollen wir jetzt machen? Hier rumsitzen und Hos Haustür beobachten?«

»Dass er zu Hause ist, heißt noch lange nicht, dass er nicht in Gefahr schwebt«, erwiderte Shirley mit einem angespannten Ton in der Stimme, der eben noch nicht dagewesen war.

»Aber nichts, was wir bisher beobachtet haben, deutet darauf hin, dass er in Gefahr schwebt.«

»Jemand hat heute Morgen versucht, ihn umzubringen.«

»Ja, wissen wir.«

»Wenn ich nicht da gewesen wäre, wäre er jetzt tot.«

»Das heißt aber nicht, dass du von jetzt an für ihn verantwortlich bist«, erwiderte River. »Das gibt's nur im Film.«

»Und außerdem«, ergänzte Louisa, »ist es ihm ganz offensichtlich nicht mal aufgefallen.«

»Aber es ist trotzdem passiert, verdammt noch mal.«

»Ja, okay, aber …«

»Nein, nicht okay, verdammte Scheiße! Es ist passiert. Und solange wir nicht wissen, warum …«

»Shirley …«

»… könnte es jederzeit wieder passieren. Und wenn es ihm passiert, könnte es jedem von uns passieren.«

»Das ist nicht unbedingt …«

»Ach, halt's Maul, Cartwright.«

»Okay.«

Louisa sagte: »Shirley, du hast ja recht. Das gebe ich zu. Aber wir zu dritt in einem Auto? Ist das eine Art, jemanden zu observieren?«

»Du willst mich aus deinem Auto schmeißen?«

»Ich will damit sagen, dass wir keine Schichten übernehmen können, solange wir alle hier drin eingepfercht sind. Keiner von uns wird ein Auge zutun. Und ich weiß nicht, wie es dir geht, aber ich habe nicht vor, die ganze Nacht wach zu bleiben.«

»Also … Was schlägst du vor?«

»Wir brauchen einen Plan«, sagte Louisa. »Und ich habe auch schon einen. Wir wechseln uns ab. Der beste Überwachungspunkt ist die Bushaltestelle an der Ecke. Auf dieser Strecke fahren bestimmt Nachtbusse, sodass das Warten nicht verdächtig wirkt. Die erste Ablösung ist um zwei, die zweite um fünf. Die anderen pennen im Auto. Einverstanden?«

»Hier am Straßenrand?«

»Nein. Ich parke weiter unten, hinter den Geschäften. Da fallen wir nicht so auf.«

»Und? Sollen wir Streichhölzchen ziehen oder was?«, fragte Shirley.

»Nein. Ich fahre das Auto weg. Nichts für ungut, aber ich lasse niemanden sonst ans Steuer. Und River hat zwei Bier getrunken, also nützt er uns nichts, bevor er nicht ein wenig geschlafen hat. Also …«

»Also bin ich als Erste dran.«

»Tja, die ganze Sache war ja nun mal deine Idee.«

Shirley runzelte die Stirn. »Wehe, du kommst zu spät.«

Obwohl eine Observation ja eigentlich unauffällig erfolgen sollte, knallte Shirley hinter sich die Autotür zu.

Louisa sagte: »Gern geschehen. War mir ein Vergnügen«, und wartete, bis Shirley auf halbem Weg zur Bushaltestelle war, bevor sie den Motor startete.

»Du wolltest sie aus dem Auto raushaben, stimmt's?«, fragte River.

»Na klar. Die kann mich mal. Ich gehe jetzt ins Bett. Soll ich dich mitnehmen?«

»Gerne.«

Sie fuhren los.

Roderick Ho betrat sein Haus, schaltete die Flurlampe an und lehnte sich an die Wand. »Ja, natürlich, Süße«, murmelte er. »Morgen ist ein großer Tag. Du brauchst deinen Schönheitsschlaf. Komm am besten nicht rein, denn beim Rodster im Bett wirst du nicht viel Schlaf bekommen.«

Du rockst mein Leben. Das hatte er schon ein oder zwei Mal zu ihr gesagt. *Du rockst mein Leben.* Frauen mochten solche romantischen Sprüche; sie gaben ihnen das Gefühl, etwas Besonderes zu sein. Und Kim hatte es verdient, sich als etwas Besonderes zu fühlen, aber trotzdem wünschte er, sie würde ab und zu über Nacht bleiben. Er schämte sich nicht, es zuzugeben: Er liebte dieses Mädchen wirklich. Die Zeiten, in denen er sich rumgetrieben hatte, waren vorbei. Aber er wünschte sich, sie wäre nach einem weiteren Abend, an dem sie ihn für Taxis, Clubs, Drinks und Taxis hatte bezahlen lassen, mal über Nacht geblieben.

Egal. Mit ihr auszugehen, mit ihr gesehen zu werden, sodass jeder wusste, dass Kim ihm gehörte: yeah!

Roddy Ho, Roddy Ho, reitet durch die Lande.

Voller Stolz und Wagemut folgt ihm seine Bande.

Der Neid der anderen war ihm sicher.

Er warf seine Jacke auf einen Stuhl, ging in die Küche und holte sich einen Energydrink aus dem Kühlschrank. Das war normalerweise nicht gut vor dem Einschlafen, aber er tickte nun mal anders. Er schlief voller Energie und träumte energiegeladene Träume. Wachte voller Energie-Visionen auf. Er schickte Kim eine kurze SMS – *Du brauchst keinen Schönheitsschlaf, Babes!* Sie würde schon wissen, was er damit meinte –, hängte seine beiden Handys an Ladekabel und ging die Treppe hinauf. An manchen Abenden saß er eine Weile in dem Zimmer, das der Immobilienmakler als seinen eingebauten Wintergarten bezeichnet hatte, einen fast komplett verglasten Raum im oberen Stockwerk, in dem der Vorbesitzer Blumen, Kräuter oder sonst was angebaut hatte, den Roddy aber als Arbeitszimmer nutzte: Computer, Soundsystem, super Bildschirm. Vielleicht noch ein bisschen Musik hören vor dem Schlafengehen, dachte er. Sich bei ein paar Songs in seinen bequemen Sessel setzen: Er mochte fette Gitarrensounds zu dieser späten Uhrzeit. Über ihm knarrte eine Bodendiele. Er ging zwei Stufen weiter, dann blieb er stehen und lauschte. Die Diele knarrte erneut.

Jemand war in seinem Haus.

Es stellte sich heraus, dass kein Nachtbus diese Haltestelle anfuhr, daher würde jeder, der hier herumstand, ziemlich bald ziemlich auffallen, dachte Shirley. Und dann: Diese Mistkerle sind doch weggefahren, oder? Um sicherzugehen, müsste sie den ganzen Weg bis zu den Geschäften laufen, und wenn sich herausstellte, dass sie doch dort waren, würde es so aussehen, als ob sie ihnen nicht traute, und dann wären sie sauer, und sobald sie wieder umkehrte und hierher zurücklief, würden sie tatsächlich wegfahren. Das hätte Shirley jedenfalls getan.

Scheiß drauf.

In ihrer Tasche steckte noch immer das Päckchen Koks, und jetzt wäre der perfekte Zeitpunkt. Dann würde sie wach und konzentriert bleiben. Aber obwohl ihre Hand dorthin wanderte und mit dem glatten Ding spielte, ging sie im Augenblick nicht weiter. Bald war Mitternacht, ein Tag würde in den nächsten übergehen, und dann hätte sie dreiundsechzig Tage geschafft. Es war noch immer nichts weiter als eine Zahl, aber eine größere als jetzt. Spielte das eine Rolle? Im Grunde nicht. Aber nur weil etwas keine Rolle spielte, war das kein Grund, es nicht zu beachten. Wenn es keine Rolle spielte, dann würde es allerdings auch keine Rolle spielen, wenn sie es tat. Also die Zahl dreiundsechzig zu erreichen.

Sie fröstelte; die Wärme des Tages hatte sich verflüchtigt. Wenn Marcus hier wäre, würde er darüber meckern, dass er im Bett liegen könnte, obwohl sie beide wussten, dass er nicht im Bett liegen, sondern vor dem Computer sitzen und online zocken würde, in dem ewigen Versuch, die gestrigen Verluste wieder auszugleichen. Sie schüttelte den Kopf. Manche Verluste bleiben verloren. Ihre Gedanken schweiften zurück zum Morgen: das Auto auf dem Bürgersteig und ihre direkte Reaktion. Sie hatte sich nicht geirrt. Jemand hatte versucht, Roderick Ho zu töten. Deshalb war sie hier: nicht, weil sie unbedingt verhindern wollte, dass Ho getötet wurde, sondern weil es real war, weil es geschah, und weil es ihr etwas zu tun gab.

Die Hand immer noch in der Tasche, wanderte sie die Straße hinunter. Hos Haus war leicht im Auge zu behalten: Es hatte dieses große Fenster im ersten Stock, fast eine Glaswand. Es war eine der Besonderheiten, von der die Immobilienmakler schwärmten, aber jeder, der bei Verstand war, dachte: Was soll's? Es hatte wenig Sinn, Londoner Häuser mit Besonderheiten auszustatten. Wenn man den Wert einer Immobilie steigern wollte, brauchte man nur fünf Minuten zu warten. Inzwischen war Ho zu Hause, hatte aber kein Licht eingeschaltet. Die anderen hatten wahrscheinlich recht: Nichts deutete darauf hin, dass er in Gefahr schwebte. Aber es war ihre eigene Zeit, die sie verschwendete – na ja, und die der anderen –, und sie würde wie eine Idiotin dastehen, wenn sie jetzt aufgab.

Es war schon nach elf. Fünfundzwanzig Minuten, bis das Datum umschlug. Das Päckchen in ihren Fingern fühlte sich warm an, aber sie würde es vorerst dort lassen. Vielleicht später, wenn sie anfing zu schwächeln. Aber im Moment fühlte sie sich fit.

Sein erster Gedanke war: Sie ist zurückgekommen. Wenn er in sein Arbeitszimmer kam, würde sie schon dastehen, nackt bis auf die Unterwäsche. Überraschung! Genau für diesen Fall hatte er ihr einen Schlüssel gegeben … Aber nein, das war nur eine Illusion. Kim war auf dem Weg nach Hause, in einem Taxi, vollständig bekleidet. Sie konnte unmöglich oben sein. Wer auch immer das sein mochte, hatte vermutlich nicht vor, ihn zu verführen.

Und dann dachte er an Danders Gelaber von heute Morgen, nachdem sie seinen Pokémon-Coup ruiniert hatte. Dass ihn das Auto angeblich überfahren wollte. Ob sie recht gehabt hatte?

Er blieb wie angewurzelt stehen, zwei Stufen vom Treppenabsatz entfernt. Sollte er weitergehen oder wieder runter? Wenn er sich umdrehte und wieder nach unten ging, würde derjenige, der dort oben war, es mitkriegen. Und hinter ihm und oberhalb von ihm sein, wo man Feinde nicht gerne haben wollte.

Möglichst weit weg, da sollten Feinde sein.

Roderick Ho führte ein reiches, erfülltes Leben. Bewundert von allen, die ihn kannten, beneidet von allen Männern, und wenn er keine Verpflichtung Kim gegenüber hätte, würde er jeden Abend von flirtenden Frauen umschwärmt werden. Ein Spieler also, auf jeden Fall, und einer, der auf sich selbst aufpassen konnte – seine Geschicklichkeit bei Pokémon go bewies es –, und ganz abgesehen davon ein aktiver Agent des Sicherheitsdienstes: Er war im Grunde für Situationen wie diese geboren. Wie kam es also, dass seine Knie weich wurden und er sich nicht von der Stelle rühren konnte?

Sekunden vergingen. Er hörte kein Knarren mehr von oben, als ob derjenige, der dort auf ihn lauerte, ebenfalls innehielt und darauf wartete, dass Roddy auftauchte. Ein Feind wäre auf jeden Fall bewaffnet. Niemand bricht in der Absicht ein, Schaden anzurichten, ohne das nötige Werkzeug dabeizuhaben. Und wenn es sich um einen Freund handelte … Seine Argumentation stockte. Die einzige Person, die einen Schlüssel hatte, war Kim, und sie hatte ihn nie benutzt.

Bleiben oder gehen?

Kampf oder Flucht?

Er ballte die Hände zu Fäusten.

Wer auch immer da oben war, versteckte sich im Dunkeln. Das lag daran, dass sie wussten, worauf sie sich bei Roddy einließen, dass sie seinen Ruf kannten und wussten, dass sie Dunkelheit und das Überraschungsmoment brauchten. Tja, eins von beiden hatten sie bereits verspielt, ohne es zu wissen. Roddy wusste, dass sie da waren. Er kannte im Dunkeln sein Haus wie seine Westentasche. Er konnte durch die Räume gleiten wie ein Phantom auf einem Skateboard, während ein Eindringling hilflos gegen Türen und Möbel stoßen würde. Ein Kinderspiel, hier klarzustellen, wer der Boss war. Dieser Kerl oder wer auch immer da oben sein mochte, würde diesen Tag bereuen! Roddy würde ihn erwischen. Er machte einen Schritt nach oben, blieb mit dem Fuß am Stoßbrett hängen und fiel aufs Gesicht.

Das war nicht gut, aber jetzt ging es los, die Entscheidung war gefallen. Roddy musste etwas unternehmen, und zwar schnell. Er rappelte sich auf, stürzte die restlichen Stufen hinauf und stürmte wie ein Blitz in den dunklen Raum.

Adrenalin pulsierte durch seine Adern: Seine Hände waren jetzt Hackmaschinen, bereit, einem Gegner einen Kehlkopfschlag zu verpassen; seine Füße tödliche Waffen, die darauf brannten, zu treten, zu zerquetschen und zu töten. Er knurrte, ein tiefer, tödlicher Laut. Seine Zähne waren gefletscht. Der Sieg war zum Greifen nah.

Aus einer Zimmerecke heraus sagte Lamb: »Halt die Luft an, Karate-Kid.«

»Standish hat mich ermahnt, gesünder zu leben, deshalb habe ich ein bisschen entgiftet. Ich habe mir den Sprudel aus Ihrem Kühlschrank geholt. Ich dachte, Sie hätten sicher nichts dagegen.«

»... das ist Champagner.«

»Ach, wirklich? Der Geschmack kam mir gleich komisch vor.«

Lamb warf dem trügerischen Getränk einen finsteren Blick zu.

»Äh ... Was machen Sie denn hier?«

»Ich wollte nur nachsehen, ob Sie tot sind.« Lamb rülpste, hielt inne und rülpste dann noch einmal, lauter. »Sie brauchen sich nicht bei mir zu bedanken. Aber wenn Sie eine Pizza bestellen wollen, würde ich nicht nein sagen.«

»Vielleicht ist noch welche im Gefrierfach.«

»Ja, stimmt, aber ich esse sie lieber heiß.«

Er hatte einen Stuhl in die Ecke gezogen und seine Schuhe ausgezogen, obwohl er seinen Mantel noch anhatte. Auf ihm und um ihn herum lagen Pizzareste, und die Sektflasche baumelte lose in seiner Hand.

»Also. Hat jemand versucht, Sie umzubringen?«

»Äh – nein.«

»Schade. Wäre schön gewesen, wenn wir das irgendwie hätten klären können.« Lamb stand plötzlich auf – er war zu plötzlichen Bewegungen fähig, wenn man am wenigsten damit rechnete – und spähte durch das große Fenster. Was er dort draußen sah, entlockte ihm ein Kichern, es hätte aber auch ein erneutes Rülpsen sein können. Er wandte sich wieder an Ho. »Und es hat Sie auch niemand beschattet?«

»Ich bin mir ziemlich sicher, dass ich das bemerkt hätte«, erwiderte Ho und erlaubte sich ein leises, professionelles Lächeln.

»Entweder werden Sie schlechter, oder Ihre Kollegen werden besser. Verdammt, wie soll ich das jetzt rausfinden?«

»Warum muss ich beschützt werden?«

Lamb zuckte mit den Schultern. »Weiß ich selbst nicht so genau. Ob Sie es wert sind, beschützt zu werden, meine ich. Aber irgendjemand hat es eindeutig auf Sie abgesehen. Sie brauchen doch bloß eins und eins zusammenzuzählen. Dander hat gesehen, wie jemand versucht hat, Sie zu überfahren, und Sie haben offenbar eine Freundin. Ich bin kein Verschwörungstheoretiker, aber irgendetwas geht hier vor.«

»Ich verstehe nicht …«

Lamb drehte sich um und klopfte Ho auf die Schulter. Der jüngere Mann knickte unter dem Gewicht fast ein. »Wir sollten es in einfacher Sprache für Sie aufschreiben. Würde eine Menge Gerede sparen. Also, wo ist das Bett? Ihr Champagner hat mich ganz schläfrig gemacht.«

»... Bett?«

»Ja. Sieht ganz so aus, als wären Sie zu knapp bei Kasse, um Ihrem Chef eine Pizza auszugeben. Und ich muss morgen früh wieder eine Abteilung leiten.«

»Ich dachte, Sie wären hier, um mich zu beschützen.«

»Grundgütiger, wie kommen Sie denn auf die Idee? Ich bin hier, um sicherzugehen, dass jemand anderes das tut.« Er nickte in Richtung des Fensters. »Gib ihr ein Schwert und einen Helm, dann sieht sie aus wie ein tapferer kleiner Hobbit. Sie haben fünf Minuten, um Ihr Bett frisch zu beziehen. Und ich muss mal dringend. Wo ist das nächste Pinkelbecken?«

Ho zeigte zur Treppe, zu verdattert zum Sprechen.

»Morgen erwarte ich ein English Breakfast«, sagte Lamb und ging in die angedeutete Richtung. »Aber keine Bohnen. Die bringen meine Verdauung durcheinander.« Er furzte beim Verlassen des Raumes, um das Problem zu verdeutlichen.

Ho ging zum Fenster und schaute hinaus. Ein Hobbit? Er konnte niemanden entdecken. Er rieb sich die Augen, aber das half auch nicht. Und Lamb, hier, um diese Uhrzeit? Einen Moment lang wiegte er sich in der Illusion, Lamb habe Kim benachrichtigt und sie gewarnt, sich heute Nacht vom Haus fernzuhalten, wodurch die Situation etwas positiver ausgesehen hätte, aber leider ergab das keinen Sinn. Vielleicht hatte Dander wirklich recht, und irgendjemand hatte es auf ihn abgesehen. Er wich abrupt vom Fenster zurück, für den Fall, dass ein Nachtsichtgerät auf ihn gerichtet war, trat auf die achtlos beiseitegeworfene Champagnerflasche und spürte, wie der zerbrechliche Hals knackte. Langsam hatte er das Gefühl, dass nicht alles nach seinen Wünschen lief.

Er fragte sich, ob er saubere Bettwäsche hatte.

Als es zwei Uhr wurde und dann noch später und niemand kam, um sie abzulösen, wünschte Shirley einen Augenblick Hölle und Verdammnis auf Louisa und River herab. Doch dann dachte sie: Scheiß drauf. Dass sie hier war, war auf ihrem Mist gewachsen. Sie konnte das jetzt entweder durchziehen oder nach Hause fahren. Und zu Hause war die Lage auch nicht rosig, da sie dort um diese Zeit von den Erinnerungen an ihre Ex heimgesucht wurde. Genauso gut konnte sie frierend und hungrig an einer Bushaltestelle stehen, um einen Kollegen zu bewachen, an dessen Überleben sie kein besonderes Interesse hatte. Es war auch nicht das Bedürfnis, Ho zu retten, das sie hier festhielt. Es war die Tatsache, dass sie Marcus nicht hatte retten können.

Und wieder befühlte sie das Kokainpäckchen in ihrer Tasche und die nadelspitze Versuchung, die es an ihre Finger sandte: Öffne mich!

Mach ich.

Aber jetzt noch nicht.

Sie nahm eine Bewegung wahr.

Es war ein Mann, der kurz von einer Straßenlaterne erleuchtet wurde und auf der gegenüberliegenden Straßenseite in ihre Richtung kam. Shirley hielt sich im Schatten verborgen und war überzeugt, dass sie nicht zu sehen war. Trotzdem hielt sie den Atem an, als die Gestalt Hos Haustür erreichte und sich mit einem Schlüssel Zutritt verschaffte.

Ho hatte einen Mitbewohner?

Unmöglich. Niemand konnte ernsthaft mit Roderick Ho zusammenleben.

Sie eilte leise auf die Tür zu, obwohl die Gestalt sie bereits hinter sich geschlossen hatte. Das Haus war dunkel und still wie ein Nonnenkloster, aber der Tod musste keinen Lärm machen; der Mann konnte binnen Sekunden wieder auftauchen und ein lautloses Gemetzel hinterlassen haben.

Lamb hätte ihr die Waffe geben sollen.

Obwohl nicht ganz klar war, inwiefern sie ihr jetzt hätte nutzen können.

Shirley erreichte die Eingangstür und blieb einen Moment stehen. Sie hatte einen Satz Skelettschlüssel von Marcus geerbt, aber trug ihn nicht bei sich. Sollte sie die Tür eintreten?

Na klar. Und sich das Bein brechen.

Aber es gab ein Fenster im Erdgeschoss, und sie hatte eine Faust. Sie zog ihre Jacke aus, wickelte sie um ihre rechte Hand und holte aus, um die Scheibe einzuschlagen.

Drinnen schrie jemand.

Da war jemand in seinem Haus.

Hatte er das heute Abend nicht schon einmal gedacht? Wenn ja, dann dachte er es jetzt zum zweiten Mal:

Da war jemand in seinem Haus.

Roderick Ho lag auf einem improvisierten Lager aus Kleidung und Kissen und fragte sich, warum sein Ohr blutete. Glasscherben auf dem Boden. Vielleicht hätte er die zerbrochene Flasche auffegen sollen, bevor er sich ein Bett zurechtgemacht hatte. Doch als er nach einer Schachtel Taschentücher griff, die er aus strategischen Gründen nachts immer griffbereit hatte, spürte er einen leisen Lufthauch, glaubte, ein ersticktes Geräusch zu hören; jedenfalls etwas, das auf einen Eindringling auf der Treppe hindeutete. Lamb. Aber was machte Lamb auf der Treppe? Er lag doch in seinem Schlafzimmer und schnarchte.

Ho versuchte sich daran zu erinnern, was er noch in seinem Kühlschrank hatte, das sich zu stehlen lohnte, als eine dunkle Gestalt den Raum betrat und sich tief gebeugt auf ihn zubewegte, so wie Roddy in seinen Ninja-Träumen.

Er fühlte sich wie eine Pokémon-Figur, die jeden Moment eingesackt und eingepackt werden würde.

»Kim?«, fragte er hoffnungsvoll.

Ein Licht ging an. Der Raum wurde gleißend hell. Die Gestalt drehte sich um und sah dem Albtraum ins Gesicht: Jackson Lamb, mit gebleckten Zähnen und nacktem Bauch, der über einer schmuddeligen Boxershorts hing.

Und mit einer blauen Plastikflasche in der Hand.

»Guten Abend, Sonnenschein«, sagte Lamb und spritzte dem Fremden Bleichmittel ins Gesicht.

Der Mann ließ fallen, was er in der Hand hielt, und schrie auf. Lamb rammte ihm eine Hammerfaust gegen die Brust.

Der Mann taumelte rückwärts, stolperte über den immer noch daliegenden Roddy und stürzte durch das große Glasfenster hinunter auf die Straße.

In dem Moment, als Shirley die Scheibe einschlug, stürzte eine Gestalt auf den Bürgersteig, als hätte man ihr an der

Schießbude einen Preis vor die Füße geworfen. Sie versuchte, sich umzudrehen, aber ihre aufgerollte Jacke verfing sich in der zerbrochenen Scheibe, und bevor sie sich losreißen konnte, fuhr ein Auto vor. Glas fiel herab wie ein Hagelschauer, und durch das große zerklüftete Loch in der Scheibe erschien die bullige Gestalt von Lamb, offenbar nackt, es sei denn, sie hatte Halluzinationen.

Lamb?

Bei Ho?

Nackt?

… Wie auch immer.

Sie riss sich los, wohl wissend, dass sie dabei ihre Jacke ruinierte, und drehte sich rechtzeitig, um zu sehen, wie eine schwarze Gestalt in ein silbernes Auto gezerrt wurde. Gleichzeitig lehnte sich jemand durch das Beifahrerfenster und richtete etwas auf sie. Sie warf sich hinter das nächstgelegene Auto, und von Roddy Hos Hausfassade spritzte Putz, und Splitter flogen aus seiner Tür. Shirley spürte das Pflaster an ihrer Wange und roch den Dreck in der Gosse. Eine Autotür schlug zu, und das Fahrzeug fuhr los. Als sie einen Blick riskierte, sah sie, wie etwas von dessen Dach abprallte – eine blaue Plastikflasche? –, aber kurz darauf war es verschwunden, ein verblassender Schemen im diffusen Laternenschein um zwei Uhr morgens. Sie schüttelte den Kopf und rieb sich die Wange, weil sie spürte, wie sie anschwoll. Ein weiterer Glassplitter löste sich und zerschellte auf dem Boden.

Als sie aufblickte, schaute Lamb finster auf sie herab; seine nackte Brust und seine Schultern waren mit grauen Locken bedeckt.

»Zehn von zehn Punkten für Ihre Anwesenheit«, grollte er. »Null Punkte für Versagen bei der Ausführung!«

Dann zog er sich zurück und ließ die Scherben der Nacht zurück, die noch immer vom Himmel fielen.

6

Am Morgen begann es zu regnen, als London gerade zum Leben erwachte; eine Serie von Schauern zog über die Stadt und erinnerte ihre Bewohner daran, dass der Sommer nicht die Regel, sondern nur ein seltenes Vergnügen war. Der Himmel lastete grau und schwer auf den Straßen, und die Häuser schmollten unter seinem Gewicht. Auf den Straßen spielte der Verkehr seinen Regensoundtrack, eine Symphonie aus Zischen und Plätschern zum flüsternden Backbeat der Scheibenwischer, und im Slough House herrschte eine gedämpfte Atmosphäre, denn Regen an Bürofenstern macht deprimiert und einsam, und das Leben in Slough House war ohnehin nicht gerade erheiternd.

Der Wagen, der in der Aldersgate Street vorfuhr, war entsprechend der allgemeinen Stimmung schwarz und fädelte sich geschmeidig wieder in den Verkehrsfluss ein, sobald Diana Taverner ausgestiegen war. Sie ignorierte die Abfahrt des Wagens, so wie sie auch den Fahrer während der gesamten gemeinsamen Fahrt ignoriert hatte, starrte stattdessen auf die Eingangstür von Slough House, die ebenfalls schwarz war oder gewesen war – jetzt war sie verblasst und an den Rändern fast grün –, und schüttelte den Kopf. Ohne den triftigen Grund, Jackson Lamb eine Bombe unter den Hintern zu schieben, würde sie sich diesem Haus nicht mal bis auf einen Kilometer Entfernung nähern. Oben, an einem Fenster im zweiten Stock, waren die Worte ›W. W. Henderson, Rechtsanwalt und Notar‹ in goldener Farbe eingraviert; eine längst vergessene Tarnung oder einfach das Relikt eines Vormieters: Sie hatte keine Ahnung. Erst jetzt, als sie vor der Tür stand, fiel ihr ein, dass diese selbst eine Tarnung war; eine Barrikade, die wie ein Eingang aussah. Sie stellte sich vor, dass der Schlüssel in einer Schublade von Lambs Schreibtisch versteckt war; sie stellte sich auch vor, dass, wenn die Tür jemals geöffnet würde, das Gebäude wie ein aufgeflogenes Spionage-Netzwerk zusammenbrechen würde. Ihr Kragen war hochgeschlagen, aber sie hatte keinen Schirm. Wie lange sollte sie hier noch stehen und darauf warten, dass Slough House sie einließ? Doch das würde nicht geschehen, denn es gab, wie sie sich jetzt erinnerte, eine Gasse zu ihrer Rechten, eine Tür in einer Mauer, einen Hinterhof. Diesen fand sie ohne Schwierigkeiten. Die Hintertür des Gebäudes hingegen ließ sich nur widerwillig öffnen, als wäre es ihr lieber, wenn sie draußen im Regen stehen bliebe. Als sie schließlich nachgab und sich zu einem Treppenhaus öffnete, quietschte sie wie eine gequälte Katze. Das Treppenhaus roch nach Schimmel und enttäuschten Hoffnungen. In einer Leuchte war die Glühbirne durchgebrannt, und die andere brummte eine Schmeißfliegen-Serenade.

Auf dem nächsten Treppenabsatz erschien jemand, eine kurze, breite Gestalt, die sowohl Mann als auch Frau hätte sein können. Sie wirkte angriffslustig, zog sich dann aber, nachdem sie sie offenbar erkannt hatte, in ihr Zimmer zurück. Das zeugte von gesundem Menschenverstand, räumte

Lady Di ein, erweckte aber kein Vertrauen in die Sicherheit der Räumlichkeiten.

Vorwärts und aufwärts. Das Treppenhaus wurde weder sauberer noch heller, und alle Bürotüren waren geschlossen.

In der obersten Etage hielt sie inne. Sie wusste, welcher Weg zu Jackson Lamb führte, obwohl die vorhandenen Türen keine Anhaltspunkte boten: Die unteren Paneele waren mit Abdrücken von Zehenkappen versehen, der Fußsignatur von jemandem, dessen bevorzugte Eintrittsmethode die abrupte war. Sie hätte anklopfen sollen, tat es aber nicht. Doch noch bevor ihre Hand die Klinke berührt hatte, grollte eine Stimme: »Los, komm rein, wenn du schon mal da bist.«

Sie öffnete die Tür und trat ein.

Sie gelangte in einen dunklen, beengten Raum, dessen einziges Fenster von einer Jalousie verdeckt wurde. Eine Lampe stand auf einem wackelig aussehenden Stapel dicker Bücher, und ihr Schein reichte nicht bis in die hintersten Ecken, als ob das, was dort verborgen lag, am besten in Ruhe gelassen wurde. Ein Druck in einem schmierigen, verglasten Rahmen zeigte eine Brücke irgendwo in Europa, während eine schief hängende Kork-Pinnwand größtenteils mit einer Collage aus brüchigen, vergilbten Zeitungsausschnitten bedeckt war. Und in der Luft, nur teilweise überlagert vom Geruch nach schalem Tabakrauch, lag ein Hauch von etwas Älterem, etwas Wütendem und Unversöhnlichem. Aber das bildete sie sich vermutlich ein.

Ohne große Hoffnung, dass er funktionierte, betätigte sie den Lichtschalter neben der Tür. Das Einzige, was er bewirkte, war ein Grunzen von Jackson Lamb.

Also zog sie ihren Mantel aus und schüttelte ihn. Tröpfchen flogen umher, kleine Regentänze, die kurz vom Lampenlicht eingefangen wurden. An der Tür war ein Haken, und sie hängte den Mantel dort auf, dann fuhr sie mit beiden Händen durch ihre schulterlangen Locken. Sie drehte sich zu Lamb um. »Ich bin nass«, sagte sie.

»Ich freue mich auch, dich zu sehen«, sagte Lamb. »Aber wir sollten es nicht übertreiben.« Er beäugte sie kritisch. »Du siehst aus, als wären alle deine Geburtstage auf denselben Tag gefallen.«

»Du findest, ich sehe glücklich aus?«

»Nein, alt. Bin ich hier der Einzige, der Englisch spricht?«

Sie lächelte nicht. »Alt, wie nett. Und viel beschäftigt, jetzt, wo das ganze Land in höchster Alarmbereitschaft ist. Und doch bin ich hier, habe mich durch halb London geschleppt, um herauszufinden, was für einen Scheiß du jetzt wieder abziehst. Roderick Ho? Ich dachte, du würdest ihn in einem Käfig halten, wie eine Rennmaus.«

Lamb dachte kurz darüber nach. »Das erscheint mir ein bisschen hoch gegriffen. Er ist eher wie eine Warze. Man weiß nie so genau, wie man sich eine eingefangen hat, aber es ist höllisch schwer, sie wieder loszuwerden.«

»Aber wir beide wissen, dass er eine Zeile Computercode dazu bringen kann, Männchen zu machen und zu betteln. Also, was zum Teufel hat er getrieben, Jackson? Es gab ein Messer am Tatort, Einschusslöcher in den Wänden und Glasscherben rings um das ganze Haus. Und die Kollegen von der Metropolitan Police waren von deiner Zeugenaussage nicht gerade begeistert. Ein häuslicher Streit?«

»Ich hielt es für das Beste, die schmutzige Wäsche nicht

vor den Hilfstruppen zu waschen. Besonders Hos schmutzige Wäsche. Glaub mir, das willst du nicht wissen.« Er deutete mit einem Wink auf den Besucherstuhl. »Der ist in Ordnung, wurde gestern abgewischt.«

»Womit?«

»Von mir aus kannst du auch stehen.«

Taverner blieb stehen, die Hände auf die Stuhllehne gestützt. »Den Bullen gegenüber die Sicherheitsdienst-Trumpfkarte auszuspielen ist eine Sache, Jackson, auch wenn wir beide wissen, dass deine Sicherheitsfreigabe nur unwesentlich weiter reicht als die von Thomas, der Lokomotive. Aber sich gegenüber dem Park taub und dumm zu stellen, ist ausgesprochen unklug.«

»Ich bin mir nicht sicher, ob man heutzutage noch taub sagen darf. Das beleidigt die Leute mit einer Sprachstörung. Oder die Idioten. Ich weiß nicht mehr genau.«

»Ich bin nicht in der Stimmung.«

»Ja, das habe ich gemerkt.«

»Du warst da, in Hos Haus, irgendwann in den frühen Morgenstunden. Das heißt, du wusstest, dass da was im Busch war. Aber du hast es nicht gemeldet. Dienstanweisung Nummer sowieso …«

»Siebenundzwanzig drei«, sagte Lamb.

»Wenn du meinst.«

»Die Drei steht in Klammern.«

»Ist mir scheißegal, und wenn es auf Sanskrit dort steht, die Anweisung hat einen Grund! Wenn du wusstest, dass auf einen deiner Leute ein Anschlag verübt werden soll, ist das Protokoll sonnenklar. Du meldest es nach oben. In diesem Fall an mich.«

»Normalerweise hätte ich das getan. Aber es lagen besondere Umstände vor.«

»Welche denn?«

»Ich hatte keine Lust.«

Sie trommelte kurz mit den Fingern auf den Stuhl und hörte dann auf. Lamb ihre Verärgerung nicht anmerken zu lassen war Hauptziel jeder Begegnung mit ihm. In etwa wie der Versuch, einen Hai das Blut einer Wunde im Wasser nicht riechen zu lassen. »Das ist kein besonderer Umstand, Jackson«, versicherte sie ihm. »Das ist dein normaler Zustand. Und diesmal könnte er sich als fatal erweisen.«

»Wenn du dich unbedingt mit mir anlegen willst, Diana, sag mir Bescheid. Ich habe so viel Dreck über dich gesammelt, dass ich mir einen Kleingarten angelegt habe.«

»Gewiss wird dir das in deinem erzwungenen Ruhestand etwas Ablenkung bieten, aber es wird dich nicht retten, das versichere ich dir. Diesmal nicht.«

Er lehnte sich schwer in seinem Stuhl zurück und schwang beide Füße auf seinen Schreibtisch. »Wenn ich bedroht werde, sitze ich gern bequem. Stört es dich, wenn ich den Knopf meiner Hose aufmache?«

»Ich würde es vorziehen, wenn du sie gelegentlich wechseln würdest. Hör mal, ich weiß, dass es in der Vergangenheit … Vorfälle gegeben hat …«

Lamb zählte ein paar von ihnen auf: »Versuchter Mord. Entführung. Und ich bin mir ziemlich sicher, dass sich irgendwo auch eine Spur Verrat verbirgt.«

»… die dir ein gewisses Druckmittel in die Hand geben könnten, wenn es darum geht, deine Position zu verhandeln. Aber darüber sind wir längst hinaus. Bevor du also anfängst, dir einen runterzuholen, solltest du ein paar Kleinigkeiten in Betracht ziehen.«

»Ich kläre immer erst die Kleinigkeiten, bevor ich anfange.«

»Die Metropolitan Police hat drei Kilometer vom Tatort entfernt ein ausgebranntes Auto gefunden. Keine Leiche darin, also hat derjenige, der durch das Fenster deines Schützlings gesprungen ist, den Sturz möglicherweise überlebt. Oder seine Freunde haben seine Leiche einfach woanders hingebracht; in diesem Fall bin ich sicher, dass er zu gegebener Zeit wieder auftaucht.«

Lamb gähnte und steckte die Hand wieder in die Hose. »Also ist jemand entweder tot oder nicht. Erstklassige Ermittlungsarbeit.«

»Und die Projektile vom Tatort sind ballistisch untersucht worden.«

»Nicht aufhören. Fast fertig.«

»Die Waffe, aus der sie stammen, ist eine von denen, die in Abbotsfield benutzt wurden.«

Lamb erstarrte. »Scheiße«, sagte er.

»Genau«, sagte Taverner. »Da sind wir uns ausnahmsweise mal einig.«

Zafar Jaffrey musste auf seinem Weg zum Dewdrop-Café dreimal anhalten: zweimal, um Glückwünsche aus der Community entgegenzunehmen; einmal, um eine Obdachlosenzeitung zu kaufen und mit dem Verkäufer über die Probleme der nahegelegenen Obdachlosenunterkunft zu sprechen, in der jüngere Schutzsuchende zum Ziel von Drogendealern wurden. Jaffrey machte sich Notizen und nickte viel. Er sah gut aus, war glatt rasiert, und sein Haar war gerade widerspenstig genug, um geistige Unabhängigkeit zu demonstrieren. Wenn keine Kameras auf ihn gerichtet waren, trug er am liebsten Jeans und Hemden mit offenem Ausschnitt; heute hatte er eine leichte Bomberjacke übergezogen, trotz Ed Timms' Warnung.

»Echt jetzt, Zaf, man kann nicht vorsichtig genug sein.«

»Ich kann also keine Bomberjacke tragen. Ist das dein Ernst?«

»Damit präsentierst du den Dodie Gimballs dieser Welt ihre Munition auf dem Silbertablett.«

Aber was auch immer er trug, was auch immer er sagte, die Dodie Gimballs dieser Welt würden ihn dafür angreifen; sie würden ihn mit Feindseligkeiten und Schmutz bewerfen, für die sie hoffentlich im nächsten Leben zur Rechenschaft gezogen werden würden. Außerdem gefiel ihm die Jacke. Er fand, dass sie ihn ein paar Jahre jünger machte, ihn auf der richtigen Seite von vierzig verortete.

Dem Verkäufer der Obdachlosenzeitung – »Du bist Macca, stimmt's?« – versprach er Taten und Nachforschungen, und er hatte bereits einen weiteren Anruf getätigt, bevor er im Dewdrop ankam. Er schob die Tür mit der Schulter auf und begrüßte mit erhobener Hand Tyson, vor dem eine eimergroße Tasse stand und dessen Tätowierung einen seltsamen Kontrast zu seiner förmlichen Kleidung bot: weißes Hemd, grauer Anzug, mathematisch präziser Knoten in der roten Krawatte. Abgesehen von der Tinte im Gesicht glich er äußerlich mehr einem Politiker als Jaffrey, aber das Gesichtstattoo war nun mal nicht zu übersehen.

Jaffrey hatte das Handy wieder eingesteckt. Tyson Bowman stand auf, als er sich näherte. Sie umarmten sich kurz und kumpelhaft – »Tyson.« »Boss.« – und setzten sich dann an dem kleinen Tisch gegenüber, auf dem die typische rot-weiß-karierte Tischdecke lag und dessen Deko ein Besteckhalter bildete, in den auch Tütchen mit Ketchup und brauner Soße gestopft worden waren. Jaffrey dachte daran, dass er früher auch mit Karim hier gewesen war. Vor zwanzig Jahren war sein jüngerer Bruder noch nicht der aufstrebende Märtyrer gewesen, hatte sich aber nach Zafars Erinnerung bereits von dem distanziert, was bis dahin alltäglich gewesen war: Tee trinken und Witze erzählen, ein gewöhnliches, gottloses Leben führen. Zafar war schon damals derselben Überzeugung wie heute gewesen: dass es bessere Wege gab, seine Ziele zu erreichen, als sich eine Semtex-Weste umzuschnallen.

Aber wie dem auch sei, die Geschichte von Karim war noch nicht zu Ende. Und das Land, das er zu verachten gelernt hatte, bedurfte nach wie vor dringend einer Verbesserung.

Zafar fragte: »Keine Probleme also?«

Tyson schüttelte den Kopf.

»Wann ist alles bereit?«

»In ein paar Tagen.« Er rieb zwei Finger am Daumen. »Bei Bezahlung.«

Aus der Nähe betrachtet glich er nicht mehr einem vielversprechenden Politiker. Zwar sah Tyson nicht wie ein Schlägertyp aus – obwohl er während seiner ersten beiden Anhörungen wegen Körperverletzung als solcher bezeichnet worden war – und auch nicht wie ein potenzieller Terrorist, obwohl er während seiner zweiten Haftstrafe radikalisiert worden war und eine dritte wegen des Besitzes von extremistischer Literatur verbüßt hatte. Es lag auch nicht an seiner Hautfarbe, dem kahlgeschorenen Kopf oder gar an der Tätowierung im Gesicht, die normalerweise als zuverlässiges Zeichen für Gewaltbereitschaft galt. Nein, dachte Zafar, es war die Haltung, die in dieser Verpackung steckte, eine Haltung, die suggerierte, dass soziale Interaktion jeglicher Art unerwünscht war. Außer mit Zafar Jaffrey, der eine helfende Hand ausgestreckt hatte, als Tyson Bowman arbeitslos, obdachlos und ohne Freunde gewesen war. Nur Zafar brachte Bowmans Augen zum Leuchten; ein Leuchten, von dem Zafar wusste, dass er sich schuldig fühlen sollte, es auszunutzen.

Die Kellnerin schwebte heran, den Block in der Hand. »Guten Morgen, Mr Jaffrey.«

»Angela«, sagte er. »Strahlend wie immer.«

»Das haben Sie gestern schon gesagt, Mr Jaffrey. Passen Sie auf, die Leute könnten glauben, Sie seien nicht ehrlich.«

Er streckte eine Hand aus und berührte ihre. »Die Leute können denken, was sie wollen, Angela. Für mich werden Sie immer strahlend sein.«

Und jetzt lächelte sie, und ihre über sechzig Jahre fielen von ihr ab. »Kommen Sie auch noch zum Frühstück, wenn Sie Bürgermeister sind?«

»Solange Sie hier arbeiten, ja. Aber heute Morgen nehme ich nur einen Kaffee, bitte.«

Als sie gegangen war, wandte sich Zafar Tyson zu. Sein Handlanger: ein Wort, das bis heute einen leicht fiesen Beigeschmack hatte. Wobei Tyson durchaus manchmal Hand anlegen musste.

Der Kaffee kam, und sie sprachen über die Änderungen im Tagesplan: Ein Termin wurde abgesagt, ein anderer vorgezogen. Ein fünfminütiger Beitrag im Lokalradio würde in einem Übertragungswagen anstatt im Studio stattfinden, wodurch alle Beteiligten außer dem Fahrer eine halbe Stunde einsparten. Ein Tag war stressiger als der andere, aber in drei Wochen fanden die Wahlen statt. Jaffrey war ein unabhängiger Kandidat, und er hatte zwar den Premierminister »enttäuscht«, indem er sich weigerte, in die Partei einzutreten – obwohl er in den letzten Jahren in zwei Sonderausschüsse berufen worden war –, doch die beiden blieben »enge persönliche Freunde«, eine gern angewandte Taktik des Premierministers, wenn er populäre Persönlichkeiten nicht für sich gewinnen konnte: Er unterstützte sie stattdessen und hoffte, dass ihm das etwas brachte. Jaffrey akzeptierte diese ungewollte Kumpanei genauso wie den häufig erwähnten »Respekt« des Oppositionsführers: In der Politik war es keine Option, das Kästchen »keine Werbung« anzukreuzen. Außerdem war keiner dieser Würdenträger so verblendet, sich einzubilden, dass sein eigener Kandidat auch nur den Hauch einer Chance hätte: Wenn die Umfragen nicht noch katastrophaler danebenlagen als beim letzten oder beim vorletzten Mal, würde Zafar Jaffrey Ende des Monats das Bürgermeisteramt der West Midlands übernehmen.

Natürlich gab es jene – allen vorweg die Gimballs, aber keineswegs nur sie –, die glaubten, dass die Wahl eines weiteren muslimischen Bürgermeisters einen Schritt in Richtung Scharia bedeuten würde. Bislang waren ihre Vorwürfe abgeprallt: Zumindest in der Kommunalpolitik herrschte nach wie vor Widerstand gegen diesen Rassismus in Reinkultur, wie die meisten Beobachter die Versuche interpretierten, Jaffrey als Sympathisanten der Islamisten darzustellen. Jedes Mal, wenn Dodie Gimball einen Artikel über ihn mit dem Foto eines zerbombten Busses illustrierte, stiegen seine Umfragewerte. Wie das Ergebnis aussähe, wenn Tysons jüngste Aktivitäten öffentlich bekannt würden, darüber machte er sich jedoch keine Illusionen. Er würde von einer verfolgten Minderheit zu einem zertifizierten Terroristen werden, bevor man »Operation Trojanisches Pferd« sagen könnte.

Auch Tyson würde unter den Hammer kommen. Tja. Wäre ja nicht das erste Mal, dachte Jaffrey, aber er hatte leicht reden.

Sein Handy klingelte und unterbrach sie. Es war Ed Timms, sein Pressesprecher.

»Chef, mir sind Gerüchte zu Ohren gekommen.«

»Und die wären?«

»Es heißt, dass Dodie Gimball in ihrer morgigen Kolumne eine Bombe hochgehen lassen will. Nachdem Dennis heute Abend sein eigenes Feuerwerk gezündet hat.«

»Könntest du es mir vielleicht etwas weniger plastisch schildern? Ich verarbeite Fakten leichter als Bilder.«

»Heute Abend hält Dennis Gimball eine Rede in seinem Wahlkreis, in der er behauptet, du hättest Verbindungen zu Terroristen. Und seine Frau wird morgen in ihrer Kolumne in dasselbe Horn stoßen. Begleitet von Illustrationen, wie es so schön heißt. Sie haben Fotos, Zaf. Ich weiß nicht, wovon, aber du weißt, was das bedeutet. Bilder gelten als stichhaltige Beweise, egal für was, und nachdem sie erschienen sind, lässt sich der Verdacht, egal was für einer, nicht mehr aus der Welt schaffen.«

So schnell konnte es gehen; so schnell konnte eine Situation aus dem Reich des Möglichen ins Hier und Jetzt platzen.

»Wo hält er seine Rede?«, fragte Jaffrey.

»In Slough. Ein Heimspiel für ihn.«

»Okay, Ed. Aber das sind bestimmt wieder leere Drohungen. Wir sollten jetzt noch keine nassen Füße kriegen.«

»Ja, aber …«

»Später, Ed.«

Und damit drückte Jaffrey die Verbindung weg.

Tyson hob fragend eine Augenbraue. »Soll ich irgendwo eingreifen, Chef?«

»Könnte sein. Bei ein, zwei Dingen.«

Tyson sagte: »Was immer Sie wollen, Chef. Das wissen Sie. Ich tue alles für Sie.«

Zafar streckte den Arm aus, und sie klatschten sich ab. Es stimmte, dachte er; es war Tyson wirklich egal, was er von ihm verlangte: Er tat alles für ihn. Der Gedanke machte ihn traurig und froh zugleich, gab ihm Hoffnung für die Zukunft und löschte sie gleichzeitig auch wieder aus.

Wie hieß es so schön? Politik ist die Kunst des Kompromisses. Genau so war es.

Lamb hatte irgendwo in seinen Klamotten eine Zigarette aufgetrieben und in einem seltenen Anfall von Ritterlichkeit gleich eine zweite hervorgezaubert. Er zündete erst seine an, dann gab er Taverner Feuer. Manieren waren gut und schön, aber man musste ja nicht gleich übertreiben.

»Laut BBC«, sagte er, »was wohl bedeutet, laut dem, was gerade auf Twitter trendet, wurden die Morde von Abbotsfield vom IS verübt.«

»Von dieser Annahme gehen wir aus.«

»Damit würde der IS auch hinter dem Anschlag auf Ho stecken. Und das ist so ein Stuss, da wird doch das Huhn in der Pfanne verrückt.«

»Der Hund.«

»Meinetwegen. Freudsche Fehlleistung.« Er inhalierte tief. »Abgesehen von allem anderen schmiedet der IS keine Komplotte, oder? Er platziert eine Bombe auf einem Marktplatz oder überfällt ein Dorf und schießt auf alles, was Beine hat. Aber er schmiedet keine Komplotte.«

»Er hat es auf bestimmte Zielpersonen abgesehen. Das wäre nicht das erste Mal.«

»Hochrangige Zielpersonen vielleicht, aber nicht Ho.« Seine Augen verengten sich. »Wenn sich das als eines deiner Spielchen entpuppt, Diana, kann ich gar nicht sagen, wie sehr mich das enttäuschen wird.«

Sie sah sich nach einem Behältnis um, in das sie ihre Asche abklopfen konnte; dann fügte sie sich dem Büroambiente und ließ sie auf den Teppich fallen. »Spielchen?«

»Wenn ich mich recht erinnere, hat jemand vor nicht allzu langer Zeit versucht, mich in diesem Raum umzubringen. Wir haben nie richtig darüber geredet, oder?«

Ab und zu, wenn man in den fauligen Sumpf von Lambs Persönlichkeit starrte, durchbrach eine Rückenflosse die Oberfläche.

Taverner sagte: »Lass uns bei den aktuellen Missständen bleiben, ja? In welcher Verfassung ist Ho?«

»Er hat eine Wunde am Ohr.«

»Eine Schusswunde?«

»Haushaltsunfall.«

»Sonst noch jemand verletzt?«

»Dander war da. Sie musste sich überstürzt in Sicherheit bringen. Aber das ist einer der Vorteile, wenn man wie ein Fußball gebaut ist: Man lernt, einen Tritt einzustecken.«

»Sind aktuell alle im Büro?«

»Ich führe hier kein Klassenbuch, Diana.«

»Komisch, davon bin ich ausgegangen.«

»Na schön, du hast recht, aber nur, um sie zu ärgern, nicht für offizielle Zwecke.«

»Also …«

»Also sind alle hier, ja.«

»Gut. Denn ab sofort seid ihr im Lockdown.«

Lamb verdrehte die Augen.

»Ich meine es ernst. Keine Handys, kein Internet, und keiner geht raus. Ho kommt rüber in den Park. Egal, in welche Scheiße er getreten ist, wir müssen seine Schuhe untersuchen. Der Rest von euch hat in der Zwischenzeit Stubenarrest. Mit anschließender Nachbesprechung.«

Lamb sagte: »Okay, warum nicht? Ich halte sie in Schach. Wir können ›Mord im Dunkeln‹ spielen, während wir darauf warten, dass ihr euren Tagesplan abarbeitet.«

Taverner lachte und hörte dann abrupt auf. »Oh, Entschuldigung, war das dein Ernst? Wenn ich den Bock zum Gärtner machen wollte, würdest du ganz oben auf meiner Liste stehen. Aber in diesem Fall schicke ich lieber einen Babysitter. Flyte ist im Anmarsch. Kennst du unsere Emma eigentlich schon?«

»Der Gedanke an sie hat mir schon so manche lange Nacht versüßt.«

»Vorsicht. Manche von uns sind an dich gewöhnt. Andere könnten Anzeige erstatten. Bring deine Mannschaft in Aufstellung, okay? Es überrascht mich, dass Standish nicht schon aufgetaucht ist.«

»Ach, weißt du, ich glaube, sie mag dich nicht besonders.«

»Ich glaube, dich mag sie auch nicht besonders. Und trotzdem hältst du ihr die Stange. Hast du ihr eigentlich jemals verraten, warum?«

Lamb warf ihr einen langen, scharfen Blick zu, aber Diana Taverner saß in Ausschüssen, Diana Taverner leitete Sitzungen. Wenn lange, scharfe Blicke ihr etwas anhaben könnten, wäre sie längst zu Staub zerfallen.

Schließlich sagte Lamb: »Sie weiß, dass ihr ehemaliger Chef ein Verräter war, wenn du das meinst.«

»Und weiß sie, dass er versucht hat, sie in seinen Verrat hineinzuziehen? Dass sie seine Pappkameradin war, der er alles anhängen wollte?«

»Das hat sie sich vermutlich längst zusammengereimt.«

»Und dass du ihm die Kugel in den Kopf gejagt hast? Oder glaubt sie immer noch, dass er es selbst getan hat?«

Lamb antwortete nicht.

Sie sagte: »Ich würde ja gerne Mäuschen spielen, wenn sie es herausfindet.«

»Wie kommst du darauf, dass sie das tun wird?«

»Mein Gott, Lamb. Von allen Geheimnissen, die du je hattest, welches schreit am lautesten: Lass mich raus?«

Aus dem Off hörte man Geräusche: Leute, die unten ankamen. Die Dogs, wie Lamb annahm. Sie waren gekommen, um Ho in den Park zu bringen und den Rest von ihnen festzunageln. Er hörte, wie Standish ihre Tür öffnete und auf den Treppenabsatz trat. »Was ist denn hier los?«, rief sie.

»Da hast du's«, sagte Lady Di. »Ihrem scharfen Spürsinn entgeht nichts.«

Roderick Ho wäre erfreut, wenn auch nicht überrascht gewesen zu erfahren, dass er der Grund dafür war, dass Kims Herz schneller schlug.

Als sie gestern Abend nach Hause gekommen war, nachdem das Taxi sie zwei Straßen weiter abgesetzt hatte – in ihrer Branche war es das Beste, seine Adresse geheim zu halten –, war sie lange aufgeblieben, hatte »The Walking Dead« geschaut und Wodka getrunken, zuerst mit Cranberrysaft gemischt, und als dieser zur Neige ging, mit noch mehr Wodka. Der Schlaf war plötzlich und ohne Vorwarnung gekommen, und sie war mit Sabber, der sie an ihr Kissen klebte, und mit klopfendem Herzen aufgewacht. Sie spürte: Irgendetwas war schiefgelaufen. Oder ging gerade den Bach runter. Manchmal waren solche Gefühle falsch adressiert, emotionale Post, die für jemand anderen bestimmt war, aber sie waren es immer wert, ernst genommen zu werden. Man plante grundsätzlich für das Worst-Case-Szenario.

Also duschte sie und zog sich an, innerhalb von drei Minuten, und holte ihre Notfallausrüstung aus dem Schrank: Reisepass, beide Sparbücher und zwei Riesen in bar, dazu Kleidung zum Wechseln und das Nötigste an Kriegsbemalung, alles gebündelt in einer Fluchttasche. Nichts anderes in ihrem Zimmer war von Bedeutung. Die Miete wurde monatlich bezahlt, ihre Mitbewohner waren nur lose Bekanntschaften. Sie würde ihnen eine Nachricht hinterlassen – einen erfundenen Notfall – und für immer aus ihrem Leben gehen. Oder besser: rennen. Das Herz schlug ihr immer noch bis zum Hals, und obwohl es nicht das Organ war, dem man am meisten vertraute, war es doch das, das seine Aufgabe unbedingt weiterhin erfüllen sollte.

Roderick Ho, dachte sie. Der Grund, warum ihr Herz im Alarmmodus war, war Roderick Ho.

Mach es schnell, ja? Er ist harmlos.

Sie würden ihm nur eine Lektion erteilen, hatten sie gesagt, aber sie hatte es nicht wirklich geglaubt. Was bedeutete, so flüsterte ihr klopfendes Herz, dass es klug war, sich aus dem Staub zu machen.

Sie warf sich ihre Tasche über die Schulter, verließ das Zimmer und war auf dem Treppenabsatz, als es an der Tür klingelte.

Sie erstarrte.

Aber warum sollte sie sich Sorgen machen? Es war mitten am Vormittag in einer der größten Städte der Welt. Es gab Briefträger und Zeugen Jehovas; es gab Zählerableser; es gab Meinungsforscher, die wissen wollten, was man über Dinge dachte, über die man nie zuvor nachgedacht hatte. Die Gestalt hinter dem gesprenkelten Glas der Eingangstür hätte einer von ihnen sein können. Als sie sich bewegte, wanderte Licht über den verschwommenen Umriss eines Gesichts, als würde es bekritzelt werden.

Die Türklingel läutete erneut.

Es gab einen Hinterausgang, durch den man in den kleinen Garten gelangte. Sie könnte über den Zaun klettern. Ein Fluchtweg. Nur bedeutete das, dass sie die Treppe runtergehen musste und die Person an der Tür sie kurz sehen würde. Die rüttelte jetzt an der Klinke, und Stromableser machten so etwas nicht. Sie warfen einem einfach eine Karte in den Briefkasten. Kim wich vom Treppenabsatz zurück und kehrte in ihr Zimmer zurück. Das Fenster ging zum Garten hinaus und lag etwa zweimal so weit oben, wie sie groß war. Von unten hörte sie ein knirschendes Splittern, als würde ein Metallhebel in einen zu kleinen Spalt gesteckt. Das Fenster war ein Schiebefenster und hatte eine Einbruchssicherung; eine Schraubvorrichtung, die in Sekunden geöffnet werden konnte, solange man keine panische Angst vor Eindringlingen hatte. Vor lauter Panik rutschte Kim immer wieder ab. Das Splittern wurde zu einem Knacken. Die Verriegelung gab nach, und der Bolzen fiel ihr in die Hand. Auf der Treppe waren Schritte zu hören, und ihr Herz hämmerte gegen ihren Brustkorb, während sie das Fenster hochzog und ihre Tasche hinauswarf. Sie würde ihr hinterherspringen. Es würde nur eine Sekunde dauern. Weniger. Aber sie blieb mit ihrem Top an irgendetwas hängen, als sie sich bückte, um sich durch den Spalt zu zwängen: Leben hatten schon an weniger gehangen. Fäden, Versprechungen.

Als sie sich umdrehte, war er bei ihr im Zimmer, die Waffe direkt auf ihr Gesicht gerichtet.

Emma Flyte schien von Slough House nicht besonders angetan zu sein. Sie fuhr zwar nicht mit dem Finger über

Oberflächen und machte vorwurfsvolle Geräusche, aber das lag vielleicht daran, dass sie versuchte, nichts anzufassen. »Das Wort ›Bürokultur‹ ist mir ja durchaus ein Begriff«, sagte sie, als sie sich umsah. »Aber bei Ihnen scheint es tatsächlich etwas mit Pilzen zu tun zu haben.«

River hätte ihre Bemerkung nichts ausgemacht, wenn er nicht erst letzte Woche sauber gemacht hätte. Oder besser: daran gedacht hätte, sauber zu machen, erinnerte er sich jetzt. Ein Plan, den er letztendlich verworfen hatte.

Flyte hatte sein Büro gewählt, um die Belegschaft zu versammeln, weil in Lambs Zimmer kaum genug Platz war, um mit den Augen zu rollen. Lamb, der schmollte wie ein Kaiser im Exil, hatte Rivers Schreibtisch in Beschlag genommen und war gerade dabei, ihn mit den Füßen umzuräumen. Aber wenigstens hatte er seine Schuhe anbehalten. River lehnte an einem Aktenschrank, weil er instinktiv alle im Blick behalten wollte, während Coe an seinem eigenen Schreibtisch saß und wie immer so tat, als sei er allein. Catherine hatte sich einen Stuhl an die Wand gezogen und saß ruhig da, eine gefaltete Zeitung auf dem Schoß, und Louisa und Shirley standen zu beiden Seiten des Fensters wie ungleiche Kerzenständer. Ho war natürlich von den Dogs und Lady Di abgeholt worden und deshalb nicht anwesend. Dann wären wir ja alle da, dachte River.

Shirley hatte ihn und Louisa heute Morgen mit bösen Blicken bedacht, aber eher halbherzig, vor allem, weil sie ihnen unter die Nase reiben konnte, dass sie recht gehabt hatte und sie unrecht. Gegen zwei Uhr morgens waren überall vor Hos Haus Glasscherben auf der Straße gewesen.

Ein Typ war durch ein Fenster geflogen und in einem Fluchtauto weggebracht worden. All das klang genau nach dem, wovon lahme Gäule träumten, während sie mit Tabellenkalkulationen herumhantierten – Action, Aufregung, Leute, die verletzt wurden. Allerdings deutete Shirleys Ungenauigkeit in puncto der Details darauf hin, dass sie sich nicht mit Ruhm bekleckert hatte.

»Lamb ist also die ganze Zeit da gewesen?«, fragte Louisa.

»Mit Kim ausgehen und dann den Abend mit Jackson Lamb verbringen«, sagte Shirley. »Ho hat gestern echt ins Klo gegriffen.«

Danach war die Polizei gekommen, und kurz darauf waren die Dogs aufmarschiert. Es war, wie Shirley sagte, ein Wanderzirkus gewesen, und niemand hatte eine Ahnung, was eigentlich im Busch war.

So weit alles *business as usual.*

Flyte, die sich an der Tür postiert hatte, warf einen Blick auf die versammelte Mannschaft. Bei ihrer letzten Begegnung mit ihr war Rivers Kopf heftig mit ihrem zusammengestoßen, und dass es ein Unfall gewesen war, tröstete sie wahrscheinlich nicht so sehr wie ihn. Damals hatte sie böse Prellungen erlitten, aber sie hatten keinen bleibenden Schaden hinterlassen. Wenn Kim eine Achteinhalb, vielleicht eine Neun war, dann war Emma Flyte eine Zehn, vielleicht eine Elf.

Gerade konzentrierte sie sich auf Coe, der sich Ohrhörer einstöpselte.

»Was ist das?«

Er antwortete nicht.

Lamb sagte: »Er ist ein bisschen widerspenstig. Versuchen Sie's mal mit leichten Schlägen auf den Hinterkopf.«

»Coe«, sagte Louisa. »Da will jemand mit dir reden.«

Coe sah Flyte an.

»Was ist das?«, wiederholte sie.

»Ein iPod.«

»Legen Sie ihn weg.«

»Warum?«

Emma Flyte sagte: »Sehe ich aus, als wäre ich hier, um Fragen zu beantworten? Dies ist ein Lockdown. Keine Kommunikation.«

»Es ist ein iPod«, wiederholte Coe.

»Ist mir egal.«

Catherine sagte: »Sie sind mit der Funktion von Slough House vertraut, nehme ich an?«

»Ich hatte bereits das Vergnügen.«

»Dann wissen Sie, dass einige von uns … Probleme haben.«

»Worauf wollen Sie hinaus, Ms Standish?«

»Dass Musik eine beruhigende Wirkung auf Mr Coe hat. Er neigt zu Panikattacken, wissen Sie.«

»Und was passiert, wenn er keine Musik hört?«

»Ich bin mir nicht sicher«, sagte Catherine. »Wir haben ihn noch nie daran gehindert.«

»Aber er trägt ein Messer bei sich«, warf Shirley ein.

Flyte sah sich Coe an. Er war dünn, weiß und trug einen Kapuzenpulli, der sich um seine Schultern zusammengezogen hatte: Hätte man jemanden für die Rolle von David Bowie an einem schlechten Tag gesucht, wäre er eine gute Wahl gewesen. Als er in Slough House angefangen hatte, so erinnerte sich River, war J.K. Coe angespannt und verschlossen gewesen wie eine Faust. Auch wenn er seitdem ein wenig lockerer geworden war: viel freundlicher war er immer noch nicht.

»Reden Sie immer über ihn, als wäre er nicht da?«, fragte Flyte.

»Ja.«

»Und ist er immer so?«

»Das ist Teil seines Übergangsprozesses«, erwiderte Shirley. »Er lebt sechs Monate lang als Arschloch.«

Coe zuckte nicht mit der Wimper. Allerdings sah er so aus, als würde er gleich wieder »Das ist ein iPod« sagen.

Vielleicht war es das, was Flyte seufzen ließ. »Okay«, sagte sie. »Hören Sie halt Ihre Musik, wenn's sein muss.«

Coes einzige Reaktion war, die Ohrhörer einzustöpseln.

River warf einen Blick zu Shirley, die dafür bekannt war, dass sie wütend wurde, wenn sich eine angespannte Situation ohne Gewalt auflöste, aber sie schüttelte nur den Kopf, als wäre sie enttäuscht, aber nicht überrascht. Sie fing jedoch seinen Blick auf und streckte ihm die Zunge heraus. Dann sah sie Louisa an. »Ich sehe was, was du nicht siehst«, begann sie.

Louisa sagte: »Wenn du so weitermachst, erwürge ich dich. Ich fackle nicht lange.«

»Irgendwas müssen wir doch tun. Und abgesehen davon habe ich nicht vor, in aller Stille zu verhungern.«

Der Gedanke, dass Shirley in aller Stille etwas tun könnte, war beunruhigend.

»Wir brauchen Vorräte«, sagte sie.

»Da hat sie recht.«

»Ich werde uns mal was zum Knabbern besorgen, ja?«

»Niemand geht weg«, sagte Flyte. »Sie wissen doch, was ›Lockdown‹ bedeutet, oder?«

»Es geht ja auch keiner weg«, erklärte Lamb. »Dander ist in ein paar Minuten wieder da.«

River, Louisa und Catherine kramten Geld aus ihren Taschen und Portemonnaies und reichten es Shirley.

»Besorg auf jeden Fall was zu essen«, sagte Catherine.

»Und unbedingt was Süßes«, fügte Louisa hinzu.

»Sie gehen nirgendwo hin«, blaffte Flyte.

»Schon gut«, erwiderte Shirley. »Bin in fünf Minuten wieder da.«

Einen Moment lang sah es so aus, als würde Flyte versuchen, Shirley mit Gewalt daran zu hindern, zur Tür hinauszugehen, was sowohl River als auch Louisa aus unterschiedlichen Gründen für eine sinnvolle Nutzung der nächsten fünf Minuten hielten, aber es sollte nicht sein. Shirley duckte sich einfach unter Flytes Arm hindurch und eilte die Treppe hinunter. Man hörte nur noch das rhythmische Hämmern ihrer Schuhe.

Flyte sah Lamb an. »Haben Sie schon mal daran gedacht, Ihren Mitarbeitern Disziplin beizubringen?«

»Die ganze Zeit. Ich bevorzuge die Methode ›Zuckerbrot und Peitsche‹.«

»Aha.«

»Ja. Die Peitsche benutze ich, um ihnen das Zuckerbrot in den Arsch zu schieben. Das wirkt meistens.« Lamb runzelte die Stirn. »Ich hoffe, Sie glauben nicht, dass das eine Metapher ist. Schließlich sind wir nicht auf einer bescheuerten Dichterlesung.«

Es sah allerdings aus wie bei einer bescheuerten Dichterlesung, denn das Publikum war überschaubar und nicht gerade schick gekleidet. Flyte bildete eine Ausnahme, obwohl River annahm, dass sie auch in kariertem Rock und Wollstrumpfhose stylisch aussähe. Sie trug einen dunklen Businessanzug mit schlichter weißer Bluse. Ihr Haar war zu einem straffen Pferdeschwanz gebunden, ihr Blick kein bisschen amüsiert. Womöglich war es besser, nicht über ihr Aussehen nachzudenken: Ob sexy oder nicht, sie war Head Dog, und ihr Vorgänger hatte River einmal in die Eier getreten. Wenn sie merkte, dass er sie anstarrte, würde sie es ihm vielleicht gleichtun. Wahrscheinlich hatte sie sowieso nicht wenig Lust dazu, um der alten Zeiten willen.

Lamb war da weitaus wagemutiger. »Sie stehen also auf Claude Whelans Liste der Dinge, die ihn glücklich machen.«

»Wie kommen Sie darauf?«

»Tja, Lady Di kann Sie nicht leiden. Normalerweise ist das der direkte Weg in die Arbeitslosigkeit. Aber Sie sind immer noch da. Das bedeutet, dass entweder unser aller Chef auf Sie steht oder Sie etwas gegen ihn in der Hand haben.«

»Ich erledige meine Arbeit«, erwiderte Flyte. »Und ich bin gut darin. Whelan weiß das.«

»Ich traue ihm nicht. Er hat Vikarsaugen.«

»Vikarsaugen?«

»Zu hell. Zu glänzend. Ehe man sich versieht, zwingt er einem eine Unterhaltung auf.« Er wandte sich an River. »Ich bin fromm und religiös, wie Sie wissen. Aber bei Priestern bekomme ich eine Gänsehaut.« Dann wandte er sich wieder an Flyte: »Er ist der Chef, weil er vor dem richtigen Stuhl stand, als die Musik ausging, das ist alles. Taverner würde die Nieren ihrer Mutter für den Job verkaufen, und Tatsache ist, dass sie ihn gut machen würde. Whelan dagegen gehört zum mittleren Management. Das ist PC für ›mittelmäßig‹.«

»Er hat den Premierminister auf seiner Seite.«

»Dem habe ich nichts hinzuzufügen.«

Catherine fragte: »Was geschieht jetzt mit Roddy?«

Flyte runzelte kurz die Stirn, was River als Achselzucken interpretierte. »Nachbesprechung.«

»Eine der heftigen Art?«

»Besonders liebevoll wird sie nicht ausfallen.«

River, Louisa und Catherine dachten darüber nach, zwei von ihnen mit einem leichten Lächeln auf den Lippen. J. K. Coe befand sich in seiner eigenen Welt, wo auch immer die sein mochte, aber River fiel auf, dass er nicht auf einem imaginären Klavier klimperte. Lamb schwieg und erinnerte dabei an ein dösendes Nilpferd: scheinbar gutmütig, aber man kam ihm besser nicht in die Quere.

Niemand tat etwas auch nur annähernd Nützliches. Ein ganz normaler Tag im Büro, dachte River.

Shirley kehrte mit Regentropfen besprenkelt zurück, unterm Arm den Notproviant. Dieser bestand bei näherem Hinsehen aus zwei Flaschen Rotwein und einer Familienpackung Haribo.

»Du bist unmöglich«, stöhnte Louisa, und Lamb sagte gleichzeitig: »Her damit.«

Shirley bot ihm das Haribo an.

»Sehr witzig.«

Sie reichte ihm eine Flasche Wein.

»Ich frag mich gerade, was wohl die schlimmeren Auswirkungen hat«, bemerkte Flyte. »Der Alkohol oder der Zucker.«

Catherine fragte: »Hast du etwa von meinem Geld Wein gekauft?«

»Ich dachte, umso mehr bleibt für uns«, erwiderte Shirley.

»Wo sie recht hat, hat sie recht«, sagte Lamb. Er hatte seine Flasche geöffnet und trank direkt daraus. »Okay«, fuhr er fort. »Brainstorming.« Er sah Flyte an. »Ich hoffe, Sie finden den Begriff nicht beleidigend.«

Sie zuckte mit den Schultern. »Ich bin keine Epileptikerin.«

»Nein, aber Sie sind blond. Manche von Ihnen sind etwas empfindlich, wenn's um Hirn geht.« Er blickte in die Runde. »Irgendjemand will Ho umbringen. Und es ist keiner von euch. Irgendwelche Ideen?«

»Kim«, sagte Shirley. »Seine Freundin«, fügte sie hinzu.

»Wie kommen Sie auf sie? Abgesehen vom Offensichtlichen.«

River sagte: »Sie ist eine Nummer zu groß für ihn. Mindestens.«

»Das muss nicht immer mit Mord enden.« Lamb sah Flyte an. »Haben Sie schon mal eine Zwei gevögelt?«

»… Darauf antworte ich nicht.«

»Da haben wir's.«

Louisa sagte: »Sie verarscht ihn. Es kann nicht anders sein.«

»Okay. Und obwohl er mehr Geld hat als der Rest von

euch, weil er so schlau war, das einzige Kind eines erfolgreichen Geschäftsmannes zu sein, ist er trotzdem nicht die langfristige Investition einer ernsthaften Betrügerin wert. Wenn es nur um sein Geld ginge, hätte sie ihn schon vor Monaten aus dem Weg geräumt und sich in Luft aufgelöst. Und wahrscheinlich hätte sie sich nicht die Mühe gemacht, ihn umlegen zu lassen, es sei denn aus rein ästhetischen Gründen.« Er wandte sich wieder an Flyte. »Ich gehe davon aus, dass Sie Ihre Mitleidsficks nicht umlegen lassen.«

»Bis jetzt nicht. Aber ich überlege, einen Schießbefehl für fette Mistkerle einzuführen.«

»So. Zehn Minuten, und Sie haben sich angepasst.«

»Informationen«, spekulierte Louisa.

»Das muss es sein. Seien wir ehrlich, Ho ist ein Arschloch, aber er weiß, wie man ein Passwort knackt. Ohne seine Cyber-Fähigkeiten hätte ich ihn längst in eine Plastiktüte gequetscht und in einen Fluss geworfen. Also diese Frau …«

»Kim.«

»Seine Freundin.«

»… wie auch immer, sie ist eine Sexfalle. Was wissen wir über sie?«

»Sie ist Chinesin«, sagte Shirley.

River erwiderte: »Sie sah aus, als hätte sie chinesische Wurzeln.«

»Na schön«, sagte Lamb. »Lasst uns keine voreiligen rassistischen Schlüsse ziehen. Vielleicht ist sie ganz normal und sieht nur chinesisch aus. Aber mal was ganz anderes …«

J. K. Coe zuckte zusammen und setzte sich aufrecht hin.

»Oh, haben wir ihn geweckt?«

Louisa, die Coe am nächsten stand, trat nach Coe, der daraufhin seine Ohrhörer herauszog.

Lamb sagte: »Ausgezeichnet, mir gefällt es, wenn die Leute wenigstens so tun, als würden sie zuhören. Eine Sache habe ich noch vergessen zu erwähnen. Derjenige, mit dem sie unter einer Decke steckt, war für Abbotsfield verantwortlich.«

In der Stille, die darauf folgte, hörte man nur, wie Shirley ein Haribo kaute.

Dann sagte J. K. Coe: »Ich glaube, wir haben ein Problem.«

7

Im Winter wird der Tag früh müde und ist schon um fünf Uhr aus der Tür: Mantel an, ab nach Westen, bis morgen. Die Nacht übernimmt dann die lange Schicht, und obwohl sie die meiste Zeit verschläft und kaum darauf achtet, was in ihren stilleren Ecken passiert, schlägt sie sich irgendwie bis zum Morgen durch. Doch im Sommer bleibt der Tag länger, um die Sonne zu genießen, und abgesehen von einer Mittagsflaute und dem einen oder anderen schwankenden Schritt, wenn seine Fünf-Uhr-Schatten fallen, hält er im Allgemeinen durch, solange er kann. Und in diesen unerwartet langen Stunden stehen die Chancen höher, dass gewisse Sachen ans Licht kommen, oder, wenn das nicht möglich ist, Licht auf sie fällt.

Das Licht, das an diesem Nachmittag auf den Regent's Park fiel, warf perfekte Schatten. Wie von einem Profi entworfen, wurden sie horizontal von den Jalousien in Streifen geschnitten, zeichneten sich scharf auf Schreibtischen, Wänden und Böden ab und verwandelten die Büros in den oberen Stockwerken in Seiten aus einem Bekleidungskatalog, und es fehlten nur noch Models oder Schaufensterpuppen, um den Effekt zu vervollständigen. Doch wie bei Schwänen, die scheinbar mühelos übers Wasser gleiten, fand die eigentliche Tätigkeit im Park unterhalb der Oberfläche statt. So malerisch und betriebsam die oberen Stockwerke auch aussahen, gab es Schweiß und Arbeit doch hauptsächlich unten im Zentrum, wo Lady Di Taverner und Claude Whelan durch Glaswände auf die jungen Leute blickten, die die Welt und all die verschiedenen Realitäten, die sie zu bieten hatte, überwachten. Hier ging die Jagd auf die Mörder von Abbotsfield weiter. Sie kam nur langsam voran, aber das überraschte niemanden. Wenn man aus dem Nichts auftauchte und alles tötete, was einem über den Weg lief, hinterließ man nur wenige Spuren, anhand derer man geschnappt werden konnte. Die Anfänge der verschlungenen Wege der Mörder waren in statisches Rauschen gehüllt. Zum ersten Mal wurden sie von der Überwachungskamera dreizehn Kilometer nördlich von Sheffield entdeckt; die Rückverfolgung führte zum Stadtrand, wo sie in einem elektrischen Gewitter verschwanden: einem ruckelnden Surren und Brummen von zu vielen Kameras, die zu viel Verkehr überwachten und zu schnell zwischen zu vielen Blickwinkeln hin und her sprangen. Selbst ein Jeep konnte in den Pausen der digitalen Atemzüge verschwinden.

Und wenn so etwas passiert, wuchern Verschwörungstheorien wie Schimmel. Es musste einen Grund geben, warum der Jeep sich der Überwachung so geschickt entziehen konnte; es musste eine Ursache geben. Und tatsächlich gab es einen Grund, und der Grund war dieser: Pech gehabt. Wenn alles glatt verlaufen wäre und der Wind günstig gestanden hätte, wären die Männer im Jeep verhaftet worden, noch bevor sie ihre Waffen geölt hätten, und ihre Opfer hätten ihr Leben fortgesetzt, ohne jemals zu erfahren, welchem Schicksal sie entgangen waren. Aber wenn man Pech hatte, lösten sich die Verbrecher in Luft auf, die Namen ihrer Opfer machten Schlagzeilen, und die jungen Leute im Zentrum des Parks mühten sich den endlos langen Tag mit dem von vornherein vergeblichen Versuch ab, das Versagen anderer wiedergutzumachen, dessen Konsequenzen sie tragen mussten.

Unterdessen wurden weitere Nachforschungen angestellt, während das Nachmittagslicht unverdrossen in abgelegenen Winkeln stocherte und schnüffelte. Akten wurden geöffnet – teilweise richtige Pappordner, die echtes Papier enthielten, denn um die zu stehlen, musste man ins Gebäude gelangen, was bei Daten nicht der Fall war – und nach brisanten Inhalten durchsucht, die man für den Chef hervorhob. Abgeordnete werden normalerweise nicht ausspioniert, auch wenn viele das glauben. Doch die Unbeholfenen unter ihnen, die notorisch Indiskreten, die verdächtig Unschuldigen und die, die extravagant damit kokettierten, befanden sich alle auf dem Radar des Services, oft auf Geheiß ihrer eigenen Chefs, denn der Service dient zwar der Sicherheit der Nation, aber auch die Gefahren durch die politische Elite müssen eingedämmt werden. Der derzeitige Premierminister besaß wie viele seiner Vorgänger ein feines Gespür für möglichen Verrat – er hatte, wie ein Witzbold einmal bemerkt hatte, sieben der letzten beiden Hinterbänkler-Rebellionen vorhergesagt – und verlangte während seines unerklärlich langen Aufenthalts in der Nummer 10 ausführliche Berichte über so ziemlich jeden Abgeordneten seiner Partei, der mehr als zwei Spalten oder sieben Minuten Sendezeit an aufeinanderfolgenden Tagen bekommen hatte. Das hatte für eine Menge bürokratischen Aufwand gesorgt, und vieles von dem, was dabei herausgekommen war, war dem Premierminister nie mitgeteilt worden, weil die betreffenden Informationen politisch irrelevant, peinlich auf persönlicher Ebene oder zu nützlich waren, um sie derart leichtfertig zu vergeuden. Infolgedessen gab es in Molly Dorans Sammlung eine Akte über Dennis Gimball; eine Akte, die weder mit einem schwarzen noch mit einem roten oder grünen Etikett versehen war – jedes von ihnen hätte bedeutet, dass man sich um ihn kümmern musste, bis hin zum diskreten Ausscheiden aus dem öffentlichen Dienst, wie mehrere ehemalige Innen- und Außenminister bestätigen könnten –, sondern mit einem weißen Etikett, auf dem ein kleines Kreuz von Hand hinzugefügt worden war, wahrscheinlich von Mollys eigener Hand, um darauf hinzuweisen, dass sich zwischen den Deckeln eine Macke oder eine Laufmasche, eine unerwartete Verflechtung im Gewebe eines Lebens befinden könnte; ein Spalt, in den ein provisorischer Schlüssel gesteckt und gedreht werden konnte.

Claude Whelan kam nicht viel raus. Er fuhr von zu Hause zum Regent's Park und vom Regent's Park wieder nach Hause; er pendelte zwischen dem Park und Whitehall; zu Mittag aß er meistens an seinem Schreibtisch. Gelegentlich wurde er zwar zu weiter entfernten Versammlungen eingeladen, aber im Gegensatz zu seiner bedauernswerten Vorgängerin Ingrid Tearney verbrachte er so wenig Zeit wie möglich in Washington, da er der Meinung war, wenn verbesserte Kommunikation nicht zu weniger Flugmeilen führte, sie die Glasfaserkabel nicht wert waren. Und wenn er eine Einladung nicht ausschlagen konnte, verbrachte er den einen oder anderen frühen Abend mit einem Gin Tonic in einem der vielen privaten Clubs, zwischen deren antiken Möbeln man ehemalige Größen wie Peter Judd erspähen konnte, die ihr Comeback planten. Die meiste Zeit über war Claude jedoch ein Bürohengst: Papiere landeten auf seinem Schreibtisch, wurden unterschrieben und entschwebten wieder; E-Mails strandeten in seinem Posteingang und wurden von elektrischen Schaltkreisen verschluckt. Es war keine Schande, an den Bürostuhl gefesselt zu sein, andererseits zeugte es auch nicht von besonderer Würde oder Heldentum: Alles, was ein Agent im Außendienst erdulden musste, konnte auch einer Drohne passieren, Verrat nicht ausgenommen. Whelan erinnerte sich noch gut an seinen ersten Verräter, einen Mann, mit dem er gemeinsame Projekte durchgeführt, in Meetings gesessen und bei einem Sandwich über Geopolitik diskutiert hatte, in den guten alten Zeiten, wie es so schön hieß. Wie sich herausstellte, hatte dieser Mann mit Dämonen zu kämpfen gehabt, die dafür gesorgt hatten, dass er Geld brauchte und der Versuchung erlag. In seiner Wohnung wurde eine ganze Einkaufsliste mit Geheimnissen gefunden und dazu passend eine Liste mit potenziellen Käufern. Claude selbst hatte den Hinweis gegeben, dass die Gelegenheit für diesen Mann, Fehlinformationen zu verbreiten, zu gut war, um sie sich entgehen zu lassen; dass sein ehemaliger Freund, wenn auch nicht mehr zuverlässig, so doch zumindest eine wertvolle Quelle war. Und es war Claude gewesen, der die Operation »Einkaufsliste« ins Leben gerufen hatte; ein Plan, der fehlschlug, bevor er vollständig umgesetzt werden konnte, da der angehende Verräter Selbstmord beging. Alles sehr chaotisch, und nichts davon hatte mit Reisen zu tun gehabt. Nein, Claude hatte nie das Gefühl, dass sein Horizont durch seine Abneigung, sein sicheres Refugium zu verlassen, eingeschränkt wurde; er hatte genug gesehen, Gutes und Schlechtes, ohne die Koffer packen zu müssen. Nicht viel rauszukommen war keine Schwäche. Im Gegenteil: Es ermöglichte Claude, seine Stärken auszuspielen.

Heute war jedoch ein Tag, an dem er das Büro verlassen musste. Die Akte über Dennis Gimball war auf seinem Schreibtisch gelandet, und ein kurzes Überfliegen hatte genügt, um Whelan dazu zu bringen, seinen Nachmittag neu zu gestalten. Abgesehen von allem anderen hatte Gimball in letzter Zeit Gefallen daran gefunden, auf Claudes Ruf herumzutrampeln. Claude war kein rachsüchtiger Mensch, aber das lag vor allem daran, dass sich ihm nur selten die Gelegenheit dazu bot. Darin ähnelte er den meisten anderen Menschen, mit dem zusätzlichen Vorteil, dass er Chef des Geheimdienstes war und Zugang zu Akten hatte wie der, die jetzt vor ihm lag.

Doch bevor er ging, musste er sich noch um eine andere Angelegenheit kümmern.

»Dieser Ho«, sagte er.

»Er ist unten, Sir.«

Was im Regent's Park Verschiedenes bedeuten konnte. Claude war selbst unten, denn er befand sich im Zentrum. Aber noch weiter unten lagen Räumlichkeiten, in denen man sich besser nicht länger aufhielt, sofern man sie aus eigener Kraft verlassen und nicht auf einer Trage oder in einem Eimer rausgeschleppt werden wollte, von einem Typen wie dem, mit dem Claude gerade sprach: einem von Emma Flytes Dogs.

»Wer befragt ihn?«

»Niemand, Sir. Uns wurde gesagt, wir sollen ihn schwitzen lassen.«

Eine gute, wenn auch durchschaubare Masche. Wenn man sich in einem der unteren Zimmer aufhielt, die nur mit einem einzigen wackligen Plastikstuhl möbliert waren, fragte man sich zwangsläufig irgendwann, warum der Boden schräg abfiel und wozu der Wasserhahn in der Ecke diente, wo es doch kein Waschbecken, sondern nur einen offenen Ablauf im Boden gab.

Wenn man ein paar Stunden Zeit zum Nachdenken hatte, konnte einem dabei durchaus mulmig werden.

Bisher ließ sich nicht mit Gewissheit sagen, ob der Angriff auf Roderick Ho mit dem Massaker von Abbotsfield zusammenhing. »Waffen sind eine eigene Währung«, hatte Whelan kürzlich zu Lady Di gesagt. »Es könnte sein, dass die Mörder von Abbotsfield bei der nächsten Gelegenheit ihre losgeworden sind und andere Kriminelle sie übernommen haben. In diesem Fall wäre das Ganze ein Zufall.«

»Ich mag keine Zufälle.«

»Ich auch nicht. Aber wenn es sich wirklich um dieselben Leute handelt, müssen sie einen Plan haben. Wahllos Fremde zu ermorden ist eine Sache, aber das hier war ein versuchter Anschlag auf einen Geheimdienstmitarbeiter. Das ist doch unstrittig, oder?«

»Ja. Oder aber …«

»Oder was?«

»Oder jemand wollte Ho zum Schweigen bringen, ein

loses Ende ausmerzen«, sagte Lady Di. »Vielleicht hat er ihnen geholfen, ob absichtlich oder nicht. In diesem Fall …«

In diesem Fall wollten sie vielleicht die Verbindung kappen.

Dianas These war es wert überprüft zu werden. Wenn es eine Verbindung zwischen Ho und Abbotsfield gab, mussten sie sie aufdecken, und am einfachsten wäre, Ho nicht allzu sanft auszuquetschen. Aber Roderick Ho gehörte zu den Slow Horses, und obwohl das auf der einen Seite bedeutete, dass man ihn in die Tonne kloppen konnte, gab es andererseits das Problem, dass er zu Jackson Lambs Crew gehörte. Und Lamb griff gern mal zu drastischen Mitteln, wenn man sich in seine Angelegenheiten einmischte. Das bedeutete, dass man Lamb bei jedem geringsten Versuch von vornherein ausbremsen musste: kein einfaches Unterfangen, denn wenn er scheiterte, würde Whelan auf verbrannter Erde stehen. Lamb wusste mehr über Whelan, als Whelan lieb war. Und diese Zwickmühle zwang Whelan zum Überlegen, weshalb er zunächst behutsam vorgehen musste.

Lady Di hatte Ho eingesackt und abgeliefert, aber es lag an Whelan, wie es weiterging.

Bevor er sich also auf den Weg zu Dennis Gimball machte, gab er die Anweisung: »Lassen Sie ihn erst einmal weiter schwitzen. Ein paar Stunden einweichen – das zahlt sich auf lange Sicht aus.«

Ein paar Stunden eingeweicht unter der Erde, und Roderick Ho würde zu Wackelpudding werden, ein wirres Knäuel aus Angst, das nur darauf brannte, sein Herz auszuschütten.

Was haben die hier für beschissene Sanitäranlagen?, dachte Ho.

Ein einziger Wasserhahn ragte aus der Wand, so niedrig, dass man echt winzig sein musste, um ihn bequem zu benutzen: Wer kam bloß auf solche Ideen? Aber das hatte man nun mal davon, wenn man mit Kretins arbeitete. Man hätte meinen können, dass sich der Service im Laufe der Zeit zu einer etwas weniger billigen und zuverlässigeren Institution entwickeln würde, aber der Sparzwang hat sich durchgesetzt. Man brauchte sich bloß Slough House anzusehen! Seine eigene elektronische Büroausstattung war schon seit Jahren veraltet, und obwohl Roddy Ho ein PC-Kabel jeder Ära wie eine Schlange aus einem Korb zaubern konnte, war das noch längst kein Grund, ihn mit minderwertiger Ausrüstung abzuspeisen. Er hatte sich schon lange vorgenommen, das Thema bei der nächstbesten Gelegenheit anzusprechen, aber er fragte sich, ob jetzt wirklich der richtige Zeitpunkt war. Die Leute hier hatten ihre eigenen Probleme. Sogar der Boden war schief. Und außerdem gab es noch andere Dinge zu bereden.

Jemand hatte letzte Nacht versucht, ihn zu töten.

So schlimm das auch war: Er konnte sich nicht darüber beschweren, dass der Vorfall nicht ernst genommen wurde. Immerhin befand er sich hier in Schutzhaft, abgeholt von Diana Taverner persönlich, der stellvertretenden Leiterin des Parks. Auf der Fahrt hierher hatte sie kaum ein Wort gesagt, so betroffen war sie darüber, dass sie ihn beinahe verloren hätten. Fast hätte er ihre Hand getätschelt, nur um ihr das beruhigende Gefühl zu vermitteln, dass er noch unter den Lebenden weilte, aber er hatte rechtzeitig erkannt, dass sie körperliche Vertraulichkeiten womöglich falsch verstanden hätte: ein andermal, Lady. Denn schließlich musste er an Kim denken, seine Freundin, und mal im Ernst: Lady Di sollte sich im Moment lieber darauf konzentrieren, ihn zu beschützen, anstatt sich in ihrem reifen Alter von irgendwelchen Fantasien ablenken zu lassen.

(»Reifes Alter« war pure Schmeichelei – sie war garantiert schon über fünfzig.)

Jedenfalls befand er sich hier in den Eingeweiden des Parks und war von den Dogs, der Polizeieinheit des Services, hierher eskortiert worden. Die Herren waren nicht sehr gesprächig gewesen und hatten seine Bitte um einen Energydrink ignoriert. Aber wenn er Durst bekam, konnte er sich aus dem Wasserhahn bedienen. Niemand konnte behaupten, dass Roddy Ho sich nicht um sich selbst kümmern konnte, während die Verantwortlichen sich den Kopf darüber zerbrachen, wie man ihn am besten schützen konnte.

Er schleifte den Stuhl in eine Ecke und machte sich einen Spaß daraus, herauszufinden, bis zu welchem Winkel er ihn kippen konnte, bevor er umfiel. Beim ersten Versuch verschätzte er sich um einiges, aber er würde reichlich Zeit zum Üben haben.

J. K. Coe sagte: »Ich glaube, wir haben ein Problem.«

Lamb sagte zu Flyte: »Er spricht nicht viel. Vielleicht gibt er sich Ihretwegen Mühe. Mal sehen.« Er wandte sich an Coe und sagte ganz langsam: »Warum? Sollten wir. Ein Problem haben?«

Dann schaute er wieder zu Flyte, tippte sich mit dem Finger an die Schläfe und murmelte: »Leicht zurückgeblieben.«

Coe wickelte sich das Kabel seines Ohrhörers um die Finger. »Es hat einen weiteren Vorfall gegeben.«

»Haben Sie sich wieder nass gemacht? Keine Sorge, wir haben es nicht bemerkt.«

Catherine mischte sich ein: »Lassen wir ihn ausreden, ja?«

»Eine Bombe in einem Zug«, sagte Coe.

»Die Nachricht haben Sie über die Musik empfangen, oder wie?«, fragte Lamb. »Ich sollte vielleicht auch ausprobieren, Jazz zu hören. Aber ich würde mir lieber Sand in die Augen reiben.«

Er setzte sich die Flasche an die Lippen und trank den Wein, als wäre er Wasser.

»Er hört keinen Jazz«, erwiderte Catherine.

»Ja, komisch, so weit war ich auch schon.«

»Wir sind im Lockdown«, sagte Flyte. »Keine Kommunikation. Und Sie haben Radio gehört?«

Shirley sagte: »Seien Sie nicht so streng mit ihm. Er trägt ein Messer bei sich.« Sie hatte irgendwo einen Plastikbecher gefunden und sich Wein eingeschenkt, und ihr Mund war rot vom Wein oder vom Haribo. Sie sah aus, als hätte sie Lippenstift aufgetragen, als gerade niemand hinsah.

»Wo war die Bombe?«, fragte River. »Wie viele Verletzte?«

»Keine. Der Sprengsatz wurde gefunden und entschärft.«

»Wo?«

»In einem Zug von Bristol nach Paddington.«

Die anderen hatten bereits ihre Handys gezückt und überprüften die Nachrichten-Websites.

Flyte knurrte: »Muss ich es noch mal sagen? Schalten Sie Ihre Geräte aus! Wir sind im Lockdown.«

»Das liegt daran, dass Sie neu sind«, sagte Lamb. »Sie testen Ihre Grenzen aus.«

»Wenn ich Ihre Meinung hören will, sage ich Bescheid.«

River, der auf sein Handy starrte, sagte: »Bisher hat sich noch niemand dazu bekannt.«

»Tja«, sagte Lamb. »Wer gibt schon gerne zu, dass er es gründlich verbockt hat? Aber damit müssten Sie sich ja am besten auskennen.« Er sah Coe an. »Und was Sie angeht: Ich verkünde, dass die Abbotsfield-Mörder es auf Ho abgesehen haben, und Sie übertrumpfen mich mit der Meldung über einen Bombenfund, bei dem es nicht mal Verletzte gegeben hat?« Er schüttelte den Kopf. »Wir sollten mal anfangen, hier um Geld zu pokern.«

»Da steckt noch mehr dahinter, oder?«, fragte Louisa.

Coe hatte seine Hände vor sich auf den Schreibtisch gelegt, und seine Finger zuckten nervös. »Ja.«

Lambs Seufzer hätte ein Segel blähen können. »Wie wär's mit ein paar Einzelheiten? Wir warten!«

Coe ballte die zuckenden Finger seiner rechten Hand zu einer Faust. Dann streckte er einen Finger nach dem anderen und zählte ab, wobei er weiterhin unverwandt auf den Schreibtisch vor sich starrte. »Erstens. Das Dorf zerstören.«

River öffnete schon den Mund, um etwas zu sagen, überlegte es sich dann aber anders.

»Zweitens. Die Wasserstelle vergiften.«

Lamb lehnte sich mit grimmigem Blick in seinem Stuhl zurück.

»Drittens. Die Eisenbahn lahmlegen.«

Coe ballte die Hand wieder zur Faust und ließ sie in der Tasche seines Kapuzenpullis verschwinden.

Es herrschte eine kurze Stille, bis Shirley fragte: »Und was soll das jetzt heißen?«

»Er meint, dass das keine willkürlichen Terrorakte waren«, erklärte River, ohne den Blick von Coe abzuwenden. »Es ist eine Destabilisierungsstrategie.«

»Einen Schwarm Pinguine in die Luft jagen?«, fragte Shirley. »Wen sollte das denn destabilisieren? David Attenborough?«

»Es geht nicht um die Pinguine«, erwiderte Catherine. »Es ist der Name des Geheges. Das meinst du doch, oder?«

Coe nickte.

»The Watering Hole«, sagte River. »Warum sollte der Name eine Rolle spielen?«

»Denken Sie mal nach«, sagte Lamb.

Sie dachten darüber nach, alle außer Coe, der sich wieder in sein privates Universum zurückgezogen zu haben schien.

Schließlich sagte Emma Flyte: »Okay, wenn es tatsächlich ein Destabilisierungsplan ist, dann funktioniert er nicht, oder? Denn selbst wenn es einer wäre, sehen die Auswirkungen trotzdem nach Zufall aus. Das ist schlimm genug, aber nicht weltbewegend. Ich meine, Abbotsfield? Es ist eine Tragödie, aber bis letzte Woche hatte noch nie jemand von dem Kaff gehört.«

»Glückwunsch«, sagte Lamb. »Ich ernenne Sie zum Slow Horse ehrenhalber.«

»Weil ich etwas Sinnvolles gesagt habe?«

»Nein, weil Sie total danebenliegen.«

»Aber sie hat recht«, entgegnete Louisa. »Wenn das so weitergeht, wagen sich die Leute nicht mehr nach draußen, aus Angst vor dem, was als Nächstes passieren könnte. Aber bis jetzt glaubt doch keiner an irgendeinen Superschurken mit einer perfiden Strategie. Ich meine, wenn das in irgendeinem Zwergenstaat sonst wo auf der Welt passieren würde …«

Sie hielt mitten im Satz inne.

»Na also«, sagte Lamb. »Der Groschen ist gefallen.« Er sah Coe an. »Die Terroristen arbeiten nach einem Plan, der eine begrenzte Bevölkerungsgruppe einschüchtern würde. Denn das sind alles einmalige Aktionen in einem kleinen Maßstab, oder? Das Dorf. Die Wasserstelle. Nicht die Dörfer, die Wasserstellen.«

Coe nickte.

»Der Plan war ursprünglich nicht für ein Land so groß wie Großbritannien gedacht.«

»Warum also …«, begann River und hielt inne. Dann sagte er: »Wenn die Strategie ihr ursprüngliches Ziel sowieso nicht erreicht, warum wird sie dann eingesetzt?«

»Wenn wir schon mal dabei sind, Frage-und-Antwort zu spielen«, warf Lamb ein, »erkundigt sich vielleicht auch mal jemand, warum unser verrückter Mönch hier den Durchblick hat?«

»Oh nein!«, stöhnte River. »Es ist einer von uns, stimmt's?«

Coe nickte.

Die anderen starrten einander verständnislos an. Nur

Lamb, der die Augen geschlossen hatte, und Catherine, die den Kopf schüttelte, schienen die Bedeutung dieser Erkenntnis zu begreifen.

Lamb polterte: »Zum Teufel noch mal, der hat zwar einen Knall, aber im Vergleich zu euch anderen ist er ein wandelndes Sudoku. Der Plan, nach dem diese Idioten vorgehen, ist keine ausländische Verschwörung zur Destabilisierung Großbritanniens, sondern eine britische Verschwörung zur Destabilisierung von lästigen Zwergnationen. Und nein, die Ermordung von Pinguinen und ein nicht gezündeter Sprengsatz in einem Zug werden das Land nicht in die Knie zwingen, aber wenn diese Witzbolde, wer auch immer sie sind, enthüllen, dass sie nach einer Strategie arbeiten, die vom britischen Geheimdienst entwickelt wurde, um Entwicklungsländer zu unterminieren, tja … Möchte jemand den Satz zu Ende bringen?«

»Dann ist so richtig die Kacke am Dampfen«, unkte Shirley.

»Da haben Sie ausnahmsweise mal recht.«

River sagte: »Die Wasserstelle vergiften? Wie alt ist dieser Plan?«

»Ganz egal«, erwiderte Catherine. »Auch wenn er nicht auf dem neuesten Stand ist, es handelt sich um eine verdeckte Operation. Die bereits Menschenleben gekostet hat.«

»Und Pinguinleben«, fügte Shirley hinzu.

Louisa meinte: »Es hätte viel schlimmer kommen können. Wisst ihr, wie viele Weinlokale ›Watering Hole‹ heißen?«

»Woher wollen wir eigentlich wissen, dass das wirklich

so ist?«, fragte Emma Flyte. »Ich meine, entschuldigen Sie meine Skepsis. Aber Mr – Coe, oder? Mr Coe murmelt etwas von einer britischen Verschwörung, und schon sind Sie alle fest davon überzeugt. Ich persönlich hätte gerne ein paar mehr Fakten. Und Sie werden hier drin nicht rauchen«, fügte sie hinzu, als eine Zigarette in Lambs Faust erschien.

»Normalerweise würde ich nicht im Traum daran denken«, flötete Lamb. »Aber es ist das Einzige, was meinen nervösen Magen in Schach hält.«

Bevor Emma etwas erwidern konnte, warnte Catherine: »Lassen Sie es lieber nicht drauf ankommen.«

Lamb nahm einen tiefen Zug, blies Rauch in alle Richtungen und sagte dann zu Coe: »Wollen Sie uns jetzt nicht mal erzählen, wie es zu diesem Komplott gekommen ist? Oder ist Ihr Partytrick damit vorbei?«

Coe warf einen Blick zu Lamb und schaute dann wieder auf seinen Schreibtisch. »Es stammt aus einem Arbeitspapier, das die Wiesel nach dem Krieg erstellt haben. Eine Strategie zur Destabilisierung einer Entwicklungsregion, falls nötig.«

»Bevor er ein Versager war«, erklärte Lamb Emma Flyte, »war er ein Schwachkopf. Ich meine Eierkopf. Ich verwechsle das immer.«

»Sie haben drüben am anderen Ufer gearbeitet?«, fragte Flyte.

Coe nickte.

»Psych Eval«, erklärte Shirley. »Er kennt sich mit der Geschichte der Black Ops aus.«

»Kann sein«, sagte Flyte. »Aber für mich klingt das immer noch sehr weit hergeholt.«

»Abgesehen von der Sache mit dem Wasserloch«, sagte Catherine leise. »Denn Louisa hat recht. Es gibt viele Bars, die ›Watering Hole‹ heißen. Aber wenn sie sich eine davon ausgesucht hätten, hätte niemand die Anspielung verstanden und gesagt: Sie haben eine Wasserstelle bombardiert, sondern es hätte geheißen: ›Ein Anschlag auf eine Bar!‹«

»Und dieses Papier wurde vor einiger Zeit aus der Schublade geholt«, fuhr Coe fort. »Irgendein Intelligenzbolzen meinte, es könnte als Vorlage dienen. Man nimmt die Grundprinzipien und wendet sie in einem größeren Maßstab an. Oder man überträgt sie auf eine größere Region und verübt ähnliche Anschläge an mehreren Orten gleichzeitig.« Er hielt kurz inne: »Das war eines dieser Spielchen, die da drüben gespielt wurden. Die meisten Pläne werden nie in die Tat umgesetzt. Und manche eben doch.«

»Aber dieser nicht.«

Coe zuckte mit den Schultern. »Doch, jetzt schon.«

»Das überzeugt mich nicht«, sagte Flyte.

»Ach, hören Sie doch auf mit dem Scheiß!«, raunzte Lamb sie an. »Das Entscheidende haben Sie vollkommen übersehen!«

»Und das wäre?«

»Na, die Frage: Woher haben diejenigen, die dieses Ding durchziehen, überhaupt das Watering-Hole-Dokument?«

»Ho«, sagten River, Louisa und Shirley im Chor.

»Armer Roddy«, murmelte Catherine.

»Und Kim …«, begann Louisa.

»Seine Freundin«, warf River ein.

»Sie muss die Verbindung zwischen ihm und den Mistkerlen sein.«

»Das wiederum erklärt, warum jemand versucht hat, ihn umzubringen.«

»Zweimal.«

»Und warum Ho eine Freundin hat«, ergänzte Shirley.

Flyte sah aus, als hätte ihr jemand mit einer Bettpfanne auf den Kopf geschlagen.

»Jemand hat versucht, unseren IT-Mann zu töten«, erklärte Lamb. »Seine Kollegen hier vermuten, dass er in eine Sexfalle gelockt wurde, damit er diese Destabilisierungsvorlage besorgt. Und derjenige, dem er sie übergeben hat, wollte nicht, dass er das ausplaudert, bevor sie fertig sind.«

»Warum hat Ho dann nicht gesagt, dass er das getan hat?« wandte Flyte ein. »Nachdem er festgestellt hat, dass man ihn umbringen wollte?«

»Es kann gut sein, dass er noch gar nicht gemerkt hat, was hier vor sich geht«, sagte Louisa.

»Es gibt einen Grund dafür, warum Sie alle hier sind, oder?«, sagte Flyte nach einer Weile. »Das vergesse ich immer wieder.«

»Ihre eigene brillante Karriere dagegen«, erinnerte Louisa sie, »hängt an einem Faden, der an Claude Whelans Daumen baumelt.«

Louisa mochte Emma, aber sie hatte keine Lust, sich von ihr etwas gefallen zu lassen.

»Vorsicht«, mahnte Lamb. »Sie beißt. Im Übrigen gibt es einen einfachen Weg, um herauszufinden, ob Coe Scheiße redet. Hat jemand eine Idee?«

Eine Pause trat ein.

»Wir könnten ihn foltern«, schlug Shirley vor.

Coe warf ihr einen Blick zu, mit dem sie ihren Buzz Cut hätte kürzen können.

River sagte: »Er hat bisher nur bis drei gezählt.«

»Es ist fast eine Schande, dass Sie ein Idiot sind«, sagte Lamb. »Mit ein bisschen Einsatz hätten Sie es vielleicht bis zum Trottel gebracht. Denn ja, in diesem Fall haben Sie ausnahmsweise recht. Coe hat nur bis drei gezählt.« Er deutete mit dem Hals der Weinflasche in Coes Richtung und zog tief an seiner Zigarette, bevor er sagte: »Okay, Mr PMS oder PTBS oder was Sie eben haben. Klären Sie uns auf. Was haben die bösen Männer als Nächstes vor?«

»Ein Attentat auf einen populistischen Führer«, sagte Coe.

Der kastanienbraune Blazer gab ihm den entscheidenden Schliff, fand Dennis Gimball und betrachtete sich im Ganzkörperspiegel. Einen Anzug konnte jeder tragen. Und das tat auch jeder, meistens jedenfalls. Aber es brauchte Stil, um einen weniger konventionellen Look zu wagen, und in diesem Geschäft war Stil von größter Bedeutung. An wie viele Politiker erinnert man sich wegen ihrer Kleidung? Er stellte sich ins Profil, schob seine Hand zwischen den dritten und den vierten Knopf und wölbte die Brust. Auf einem Fünf-Pfund-Schein würde er gut aussehen, beschloss er. Verdammt, er würde sogar auf einer Briefmarke gut aussehen.

Als Dodie den Raum betrat, zog er seine Hand schnell wieder raus. Aber nicht schnell genug.

»Hast du dich ein bisschen in Pose geworfen, Schatz?«

»Ich habe mich nur gekratzt.«

»Tu das besser nicht vor laufender Kamera. Weder das eine noch das andere.«

»Für die Kamera muss man posieren.«

»Es gibt einen Unterschied zwischen Posieren und Posieren.« Sie beäugte ihn kritisch: nicht den Mann selbst, sondern die Figur, die er im Spiegel abgab. Er hatte ein paar Kilo Übergewicht, was aber für einen Politiker in Ordnung war. Aber falls es zum Äußersten kam und sie bei *Strictly come dancing* landeten, würde er einen Coach brauchen. »Hast du die Nachrichten gehört?«, fragte sie. »Es wurde schon wieder eine Bombe gefunden.«

»Oh Gott!«

»Es hat keine Verletzten gegeben.«

»Oh Gott. Äh, ich meine, Gott sei Dank. Wo? Wann?«

»In einem Zug«, sagte Dodie. »Ich werde die Nachrichtenredaktion bitten, uns die Details zu mailen. Wenn du danach gefragt wirst, und das wirst du, tu so, als ob du mehr weißt, als du sagst. Als ob hochkarätige Informationen über deinen Schreibtisch liefen.«

Denn dies gehörte auch zu den ungeschriebenen Regeln: Tu so, als wüsstest du mehr, als du sagen kannst; tu so, als tätest du mehr, als du tatsächlich vorhast. Und wenn du Wahlkampf machst, dann lüg, dass sich die Balken biegen – das andere große Vermächtnis des Referendums.

Dennis nickte und wollte gerade antworten, als sein Handy klingelte. Eine unbekannte Nummer. Er runzelte die Stirn und machte sich bereit, loszupoltern, falls es ein unangemeldeter Anrufer war.

War es aber nicht.

»Am Apparat … Oh. Oh. Wann, jetzt? … Ich weiß nicht,

ob ich Zeit habe … Oh. Oh. Na, wenn das so ist, dann ja. In meiner Wohnung, ja. Ja.«

Er unterbrach die Verbindung und schielte leicht, was ihm oft passierte, wenn er verwirrt war. Dodie hatte mit ihm darüber gesprochen, aber es war schwierig, jemandem eine unbewusste körperliche Reaktion auszutreiben. Elektroschocks könnten vielleicht helfen.

»Was ist?«, fragte sie.

»Das war Claude Whelan«, sagte er.

»Claude … Claude *Whelan*? Vom MI 5?«

Er nickte.

»Was wollte er denn?«

»Er will mit mir reden«, antwortete ihr Mann.

»Na also«, sagte Lamb. »Sobald ein Volkstribun umgebracht wird, wissen wir, dass wir richtiggelegen haben.« Er lehnte sich weiter zurück und schleifte mit den Füßen über Rivers Schreibtisch. Alles Mögliche fiel zu Boden. »Weckt mich, wenn es so weit ist.«

River sagte zu Coe: »Das ist Nummer vier? Ein populistischer Anführer?«

Coe zuckte mit den Schultern. »Von denen gibt es immer einen.«

»Dann ist Zafar Jaffrey in Gefahr«, meinte Shirley. »Er muss es sein.«

»Warum?«

»Er ist der populärste Politiker seit Jahren.«

»Populistisch«, verbesserte Coe.

»Und wo ist der Unterschied?«

»Na, wenn du das nicht weißt«, erwiderte Louisa.

Catherine sagte: »Wenn alle gleichzeitig reden, kommen wir nicht weiter.«

»Sind Sie ihre Kindergärtnerin?«, fragte Flyte.

»Nein, warum? Sind Sie ihre neue Stiefmutter?«

Lamb sagte: »Na, das läuft ja gut.« Er schwang seine Füße auf den Boden, mit einer Behändigkeit, die niemanden außer Emma Flyte überraschte. »Aber ich brauche jetzt einen Donald. Streitet ihr ruhig weiter.«

Auf dem Weg nach draußen klaute er Catherine die Zeitung.

»... Donald?« Flyte machte ein verwirrtes Gesicht, mehr wegen Lambs Miene als weil er so plötzlich aus ihrer Obhut verschwand.

»Trump«, erklärte Louisa.

»Gott sei Dank. Ich dachte, er meinte Duck.«

»Dennis Gimball«, sagte Catherine.

»Spielen wir immer noch lustiges Rätselraten?«

Catherine ignorierte ihre Bemerkung. »Wenn ich in der jetzigen Situation einen populistischen Anführer suchen würde, würde ich ihn wählen.«

»Du vielleicht«, erwiderte Louisa. »Ich würde den nicht mit der Kneifzange wählen.«

»Damit meinte ich nicht, dass ich ihn gut finde«, entgegnete Catherine. »Wenn ich vorhätte, jemanden aus dieser Kategorie zu ermorden, würde er ganz oben auf meiner Liste stehen.«

»Ich würde Peter Judd töten«, sagte Shirley. »Oder Piers Morgan.«

»Morgan ist kein populistischer Führer.«

»Egal.«

River fragte Coe: »Wie viele Stufen hat dieser Plan eigentlich?«

Coe blickte nicht auf. Stattdessen breitete er seine Hand wieder auf dem Schreibtisch aus und schien sich von der Anzahl der Finger, die er sehen konnte, inspirieren zu lassen. »Fünf.«

»Fünf«, wiederholte River.

»Ich glaube schon.«

»Du glaubst?«

Coe zuckte mit den Schultern.

»Denn es wäre ja schon irgendwie wichtig, weißt du.«

»Natürlich. Aber das wusste ich damals nicht.«

»Dieses Papier war also nur ein – irgendein x-beliebiges Memo, das zufällig auf deinem Schreibtisch gelandet ist?«

»Ich bin darauf gestoßen, als ich eigentlich über etwas anderes recherchiert habe. Ohne die Pinguine hätte ich mich gar nicht daran erinnert.«

»Aber jetzt, wo du dich daran erinnert hast, könntest du uns da vielleicht einen Hinweis darauf geben, was die fünfte Stufe sein könnte?«

»Hey! Spoileralarm!«, mischte sich Shirley ein.

Alle starrten sie an.

»Das Attentat hat noch nicht stattgefunden.«

»Wir hatten auch eigentlich vor, diesen Punkt, wenn's geht, zu verhindern«, erklärte Louisa.

»Ihr seid ja alle komplett bescheuert«, stellte Flyte fest.

»Wir bevorzugen den Begriff ›alternativ zurechnungsfähig‹.«

»Wenn irgendetwas davon auch nur im Entferntesten

wahrscheinlich ist«, fuhr Flyte fort, »müssen Sie den Park informieren!«

»Na klar«, sagte River. »Entschuldigen Sie, Park, aber unser Team hat eines eurer Geheimdokumente an ein paar böse Jungs weitergegeben, die damit im ganzen Land ihr Unwesen treiben. Können Sie sich denken, wie das ankommt? Und ich möchte betonen, dass wir ohnehin nicht besonders beliebt sind.«

»Es geht hier nicht um Beliebtheit.«

»Nein, aber es geht darum, wer überlebt. Und glauben Sie mir, Di Taverner wird Slough House bei der nächstbesten Gelegenheit Stein für Stein abreißen. Und diese hier, falls Sie immer noch skeptisch sind, wäre eine.«

»Taverner hat nicht das Sagen, sondern Whelan.«

»Wer's glaubt.«

»Sie klingen schon genau wie Ihr Chef«, sagte Flyte.

»Er hat nicht oft genug ›Scheiße‹ gesagt«, korrigierte Louisa.

»Wer hat nicht oft genug Scheiße gesagt?« Lamb war zurückgekehrt. Man konnte sich darauf verlassen, dass er sich immer dann in ein Gespräch einmischte, wenn es am unangenehmsten war.

»Ihr Klon hier«, sagte Flyte zu ihm. »Er denkt schon genauso verquer wie Sie.«

»Ach, wirklich? Ich fühle mich geschmeichelt.« Lamb ließ sich wieder schwer auf Rivers Stuhl fallen. »Was meinen Sie, was sie mit Ho vorhaben?«

»Ich nehme an, man versucht herauszufinden, was ihn mit den Abbotsfield-Mördern verbindet«, antwortete Flyte.

»Ich habe auch nicht ernsthaft geglaubt, dass sie ihn zu Tee und Jaffa Cakes einladen. Was ich meinte, war: Was sieht das aktuelle Protokoll für die Befragung von Weichlingen vor? Werden sie ihn an irgendwelche Kabel anschließen, ihn mit irgendetwas schlagen oder ihm etwas injizieren?«

Catherine murmelte etwas, das niemand verstehen konnte.

»Nichts davon ist üblich«, sagte Flyte nach kurzer Überlegung.

»Na klar, genauso wenig wie in einen Aufzug zu pinkeln«, erwiderte Lamb. »Und trotzdem kommt es vor. Also, was werden sie mit ihm machen, und wie lange wird es dauern? Wobei Sie bedenken müssen, dass Ho nicht dazu ausgebildet wurde, unter Druck nichts zu verraten.«

»Und dass er einen Scheißdreck weiß«, murmelte River.

Flyte sagte: »Zunächst mal werden sie gar nichts mit ihm machen.«

»Und mit ›gar nichts‹ meinen Sie das, woran man ihn anschließt, mit dem man ihn schlägt oder was man ihm injiziert?«

»Ich meinte das wörtlich: Sie werden nichts mit ihm machen. Sie werden ihn in einen Raum sperren und ihn schwitzen lassen. Wahrscheinlich ein paar Stunden lang. Wenn sie dann mit der Befragung anfangen, ist er ein offenes Buch.«

»Ich hoffe, sie halten ihre Textmarker bereit«, sagte Lamb. »Es kann also sein, dass sie noch gar nicht mit ihm angefangen haben?«

»Warum spielt das eine Rolle?«

Lamb fletschte seine Zähne zu einem diabolischen Grinsen. »Das gibt uns ein bisschen Zeit.«

»Das müssen Sie schon genauer erklären.«

Catherine beugte sich vor und schenkte Emma ihr süßestes Lächeln. »Oh, ich glaube, Mr Lamb hat einen Plan.«

»Woher wollen Sie das wissen?«

»Weil er behauptet hat, er wolle seinen Darm entleeren. Und dafür braucht er nie weniger als eine Viertelstunde.«

Lamb lächelte stolz. »Man muss eben gründlich sein.«

»Wo waren Sie wirklich?«, fragte Flyte.

»Ich habe das hier geholt«, sagte Lamb, schlug die Zeitung auf, die er immer noch in der Hand hielt, und zeigte ihr die Waffe von Marcus.

Claude Whelan wäre nicht überrascht gewesen, wenn ein Butler die Tür geöffnet hätte. Es handelte sich zwar nicht um eine Villa, sondern um eine Mews Flat, einen schick umgebauten, ehemaligen Pferdestall, aber als Absolvent einer öffentlichen Schule hatte er immer noch das Gefühl, dass er mit dem Schlimmsten rechnen musste, wenn er mit Privilegierten zu tun hatte. Doch es war Dodie Gimball – Erzkolumnistin, Gralshüterin –, die ihn einließ. Sie trug einen knielangen grauen Rock und eine dazu passende Jacke über einer weißen Bluse, ein Outfit, das Whelan wie ein Kampfanzug vorkam. Ihr Lächeln war genauso falsch wie ihre Nase. Letztere hatte sie über zwanzigtausend Pfund gekostet, Ersteres jahrelange Übung.

»Mr Whelan. Wie schön, dass Sie uns besuchen.«

»Guten Tag, Mrs Gimball.«

»Bitte nennen Sie mich Dodie. Ich kann mir vorstellen,

dass Sie mit so vielen Details meines Lebens vertraut sind, dass es künstlich wirken würde, wenn wir so förmlich blieben.«

Da er immerhin wusste, was ihre Nasenoperation gekostet hatte, wäre es unaufrichtig gewesen, das zu bestreiten. »Danke, Dodie.«

»Sind Sie allein? Keine bewaffnete Security, oder, wie nennen Sie sie doch gleich? Dogs?«

»Ich weiß nicht, wie diese Gerüchte zustande kommen«, erwiderte Whelan.

»Natürlich nicht. Darf ich Ihnen Ihren Mantel abnehmen?«

»Danke.«

Der Regen hatte aufgehört, und während es noch von den Dachrinnen tropfte und Pfützen in den Rinnsteinen standen, lugte die Sonne hinter zerrissenen Wolken hervor, und Whelans Regenmantel war fast trocken. Als er ihn ihr reichte und sie ihn an einen Haken hängte, kam Dennis Gimball aus dem Wohnzimmer. Dem Salon, vermutete Whelan.

»Ha! George Smiley höchstpersönlich.«

»Wenn es nur so wäre«, antwortete Whelan. »Vielen Dank, dass Sie es so kurzfristig einrichten konnten.«

»Ich hatte den Eindruck, mir bliebe keine andere Wahl.«

Der aggressive Unterton, das leichte Grollen, überraschte Whelan nicht im Geringsten. Gimballs öffentliche Auftritte enthielten stets dieses Element; eine gewisse Verärgerung darüber, dass nicht alle Anwesenden ihm die Wertschätzung entgegenbrachten, die er verdiente – im Gegensatz zu, sagen wir, Peter Judd, der erfolgreich die Haltung ausstrahlte, dass er sich einen Dreck um diejenigen scherte, die nicht jede einzelne seiner Silben bejubelten. Doch Judd erholte sich gerade von einem Tief in seiner Karriere – lange Geschichte –, während Gimball offenbar eine Bedrohung für den Premierminister darstellte. Eine der unvorhergesehenen Folgen des Brexits, dachte Whelan, war, dass er eine ganze Reihe von fiesen kleinen Schwachköpfen in unangemessen prominente Positionen befördert hatte. Aber gut. Das Volk hatte gesprochen.

Und wenn Gimball Aggression wollte, dann würde er sie bekommen.

»Stimmt«, sagte er. »Hatten Sie nicht.«

Dennis wirkte verblüfft, aber Dodie schürzte die Lippen, als würde sie eine Vorahnung bestätigt finden.

»Ich weiß nicht, ob ich Ihnen etwas zu trinken anbieten sollte«, sagte sie.

»Ich bleibe nicht lange. Vielleicht könnten wir ...« Er deutete auf die offene Tür.

»Wenn es sein muss«, sagte Dennis und ging voraus.

Sie betraten einen großen Raum; offenbar war in der Mitte eine Wand eingerissen worden, sodass sich an beiden Enden Fenster befanden und mehr Tageslicht hereinströmte, als das Haus von außen vermuten ließ. Zwei allzu üppig gepolsterte Sofas standen sich in der Mitte des Zimmers gegenüber. Vielleicht hatten die Gimballs jeweils ein eigenes, lagen parallel zueinander und gurrten sich über den Zwischenraum hinweg an. Aber jetzt setzten sie sich nicht einmal hin und boten auch Whelan nicht an, Platz zu nehmen.

»Es wäre wohl das Beste, wenn ich mit Ihrem Mann unter vier Augen sprechen könnte«, sagte er zu Dodie.

»Ernsthaft?«

»So etwas schickt man am besten immer voraus«, erwiderte Whelan. »Dann kann niemand behaupten, nicht gewarnt worden zu sein.«

»Ach, apropos Warnungen: Sollten Sie versuchen, meinem Mann zu nahe zu treten, werden Sie die Macht der Presse zu spüren bekommen.«

Sie hielt sich für unbezwingbar, das wusste Whelan. Allerdings war ihr bisher nicht bewusst, dass die Leine, an der ihr Redakteur sie hielt, zwar lang war, aber dennoch eine Leine. Sie hatte nur noch nicht das Ende gespürt. Aber ihr Redakteur träumte davon, irgendwann zum Ritter geschlagen zu werden, und der Eigentümer ihrer Zeitung strebte einen Sitz im Oberhaus an. Es gab kaum Zweifel daran, wessen Interessen gewinnen würden, wenn es zu einem Kampf mit bloßen Fäusten käme.

Whelan sah Dennis an. »Ich nehme an, Sie haben heute Abend noch etwas vor.«

»Das ist kein Geheimnis«, sagte Gimball. »Es ist eine öffentliche Veranstaltung, für die viel Werbung gemacht wurde. Sie sind herzlich eingeladen, daran teilzunehmen. Kommen Sie doch mit! Sie könnten dabei etwas lernen.«

»Sie werden die Gelegenheit nutzen, um wilde Anschuldigungen gegen Zafar Jaffrey zu erheben.«

»Wilde Anschuldigungen?«

»So lauten meine Informationen.«

»Ich nehme an, es hat keinen Sinn, Sie zu fragen, woher Sie sie haben? Nein, natürlich nicht. Das Establishment schließt die Reihen, wie immer.«

Wie alle Anwesenden wussten, war Dennis Gimball der

Sohn des Eigentümers einer großen Modekette und hatte eine Privatschule besucht. Es war lustig, wenn auch auf Dauer ermüdend, wie selbsternannte Rebellen immer glaubten, sich ihren eigenen Weg gebahnt zu haben.

Whelan sagte: »Wie dem auch sei, angesichts der Stimmung im Land erachten wir es nicht für sinnvoll, dass Sie sich in Pöbeleien ergehen.«

»In ›Pöbeleien‹?«

»Dass Sie die Leute aufwiegeln.«

»Ich weiß, was der Ausdruck bedeutet, Whelan, aber ich bezweifle, dass Sie ihn richtig anwenden.«

»Es ist bereits in mehreren Städten zu öffentlichen Unruhen gekommen, vor allem in Gegenden mit einem hohen Anteil an Einwanderern. Es ist in niemandes Interesse, dass die Lage sich weiter verschlimmert.«

»Ich fühle mich geschmeichelt, dass Sie glauben, meine Worte könnten eine so weitreichende Wirkung erzielen.«

»Sie sollten sich nicht geschmeichelt fühlen.«

»Aber diese Reaktionen beruhen doch nur auf der natürlichen Abscheu der gesetzestreuen Mehrheit gegenüber der Gräueltat in Abbotsfield. Und wenn Sie glauben, dass ich schweigen werde, wenn ich Informationen habe, die zur Ergreifung der Verantwortlichen führen könnten, dann stellen Sie meine patriotische Gesinnung infrage, meinen Sie nicht auch?«

»Niemand zweifelt auch nur einen Moment lang an Ihrer patriotischen Gesinnung. Aber wenn Sie solche Informationen haben, schlage ich vor, dass Sie sie an die zuständigen Behörden weitergeben, anstatt sie auf einer öffentlichen Versammlung vorzutragen.«

»Und welche Behörden wären zuständig?«

»Die Polizei natürlich. Sie können sie aber auch direkt an mich weitergeben, wenn Ihnen das lieber ist.«

»Ah, ja. Damit sie zurückgehalten oder verdreht werden, oder?«

»So arbeiten wir nicht.«

»Ach, wirklich? Denn ich hatte den Eindruck, dass der Premierminister spricht und sein Pudel bellt. Aus diesem Grund sind Sie doch hier, nicht wahr? Die Sache hat nichts mit Jaffrey zu tun, sondern damit, wie sich das, was ich sage, auf die Chancen des Premierministers auswirken wird, im Amt zu bleiben.«

»Ich bin nicht an Parteipolitik interessiert, Mr Gimball. Für mich zählt nur die nationale Sicherheit.«

»Na, da leisten Sie ja wirklich Großes. Welchen Triumph haben Sie heute erzielt? Eine Bombe in einem Zug? Wie viele Menschen müssen noch sterben, bevor Sie zugeben, dass Sie für das Amt nicht geeignet sind?«

»Heute hat es keine Toten gegeben, Mr Gimball.«

»Aber zwölf Menschen sind in Abbotsfield gestorben«, mischte sich Dodie Gimball ein. Bisher hatte sie die Unterredung beobachtet wie ein Frettchen, das jemandem beim Eierjonglieren zusieht. »Und das fällt ja wohl unter Ihre Verantwortung, oder etwa nicht?«

Er hätte ihr antworten können, dass es kein System auf der Welt gab, welches verhindern konnte, dass ein Haufen gemeingefährlicher Verrückter ein Dorf in die Luft jagte, wenn sie den Drang dazu verspürten – genauer gesagt kein System, in dem irgendein vernünftiger Mensch leben wollte. Es war eine Frage des Gleichgewichts. Entweder man lebte in einer Demokratie und akzeptierte, dass gewisse Freiheiten mit gewissen Gefahren einhergingen, oder man entschied sich für eine umfassende Unterdrückungsstrategie, die die Möglichkeiten für inoffizielle Gemetzel stark einschränkte, diejenigen für offizielle aber umso mehr begünstigte. Doch so konnte man mit Dennis Gimball nicht reden. Stattdessen sagte er daher: »Ich übernehme die volle Verantwortung für alle Versäumnisse des Geheimdienstes. Und ich habe die Pflicht, soweit es in meiner Macht steht, weitere solcher Fehler zu verhindern. Deshalb muss ich Sie bitten, die Rede, die Sie heute Abend halten wollen, nicht zu halten, Mr Gimball. Sie könnte ernste Folgen haben.«

Gimball hatte sich jetzt aufgeplustert. Irgendjemand hatte irgendwann einmal den Begriff »churchillgleich« in seiner Gegenwart benutzt, und die Erinnerung daran war noch lebendig. »Ernste Folgen, so ein Scheiß!« Sein Blick huschte zu seiner Frau, aber sie schien nichts gegen das Schimpfwort zu haben, also fuhr er fort. »Sie sind doch nur darauf aus, Ihre eigene Position zu sichern! Sie interessieren sich vielleicht nicht für die Parteipolitik, aber Sie wurden schließlich von der Regierung eingesetzt, und solange ich eine Bedrohung für den Premierminister bin, bin ich auch eine Bedrohung für Sie!«

Der Gedanke, eine Bedrohung zu sein, gefiel ihm offensichtlich. Seine Augen funkelten jetzt. Das Bild, das Whelan in den Sinn kam, war seltsamerweise Sumpfgas: flackernde Flammen, wo das Gas austrat. Er hatte das Phänomen noch nie gesehen, nur darüber gelesen.

»Und ich kann Ihnen versichern …«

Das reicht, dachte Whelan. »Tanzbär«, sagte er.

Gimball hielt mitten im Satz inne.

»Muss ich noch mehr sagen?«

»… Ich habe keine Ahnung, wovon Sie reden.«

»Wir wissen beide, dass das nicht der Fall ist.«

Dodie Gimballs Gesicht war spitz geworden, bis auf ihre teure Nase, die ihre Form behielt, während sich der Rest ihrer Gesichtszüge zusammenzog. Whelan interpretierte das so, dass sie mit dem Namen nichts anfangen konnte, mit dem Kontext aber sehr wohl. Doch das spielte keine Rolle. Sie war nie die Adressatin irgendeiner notwendigen Enthüllung gewesen.

Er sagte zu ihr: »Ich habe Sie gewarnt.«

»Dennis und ich haben keine Geheimnisse voreinander.«

»Das vielleicht nicht. Aber es gibt sicher viele Leute, die die … Vorlieben Ihres Mannes überraschen würden.«

»Den Tanzbären gibt es nicht mehr«, erwiderte Gimball. »Er wurde schon vor Jahren geschlossen. Und überhaupt, was ist damit? Es war ein vollkommen legales Etablissement.«

»Ich weiß.«

»Man hat sich eben ein wenig kostümiert.«

Whelan nickte. Sein Gesicht zeigte keinerlei Emotionen: Er hatte zwar keine Skrupel, in der guten Stube der Gimballs eine Bombe platzen zu lassen, aber er wollte nicht den Eindruck erwecken, dass er es genoss. Das hätte keinen Stil.

Dodie hatte sich inzwischen wieder gefangen. Sie sagte zu ihrem Mann: »Darling, soll ich Erica anrufen?« Dann, an Whelan gewandt: »Unsere Anwältin.«

Bevor Whelan antworten konnte, schüttelte Gimball den Kopf. »Nein. Nein. Lass uns einfach …«

Abwarten, hatte er wahrscheinlich sagen wollen. Doch das Wort war ihm entfallen. Dann kam ihm offenbar eine Idee.

»Ich nehme an, Sie wollen mir sagen, dass es Fotos gibt.«

»Um Gottes willen, nein.«

»Nein?«

»Nein, das will ich nicht sagen. Das wäre doch ein bisschen retro, oder? Ein paar Polaroids in einem braunen Umschlag? Wir sind durchaus ein wenig moderner.«

»Raus mit der Sprache«, sagte Dodie.

»Es gibt Videomaterial. Glauben Sie wirklich, ein Club wie der ›Tanzbär‹ würde sich die Chance entgehen lassen, seine Mitglieder beim Herumalbern zu filmen? Das war seine Haupteinnahmequelle. Hätten wir das Archiv nicht aufgekauft, hätten Sie schon längst von den Besitzern gehört. Wenn man bedenkt, wie bekannt Sie inzwischen geworden sind.«

Dennis schüttelte den Kopf, aber das war wohl eher ein Zeichen dafür, dass er noch in der Verleugnungsphase war, als dass er es tatsächlich nicht glaubte.

»So sieht es aus. Ich warne Sie. Wenn Sie Ihre Rede halten wie geplant, wird es mit Ihrer Karriere vorbei sein, bevor der Seewetterbericht gesendet wird. Ich meine nicht die Abendnachrichten und auch nicht die morgigen Zeitungen. Bei allem Respekt, Mrs Gimball, aber die sind genauso aktuell wie ein Polaroid. Nein, wir alle wissen, dass Twitter und YouTube sogar Teile des Planeten erreichen, in denen die Schubkarre noch nicht erfunden wurde. Und Sie werden der große Star von morgen sein. Ich bitte Sie beide, das sorgfältig zu bedenken.«

Da es auf beiden Seiten nichts mehr zu sagen gab, ließ er sie stehen und ging allein zur Haustür. Doch Gimball fing ihn ab, als er seinen Regenmantel von der Garderobe nahm, und versperrte ihm den Weg, als hoffte er, irgendetwas sagen oder tun zu können, um die letzten Minuten ungeschehen zu machen. Aber natürlich war diese Hoffnung vergeblich. Deshalb sagte Whelan fast mitleidig: »Ich habe übrigens gelogen. Ich tue es manchmal doch, wenn es mir nützlich erscheint.« Er griff in die Manteltasche und holte einen Umschlag heraus. Er war cremeweiß, wie die Umschläge von Geburtstagskarten, und war nicht zugeklebt, und als er ihn schräg hielt, glitt ein einzelnes Foto heraus. Es zeigte Dennis Gimball in ausgelassener Stimmung. Er stand auf einer kleinen Bühne und schien zu singen – wahrscheinlich Karaoke –, und dabei trug er ein Kleid, das Claire, Whelans Frau, mit großer Wahrscheinlichkeit als Flapper-Dress identifiziert hätte. Es erinnerte jedenfalls an den *Großen Gatsby*.

Während Gimball es anstarrte wie ein außerirdisches Artefakt, erschien Dodie neben ihm. Sie warf nur einen kurzen Blick auf das Foto in seiner Hand und sah dann ihren Mann an, mit einem Ausdruck, den Whelan als mitfühlend interpretierte.

Whelan dagegen bedachte sie mit einem aus purem Hass.

Gimball sagte: »Aber das ist doch kein Verbrechen.«

»Das hat auch niemand behauptet.«

»Ich tue damit niemandem weh.«

»Auch das wird niemand behaupten. Nein, ich glaube, die meisten Leute werden lachen, Dennis. Ich glaube, sie werden sich die Seele aus dem Leib lachen.«

Im Nachhinein schämte sich Whelan dafür, dass er das gesagt hatte – für den ganzen Satz –, und er wusste, dass Claire von ihm enttäuscht gewesen wäre, aber in diesem Moment lag es ihm ganz einfach auf der Zunge. Vermutlich unter anderem wegen der Art und Weise, wie Gimball ihn im Haus angegangen hatte.

Den Regenmantel über dem Arm, ging er zwischen den in Designerhäuser verwandelten ehemaligen Stallungen zur Straße, wo sein Wagen wartete.

»›Alternativ zurechnungsfähig‹?«

»Ist mir so rausgerutscht.«

»Hat man gemerkt.«

»Ich habe improvisiert, River. Jetzt hack doch deswegen nicht auf mir herum.«

Louisa und River holten die Autos, Louisa ihr eigenes, River das von Ho. Ho konnte es nicht benutzen, und Lamb hatte gewusst, wo er seinen Ersatzschlüssel versteckt hatte: in einem Umschlag, der an die Unterseite seines Schreibtischs geklebt war. »Die zweitwahrscheinlichste Stelle«, hatte Lambs Kommentar gelautet; am wahrscheinlichsten wäre gewesen, wenn Ho ihn sich mit Tesafilm an die Stirn geklebt hätte. River fühlte sich nicht wohl dabei, Hos Auto ohne dessen Erlaubnis zu benutzen. Nein, er fühlte sich fantastisch!

Der Regen hatte nachgelassen, und die aufkommende Brise schmeckte frisch und verheißungsvoll.

Ho benutzte einen Anwohnerparkausweis, den er auf den Namen eines Bettlägerigen aus der Nachbarschaft beantragt hatte; sein Auto stand nicht weit von der Stelle, an der er am Morgen fast überfahren worden wäre. Louisa musste die Parkgebühren am Automaten zahlen, was fast so teuer war wie eine Zweitwohnung, wenn auch ohne die offensichtlichen Vorteile. Hos Auto erreichten sie zuerst. Bevor Louisa weitergehen konnte, sagte River: »Glaubst du wirklich, dass da was dran ist?«

»An dem, was Coe gesagt hat?«

»Ja. Und an dem, was angeblich als Nächstes passieren soll. Meinst du, dass wirklich jemand versucht, Zafar Jaffrey umzubringen? Oder Dennis Gimball? Heute noch?«

»Alles andere ist ja auch direkt hintereinander passiert. Abbotsfield. Die Pinguine. Die Bombe im Zug.«

»Ja, aber trotzdem.«

»Ich weiß.«

»Wir können nicht mal sicher sein, ob sie es auf Jaffrey oder Gimball abgesehen haben. Geschweige denn heute Abend.«

»Wir müssen aber etwas unternehmen.«

»Wegen Lamb.«

»Ja. Wegen Lamb.«

Genauer gesagt wegen Lamb, der den Head Dog mit einer Waffe bedrohte.

»Das hätte ich ihm echt nicht zugetraut.«

»Es würde mich beunruhigen, wenn du es getan hättest. Emma hält dich ohnehin schon für Lambs Klon.«

»Und, hat sie deiner Meinung nach recht?«

Louisa sagte: »Nein. Davon bist du noch weit entfernt.«

»Besten Dank.«

Was Lamb getan hatte: Er hatte Marcus' Waffe auf Emma gerichtet.

Emma Flyte sagte: »Das soll wohl ein Scherz sein.«

»Könnte man meinen. Aber versetzen Sie sich mal in meine Lage.«

Sie stand auf. »Jetzt mal im Ernst – Sie haben doch den Verstand verloren!«

»Das habe ich schon öfter gehört. Aber setzen Sie sich lieber hin.«

Flyte schaute sich im Zimmer um. Alle starrten Lamb an, alle außer Catherine Standish, die Emma ansah.

»Ich würde tun, was er sagt.«

»Er wird mich ja wohl nicht erschießen.«

»Vermutlich nicht.« Catherine zog das »Vermutlich« ein, zwei Augenblicke in die Länge und zuckte dann mit den Schultern. »Es ist Ihre Entscheidung.«

Flyte sagte zu Lamb: »Sie sind ja vollkommen verrückt«, aber sie setzte sich.

Lamb sagte: »Hatten wir nicht mal irgendwo ein paar Handschellen?«

»Warum schaut ihr alle mich an?«, fragte Shirley.

»Ist nicht böse gemeint«, sagte Catherine.

Leise vor sich hin grummelnd ging Shirley in ihr Büro und kam mit einem Paar Handschellen zurück. River wartete, bis sie Emma Flyte an ihren Stuhl gefesselt hatte, und sagte dann: »Und wieso sollte das eine gute Idee sein?«

Lamb sagte: »Okay, diejenigen unter euch, die nicht aufgepasst haben, einfach nur schwer von Begriff sind oder Cartwright heißen, kläre ich jetzt mal auf. Alles, was in den letzten Tagen passiert ist, das Terroristenmassaker, die toten Pinguine, die Bombe im Zug und so weiter und so fort, all das kann man uns anlasten.«

»Ho«, erwiderte Louisa.

»Glauben Sie im Ernst, dass Di Taverner da einen Unterschied macht? Sobald sie eine Chance wittert, wird sie sie nutzen. Das bedeutet, sie wird mit einem Bulldozer durch Slough House brettern, und ihr könnt nur hoffen, dass euch jemand aus den Trümmern zieht, bevor ihr ganz verschüttet werdet.« Er erinnerte sich an seine Weinflasche und griff nach ihr. »Und bevor Sie fragen: Nein, das ist keine Metapher.«

Louisa sagte: »Sie glauben doch nicht ernsthaft, dass der Park uns schwarzbändern würde?«

Schwarze Bänder wurden um geschlossene Akten gewickelt.

»Ich sage nur«, erwiderte Lamb: »Wenn die nicht wollen, dass man etwas ausplaudert, wird man es früher oder später nicht mehr ausplaudern können.«

River sagte: »Vor ein paar Jahren gab es diesen Plan. Waterproof hieß er, oder? Aber es hat eine Untersuchung gegeben, und er wurde außer Kraft gesetzt.«

»Das glaubst aber auch nur du«, sagte J. K. Coe.

River starrte ihn an, aber Coe sagte nichts mehr.

»Wasserdicht?«, fragte Shirley.

»Geheime Gefängnisse. In Osteuropa.«

»Scheiße.«

Emma Flyte sagte: »Wissen Sie eigentlich, was Sie da reden? Der Park beerdigt seine Fehler nicht mehr. Oder schickt sie in ausländische Verliese.«

»Man hat Sie geholt, damit Sie Ihre Abteilung sauber leiten«, sagte Lamb. »Das heißt nicht, dass es keine Schmuddelecken gibt, von denen Sie nichts mitbekommen.«

»Sie verrotten alle schon zu lange auf dieser Müllhalde. Sie sind alle paranoid geworden! Wenn an dem Szenario, das Sie sich ausgedacht haben, auch nur ein Fünkchen wahr wäre, dann ist das bestimmt nicht das richtige Vorgehen.«

»Hier führt niemand Protokoll«, sagte Lamb. »Aber wenn es jemand tun würde, wären Ihre Einwände sicher zur Kenntnis genommen worden.«

»Ich dachte, Sie hätten genug gegen Taverner in der Hand, um sie in Schach zu halten«, wandte Louisa ein. »Oder zumindest um zu verhindern, dass sie uns mit mittelalterlichen Methoden kommt.«

»Wenn sich herausstellt, dass das, was in Abbotsfield passiert ist, unsere Schuld ist«, sagte Catherine leise, »dann wird das alles in den Schatten stellen, was Diana Taverner je getan hat.«

»Stimmt«, sagte Lamb. »Fairerweise muss man zugeben, dass sich die Zahl ihrer zivilen Opfer wahrscheinlich bisher im einstelligen Bereich bewegt.« Er musterte seine versammelte Mannschaft. »Die gute Nachricht ist, dass wir ein Zeitfenster haben, solange sie Ho noch nicht befragen.«

»Das letzte Mal, als Sie ein Fenster hatten«, wandte Flyte ein, »ist jemand durch die geschlossene Scheibe geflogen. Das stimmt mich nicht gerade zuversichtlich.«

»Sie sind nicht hilfreich. Halten Sie die Klappe. Zafar Jaffrey und Dennis Gimball, habt ihr euch schon etwas zu den beiden überlegt? Wer von den beiden eignet sich besser als Anschlagsopfer?«

»Sie treffen Entscheidungen aufgrund von ...«

»Wollen Sie mich das jetzt erledigen lassen, oder muss ich Ihnen einen Sack über den Kopf ziehen?«

»Aber sie hat recht«, wandte River ein. »Es gibt so viele Politiker. Warum sollte ausgerechnet einer von denen das Ziel sein, deren Namen uns als Erstes einfallen?«

»Wir reden hier über einen Haufen hirnloser Arschlöcher, deren allgemeine Ignoranz gegenüber unserer Lebensweise nur durch ihre Gleichgültigkeit gegenüber menschlichem Leid übertroffen wird, sind wir uns da einig?«

»Meinen Sie die Politiker oder die Mörder?«

»Gute Frage, aber ich meinte die Mörder.«

Shirley zuckte mit den Schultern. »Dann haben Sie wohl recht.«

»Gut. Also, als ein Haufen Idioten, die sich gegenseitig widersprechen, seid ihr die perfekte Fokusgruppe. Außerdem haben wir nicht genügend Pferdestärken, um mit mehr als zwei potenziellen Zielen fertigzuwerden.« Lamb legte eine Kunstpause ein. »Pfer-de-stär-ken. Witz kapiert?«

Als sie jetzt draußen an Hos Auto standen, sagte River: »Gimball hält also eine öffentliche Versammlung in seinem Wahlkreis ab, und Jaffrey hat welche Funktion? Er ist kein Staatsdiener, zumindest noch nicht. Er veröffentlicht seine Termine nicht. Wie finden wir heraus, wo er ist?«

»Ich dachte, wir könnten sein Büro anrufen«, sagte Louisa.

»Okay.«

»Und einfach fragen, was er heute Abend vorhat.«

»Alles klar. Ja, das könnte funktionieren.«

»Ach, und River, wir können die beiden nicht zusammen losziehen lassen, das ist dir doch klar, oder?«, sagte Louisa.

»Shirley und Coe? Warum nicht?«

»Weil wir versuchen, eine Katastrophe zu verhindern,

nicht eine zu verursachen.« Während sie sprach, grub Louisa eine Münze aus ihrer Jeanstasche. »Kopf oder Zahl?«

»Kopf.«

Sie warf. »Zahl.«

»Der Verlierer bekommt Shirley, richtig?«

»Nein, der Verlierer bekommt Coe.«

»Vielleicht hätten wir das festlegen sollen, bevor du geworfen hast.«

»Warum? Hättest du dann gewonnen?«

Mist!

Er sagte: »Aber ich darf mir doch das Ziel aussuchen, oder?«

»Solange du Gimball nimmst, ja.«

»Warum habe ich das Gefühl, dass das ein abgekartetes Spiel ist?«

»Willkommen in Slough House«, sagte Louisa und ging zu ihrem Auto.

Dennis Gimball fühlte sich als Opfer.

Es gab viele Gründe, warum er sich so fühlte, und er listete sie – wie üblich – im Geiste auf:

- Der Premierminister hasste ihn, daher
- wurde er vom Geheimdienst gepiesackt, was bedeutete
- dass er seinen brillanten Plan nicht in die Tat umsetzen konnte, weil
- sie ihn zur Lachnummer machen würden.

Kein Wunder, dass er eine Zigarette brauchte.

Dodie war wortkarg, ein schlechtes Zeichen. Schweigen bedeutete, dass sie über alles nachdachte, und wenn das der Fall war, steckte Dennis oft in der Scheiße oder etwas Ähnlichem. Nicht zum ersten Mal fragte er sich, wie die Dinge so plötzlich aus dem Ruder laufen konnten. Vor ein paar Stunden war er noch auf der Zielgeraden gewesen, und was blieb ihm jetzt noch übrig? Ein öffentlicher Rückzieher. Denn in der jetzigen politischen Lage war dies der perfekte Moment, um sich um den Parteivorsitz zu bewerben, und die Sache mit den perfekten Momenten ist die, dass sie nicht lange verweilen. Seine Rückkehr in die Partei anzukündigen war eine Sache, aber wenn er nicht nachzog und enthüllte, dass der verlässliche moderate Moslem des Premierministers mit einem illegalen Waffenhändler unter einer Decke steckte, konnte der Abend nach hinten losgehen, und womöglich empfand dann die Downing Street seine Ankündigung als Unterstützungserklärung. Es war, als hätte man es geschafft, den Ball direkt vors Tor zu flanken, und dann einen gravierenden Fehler gemacht. Man hatte keine zwei Leben. Mit dem Schläger unter dem Arm ging man zurück in die Kabine.

Der Wagen würde erst in einer Stunde vorfahren, daher schlich Dennis in den taschentuchgroßen Garten, lehnte sich an einen der riesigen Töpfe, in dem Dodie offenbar einen Baum zog, zündete sich eine Zigarette an und grübelte. Wenn sein geplanter Triumph zu einer öffentlichen Kapitulation mutierte, was hatte er dann zu erwarten? Zwanzig Minuten im Rampenlicht als verlorener Sohn, ein paar Wochen Spekulationen im Vorfeld der nächsten Umstrukturierung und ein paar abfällige Zeilen in der Presse, wenn ihm der Kabinettsposten versagt blieb. Er würde sich zu denjenigen gesellen, die zuversichtlich erwartet hatten, diesen schwachen Premierminister beiseitezuschieben, und die sich nun nach anderen Gelegenheiten umsahen. Wer war Dennis Gimball? Eine Pub-Quiz-Frage in zehn Jahren: nur für Streber.

Okay, dachte er und spürte, wie das Nikotin durch seine Adern zirkulierte. Das ist die Kehrseite der Medaille. Aber jetzt betrachten wir die Sache doch mal von einer anderen Warte aus. Es konnte doch durchaus sein, dass man ihn nicht als Opfer, sondern stattdessen als Held betrachten konnte, der alle anderen im Alleingang in die Enge getrieben hatte:

- Der Premierminister hatte Angst vor ihm, daher
- hackte der Geheimdienst auf ihm herum, was bedeutete
- dass sie glaubten, sein brillanter Plan würde funktionieren, also
- … würden sie ihn zum Gespött machen.

Fuck!

Er griff in seine Brusttasche, wo sich etwas Spitzes in seine Haut bohrte: die Ecken des Fotos aus dem ›Tanzbär‹. Das war ewig her, aber er hatte dort schöne Zeiten erlebt – und war das etwa ein Verbrechen? Wer sich dieses Foto ansah, musste doch hinter dem schlecht aufgetragenen Rouge (okay, das war unklug gewesen) die Freude erkennen. Ja, er trug ein Kleid, und ja, er trug Handschuhe bis zum Ellenbogen – na und? Tat er damit jemandem weh? Er richtete damit nur in einer Hinsicht auf seine eigene Zukunft etwas an, und da er das damals nicht hatte ahnen können, war selbst das harmlos. Zwar hatte er Dodie damals schon gekannt, aber sie waren nicht verheiratet gewesen, und erst Jahre später hatte er ihr diese Seite seiner Persönlichkeit enthüllt. Alles, was dieses Foto zeigte, war ein alleinstehender Mann, der sich in der Gesellschaft von Gleichgesinnten vergnügte. Ein bisschen Verkleidung – hat sich unsere Gesellschaft nicht inzwischen weit genug entwickelt, um das zu akzeptieren? Er spürte, wie er in den Redemodus verfiel. Das da: Das war für englische Männer doch ganz normal, wenn sie ein bisschen Dampf ablassen wollten. Hatte Mick Jagger nicht einmal erklärt, dass es nicht nötig sein sollte, einen Engländer zu ermutigen, um sich als Frau zu verkleiden, wenn er es wollte? Und man brauchte sich nur Eddie Izzard anzuschauen – er war beliebt, und mehr als das. Warum also sollte Dennis Gimball nicht die gleiche Reaktion zuteilwerden?

Er war schließlich nicht schwul, um Himmels willen.

Er könnte also ein Pionier sein. Er könnte neue Wege gehen.

Und er könnte – sobald bekannt wurde, dass er wegen seiner Neigungen diskriminiert wurde – das Aushängeschild für eine ganz neue Politik werden. Die Unantastbarkeit persönlicher Entscheidungen, die würde er sich auf die Fahnen schreiben. Identität, Selbstverwirklichung, Steuersenkungen, starke Grenzen und eine grundlegende Reform des Sozialsystems. Wer würde dafür nicht stimmen wollen?

Ein Brennen an seinen Fingern warnte ihn, dass seine Zigarette heruntergebrannt war. Er drückte sie in dem Terrakottatopf aus und vergrub den Stummel in der Erde. Er musste seiner Rede eine andere Wendung verleihen: Dass der Geheimdienst ihn erpresste, damit er die Wahrheit über Zafar Jaffrey verschwieg. Dass sie gedroht hatten, ihn, Dennis Gimball, zu vernichten. Und dass er nicht der Mann war, der es zuließ, dass Bürgerinnen und Bürger, ebenso wenig wie er selbst, unter dem Stiefel des Establishments zermalmt wurden …

Man würde ihn auf den Schultern aus dem Saal tragen, beschloss er. Der Jubel seiner Anhänger würde von den Bergen widerhallen, das Loblied auf seinen Namen bis hinauf zu den Sternen erklingen.

Er warf einen letzten Blick auf das Foto und steckte es sorgfältig in die Innentasche seines Jacketts.

Und er wünschte, er könnte das Gesicht von Claude Whelan sehen, wenn er feststellte, dass er überlistet worden war.

Der größte Teil der Besatzung hatte Slough House verlassen: Cartwright mit einem widerstrebenden Coe; Louisa Guy mit einer seltsam gefügigen Shirley Dander. Catherine machte sich Sorgen um Shirley; sie wäre weniger beunruhigt gewesen, wenn sie die Monate seit Marcus' Tod damit verbracht hätte, Löcher in Wände zu treten und Tische durch Fenster zu werfen. Wenn eine Bombe aufhörte zu ticken, war der Zeitpunkt gekommen, an dem man nervös werden sollte.

Und auch J. K. Coe warf Fragen auf: Catherine konnte ihn überhaupt nicht einschätzen. Es war nicht so, dass er ein schlechter Mensch war, sondern eher, dass ihm Schlimmes widerfahren war und dass das zwangsläufig Konsequenzen hatte. Abgesehen davon konnte er natürlich auch ein schlechter Mensch sein. Das musste man in die Rechnung miteinbeziehen.

Wahrscheinlich sollte sie sich aber eher um sich selbst kümmern.

Lamb war in der Toilette verschwunden, nachdem er lautstark verkündet hatte, dass es diesmal ernst sei und er keine Gefangenen machen würde. »Nichts für ungut«, hatte er zu Emma Flyte gesagt, die immer noch mit Handschellen an einen Stuhl gefesselt war. Und das war der Hauptgrund, warum Catherine sich Sorgen machte: Lamb hatte die Chefin der Dogs als Geisel genommen und die Lahmen Gäule auf eine hirnverbrannte Mission geschickt, die, wenn sie sich als nicht hirnverbrannt herausstellte, die siebzehnfache Anzahl von Agenten und noch viel mehr Ressourcen erfordert hätte, um eine üble Situation nicht noch schlimmer zu machen. Und das war, wie jemand mal gesagt hatte, das Spezialgebiet der Slow Horses. Warum hatte sie dann trotzdem das Gefühl, es wäre ein ganz normaler Tag im Büro? Sie war wohl einfach schon zu lange hier.

»Tee?«, fragte sie Emma.

»Sie machen Witze, oder?«

»Nein, eigentlich nicht. Ich mach mir welchen. Aber es liegt an Ihnen.«

»Haben Sie den Schlüssel für diese Dinger?«

»Es gab mal einen, der hier irgendwo rumlag. Ich hoffe, Shirley hat ihn nicht verloren.«

Catherine ging Tee kochen, und als sie zurückkam,

schien Emma sich keinen Zentimeter bewegt zu haben; sie war nicht auf dem Stuhl durch das Zimmer gehopst oder hatte ihn gegen die Wände geknallt, in der Hoffnung, ihn in Stücke zu schlagen. Das war kein gutes Zeichen. In solchen Situationen war es wahrscheinlich besser, wenn eine Geisel sich nicht ruhig, kühl und berechnend verhielt.

Sie musste Emma die Tasse an die Lippen halten, damit sie an ihrem Tee nippen konnte. Es war ein potenzielles Hannibal-Lecter-Szenario, ging aber ohne Bissverletzungen ab. Als Emma genug hatte, stellte Catherine ihre Tasse auf den Tisch, setzte sich ebenfalls hin und lächelte sanft. »Wenn er in einer besonders düsteren Stimmung ist, möchte Lamb, dass wir uns eine Firmenphilosophie ausdenken«, sagte sie. »Ich fand schon immer, dass sich ›Entschuldigung für die Unannehmlichkeiten‹ gut anhört.«

»Wie wär's mit ›Versauen wir das, was andere Versager bisher nicht geschafft haben‹?«

»Ich setze es auf die Liste.«

»Macht es Ihnen wirklich gar nichts aus, dass Ihre Karriere den Bach runtergeht, weil Ihr Herr und Meister einen Blutsturz im Gehirn hatte?«

Catherine sagte: »Ich weiß nicht, wo ich anfangen soll: Karriere, Herr und Meister oder Gehirn.«

»Selbst wenn ihr recht habt, selbst wenn Coe den richtigen Riecher hat, wie wollt ihr diese Sache alleine durchziehen? Diese vier … Ich meine, ernsthaft? Louisa hat einen klaren Kopf, das gebe ich zu, aber die anderen drei sind doch einfach nur ein Risiko.«

»River nicht, er ist in Ordnung. Er hat nichts verbockt; es ist nicht seine Schuld, dass er hierher versetzt wurde.«

»Das macht ihn ja gerade so gefährlich. Er hat zu viel zu beweisen.«

»Vielleicht können wir uns darauf einigen, dass wir unterschiedlicher Meinung sind.«

»Lassen Sie mich gehen. Wir unterbreiten Ihre Theorien dem Regent's Park. Das Schlimmste, was passieren kann, ist, dass Sie unrecht haben. Wenn Sie aber recht haben, na ja. Das könnte den Wendepunkt für Ihrer aller Karriere bedeuten. Aber nicht, wenn Sie so vorgehen.«

»Wir sind hier in Slough House«, erwiderte Catherine. »Wir könnten eine eidesstattliche Erklärung vorlegen, unterschrieben vom derzeitigen Kopf des IS, in der er seine Pläne für die nächsten zwölf Monate darlegt, und Di Taverner würde sie zusammenknüllen und wegwerfen, anstatt darauf zu reagieren.«

»Hier stehen Menschenleben auf dem Spiel!«, warnte Emma Flyte.

»Und es hat schon Tote gegeben«, sagte Catherine. »Aber was auch immer Sie von Jackson halten, eines müssen Sie mir glauben: Wenn er ein weiteres Abbotsfield verhindern kann, wird er es tun.«

Wenn ich mir da nur so sicher sein könnte, dachte sie.

Flyte öffnete den Mund, um etwas zu erwidern, doch bevor sie etwas sagen konnte, war er wieder zurück im Büro: ihr angeblicher Herr und Meister.

»Ich habe die Spülung nicht gehört«, bemerkte Catherine misstrauisch.

»Stimmt«, sagte Lamb. »Ich dachte, die Leute vom Guinness-Buch der Rekorde wollen vielleicht erst einen Blick darauf werfen. Ich fühle mich ungefähr zwölf Kilo leichter.«

»Und Sie dachten, mit Handschellen gefesselt zu sein, sei grausam und ungewöhnlich«, sagte Catherine zu Emma.

Lamb schnappte sich die Tüte Haribo, die Shirley liegen gelassen hatte, und ließ sich auf einen Stuhl fallen: seine übliche Prüfung der Büromöbel. Früher oder später würden sie sich sicher erheben und zurückschlagen, aber heute noch nicht. »Und, hat sie schon gestanden?«

»… Gestanden?«

»Entschuldigung. Kleiner Flashback. Ich meine, hat sie schon eine Tasse Tee getrunken? Ich möchte nicht den Eindruck erwecken, als wüsste ich nicht, wie man einen Gast behandelt.«

Emma Flyte sagte: »Wir haben gerade darüber gesprochen, wie tief Sie in der Scheiße stecken.«

»Das konnten Sie von hier aus hören?«

»Und zwar selbst wenn Ihre Crew nicht anfängt, *Mission Impossible* zu spielen. Falls einer dieser beiden Politiker tatsächlich in Gefahr schwebt, sollten beide unter Personenschutz gestellt werden. Und nicht heimlich von den Teletubbies gebabysittet werden.«

Lamb sagte: »Ich sollte Sie an dieser Stelle warnen – als wir das letzte Mal jemandem diese Handschellen angelegt haben, hat es kein gutes Ende genommen.«

»Für Sie oder für ihn?«

»Ich bin immer noch hier«, erwiderte Lamb.

»Wie lange kommen Sie schon damit durch?«

»Damit?«

Mit einer ruckartigen Kopfbewegung schloss sie alles und jeden ein. »Mit dem hier. Slough House. Ihrer Mannschaft. Ihrer Pippi-Langstrumpf-Vorgehensweise.«

Lamb sagte: »Ich war von Anfang an hier.«

»Das überrascht mich nicht.«

»Es war sogar meine Idee.«

»Wie, Sie haben Ihre Karriere unter die Lupe genommen und beschlossen, das Konzept zu konzessionieren?«

Catherine sagte: »Er war ein Joe.«

Emma drehte sich zu ihr um. »Was?«

»Er hat undercover gearbeitet.«

»Ich weiß, was es bedeutet. Ich frage mich nur, warum Sie ihn verteidigen.«

»Das tue ich nicht. Ich warne Sie nur, ihn nicht zu unterschätzen.«

»Wenn ihr catchen wollt«, mischte sich Lamb ein, »sollte ich das vielleicht filmen, für spätere Generationen.« Er schaute Catherine an. »Haben wir Gelee?«

»Lassen Sie mich jetzt gehen. Es ist noch nicht zu spät, die Sache zu klären.«

»Indem wir den Park informieren? Das wird nichts nutzen.«

»Weil der Park sich nicht darum kümmern wird, ich weiß.«

»Und weil Coe recht hatte.« Lamb beobachtete ihre Reaktion, schaufelte sich gleichzeitig Haribos in den Mund und spülte sie mit einem Schluck aus der Rotweinflasche herunter. »Er macht höchstens einmal im Monat den Mund auf. Wenn er dann etwas sagt, hat das meistens Hand und Fuß.«

»Er sieht aus wie ein Katastrophenopfer.«

»Und Sie sehen aus wie ein Topmodel. Sollen wir Sie deswegen etwa nicht ernst nehmen?«

»Angenommen, er hat recht«, sagte sie. »Aber selbst wenn der Park nicht reagiert, haben Sie sich wenigstens abgesichert, indem Sie es melden.«

»Ich bin mir da nicht so sicher. Denn wenn diese Typen das Land nach einem Drehbuch verwüsten, das der Service geschrieben hat, wird der Park alles tun, um das zu vertuschen. Und jeder, der davon weiß, gerät in die Schusslinie. Das gilt übrigens auch für Sie, falls Sie das noch nicht erfasst haben. Machen Sie nicht den Fehler zu denken, dass Sie Ihren Arsch retten, wenn die anfangen, nach London Rules zu spielen. Denn Sie gehören nicht zu den Anzugträgern, Flyte. Sie sind ein Joe. Und Joes sind entbehrlich.«

»Ich bin Polizistin.«

»Da gibt es weniger Unterschiede, als Sie glauben.«

»Falls Sie versuchen, mich ins Boot zu holen, indem Sie an unsere gemeinsame Vergangenheit appellieren, wird es ein langer Abend werden.«

Lamb zuckte mit den Schultern. »Ich muss hier nicht dringend weg. Ich appelliere lediglich an Ihren Überlebensinstinkt. Inwieweit würden Sie Diana Taverner vertrauen?«

»Nicht viel weiter, als ich Ihnen vertraue.«

»Wenn Sie jetzt zurück in den Park gehen und Lady Di erzählen, dass meine Leute nicht im Lockdown sind, sondern in ihren Batcapes die Straßen unsicher machen, was glauben Sie, wie sie reagieren wird? Klopft sie Ihnen auf die Schulter? Oder tritt sie Ihnen in den Hintern?«

»Das soll die bloß mal versuchen«, murmelte Flyte.

»Da spricht der Bulle aus Ihnen.« Was auch immer Lamb gerade in den Mund genommen hatte, schmeckte ihm nicht, und er spuckte es zurück in die Tüte. »Aber ich wette, diesmal wird es Ihre Karriere nicht überleben, wenn sie herausfindet, dass Sie schon wieder Mist gebaut haben.«

»Schon wieder?«

»Als David Cartwright entführt wurde«, erklärte Lamb. »Da haben Sie sich auch nicht gerade mit Ruhm bekleckert.«

»Das sagt der Richtige«, erwiderte Flyte. »Aber warum sollte ich mit Lady Di reden? Ich weiß doch, dass sie mich nicht mag. Ich würde mich direkt an Whelan wenden.«

»Claude Whelan hat im Moment viel um die Ohren«, sagte Catherine. »Wenn er sich nicht darauf verlassen kann, dass Sie Ihre Arbeit ordentlich erledigen, was nützen Sie ihm dann?«

»Egal, wie gut Sie bei dem Versuch aussehen«, fügte Lamb hinzu.

Er setzte die Flasche wieder an den Mund, aber sie war leer, also ließ er sie auf den Boden fallen.

»Wir werden Sie jetzt gehen lassen«, sagte er. »Aber bevor Sie den nächsten Schritt machen, sollten Sie Ihre Optionen sorgfältig abwägen. Entweder hat Coe recht und es gibt eine Bande von Killern, die auf einen großen Anschlag aus ist. Oder er irrt sich, und Ihre Karriere ist sowieso im Arsch, weil Sie entgegen Ihrer Anweisungen meine Leute rausgelassen haben. Wenn Sie mit einem so einfachen Job nicht klarkommen, übersteigen die Anforderungen Ihres Jobs Ihre Fähigkeiten.«

»Vergessen wir nicht, dass Sie auch im Arsch sind«, erwiderte Flyte. »Weil Slough House die Quelle des Lecks ist. Falls das überhaupt alles stimmt.«

Catherine zog den Schlüssel für die Handschellen aus

einer Tasche ihres Kleides und trat hinter Emmas Stuhl, um ihr die Handschellen abzunehmen. »Ach«, sagte sie, »für uns ist das alles ganz normal. Wenn wir nicht im Arsch wären, wie Sie es so anschaulich ausgedrückt haben, wären wir gar nicht erst hier.«

Emma befreite sich von den Handschellen und rieb sich die Handgelenke. »Und was erwarten Sie jetzt von mir? Dass ich die Daumen drücke, dass alles gut geht?«

»Sehen Sie?«, sagte Lamb. »Wir sind also doch auf derselben Seite.«

River hatte Coe nicht gefragt, ob er fahren wollte, und Coe hatte auch keine Wünsche geäußert, aber die Art, wie er mit geschlossenen Augen auf dem Beifahrersitz lungerte, deutete darauf hin, dass er froh war, chauffiert zu werden. Wobei »froh« vielleicht nicht der richtige Ausdruck war, überlegte River. Ein kurzer Blick in seinen geistigen Thesaurus, und das Treffendste, was ihm für Coe einfiel, war »lebendig«. Und selbst dafür würde er alle halbe Stunde nachsehen müssen. Keine Frage: Er wäre lieber bei Louisa gewesen, der er vertrauen konnte, oder sogar bei Shirley, die zumindest eine bekannte Größe war; ein Feuerwerk mit brennender Zündschnur, aber keine Unbekannte. J.K. Coe jedoch – River konnte sich auf Anhieb nicht einmal daran erinnern, wofür die Initialen standen – war seit fast einem Jahr sein Bürokollege, und River hätte nicht sagen können, wo er zu Mittag aß. Von neun bis fünf saß er an seinem Schreibtisch und hatte fast ständig seine iPod-Kopfhörer in den Ohren: leise Musik, das musste man ihm lassen – nicht das blecherne Gehämmer, das einen warnte, dass Ho in der

Nähe war –, aber man merkte, dass er sie als Barriere benutzte, um den Kontakt mit seinen Mitmenschen zu minimieren. Außerdem hatte er vor nicht allzu langer Zeit einen Menschen umgebracht: Er hatte einen unbewaffneten, gefesselten Mann dreimal in die Brust geschossen. Das hatte man immer im Hinterkopf, wenn man mit ihm allein in einem Auto saß.

Doch im Moment schlief Coe, zumindest so gut wie, und River hatte etwas, mit dem er sich beschäftigen konnte, nachdem er wochenlang auf digitale Tapeten gestarrt hatte. Womit hatte man ihn gleich wieder beauftragt? Ach ja: Er sollte die Wählerlisten mit den Immobilien abgleichen, für die regelmäßig Steuern und Nebenkosten gezahlt wurden, um festzustellen, ob scheinbar bewohnte Häuser in Wirklichkeit leer standen. Lamb hatte behauptet – mit einem Enthusiasmus, als wäre ihm die Idee nach einer ausgedehnten Mittagspause mit größtenteils flüssiger Nahrung gekommen –, das sei eine narrensichere Methode, um eine Liste potenzieller Safehouses für Terroristen zu erstellen, obwohl River vermutete, dass die effizientere Methode darin bestehen würde, auf den Britischen Inseln umherzuwandern und an x-beliebige Türen zu klopfen.

»Soll ich etwa landesweit alle Immobilien prüfen?«, hatte River gefragt, vor dem schon der Abgrund der Hölle gähnte.

»Natürlich nicht«, hatte Lamb geantwortet. »Halten Sie mich für einen Unmenschen?«

»Hm …«

»Sunderland können Sie auslassen. Und Crewe auch. Aber alles andere sollten Sie überprüfen.«

River hatte also rekordverdächtige drei Wochen lang Spider Solitaire gespielt. Alle paar Tage hatte ein willkürliches Copy & Paste eine Liste von Immobilien ergeben, die, falls sie Lambs Kriterien erfüllten, dies rein zufällig taten: River leitete sie an Catherine weiter, obwohl er vermutete, dass sie darüber im Bilde war. Wahrscheinlich wusste Lamb das auch und wartete nur auf den richtigen Moment, ihn deswegen zur Rede zu stellen. Was soll's, dachte River. Sollen die blöden Würfel doch fallen. Es gab Grenzen für die Menge an Strafe, die er ertragen konnte. Sich ein Büro mit Coe teilen zu müssen war schon schlimm genug und könnte eines Tages das Fass zum Überlaufen bringen.

Als er nach Slough House versetzt worden war, hatte er sich das Büro zunächst mit Sid Baker geteilt. Sid stand für Sidonie, und sie war unverkennbar weiblich, obwohl River sie nicht so gut kennengelernt hatte, wie es vielleicht möglich gewesen wäre, weil sie kurz darauf einen Kopfschuss erlitten hatte. Kopfverletzungen waren heikel: Man verlor jede Menge Blut und musste damit rechnen, dass man, selbst wenn man überlebte, danach mit einem Strohhalm ernährt wurde, aber zugleich klammerte man sich an die vielen Ausnahmen. River kannte diese ganzen Geschichten über Leute, die Schussverletzungen überlebt hatten und jahrzehntelang mit Kugeln im Schädel herumgelaufen waren. Aber ob Sid zu diesen Glückspilzen gehörte, wusste River nicht. Der MI5 hatte den Vorfall unter den Teppich gekehrt, und ob das bedeutete, dass sie die Leiche eingeäschert hatten, nachdem sie ihr den Aufkleber »natürliche Todesursache« aufgedrückt hatten, oder ob sie in einem

Sanatorium am See wieder gesund gepflegt wurde, darüber breitete man den Mantel des Schweigens. Er versuchte, nicht allzu oft an sie zu denken. Wenn sie tot war, wie er vermutete, so hoffte er, dass man ihre Asche an einem schönen Ort verstreut hatte.

Die Vergangenheit war zurzeit sein täglicher Begleiter: direkt an seiner Seite, wohin er auch ging. Und sie war auch nicht das, wofür er sie gehalten hatte; weniger ein Passagier als ein Anhalter; einer, der einem nach ein paar Kilometern Fahrt unheimlich wurde. Anfang des Jahres hatte River zum ersten Mal seinen Vater getroffen. Mit dieser Begegnung hatte er nicht gerechnet. Er hatte immer angenommen, dass sein Erzeuger eine flüchtige Affäre seiner Mutter in ihrer wilden Jugend gewesen war, was zu den wenigen Informationen passte, die sie im Laufe der Zeit über seine Person herausgerückt hatte. Für River hatte das schon längst keine Rolle mehr gespielt, oder jedenfalls hatte er es erfolgreich verdrängt: Die eigentliche Vaterfigur in seinem Leben war der O.B., durch dessen Erziehung er zu dem Mann geworden war, der er war. Seine Geburt war also ungeplant gewesen: na und? Das Gleiche konnte man vermutlich über einen Großteil der Weltbevölkerung sagen, von der nicht viele in den Genuss seiner behüteten Jugend gekommen waren. Doch vor Kurzem hatte sich herausgestellt, dass diese Vorstellung falsch war; dass sein Vater keineswegs nur irgendein Typ aus einer Bar oder einem Nachtclub gewesen war, der eine Affäre mit Isobel Cartwright gehabt hatte, sondern dass sein Vater in der Spook Street gelebt hatte, genau wie sein Großvater; dass Rivers Geburt alles andere als ungeplant, und er selbst eine Schachfigur in einem größeren Spiel gewesen war. Und jetzt war sein Vater irgendwo da draußen, und obwohl er das auch schon gewesen war, bevor River ihn jemals zu Gesicht bekommen hatte, fiel diese Tatsache jetzt schwerer ins Gewicht.

Möglicherweise würde er seinen Vater töten, wenn sich ihre Wege das nächste Mal kreuzten.

Und er dachte auch, dass ihm Slough House nicht mehr genügte; dass das vage Versprechen auf künftige Erlösung, eine Rückkehr zur glänzenden Truppe von Regent's Park, nicht ausreichte, um ihn noch länger bei der Stange zu halten. Dass er wochenlang Computerspiele spielte, anstatt wieder eine von Lambs Sisyphusaufgaben zu erfüllen – war das nicht ein deutliches Signal, dass er innerlich gekündigt hatte? Auf jeden Fall provozierte er seine Entlassung damit. Und es war kein Zufall, dass dies gerade jetzt geschah, wo der O. B. langsam dem Tod entgegendämmerte.

Der Gedanke trübte kurz seine Sicht, und er musste vom Gas gehen. Das wäre ein toller Abgang gewesen: in einem geliehenen Auto mit einem mürrischen Begleiter abzutreten, während er gerade dabei war, seine Zukunft neu zu planen.

Sie waren etwa eine halbe Stunde von Slough entfernt; der Verkehr war zwar zähfließend, aber nicht allzu schlimm – die Schwanzspitze der Rushhour, nicht ihre dicke Mitte –, und die Abenddämmerung brach bereits herein. Das Auto war angenehm zu fahren – ein metallicblauer Ford Kia, dessen Name allein schon geschmacklos war, die Abkürzung »KIA« stand für gefallene Soldaten –, aber nur in dem Sinne, dass River sich keine Sorgen machte, es zu beschädigen. Vermutlich hatte Ho dieses Auto gewählt, weil er fand, dass es zu ihm passte. River konnte dem nur zustimmen.

Er schaute zu Coe hinüber und war überrascht, dass er die Augen offen hatte.

»Wie sicher bist du dir, dass das wirklich passieren wird?«, fragte er.

Coe reagierte nicht.

iPod. Na klar.

River tippte ihm aufs Knie und bedeutete ihm gereizt, die Ohrhörer rauszunehmen, was Coe widerwillig tat.

»Wie sicher bist du dir, dass das wirklich passieren wird?«, wiederholte River.

Coe starrte eine Weile vor sich hin und beobachtete, wie die Straße von den Vorderrädern des Autos verschluckt wurde, dann zuckte er mit den Schultern und machte sich daran, seine Ohrstöpsel wieder einzustecken.

»Im Interesse einer guten Arbeitsbeziehung«, sagte River, »sollte ich dich warnen: Wenn du das tust, fahre ich rechts ran und prügle dir den Rotz aus dem Leib.«

Nach kurzer Überlegung sagte Coe: »Du kannst es ja mal versuchen«, und fuhr fort, die Ohrhörer einzustöpseln.

Toll gelaufen, dachte River.

Doch nach einer Minute zog Coe die Stöpsel wieder raus und sagte: »Auf einer Skala von eins bis zehn? Vielleicht drei.«

River nickte. Das hatte er sich gedacht.

Er sagte: »Aber immerhin wahrscheinlich genug, um es der ganzen Truppe zu sagen.«

Nach einer weiteren Pause antwortete Coe: »Ich weiß, dass ich recht habe, was das große Ganze angeht, welche

Vorlage sie benutzen. Zu erraten, auf welchen Politiker sie den Anschlag verüben und ob sie es heute Abend tun, ist wesentlich schwieriger.«

Er schaute River nicht an, während er das sagte, sondern konzentrierte sich auf die Straße vor ihnen.

Nur so zum Spaß sagte River: »Aber angenommen, wir haben richtig geraten, und sie nehmen sich Gimball vor. Heute Abend. Wie schätzt du unsere Chancen ein, sie aufzuhalten? Auch auf einer Skala von eins bis zehn?«

J. K. Coe hob seine Ohrstöpsel wieder an, aber bevor er sie einsteckte, sagte er: »Unter null.«

»Gelbes Auto«, sagte Shirley.

»Stimmt doch gar nicht!«

»Doch, schau!«

»Nein!«, erwiderte Louisa. »Erstens ist es ein Lieferwagen und kein Auto, und zweitens ist er orange, nicht gelb. Also orangefarbener Van, nicht gelbes Auto.«

»Ist doch dasselbe.«

Louisa unterdrückte einen Seufzer. Bis vor zehn Minuten schienen die Regeln von »Gelbes Auto« ziemlich einfach zu sein: Wenn man ein gelbes Auto sah, sagte man: »Gelbes Auto«. Da gab es nicht viel Spielraum für Kontroversen. Aber da hatte sie die Rechnung ohne Shirley gemacht.

Außerdem konnte auch das Spiel Shirley nicht davon abhalten, ständig herumzuzappeln. Sie hatte bereits im Handschuhfach gewühlt und eine Sonnenbrille gefunden, die sie jetzt trug, und auch einen Kaugummi. »Kann ich den haben?«

»Mein Gott, Shirley! Ich komme mir vor, als hätte ich eine Zehnjährige im Auto.«

»Auf langen Fahrten wird mir eben langweilig.«

»Ich kann dich an der nächsten Tankstelle absetzen«, erwiderte Louisa. »Sag einfach Bescheid.«

Shirley bewunderte sich im Spiegel der Sonnenblende. »Die ist aber echt nicht mehr cool.«

»Deshalb ist sie ja im Handschuhfach«, sagte Louisa. »Und nicht auf meiner Nase.«

»Sind wir bald da?«

Schön wär's, dachte Louisa.

Ihr Ziel war der Osten von Birmingham: Ein Anruf hatte ergeben, dass sich Zafar Jaffrey an diesem Abend in seiner Heimatstadt aufhielt, um in einer Bibliothek einen Vortrag zu halten. Die Frau, von der diese Information stammte, hatte ein, zwei Randbemerkungen hinzugefügt und Jaffreys vielfältige Qualitäten hervorgehoben, zu denen, so vermutete Louisa, auch das Wandeln über Wasser gehört hätte, wenn sie lange genug in der Leitung geblieben wäre. Gut zu wissen, dass Jaffrey seine Anhänger hatte, obwohl ein Politiker, der zu gut schien, um wahr zu sein, diesen Verdacht meist bestätigte. Doch wenn man sich einen aussuchen müsste, der lieber nicht ermordet werden sollte, war Jaffrey gegenüber Dennis Gimball im Vorteil, weshalb sie Gimball River zugeschustert hatte. Wenn sie Gimballs Leben hätte schützen müssen, hätte sie nicht schwören können, wirklich ihr Bestes zu geben, denn es sprach einiges dafür, dass man der Nation einen Gefallen tun würde, wenn jemand Gimball von seinem hohen Ross hinunterstieß. Zumindest waren die Chancen für ein anschließendes Trauma geringer.

Was seine Fans anging, so erinnerte sich Louisa daran, dass Jaffrey bekanntlich gerne ehemalige Straftäter als Mitarbeitende rekrutierte, was in einem Film bedeuten würde, dass er unter dem Deckmantel einer politischen Kampagne ein Verbrechersyndikat betrieb. Doch wäre dies ein Film, wäre Louisas Sonnenbrille nicht so hoffnungslos old-fashioned.

Shirley fragte: »Wie hoch stehen die Chancen, dass Coe recht hat?«

»Nicht besonders hoch.«

»Wie sehr nicht besonders?«

»Eher niedrig.« Louisa scherte aus, um eine Trantüte auf der Mittelspur zu überholen, die mit hundertzwanzig dahinkroch. »Ich meine, okay, die Sache mit dem Wasserloch, an der könnte was dran sein. Aber dass eine Terrorgruppe Zafar Jaffrey umbringen will, kann ich mir nicht vorstellen.«

»Und warum sind wir dann unterwegs?«

»Um aus dem Büro rauszukommen.«

Shirley drehte sich um und winkte dem überholten Fahrer zu, dann blies sie eine Kaugummiblase und ließ sie platzen. »Wenn er so schlau ist, wie alle behaupten, warum ist er dann so bescheuert?«

»Wer, Coe? Ich finde ihn nicht bescheuert.«

»Er sagt kaum je ein Wort.«

»Deswegen ist man nicht gleich bescheuert«, erwiderte Louisa spitz, aber die Bemerkung kam nicht an.

»Außerdem ist er ein Psycho.«

»Stimmt. Da hast du recht.«

»Ich wette, sein Handy ist schlauer als er.«

»Handys sind generell schlauer als ihre Besitzer.«

»Ich wette, seins hat ein aufregenderes Sexleben.«

»Meinst du, er ist schwul?«

»Ich will nicht an Coes Schwanz denken.«

»Du sollst ja auch gar nicht an …«

»Ja, aber du verlangst von mir, dass ich darüber nachdenke, wo er ihn gerne reinsteckt. Und genau das will ich nicht tun.«

»Du hast doch damit angefangen«, erwiderte Louisa. Sie hob einen Finger vom Lenkrad und zeigte auf die gegenüberliegende Fahrspur. »Gelbes Auto.«

»Ich will das nicht mehr spielen.«

Wie mit einer Achtjährigen, korrigierte sich Louisa im Geiste. Es war, als wäre sie mit einer Achtjährigen unterwegs.

Vielleicht hätte sie sich besser mit Coe zusammengetan – dann hätte sie garantiert eine ruhigere Fahrt gehabt –, aber er war schon ziemlich schräg. Was nicht bedeutete, dass er mit seiner Situationsanalyse danebenlag. Dieser ganze Destabilisierungsplan klang absurd genug, um wahr zu sein, und schon dadurch lohnte sich die Fahrt – es war kein Witz gewesen, als sie gesagt hatte, sie habe aus dem Büro rausgewollt. Denn früher oder später würde Ho den Jungs und Mädels im Regent's Park gegenüber ausplaudern, dass er ein Geheimdienstdokument an ein paar üble Typen weitergegeben hatte, die es als Vorlage für eine Anschlagsserie benutzten, und dann war die Hölle los. Und wenn das passierte, war es besser, weit weg zu sein: Sollte Lamb doch allein damit fertigwerden.

Selbst wenn in Birmingham nichts geschah, war die Fahrt

keine Zeitverschwendung. Gestern Abend hatte sie versagt. Ho hätte getötet werden können, und egal, was man von ihm hielt, Slough House hatte schon genug Tote zu beklagen. Außerdem: Wenn Ho umgebracht worden wäre, was würde das über ihre eigenen Fähigkeiten aussagen? Sie war zu seinem Haus gefahren, um seinen Schutz zu garantieren, und dann einfach abgehauen. Deshalb ging sie heute einen Schritt weiter, als eine Art Buße. Hinzu kam, dass sie Rivers Behauptung widersprochen hatte, Shirley würde Marcus vermissen, und auch deswegen hatte sie Gewissensbisse. Sie sollte wirklich mal nachhorchen. Vielleicht konnten Shirley und sie sich gegenseitig etwas Gutes tun, anstatt ständig aneinanderzugeraten.

Also sagte sie: »Du redest nie über Marcus.«

Shirley bestätigte ihre Vermutung, indem sie nicht antwortete.

»Ich weiß, wie es ist, jemanden zu verlieren, der einem nahegestanden hat.«

»Und wenn man über ihn redet, kommt er dann zurück?«

Diesmal blieb Louisa ihr eine Antwort schuldig.

Shirley fragte: »Wie lange ist der Kaugummi eigentlich schon da drin?«

»Länger als die Sonnenbrille.«

Shirley spuckte ihn in ihre Hand. Dann hellte sich ihr Gesicht auf. »Gelbes Auto.«

»Ich dachte, du wolltest das nicht mehr spielen.«

»Doch«, sagte Shirley. »Ich wollte nur nicht verlieren.«

Sind wir bald da?, fragte sich Louisa.

Ein Schild sagte: noch fünfundzwanzig Kilometer.

Sehen Sie? Wir sind also doch auf derselben Seite.

Als Polizeibeamtin hatte sich Emma Flyte nie dazu hinreißen lassen, Polizei und Gesetzesbrecher als zwei Seiten einer Medaille zu betrachten, die einander näher sind, als Zivilisten verstehen können. Sie hielt sich an eine grundsätzlichere Wahrheit: dass Verbrecher Arschlöcher waren, die eingesperrt gehörten, und die Polizei genau dazu da war.

Hier in der Spook Street war es ihr verwehrt, die Bösewichte zu verhaften.

Wäre es allerdings möglich gewesen, hätte Jackson Lamb auf ihrer Liste gestanden. Es war ihr egal, dass er früher ein Undercover-Agent gewesen war – sie glaubte nicht an die romantische Vorstellung vom traumatisierten Überlebenden eines kalten Krieges –, und sie war auch nicht beeindruckt von seiner offensichtlichen Entschlossenheit, alle um ihn herum zu schikanieren oder zu verprellen. Sie hielt ihn einfach für einen Scheißkerl, und die beste Art, mit Scheißkerlen umzugehen, bestand darin, ihnen einen Knüppel zwischen die Beine zu werfen. Und selbst Lamb, dieser affige Zirkusdompteur, musste zugeben, dass er ihr in der letzten Stunde einen Knüppel geliefert hatte, der groß genug war, um genau das zu tun.

Emma strich sich die Haare zurück und band sie mit einem Zopfgummi zusammen. Alles, was weniger zweckdienlich war – selbst das einfachste Scrunchy –, brachte ihr Seitenblicke von männlichen Kollegen ein, die anscheinend dachten, dass jedes noch so kleine Accessoire bedeutete, dass sie die Genderkarte ausspielte. Dass dieselben Männer Ohrstecker und üppige Tattoos auf den Armen trugen, spielte für sie natürlich keine Rolle … Sie saß in ihrem Auto, ohne den Motor zu starten. Ihr war noch nicht klar, wie ihr nächster Schritt aussehen sollte.

Sie hoffte, dass man es ihr im Slough House nicht angesehen hatte, aber sie kochte vor Zorn. Man hatte sie gefesselt wie eine Gefangene, ihr Tee zu trinken gegeben wie einem Kind – ihr war danach, Köpfe zusammenzuschlagen, die Lahmen Gäule zusammenzutreiben und an den Beinen zu fesseln. Sie zu Leim zu verkochen.

Aber …

Aber ihre Situation sah auch nicht gerade rosig aus.

Diese Standish hatte recht: Claude Whelan hatte alle Hände voll zu tun und würde es nicht gutheißen, dass sie den Lockdown von Slough House gründlich vermasselt hatte. Und Taverner war nicht nur keine große Hilfe, im Gegenteil: Sie wäre dankbar für jede Munition, die sie gegen Lamb verwenden könnte, doch sie war nicht der Typ, der Munition verschwendete, und wenn sie Emma mit dem gleichen Magazin zu Fall bringen könnte, würde sie genau das tun. Emma hatte Taverner »enttäuscht«, weil sie ihr Fähnchen nicht in ihren Wind gehängt hatte, und Diana hatte insofern eine radikale Einstellung zu Bündnissen, als dass sie Neutralität nicht akzeptierte. Wer nicht für sie war, war gegen sie und damit zum Abschuss freigegeben.

Abgesehen davon bestand immerhin die Möglichkeit, dass Lamb recht hatte. Und egal, was sie vorhin über Waterproof gesagt hatte und darüber, dass es mit den alten Sitten im Regent's Park vorbei sei, blieb doch ein Rest Unbehagen in ihr zurück. Falls sich die Morde von Abbotsfield tatsächlich als Teil einer verheerenden, selbst verschuldeten

Wunde herausstellten, würden sich vermutlich alle, die davon wussten, schon bald wünschen, sie hätten nie davon erfahren.

Sie trommelte mit den Daumen auf das Lenkrad. Der Tag packte seine Sachen und räumte auf; bald würde er die Vorhänge zuziehen. Was auch immer sie jetzt unternehmen würde, sie sollte sich besser beeilen.

Ein Ausdruck kam ihr in den Sinn, den sie immer wieder hörte: London Rules. Regel eins: Bring deinen Arsch in Sicherheit …

Am meisten wurmte sie an dieser Logik, dass Lamb garantiert von ihr erwartete, dass sie von selbst darauf kam.

Gott sei Dank hatte sie zumindest einen Verbündeten in dieser unerbittlichen Welt, in der der Mensch dem Menschen ein Wolf war. Bevor sie den Wagen startete, griff sie nach ihrem Handy und rief Devon an.

Catherine fragte: »Und, bist du jetzt zufrieden?«

»Du kennst mich doch. Wie ein Kind am Weihnachtsmorgen.«

»Ich nehme an, der Weihnachtsmann hat dir nur eine Rute gebracht.« Sie befanden sich in seinem Büro. Draußen ging der Nachmittag in den Abend über; hier drinnen waren sie wie aus der Zeit gefallen – es hätte irgendwann zwischen 1972 und heute sein können. Lamb hatte sich ein mittelgroßes Glas Whisky eingeschenkt und schenkte auch Catherine eines ein, was er manchmal tat. Vielleicht wollte er, dass sie daraus trank. Vielleicht wollte er auch nur sehen, wie sie Widerstand leistete. Ein Großteil seines Lebens schien darin zu bestehen, die Grenzen anderer Menschen auszuloten. Vermutlich war es ihm zu langweilig geworden, seine eigenen zu testen.

»Du weißt genau«, sagte Catherine, »dass Flyte wahrscheinlich gerade ihre Dogs zusammentrommelt. Und dass dort, wo sie Roddy untergebracht haben, ein Platz für dich freigehalten wird.«

Entrüstet sah er sie an. »Was habe ich denn getan?«

»Soll ich eine Liste machen?«

»Sie wird schon nicht auf dem ganzen Nachhauseweg flennen«, sagte Lamb. »Wenn sie das jedes Mal täte, wenn ein böser Mann ihr Handschellen anlegt, hätte sie überhaupt keinen Spaß mehr im Leben.«

»Weißt du, ich würde mir zweimal überlegen, ob ich das als strafmildernden Umstand anführe.«

Lamb wischte ihren Einwand beiseite, als würde er eine Fliege verscheuchen. »Sie ist ein Cop«, sagte er. »Sie weiß ganz genau, dass wir der Sache auf den Grund gehen müssen, wenn auch nur die geringste Wahrscheinlichkeit besteht, dass Coe recht hat. Und wenn sie eine Beschwerde über die Vorgänge hier schreibt, hält uns das nur auf.« Er hielt inne und führte das Glas zum Mund. Er hat schon eine ganze Flasche Wein intus, dachte Catherine. Sie konnte ihn fast schmecken, wenn sie sich konzentrierte. Aber das war eine Tür, durch die sie nicht gehen würde: nicht heute. Er fuhr fort: »Außerdem kann sie nicht wollen, dass alle erfahren, wie sie ihren Job hier vermasselt hat. Dander war Süßkram holen, Herrgott nochmal. Ich bin mir ziemlich sicher, dass das gegen die Lockdown-Richtlinien verstößt.«

»Ich glaube nicht, dass jemand an dich gedacht hat, als sie erstellt wurden.«

Er quittierte das mit einem ernsten Nicken. »So ist das mit den Richtlinien.«

»Du hast unsere Crew auf eine Bande von Mördern angesetzt«, sagte Catherine.

»Ich hätte ja mitfahren können, aber …«

»Schon klar, du hattest keine Lust. Darauf wollte ich auch nicht hinaus. Coe hat ein Messer dabei, wenn man Shirley glauben darf, aber ansonsten sind sie unbewaffnet. Nur mal angenommen, zwei von ihnen treffen auf diese Bande. Wie wird das wohl ausgehen?«

»Tja, wie du weißt, bin ich ein unverbesserlicher Optimist«, sagte er. »Aber ich erwarte, dass alles in die Hose geht, wie immer.«

»Wie beruhigend.«

»Ach, komm, jetzt reiß dich mal zusammen.« Er starrte einen Moment lang sein Glas an, als wollte er herausfinden, was es war und welchen Zweck es erfüllte, und löste dann das Rätsel auf die übliche Weise. Als er fertig war, sagte er: »Diese Killer haben nicht viel drauf. Einen Haufen Fußgänger abzuschlachten ist eine Sache. Aber sie haben es zweimal nicht geschafft, Ho umzulegen, und er ist ein Ziel wie ein wandelndes Scheunentor. Nein, das sind Amateure. In den meisten Fällen wären Guy und Dander ihnen überlegen.«

»Was ist mit River und Coe?«

»Okay, ich verstehe, was du meinst. Aber dann wird wenigstens ein Büro frei.«

»Jackson …«

»Beide möglichen Anschlagsziele haben Security, höchstwahrscheinlich offiziellen Personenschutz von der Polizei.

Falls unsere Leute irgendetwas bemerken, brauchen sie nur Alarm zu schlagen. Ich erwarte wirklich nicht von ihnen, dass sie ihr Leben aufs Spiel setzen.«

»Tatsächlich.«

»Allerdings«, fuhr er fort, »wenn sie keine Versager wären, wären sie gar nicht erst hier.«

»Du bist viel zu gut für uns«, sagte Catherine. »Du solltest lieber Glückskekstexte entwerfen.«

Ein schiefes, spöttisches Grinsen huschte über sein Gesicht; er griff nach ihrem Glas.

Sie waren zu fünft, und einer war tot.

Sie hatten ihn so fest wie möglich in das Nächstbeste eingewickelt, was greifbar war, und zwar Frischhaltefolie. Dadurch sah die Leiche aus wie aus einem Horrorfilm, und jedes Mal, wenn Danny ihn – sie – ansah, hatte er das Gefühl, dass sie sich jeden Moment bewegen, ihre mumienhaften Arme ausstrecken und sich aufrichten würde. Gestern noch war er lebendig gewesen. Joon hatten sie ihn genannt. Jetzt war Joon ein lebloses in Frischhaltefolie eingewickeltes Ding, als ob hauchdünne Plastikbahnen ihn konservieren könnten.

Sie alle wussten, dass das nicht der Fall sein würde.

»Übler Sturz«, hatte Shin gesagt.

Offenbar gab es wohl auch gute Stürze. In Joons Fall hätte das bedeutet, dass er nicht mit dem Kopf zuerst aufgekommen wäre, nachdem er durch ein großes Fenster gefallen war. Und es war ziemlich klar, dass Joons Abend schon vor dem Aufprall auf den Bürgersteig nicht erfolgreich gewesen war: Hätte er seine Aufgabe erfüllt, wäre es nicht nötig gewesen, eine so dramatische Abkürzung zu nehmen. Er hätte die Treppe hinuntergehen und sich durch die Tür hinausbegeben können. Nein, die Zielperson war immer noch quicklebendig, so viel war klar.

Das war Shins Schuld, und obwohl es Danny nicht zustand, Kritik zu üben, fiel es ihm immer schwerer, den Mund zu halten. Er hielt sich seit drei Jahren in diesem Land auf, und noch immer erstaunte ihn jeden Tag aufs Neue, wie lasch das Leben in Großbritannien war. Es gab keine Richtung. Keine Führung. Die Zeitungen – die Medien – boten ein chaotisches Sammelsurium an Meinungen: widersprüchlicher, sinnloser Lärm, der sie alle negativ beeinflusste. Seit Abbotsfield hatten sie mehr Misserfolge als Erfolge geerntet, und was die Erfolge betraf, so war die Bombe am Watering Hole allein Dannys Verdienst: eine einfache, geschickte, konkrete Aktion, nach der er sich in Luft aufgelöst hatte, unsichtbar für die schockierte Menschenmenge. Die Zielperson, Ho, war jedoch zweimal unversehrt entkommen, und die Bombe im Zug war ein demütigendes Debakel gewesen. Dafür gab es aus Dannys Sicht zwei Gründe: Der erste war Shin selbst, der anscheinend die Führungsrolle nicht draufhatte. Der zweite war die fehlende Uniform. Nachdem sie ihre Uniformen abgelegt hatten, hatten sie dem Chaos Tür und Tor geöffnet.

Shin schaute gerade auf sein Handy. Er lehnte mit dem Rücken an der Wand des Vans, in dem sie seit einer Woche wohnten, und scrollte durch Twitter und die Schlagzeilen, als würde er ein Orakel befragen. Danny spürte, wie Verachtung in ihm aufstieg: Wenn Shin ihr Anführer sein sollte, dann sollte er führen und nicht in den Trümmern des

Internets nach Antworten suchen. Seine Entschlossenheit schwand von Stunde zu Stunde. Er war der Meinung, dass sie die besten Ergebnisse erzielen würden, wenn er ihnen den Plan verriet, nach dem sie vorgingen, während ein echter Befehlshaber blinden Gehorsam erwartet und Verstöße streng geahndet hätte. Er hatte An nicht einmal bestraft, als dieser am Morgen zuvor das Ziel nicht überfahren hatte, und bis jetzt erkannte er offenbar nicht den Zusammenhang: Weil An gestern versagt hatte, war Joon heute tot.

Danny schloss die Augen und versuchte sich zu beruhigen. Ihre Mission war ins Stocken geraten, aber nicht gescheitert. Was Shin betraf, so würde Danny ihn melden, sobald es vorbei war. Es musste sein. Seine Art zu führen war falsch, die reinste Schande, und er würde das vermutlich sogar einsehen, wenn er durch das Chaos keinen Koller gekriegt hätte. Er und die beiden anderen, die jetzt noch übrig waren, würden einen kühlen Kopf bewahren und den Plan durchziehen. Das war der Ausdruck, nach dem er gesucht hatte: einen kühlen Kopf bewahren. Es kam schließlich nicht auf die Einzelheiten an, sondern darauf, dass der Plan umgesetzt wurde. Das war die älteste aller Kriegslisten, die Lektion, die man seinen Feinden erteilte: Je dicker sie die Wände ihrer Zitadellen bauten, desto sicherer schlossen sie die Instrumente ihrer eigenen Zerstörung darin ein.

Alles, was Danny und seine Kameraden tun mussten, war … cool zu bleiben.

Das war der richtige Ausdruck.

Coole Typen.

ZWEITER TEIL

Hot Dogs

8

River parkte auf einem gebührenpflichtigen Parkplatz und suchte in seinen Taschen nach Kleingeld, bis ihm einfiel, dass es Hos Auto war – ha! –, und er hörte auf. Er schaute sich um. Die Dämmerung verwischte die Umrisse in der Ferne. Coe trug immer noch seine Kopfhörer. Seine Augen waren offen, hatten aber einen unkonzentrierten, glasigen Ausdruck, den River bei jedem anderen auf Drogen zurückgeführt hätte. Aber Coe, so vermutete er, nahm keine Drogen; er wurde nicht high. Schon normal zu sein wäre für ihn eine krasse Veränderung.

Er bedeutete ihm wieder per Handzeichen, die Stöpsel rauszuziehen – ein notwendiges Mittel der Zeichensprache im Umgang mit Coe –, und sagte: »Es ist schon komisch, tatsächlich in Slough zu sein.«

Coe starrte ihn an.

»Ich erklär's dir später. Ist das okay für dich?«

»Nein.«

»Was stört dich besonders?«

Coe dachte nach und sagte dann: »Alles.«

»Egal, Hauptsache, du erschießt diesmal keinen.«

»Ich habe gar keine Waffe.«

»Weiß ich. Ich meinte damit, dass du nicht mal dran denken sollst.«

River hielt es zwar nicht für wahrscheinlich, dass es zu Schießereien, Gewalt und Verletzten kommen würde, aber er fand, dass zumindest einer von ihnen diese Möglichkeit ansprechen sollte, da sie zumindest nominell hier waren, um ein mögliches Attentat zu verhindern. Oder vielleicht auch nur, um eines zu unterbrechen. Aber jetzt, wo sie am Ziel ihrer Reise angekommen waren, erschien ihm das ganze Szenario plötzlich zu weit hergeholt. Bei den Lahmen Gäulen passierte nie etwas Aufregendes. Na gut, vor einiger Zeit hatte es eine Schießerei gegeben, und ein Verrückter hatte Slough House gestürmt, aber ansonsten herrschte die tägliche Langeweile. Dass sie sich jetzt tatsächlich in der Vorstadt Slough befanden, schien ihnen das irgendwie zusätzlich unter die Nase zu reiben. River war noch nie dort gewesen, und er wusste nichts weiter darüber, als dass sich die Stadt immer weiter an London herangepirscht, aber irgendwann aufgegeben hatte. Keine Ambitionen. Es gab sogar ein Gedicht darüber, dass man besser eine Bombe darauf werfen sollte, aber das wollte er jetzt nicht als Omen betrachten.

»Wir sollten uns erst mal umsehen«, schlug er vor. »Damit wir uns ein Bild machen können.«

»Und drauf hoffen, dass wir auf eine Gruppe stoßen, die ›Team Abbotsfield‹-T-Shirts trägt?«

River sah ihn an.

»Oder bei McDonald's sitzt und sich ein Happy Terrorist Meal gönnt?«

Na, das wäre besser als nichts. »Ja, so etwas in der Art.«

»Wo findet das Meeting statt?«

Es war nur ein paar Straßen weiter, zwei Minuten zu

Fuß. Coe hatte die Hände in die Taschen gesteckt und sah aus wie ein Jugendlicher, der zu einem Spaziergang genötigt wurde, nur dass sein Blick unablässig hin und her huschte, wie River feststellte: Er überprüfte alles, den Straßenverkehr und die Fußgänger gleichermaßen. River hatte das Gefühl, dass er ständig mit dem Schlimmsten rechnete. Was er tun würde, wenn es eintrat, wusste River nicht, aber Shirley redete ständig davon, dass er ein Messer trug. Praktisch, dass wenigstens einer von ihnen bewaffnet war, aber wie ein Messer helfen sollte, wenn ein Haufen paramilitärischer Verrückter auftauchte, war eine Frage, die man sich besser nicht vorher stellte. Obwohl dieser Fall sowieso nicht eintreten würde, erinnerte sich River – sogar Coe hatte das gesagt, und seinetwegen waren sie überhaupt erst hier.

Das Gebäude, in dem sich der Sitzungssaal befand, sah aus wie eine Grundschule: roter Backstein, grüne Fensterrahmen und auf Putz verlegte Rohrleitungen. Es war von einer niedrigen Mauer umgeben, in die ein Metallzaun eingelassen war, und hatte ein Tor, das groß genug für Fahrzeuge war. Das Tor war mit privaten Sicherheitsleuten besetzt, deren Uniformen aus der Ferne offiziell aussahen, doch die Gürtel waren mit so viel Schnickschnack behangen – Funkgeräte, Taschenlampen, Fahrrad-Reparatursets –, dass man sie nicht ernst nehmen konnte. Aber vielleicht war er auch nur neidisch. Obwohl er vollwertiges Mitglied des Sicherheitsdienstes war, trug River ungefähr so viele nützliche Utensilien bei sich wie ein Supermarkt-Wagenschieber.

Coe fragte: »Schaust du dir deine Zukunft an?«

»Erschieß mich lieber gleich«, erwiderte River, bevor ihm einfiel, mit wem er sprach.

»Keine Sorge, wahrscheinlich wirst du eh nicht so wie die Parkplatzwächter da werden. Das wäre ja ein Happy End.«

Wie nett, dass Coe seine Stimme wiedergefunden hatte, aber River wünschte sich, er würde die Klappe halten.

»Wir sollten uns aufteilen«, schlug er vor. »Du überprüfst, ob die Abbotsfield-Typen das Gebäude überwachen.«

Als ob, dachte er.

Andererseits hatte man schon Pferde kotzen sehen.

Viele Kilometer entfernt fand ebenfalls eine öffentliche Versammlung statt.

Die Bibliothek lag in einer Seitenstraße und hätte von Weitem jedes x-beliebige städtische Gebäude sein können: Gesundheitszentrum, Bordell, Finanzamt. Ein an die Tür geheftetes Flugblatt kündigte die heutige Abendveranstaltung an. ZAFAR JAFFREY SPRICHT ÜBER WICHTIGE GESELLSCHAFTLICHE THEMEN DES BEZIRKS UND BEANTWORTET FRAGEN ZU SEINER KANDIDATUR FÜR DAS AMT DES BÜRGERMEISTERS. Ein Miniaturfoto bestätigte Louisas Eindruck, dass Jaffrey ein echter Hingucker war. Im hinteren Teil des Raums befanden sich Stuhlreihen hinter freistehenden Bücherregalen; einige Plätze waren bereits besetzt, obwohl die Veranstaltung erst in dreißig Minuten begann. Auf dem Weg zurück zum Auto checkte Louisa die parkenden Fahrzeuge am Straßenrand. Alle waren leer. Einige Parkplätze waren sogar noch frei. Louisa überlegte, ein Foto zu machen, um es den Leuten in London zu zeigen.

Shirley wartete mit verschränkten Armen im Auto. Trotz der Sonnenbrille hatte sie eine seltsame Ähnlichkeit mit einem Buddha. »Ich habe heute noch nichts gegessen außer einer Handvoll Haribos«, motzte sie.

»Aha, und wer ist daran schuld?«

»Wir hätten unterwegs an einer Tankstelle anhalten können.«

»Wir hätten auch im Restaurant bei Kerzenschein zu Mittag essen können«, erwiderte Louisa. »Nur habe ich beschlossen, dass es einen Job zu erledigen gibt.«

»Und wer hat dir das Kommando übertragen?«

Mein Auto, meine Regeln, dachte Louisa, sagte es aber nicht. Irgendwann stieß man bei den Streitereien mit Shirley gegen eine Wand: Man konnte entweder mit dem Kopf dagegen rennen oder sie umgehen.

Also sagte sie: »Jaffreys Vortrag beginnt in einer halben Stunde. Er ist auf vierzig Minuten angesetzt, mit einer zwanzigminütigen Fragerunde. Eine von uns sollte reingehen, die andere hier draußen bleiben und …«

»Die Umgebung sichern?«

»Das wollte ich eigentlich nicht so sagen«, gestand Louisa.

»Und eine alleine schafft das auch eigentlich nicht«, stimmte Shirley zu.

»Ich habe ja auch nicht behauptet, dass es ein idealer Plan ist. Aber es ist immerhin ein Plan.«

»Hast du eine Waffe?«

»Nein. Und du?«

»Schön wär's.«

»Im Kofferraum liegt ein dicker Schraubenschlüssel.«

»Reserviert.«

Shirley mit einem Schraubenschlüssel, dachte Louisa: Ja, so jemanden wollte man nicht auf der Gegenseite haben. Sie sah zwar aus wie ein Mini-Buddha, aber sie hatte eine leicht andere Einstellung zu Frieden, Einssein und all dem Kram. Zu ihrer Verteidigung musste gesagt werden, dass sie schon einigen ahnungslosen Seelen einen Schubs in Richtung Reinkarnation gegeben hatte.

Louisa öffnete Google Earth auf dem Handy. »Es scheint keinen Hintereingang zu geben. Das Gebäude grenzt an ein anderes, ein Bürohaus, glaube ich.«

»Was ist mit dem Dach?«

»Sieht aus wie ein ganz normales Dach. Es hat ein Oberlicht.«

»Die scheinen nicht sehr raffiniert zu sein.«

Durch ein Oberlicht einzusteigen war also Shirleys Vorstellung von Raffinesse. Interessant. Was machen wir hier eigentlich?, wunderte sich Louisa, eine Frage, die sie bisher erfolgreich verdrängt hatte. Die Typen, die ganz Abbotsfield massakriert hatten, nahmen keine Gefangenen, sondern schossen wild um sich. Mit einem Schraubenschlüssel zu fuchteln würde sie nicht beeindrucken. Und Shirley und Louisa hatten auch nur einen einzigen Schraubenschlüssel.

Doch es war sowieso höchst unwahrscheinlich, dass irgendetwas passieren würde, und wenn sie kein Risiko eingingen, würde auch niemand einen Freifahrtschein aus Slough House gewinnen. Sie war nicht dem Geheimdienst beigetreten, um am Schreibtisch zu sitzen und Listen von Bibliotheksbenutzern zu erstellen, und auch wenn bei den meisten Außeneinsätzen schweres Gerät und Schutzkleidung zum Einsatz kamen, so gab es doch immer wieder Momente, in denen man sich auf seine Ausbildung und das Fachwissen verlassen musste, das einem auf den Matten der Ausbildungshallen oder in den Ebenen von Salisbury eingehämmert worden war. Wenn man die Hände hob und sich in einer Ecke verkroch, bis das Schlimmste vorbei war, hätte man auch gleich Zivilistin bleiben können. So konnte sie sich wenigstens, wenn Bilanz gezogen wurde, darauf berufen, dass sie vor Ort gewesen war und ihre Frau gestanden hatte. Mit anderen Worten: dass ihre Fähigkeiten am Schreibtisch verschwendet waren.

Aber trotzdem. Sie hatten nur den einen Schraubenschlüssel.

Doch es würde nichts Schlimmes passieren.

»Ich fühle mich nicht gut«, sagte Shirley.

Na toll.

»Besten Dank. Hast du eine Eingebung?«

»Nein, ich habe Magenkrämpfe. Ich muss unbedingt was essen!«

»Shirley …«

»Da hinten ist eine Imbissbude. Wir sind eben daran vorbeigefahren, bevor wir abgebogen sind.«

Publikum traf ein; Bürger, die sich politisch auf dem Laufenden halten wollten. Ein älteres Ehepaar mit Gehstöcken, ein jüngeres Pärchen, das nach Studierenden aussah und von denen einer einen Stapel mit Flugblättern trug.

»Wir haben keine Zeit. Du wirst es überleben.«

»Hast du eine Ahnung!«

»Das ist ein Einsatz, Shirley. Kein Ausflug.«

»Lamb hätte bestimmt nichts dagegen.«

»Lamb ist nicht hier. Das heißt, ich kann Nein sagen.«

»Du hast mir keine Befehle zu geben!«

»Nein, aber ich kann dich nach Hause laufen lassen.«

»Ich kann auch mit dem Zug fahren«, knurrte Shirley.

Mit dem Zug! Sehr witzig.

»Shirley«, sagte Louisa, »jetzt wird's ernst. Eine von uns muss da rein, um das Publikum zu kontrollieren. Falls etwas geplant ist, haben wir mehr Chancen, es zu verhindern, wenn wir die Typen entdecken, bevor sie loslegen. Also. Meckerst du weiter rum oder hältst du dich ans Programm?«

Shirley grummelte vor sich hin. Louisa interpretierte es als Zustimmung.

»Willst du lieber reingehen oder draußen aufpassen?«

»Ich will den Schraubenschlüssel«, sagte Shirley.

»Ist im Kofferraum«, sagte Louisa, drehte sich um und ging in die Bibliothek.

»Ich brauche eine Zigarette«, sagte Gimball zu seiner Frau.

»Nein, brauchst du nicht.«

»Ohne stehe ich das nicht durch.«

Sie verdrehte die Augen. »Du hast aufgehört. In aller Öffentlichkeit. Mit großem Tamtam. ›Wenn ich noch einmal mit einer Zigarette im Mund gesehen werde, wählen Sie mich nicht.‹ Zitat Ende.«

»Aber so war das doch gar nicht gemeint. Das war doch kein Wahlversprechen.«

Eigentlich, so überlegte er, wäre es besser gewesen, es als Wahlversprechen darzustellen. Nur Kleinkinder und Idioten erwarteten, dass man die hielt.

»Du hast das schon tausendmal gemacht. Worüber machst du dir solche Sorgen?«

Er könnte es ihr sagen, dachte er. Er könnte ihr erklären, dass er gleich auf die Bühne gehen und sein Publikum bitten würde, ihn so zu akzeptieren, wie er war. Wenn das erledigt wäre, könnte er wahrscheinlich auch verraten, dass er immer noch rauchte und würde damit durchkommen. Darauf würde sich erst mal niemand konzentrieren.

Aber wenn er jetzt reinen Tisch machte und sie Zweifel äußerte – was sie tun würde –, würde er in sich zusammensinken wie ein Cupcake im Regen. Er brauchte ihre Unterstützung, und um die zu bekommen, musste er sie vor vollendete Tatsachen stellen. Danach gäbe es privat einige unangenehme Momente zu überstehen, aber in der Öffentlichkeit würde sie ihn bis zum Letzten unterstützen, da sie keine andere Wahl hatte. Es sei denn – aber nein. Er glaubte nicht, dass sie ihn im Stich lassen würde. Die betrogene Ehefrau zu geben hätte zwar seine Vorteile, aber wenn sie zu ihrem Mann stand, wäre ihr eine breite Berichterstattung garantiert, die Stoff für ein ganzes Jahr an Kolumnen liefern würde. Und außerdem liebte sie ihn. Also war das der richtige Weg.

»Das ist ein entscheidender Moment«, sagte er. »Für uns beide.«

Kein Wort davon war gelogen.

»Wir gehen auf Nummer sicher«, sagte sie zu ihm. »Das ist alles. Wenn du tust, was Whelan gesagt hat, ist das nicht das Ende der Welt, Dennis. Aufgeschoben ist nicht aufgehoben.«

Er gierte immer noch nach einer Zigarette.

»Wenn du beim Rauchen erwischt wirst«, sagte sie, »darfst du dir nie wieder meine Manolos ausleihen.«

Das war ihre Art zuzustimmen. In ihre Manolos würde er nie und nimmer hineinpassen.

Er vergewisserte sich mit einem Fingertippen, dass Kippen und Feuerzeug in seiner Brusttasche waren, verließ den Raum, in den sie sich zurückgezogen hatten, und traf auf einen der Freiwilligen, der unter einem Turm gestapelter Plastikstühle vorbeitaumelte.

»Gibt es eine Hintertür? Ich muss mich ein bisschen sammeln.«

Es gab eine.

River lief um den Block und dann den Nachbarblock, um sich zu orientieren. Irgendwann sah er J. K. Coe über eine Kreuzung laufen, oder besser: darüber schlurfen und schüttelte den Kopf. Selbst jetzt, wo er sich halbwegs einreden konnte, dass er etwas Wichtiges tat – einen Einsatz hatte –, wurde ihm die Realität des Lebens als Slow Horse immer wieder vor Augen geführt. Seine Kollegen waren größtenteils zu nichts zu gebrauchen, so sehr von Problemen gebeutelt, dass sie eher in die Kunstakademie als in den Geheimdienst gehört hätten. Mit Ausnahme von Louisa, vielleicht. Und natürlich ihm selbst. Immer schön daran denken: Mit River selbst war alles in Ordnung.

Vor dem Gebäude, in dem sich der Saal befand, stand ein Übertragungswagen, was eine plausible Tarnung für einen Haufen bewaffneter Verrückter gewesen wäre, aber je genauer River hinsah, desto überzeugender wirkte er. Eine Tarnung hätte vermutlich aus einem Logo an den Seiten, ein paar Schirmmützen und Klemmbrettern bestanden, doch in diesem Fall waren gerade zwei Männer dabei, kilometerlange Kabel durch eine offenstehende Feuertür abzurollen, und es war immer noch genug Ausrüstung übrig, um einen Harry-Potter-Film zu drehen. Natürlich wäre das genau die richtige Vorgehensweise gewesen, wenn man einen erfolgreichen Anschlag auf eine politische Versammlung verüben wollte: Man stattete einen Transporter mit authentisch aussehendem Material aus, parkte ihn in der Nähe des Ziels und ließ sich Zeit. Aber River hielt es dennoch für unwahrscheinlich. Eine wilde Schießerei auf einer Dorfstraße, eine selbstgebastelte Bombe in einem Zug, eine Rohrbombe in einem Pinguingehege – das alles roch nach einer Bande von Fanatikern, die durch die Maschen geschlüpft waren. Jede ihrer Aktionen, so dachte er, glich eher einer überstürzten Flucht nach vorn als einem minutiös geplanten Angriff. Sich als Medienprofis auszugeben, inklusive der dafür nötigen gefälschten Ausweise, überstieg vermutlich ihre Fähigkeiten.

Er beobachtete die Medienfuzzis noch eine Weile und wartete auf ein Anzeichen dafür, dass nicht alles so war, wie es schien; dann ließ er sie gewähren.

Nicht weit entfernt stand ein eingerüstetes Gebäude: die obere Hälfte frisch gestrichen, die untere schmutzig und voller Straßendreck; Jahre des Stadtlebens hatten sich in die Fassade geätzt. Daneben zog sich eine schmale Gasse entlang, an der das Gerüst weiterlief, was den Durchgang erschwerte, und die in einer Sackgasse endete, in der Mülltonnen standen. Das Gebäude wurde genutzt – in den oberen Stockwerken brannte Licht –, aber eine Plane, die weiter oben im Wind flatterte, verlieh dem Ganzen einen verlassenen, einsamen Charakter. River ging bis zum Ende der Gasse, begegnete keinem Menschen und kehrte zur Hauptstraße zurück.

Als er zurückblickte, erinnerte ihn das Gebäude an Slough House. Ohne besonderen Grund. Nur dass es ein wenig düster war, ein wenig unbedeutend; die Art von Bauwerk, die einen, wenn man dort arbeitete, gleich nach dem Nachhausekommen nach einem Drink greifen ließ. Im Unterschied zu Slough House investierte jedoch irgendjemand Geld und Mühe für einen neuen Anstrich: Wenn auch vielleicht keine strahlende neue Zukunft winkte, dann wenigstens frische Farbe, die die Vergangenheit verdeckte. Dabei spürte er ein vertrautes inneres Ziehen. Er war sich nicht sicher, wie lange er noch den Schein aufrechterhalten konnte, dass er nominell zu den Beschützern der Nation gehörte, in Wirklichkeit jedoch eine irrelevante Drohne war. Er konnte an den Fingern abzählen, wie oft er von Slough House aus auf eine Mission geschickt worden war. Abgesehen davon, dass er für Lamb Essen holte. Das war nicht das, was er sich vom Leben erhofft hatte. Und auch nicht das, was sein Großvater für ihn gewollt hatte.

Wenn also nicht bald etwas passierte, würde er kündigen. Alles war besser als das hier. River traf diese Entscheidung, als er so in der Dämmerung neben dem Baugerüst stand, aber falls er erwartet hatte, dass sich seine Stimmung in diesem Moment aufhellen würde, wurde er enttäuscht. Stattdessen fühlte es sich an, als wäre etwas in seinem Inneren in sich zusammengesunken.

Ach, dachte er. Und dann: Scheiße. Und dann bahnte er

sich einen Weg um die Metallstangen herum, die den Bürgersteig versperrten, und ging zurück zu dem Versammlungsgebäude, vor dessen Türen sich eine Schlange gebildet hatte.

Wo war nur Coe geblieben?

Shirley nahm sich vor, zehn Minuten zu warten, bis sie sich Fritten holte, und dann wartete sie noch einmal zehn Minuten, denn wenn sie Louisa gewesen wäre und gehofft hätte, Shirley auf frischer Tat zu ertappen, hätte sie genau diesen Zeitrahmen gewählt. Wäre sie Louisa gewesen, hätte sie sich definitiv auf frischer Tat ertappt. Aber da sie Shirley war, würde sie mit ihren Pommes zurück sein, bevor die Versammlung zu Ende war.

Sie war schon auf halbem Weg zum Imbiss, als ihr das Koks-Päckchen in ihrer Tasche einfiel.

Sie hatte dreiundsechzig Tage hinter sich, der Himmel war düster, und der Abend brach jetzt schnell herein. Nicht mehr lange, und sie hätte vierundsechzig Tage geschafft. Und was dann? Sich zurückzulehnen und zuzusehen, wie sich die Anzahl der Tage vermehrte, bereitete ihr keine Freude, aber dennoch: In ihrem Hinterkopf nagte die Befürchtung, dass es einen Beigeschmack von … Versagen hätte, wenn sie den Kalender auf null stellte. Als hätte sie sich etwas vorgenommen und aufgegeben, bevor sie ihr Ziel erreicht hatte. Als wäre sie zu schwach, um noch länger durchzuhalten.

Doch es gab keinen Grund, warum irgendjemand das denken sollte, keinen Grund, warum irgendjemand davon erfahren sollte. Sie war allein. Sie konnte über die Stränge schlagen, wie sie wollte, und solange sie am nächsten Morgen in Slough House auftauchte, würde das Leben dahinschleichen wie bisher. Denn sie war nicht süchtig. Sie nahm ab und zu mal was, okay, aber nur als Freizeitvergnügen. Und es ging niemanden etwas an, wie sie ihre Freizeit verbrachte.

Wenn sie ein Problem hätte, wäre sie dann dreiundsechzig Tage am Stück ohne ausgekommen?

Eine frische Ladung Kabeljau war gerade in die Fritteuse geworfen worden, also bestellte Shirley in der Zwischenzeit schon mal einen Hot Dog und aß ihn, während sie zusah, wie das Fett spritzte und brutzelte. Sie erinnerte sich daran, wie sie einmal die ganze Nacht in einem Waschsalon gesessen und die Wäschetrommeln beobachtet hatte, deren Ladung wie Delfine auf und ab, auf und ab getaucht war. Möglicherweise hatte sie stundenlang so dagesessen, völlig fasziniert und versunken. So etwas war damals manchmal vorgekommen, heute passierte es ihr nicht mehr. Jetzt, wo der Alltag ohne Ablenkung verlief, bestand das Leben aus einer Aneinanderreihung von grauen Momenten, als sickerte die Stimmung in Slough House durch die Wände und infizierte alles und jeden.

Der Fluch der Slow Horses machte ihnen allen irgendwann zu schaffen. Er raubte ihnen die Energie und ließ sie verdorren.

Ihre Bestellung kam. Mit einer Plastikgabel bewaffnet und mit dem letzten Rest ihres Hot Dogs im Mund, verließ sie den Imbiss. Sie dachte an Marcus und daran, was er von ihrer selbstauferlegten Abstinenz gehalten hätte. Er hätte wenig gesagt. Aber er hätte genickt oder so etwas; er hätte sie mit einer seiner Macho-Gesten daran erinnert, dass er zwar an den Schreibtisch gefesselt war, genau wie sie, aber früher Türen eingetreten hatte, und sie hätte sich gut gefühlt, wenn sie dieses Nicken gesehen hätte; sie hätte das Gefühl gehabt, auf dem richtigen Weg zu sein. Aber andererseits: Verzieh dich, Marcus, was geht dich das an? Er hatte schließlich mit seinen eigenen Dämonen gekämpft. Gegen Ende des letzten Jahres hatte er sein Geld in Spielautomaten versenkt, als hätte er in ihnen das Geheimnis des ewigen Lebens entdeckt.

Die Fritten waren jedenfalls lecker.

Als sie das Auto erreichte, stellte sie erleichtert fest, dass Louisa nicht wieder aufgetaucht war, und beschloss, im Stehen zu essen und das Autodach als Tisch zu benutzen. Louisa würde ihr die Hölle heißmachen, wenn sie Frittenmief im Auto verbreitete. Sie attackierte den Kabeljau mit der kleinen Plastikgabel – ein mühseliges Unterfangen – und schaffte es, ein ansehnliches Stück in den Mund zu befördern, bevor ihr einfiel, dass sie eigentlich »die Umgebung sichern« sollte: Ja, natürlich. Noch immer kauend, ging sie um das Auto herum auf die ruhige Straße und warf einen kurzen Blick auf die geparkten Fahrzeuge. Alles war noch genauso wie eben.

Nein, nicht ganz, dachte sie, bevor sie sich wieder ihrem Freiluft-Dinner widmete: dieser Lieferwagen, hundert Meter entfernt. War der vor fünf Minuten auch schon da gewesen?

Nein, war er nicht.

Als Coe sah, wie Cartwright auf das Konferenzgebäude zuging, trat er in einen Ladeneingang und versteckte sich. Er hatte nicht das Gefühl, gebraucht zu werden. *Ich glaube, wir haben ein Problem,* hatte er gesagt und es auch so gemeint, aber er glaubte nicht, dass es jetzt und hier Probleme geben würde. Die Chancen standen ungefähr so hoch wie die, dass Außerirdische auf dem Gerüst landeten oder Amerikas Hanswurst-Präsident Twitter abschwor.

Aber was das Gesamtbild anging, hatte er recht, da war er sich sicher.

Er steckte die Ohrhörer seines Radios ein und hörte die neuesten Nachrichten: ein Update über die überlebenden Pinguine, eine Frau war tot in ihrem Londoner Haus aufgefunden worden. Vor noch nicht allzu langer Zeit hätte er das nicht ausgehalten: Er hatte nichts ertragen können außer dahinplätschernde Klavierstücke; improvisierten Melodien, die ihn wie ein Blatt im Kielwasser eines Ruderbootes treiben ließen. Doch allmählich wurde es besser, und zwar seitdem er drei Kugeln in die Brust eines Mörders gefeuert hatte. Seltsam, was alles die Nerven beruhigen konnte. Für Selbsthilferatgeber nicht unbedingt geeignet, aber die Ergebnisse sprachen für sich.

Und egal, was sonst noch los war, welches Hintergrundrauschen ihn auch begleiten mochte, sein Gehirn funktionierte einwandfrei, und von daher war er überzeugt, dass er recht hatte. Er hatte schon immer die Fähigkeit besessen, schriftliche Informationen präzise abzurufen: sich an die Form der Wörter auf einer Seite zu erinnern, an die Anordnung der Absätze, daran, in welcher Tiefe eines Buches sich ein Satz verbarg. »Das Wasserloch« war ein Begriff wie aus dem *Dschungelbuch,* der ihm im Gedächtnis geblieben war. Wer auch immer die Bombe in das Pinguingehege im Dobsey Park geworfen hatte, war den Anweisungen gefolgt, die Coe schwarz auf weiß gesehen hatte, und hinter diesem Plan verbarg sich ein größerer. Es ging darum, den Vorhang wegzureißen und das Geschehen dahinter aufzudecken. Den Plan als einen zu entlarven, den die Nation selbst oder ihre Geheimnisträger entworfen hatten. Und die Geheimnisträger einer Nation waren die Hüter ihrer Seele.

Er verließ den Ladeneingang, ging die Straße hinunter und bog in eine Gasse zwischen dem eingerüsteten Gebäude und dem nächsten ein. Am Ende der Gasse standen Mülltonnen, aber es gab keinen Durchgang, und er wollte gerade umkehren, als er eine Leiter bemerkte, die am Gerüst befestigt war. Okay, dachte er. Von dort oben aus würde er die Straße beobachten können. Cartwright würde bestimmt gleich anrufen und fragen, was er tat; die Antwort »die Umgebung observieren« könnte ihn zum Schweigen bringen. Und er wäre außerhalb der Gefahrenzone. Er erklomm die Leiter und dann eine weitere, die ihn auf einen Steg in zehn Metern Höhe über der Straße brachte. Die Holzbretter gaben etwas unter ihm nach, aber nicht so sehr, dass er sich unsicher gefühlt hätte. Es war nur ein leichtes Federn. Lamb hatte ihm Panikattacken vorgeworfen. Die hatte er auch, aber sie wurden durch Menschen ausgelöst. Höhenangst kannte er nicht. Er konnte vieles problemlos meistern, solange es nichts mit Menschen zu tun hatte.

Am Ende der zweiten Leiter stand eine versiegelte Farbdose, die wohl versehentlich dort stehen geblieben war. Coe trat darum herum, lehnte sich gegen eine Metallstrebe und blickte auf die Straße hinunter.

»Das Wasserloch«. Im Regent's Park hätte er seine Behauptungen mit handfesten Beweisen oder statistischen Wahrscheinlichkeiten untermauern müssen. In Slough House musste er nur Jackson Lamb überzeugen. Doch Lamb war hinter der Mauer im Einsatz gewesen und konnte das Menetekel daran immer noch entziffern. Die Leute redeten über die Spook Street – das Leben in der Geheimdienstwelt –, aber Lamb hatte am düsteren Ende gedient, wo man scharfe Instinkte brauchte, um nicht auf der Strecke zu bleiben, und er erkannte die Wahrheit, wenn er sie hörte. Was nicht heißen sollte, dass er kein fetter Mistkerl war, sondern nur, dass er ein fetter Mistkerl war, den man keinesfalls unterschätzen durfte.

Nichts von alledem deutete darauf hin, dass Coe hier und jetzt recht behalten würde oder dass Guy und Dander in Birmingham Glück haben würden. Zafar Jaffrey und Dennis Gimball waren nur Beispiele für die Art von Anschlagszielen, die die Vorlage empfahl: Es gab andere, deren Tod ein Beben in der Gesellschaft sowie verschiedene Grade an Trauer, Stress und Jubel auslösen würde. Bei denen ein wütender Mob durch die Straßen ziehen und in manchen Salons die Korken knallen würden. Das würde ein paar Tage lang so weitergehen; die Schlagzeilen würden die Empörung schüren, und wenn die Zeit gekommen wäre, dass diese Clowns ihre Strategie offenlegten, wäre das Kartenhaus einsturzbereit.

Es spielte keine Rolle, wer sie waren, dachte er. Russen, Chinesen, Separatisten aus Cornwall. Ihre Identität konnte man vernachlässigen, es ging nur darum, worauf sie hinauswollten: dass die Zielnation, die stets so eifrig die moralische Überlegenheit für sich in Anspruch nahm, ihre eigene Zerstörung geplant hatte.

Und dann fragte er sich, was Dennis Gimball da unten machte. Er schlängelte sich um das Baugerüst herum und huschte die Gasse entlang, dorthin, wo die Mülltonnen standen.

Der Saal war gut gefüllt; zweiundfünfzig Zuhörer waren anwesend, mehr, als sie erwartet hatte. Andererseits hatte Louisa auch noch nie an einem öffentlichen Forum zu lokalen Themen teilgenommen. Jaffrey hielt eine Rede, in der er mögliche Herausforderungen und Chancen skizzierte – er verkündete gerne, dass es ganz auf die Einstellung ankomme –, und sie musste zugeben, dass er das gewisse Etwas hatte. Charisma, so wurde es oft genannt. Was auch immer es war, es war bemerkenswert, dass er die Mühe auf sich nahm, es in einer medienunwirksamen Stadtbibliothek einzusetzen, und dass er sich wirklich für das, was er sagte, zu interessieren schien und bisher keiner Frage ausgewichen war, die von Parkproblemen der Anwohner bis zum möglichen Schicksal der Bibliothek selbst reichten, welche kurz vor der Schließung stand. Louisa hätte eigentlich besorgter sein sollen, aber stattdessen hakte sie im Geiste zufrieden ihre Tagesordnung ab: Wenigstens würde es ihr heute erspart bleiben, irgendwelche Ausleihstatistiken für die Terrorismusabteilungen zu analysieren.

Was das Publikum anging, so rechnete sie nicht damit, dass ein Mörder aus seiner Mitte hervorspringen würde.

Garantiert war jedoch ein Polizeibeamter darunter: in Zivil, wahrscheinlich nicht bewaffnet – das Land mochte seit Abbotsfield in erhöhtem Alarmzustand sein, aber der Überfall war ein willkürlicher Terrorakt gewesen, und nichts deutete darauf hin, dass Politiker augenblicklich in größerer Gefahr schwebten als zu irgendeinem Zeitpunkt in der jüngsten Vergangenheit. Doch Jaffrey strebte einen Posten auf Landesebene an, und er war ein Muslim: Es würde immer Leute geben, die beides als potenziell gefährlich empfanden. Eine Polizei, die mit einem Auge auf ihren Ruf schielte, würde das andere garantiert auf den lokalen Helden richten, und daher musste sich in der Menge auch jemand von ihrer Truppe befinden. Louisa nahm an, dass es sich entweder um die asiatische Frau in der ersten Reihe handelte – zierlich, aber durchaus wehrhaft, wie ihr geübtes Auge feststellte – oder um den massigen Mann ein paar Plätze neben ihr, der nur mühsam seine Langeweile verbarg. Im Publikum saßen auch zwei, die zu Jaffreys eigenem Team gehören könnten: ein junges Pärchen, sehr aufmerksam, sehr engagiert. Auf den ersten Blick hielt Louisa sie für die beiden wahrscheinlichsten Kandidaten, und ihr Herzschlag beschleunigte sich. Aber als der Mann aufstand, um einer älteren Frau mit ihrer Tasche zu helfen, entspannte sie sich. Terroristen gab es in allen Variationen, aber älteren Mitbürgern zu helfen gehörte nicht zu deren Repertoire.

Draußen, so hoffte sie, hielt Shirley die Augen offen, obwohl sie sich höchstwahrscheinlich schon auf die Suche nach Essen begeben hatte. Sie war fast versucht, nachzusehen, aber das schien ihr die Mühe nicht wert zu sein: Shirley würde tun, was sie tun wollte, und es war unwahrscheinlich, dass sie sich über einen Kommentar freuen würde. Hier saß Louisa also, und sie musste kurz überlegen, warum eigentlich. Vorhin in Slough House hatte sie diesen Plan für sinnvoll gehalten; hier und jetzt schien es einfach eine gute Gelegenheit zu sein, aus Slough House herauszukommen. Das Problem war nur, dass sie sich jetzt in Birmingham befand und ihr eine zweistündige Fahrt nach Hause bevorstand, mit Shirley neben sich, die zweifellos nach Pommes müffeln würde.

Lass dir von niemandem einreden, das wäre kein glamouröser Beruf, dachte sie.

Jaffrey geriet jetzt in Fahrt – der Brexit und seine Auswirkungen auf die hiesigen Wirtschaftsbetriebe –, und Louisa lehnte sich zurück, behielt aber die Tür im Auge. Jeden Moment konnten Leute mit Gewehren hereinplatzen und versuchen, diesen Mann zu töten. Irgendwie erschien ihr das unrealistisch, und sie hatte keine Ahnung, was sie tun sollte, wenn es dazu kam.

Aber das würde sich bestimmt von selbst ergeben, sollte die Situation eintreten.

Wie herrlich, sich mal für eine Zigarettenlänge davonzuschleichen, dachte Gimball. Es erinnerte ihn an seine Schulzeit und wie sie sich nach dem Lichterlöschen rausgeschlichen hatten. Solche Abenteuer hatten sie als Jungs zusammengeschweißt.

Die frische Luft tat gut nach dem staubigen Mief des Versammlungssaals. Es wurde langsam dunkel, und die Leute, die am Eingang Schlange standen – immer ein erfreulicher Anblick –, waren nur als graue, unidentifizierbare Gestalten erkennbar, aber Gimball beschloss, sich trotzdem um die Ecke zu schleichen. Diese grauen Gestalten waren mit Smartphones bewaffnet, die ihre Besitzer zu Gelegenheitsjournalisten machten: Wenn er sich in ihrer Sichtweite eine ansteckte, würde er nach zwei Zügen auf Twitter erscheinen, das moderne Äquivalent dazu, an den Pranger gestellt zu werden. Nur zehn Minuten, mehr brauchte er nicht. Zeit, um sich zu beruhigen und seine Gedanken zu ordnen. Seine Ansprache an seine Anhänger im Geiste zu proben.

Ja, Anhänger, denn die hatte er jetzt. Freunde weniger. Er hatte Allianzen, aber das war etwas anderes. Dodie, ohne die er nicht so weit gekommen wäre – er war Manns genug, um das zuzugeben; vorsichtig genug, um es auch ab und an zu erwähnen –, war seine beste Freundin, wobei es kaum Konkurrenz für diese Rolle gab. »Einzige Freundin« traf es genauso. Das machte sein Vorhaben, vor die Kameras zu treten und zu enthüllen, wer er wirklich war, umso gefährlicher. Denn Dodie würde ihn unterstützen, aber sie würde stinksauer sein, dass er sich nicht vorher mit ihr abgesprochen hatte. Sie hatte ihre eigene Agenda aufrechtzuerhalten, und für das Recht ihres Mannes auf Selbstverwirklichung einzutreten könnte ihr unter Umständen einen kleinen Rückzieher bezüglich früherer öffentlicher Äußerungen abverlangen. Für eine Kolumnistin mit unverblümten Ansichten, einem sechsstelligen Gehalt und einem Paar Jungjournalisten, die das eigentliche Schreiben übernahmen, war das keine neue Erfahrung, aber es würde dennoch ein gewisses Maß an Vorbereitung erfordern. Ja, das war also ein Sturm, den er über sich ergehen lassen musste, und er freute sich nicht gerade darauf. Aber was muss, das muss.

Die Alternative wäre, dass er sich zum Handlanger des MI5 machte, jetzt und bis in alle Ewigkeit. Gäbe er dem Druck von Claude Whelan nur ein einziges Mal nach, könnte er sich von jeglicher Art politischer Unabhängigkeit ein für alle Mal verabschieden. Also, auf ein Neues:

- Er musste das tun, deshalb
- würde er es tun und
- scheiß auf alle, die ihn davon abhalten wollten.

Gimball fühlte sich besser, jetzt, da alles klar war. Aber er brauchte trotzdem eine Zigarette.

Er entdeckte eine Gasse, schlüpfte hinein und steckte sich eine Kippe in den Mund, noch bevor er den Hof am anderen Ende erreichte. Hier soll mich mal einer finden, dachte er. Was würden die Leute denken, wenn sie ihn hier erwischten, wie er zwischen den Mülltonnen herumschlich wie eine streunende Katze? Er atmete aus, und Rauch stieg zu einem Baugerüst auf, während eine längst vergessene Erinnerung aus der Schulzeit in ihm hochkam und sich wie eine Höhlenmalerei in sein Gedächtnis brannte. Sie standen zu dritt hinter der Turnhalle und reichten eine Zigarette von Hand zu Hand. Das Bild verschwand, aber er fragte sich: Was war aus diesen alten Kameraden geworden, wie hatten sie geheißen, und was für ein Leben lebten sie jetzt? Wie auch immer sie sich entwickelt hatten, sie würden morgen in der Presse oder heute Abend auf dem Bildschirm von ihm hören. BREXIT-HELD GIBT PERVERSE NEIGUNGEN ZU. Die Schlagzeile änderte sich nicht, egal wie sehr er sich bemühte. ZIEHT GIMBALL IM FUMMEL INS PARLAMENT? Er schüttelte den Kopf, aber es war zu spät: Das ganze Ausmaß dessen, was er vorhatte, stand ihm glasklar vor Augen, und er konnte es nicht mehr verdrängen. Sich vor das Publikum stellen und seine privatesten Sünden öffentlich bekannt geben – im Ernst? Er wollte Claude Whelans Messer im Rücken entgehen, indem er in das offene Messer vor ihm lief? Das war Wahnsinn. Denn es war nicht Whelan, den er fürchten musste; es waren nicht einmal die Medien, die das tun würden, was die Medien immer tun, sich nämlich an jedem saftigen Brocken laben, den man ihnen hinwarf. Nein, es waren seine eigenen Leute, die sich gegen ihn wenden würden, wenn er es wagte, die Wahrheit über sich preiszugeben. Was hatte er sich nur dabei gedacht?

Er spürte den Schweiß im Nacken und diese kühle Erleichterung, die sich einstellte, wenn man knapp einer Gefahr entronnen war. Er hatte sich nur ein paar Stunden lang wütendem Draufgängertum hingegeben, das war alles. Die Zukunft, die ihn erwartete, war zu groß, zu wichtig, um sie aus Trotz aufs Spiel zu setzen. Also gut, na schön, er würde tun, was Whelan wollte. Es würde keinen Unterschied ausmachen, nicht auf lange Sicht. Heute Abend würde er nicht verkünden können, dass Zafar Jaffrey mit einem Mittelsmann der Unterwelt Geschäfte machte; er konnte die Autorität des Premierministers nicht untergraben, indem er seinen handzahmen Muslim bloßstellte, aber man konnte das Rad der Geschichte nicht aufhalten: Die Sache würde früher oder später an die Öffentlichkeit gelangen, und wenn er sie nicht persönlich publik machte, so würde er doch mit Freuden bereit sein, die Geschichte auszuschmücken und an die große Glocke zu hängen. Letztendlich zählte doch nur das: dass man im entscheidenden Moment dabei war.

Denn in der Politik kam es ausschließlich und jederzeit auf das richtige Timing an: Man konnte seinen Schwanz in das Maul eines toten Schweins stecken und damit durchkommen, wenn das Timing stimmte. Und vorausgesetzt, man war schamlos, aber das war für Eton-Absolventen eine Selbstverständlichkeit. Er war kurz davor gewesen, diese Lektion zu vergessen, aber dank des heiligen Rauch-Rituals rechtzeitig wieder zu sich gekommen: Wenn er sich nicht weggeschlichen hätte, um mit einem Nikotinflash den Kopf freizubekommen, wäre er vielleicht immer noch dem Wahn verfallen, dass es richtig wäre, sich zu outen. Um Himmels willen! Und Dodie ging ihm mit dieser kleinen Marotte auf den Keks.

Also, überlegte er, wenn man bedachte, was er sonst noch alles verschwieg, was machte da schon eine Kippe aus? Und um diesen beruhigenden Gedanken auszukosten, zündete er sich am Stummel der ersten eine zweite an und inhalierte tief, während er zu dem Stück Himmel hinaufblickte, das durch die Trapeze des Baugerüsts zu sehen war, und dann wieder nach unten, die Gasse entlang, zu der bedrohlichen Gestalt, die auf ihn zukam.

Shirley stand am Auto, die Essensverpackungen auf dem Dach ausgebreitet, und aß voller Hingabe, ohne sich anmerken zu lassen, dass dies eine Observierung war. Der Lieferwagen war so geparkt, dass sein Heck in ihre Richtung zeigte, und bisher war niemand herausgekommen, obwohl Shirley glaubte ein leichtes Schaukeln wahrzunehmen, als ob sich jemand – eine oder mehrere Personen – darin bewegte. Aber es war schwer zu sagen. Eine Nachzüglerin eilte vorbei; ihre Absätze klapperten auf dem Bürgersteig, und sie verschwand in der Bibliothek. Als sich die Tür öffnete, drang ein Schwall Gelächter heraus. Der Lokalpolitiker, der seine Anhängerschaft amüsierte.

Der Lieferwagen war grau mit ein paar helleren Stellen, als sei er erst kürzlich ziemlich schlampig lackiert worden, und sein Nummernschild war zu tief angebracht, als dass sie es hätte sehen können. Sie überlegte, den Van zu fotografieren, kam aber zu dem Schluss, dass sie genauso gut eine große rote Flagge schwenken und mit wedelnden Armen hätte herumhüpfen können. Schön locker bleiben, ermahnte sie sich. Schau dich unauffällig um, ohne den Van anzustarren. Du isst Fish and Chips an einem frühen Sommerabend. Das ist nichts Besonders – so was kommt andauernd vor.

Es waren schließlich schon ganz andere Dinge vorgekommen. Gestern Abend hatte sie vor Hos Haus gelegen, während irgendjemand, möglicherweise einer von den Leuten, die im Lieferwagen saßen, auf sie geschossen hatte. Heute Morgen hatte sie Ziegelstaub in ihrem Haar gefunden, den Beweis dafür, dass es kein Traum gewesen war. Zugleich fühlte es sich jedoch – abgesehen von dem Bluterguss auf der Wange – wie eine Episode aus den Memoiren eines anderen an. Marcus hatte ihr von diesem Phänomen erzählt – dass diese Art von Aufregung im Rückblick eine seltsame Distanz zu den Ereignissen schafft, man sieht sie wie in einem Film. Unter anderem deshalb konnte man fast eine Art Sucht danach entwickeln. Doch den Adrenalinkick, hatte er gesagt, könne man eben nicht künstlich herbeiführen wie einen Drogenrausch.

Marcus hatte sich mit so etwas ausgekannt. Er hätte sich an Shirleys Stelle einen Plan zurechtgelegt.

Dazu hätte gehört, vom Schlimmsten auszugehen. Auf keinen Fall durfte man den Lieferwagen als unschuldig abtun. Der kleinste Irrtum könnte sich als Katastrophe erweisen. Die erste Frage lautete daher: Würden die Typen sie wiedererkennen? Beobachteten sie sie durch ein Guckloch und hatten vor, sie umzulegen, bevor sie in die Bibliothek gingen? Oder war es gestern Abend zu dunkel gewesen und Shirley nur ein amorphes bewegliches Ziel in dem ganzen Chaos? Ihre Kugeln waren viel zu hoch eingeschlagen – wollten sie sie nicht treffen, oder waren sie lausige Schützen? Shirley hatte natürlich einen niedrigen Schwerpunkt – um es laienhaft auszudrücken: Sie war »klein« –, und vielleicht hatten sie dadurch falsch gezielt. Nicht durchschnittlich gebaut zu sein hatte manchmal seine Vorteile.

Doch das würde ihr nicht helfen, falls die Typen aus dem Van sprangen und um sich schossen.

Sie aß eine Fritte, nickte genüsslich – jede ihrer Bewegungen für ein Publikum bestimmt – und ging dann, immer noch nickend, um das Auto herum und öffnete den Kofferraum. Ob sie sie nun beobachteten oder nicht, sie konnten nicht durch Metall schauen, und daher blieb ihnen verborgen, wie sie in Louisas Gerümpel – einer alten Decke, einem Weinkühler, Turnschuhen – herumwühlte, bis sie unter der Decke versteckt den Schraubenschlüssel fand und ihn in ihren rechten Ärmel schob. Dann schloss sie mit stramm durchgestrecktem Arm den Kofferraum und widmete sich wieder ihrer Mahlzeit. Ihre rechte Hand hakte sie in ihre Jeanstasche ein, mit der linken zupfte sie Chips und Fischstückchen aus dem Papierhaufen und führte sie zum Mund. Siehst du mich, Marcus?, dachte sie und stellte sich vor, wie er sagte: *Hau rein, Mädchen!*

Und genau das würde sie tun.

Sie wartete nur auf den richtigen Moment.

Er hatte keine Ahnung, wo Coe sich herumtrieb, und als er versuchte, ihn anzurufen, ging er nicht dran. Wahrscheinlich meldete sich das Arschloch absichtlich nicht, und nicht etwa, weil das Arschloch ein Killerkommando in die Enge getrieben und alle Hände voll zu tun hatte. River regte sich also nicht allzu sehr darüber auf; er ärgerte sich nur ganz allgemein darüber, dass Coe ein Arschloch war: ein unverbesserliches Arschloch. Der Saal hatte sich inzwischen gefüllt, und eine erwartungsvolle Stimmung lag in der Luft. Dennis Gimball, so vermutete River, würde etwas Bedeutendes verkünden: zum Beispiel dass er der Partei, von der er einst abtrünnig geworden war, wieder beitreten würde, eine Rückkehr über den Rubikon, von der viele erwarteten, dass sie mit einer Kandidatur für das höchste Amt enden würde. Das wäre dann in etwa so, dachte River, als würde ein Koala von einem Wombat das Ruder übernehmen, obwohl er zugeben musste, dass er kein Experte für Politik war. Wäre er einer gewesen, hätte er sich eine ehrliche Arbeit gesucht, wie es jeder Experte seit 2016 hätte tun sollen.

Wie auch immer: kein Coe weit und breit. Und auch sonst gab es nichts, was ihn beunruhigt hätte. Es war das typische Publikum für eine solche Versammlung: die augenrollenden Eiferer, die Union-Jack-Bowler-Brigade. Ein Mann, der die breitesten Nadelstreifen trug, die River je außerhalb eines Zoos gesehen hatte, eine Frau mit einer Topfpflanze im Arm. Der Einzige, der fehlte, war Gimball selbst. Eine Gruppe von Leuten vorne am Podium, die sich unterhielten und auf ihre Uhren schauten, waren vermutlich lokale Prominenz, und die gefährlich aussehende Frau in Blau konnte Mrs Gimball sein, aber von ihrem Ehemann keine Spur. Vielleicht zögerte er seinen Auftritt hinaus wie ein Rockstar, bis alle Plätze im Saal belegt waren, was sich jedoch bei dieser Zielgruppe als riskant erweisen konnte.

River ging nach draußen. Noch immer warteten Leute auf Einlass, und der Übertragungswagen brummte leise vor sich hin: Alles war eingeschaltet und bereit zum Drehen. Er versuchte sich daran zu erinnern, wie hoch Coe die Chancen eingeschätzt hatte, dass hier heute Abend etwas passieren würde, doch es fiel ihm nicht ein. Aber er erinnerte sich daran, wie Coe darauf bestanden hatte, dass seine Prognose insofern stimmte, als dass die Maschinerie in Gang gesetzt war und bereits Abbotsfield und vierzehn unschuldige Pinguine auf dem Gewissen hatte. Dennis Gimball musste nicht zwingend der Nächste auf der Liste sein, aber dass es eine Liste gab, war unbestritten. Das war jedenfalls die Meinung des Schwachkopfs. Und ob Schwachkopf oder nicht, an seiner Logik war nicht zu rütteln.

Also, wo steckte Gimball nun eigentlich? Vielleicht litt er vor solchen Auftritten unter Lampenfieber und hing über der Toilette.

Und wo war Coe?

River beschloss, noch einmal um den Block zu gehen, bog um die Ecke und näherte sich dem mit Gerüsten verkleideten morbiden Gebäude, das jetzt einen friedhofsartigen Grusel ausstrahlte; die Metallstangen verliehen ihm ein baufälliges, geisterhaftes Aussehen. Er wollte gerade nach seinem Handy greifen, um Coe noch einmal anzurufen, erreichte aber in dem Moment die Gasse und sah am anderen Ende zwei Gestalten: die eine groß, breit, einschüchternd, die andere Dennis Gimball.

»Sie isst Fritten«, sagte Shin.

»Und?«

»Würde sie Fritten essen, wenn sie auf Observierung wäre?«

Danny zuckte mit den Schultern. Es könnte eine gute Tarnung sein. Wurde man dabei gesehen, wie man Fritten aß, konnte das einfach bedeuten, dass man Hunger hatte und sonst nichts. Wurde man dagegen dabei beobachtet, wie man einfach so vor einem Gebäude herumlungerte, konnte das den Eindruck erwecken, dass man es beobachtete. Deshalb hielt er es für das Beste, unvoreingenommen zu sein.

Shin dagegen wollte den Einsatz unbedingt hinter sich bringen. »Wir legen erst los, wenn die Straßenlaternen angegangen sind. Bis dahin ist sie garantiert weg.«

Danny warf An einen Blick zu, aber keiner von beiden sagte etwas.

In den letzten vierundzwanzig Stunden hatte sich jeder Befehl von Shin wie ein Vorschlag angehört.

An hatte ein Guckloch in die Heckklappe des Vans gebohrt. Danny schlich hin, und Shin, dieser willensschwache Depp, wich beiseite, um ihn durchschauen zu lassen.

Die Frau war klein, ein wenig breit, hätte wahrscheinlich besser einen Salat gegessen und war eindeutig allein unterwegs. Bei welcher Art von Operation war eine Frau auf sich allein gestellt? Außerdem bewegte sie sich unbeholfen: mit steifem Arm. Nicht gerade das, was man von einer Soldatin erwarten würde.

Dennoch war gestern Abend eine Frau vor dem Haus der Zielperson gewesen, genau in dem Moment, als Joon vom Himmel stürzte, als hätte ihn ein Storch fallen lassen. Sie war zu Boden gegangen, als Danny auf sie geschossen hatte. Vielleicht, weil sie gut trainiert war, vielleicht aus einem Instinkt heraus: Wenn Kugeln flogen, fiel man auf die Knie. Er konnte sich jedoch an keine besonderen Merkmale der Frau von gestern Abend erinnern: In Abbotsfield hatte er gelernt, dass die Menschen um einen herum undefinierbar wurden, wenn man eine Waffe in der Hand hielt. Sie wurden zu Schimären, und alles, was sie an Persönlichkeit in sich trugen, fiel ab und verlor seine Bedeutung. Wenn man seine Menschlichkeit behalten wollte, musste man sich vom Schlachtfeld fernhalten. Diese Aussage galt unabhängig davon, auf welches Ende einer Waffe man blickte.

Außerdem waren sie so schnell weg gewesen – sie hatten Joon in den Wagen geladen wie einen Müllsack –, dass er nicht mal genau wusste, ob sie die Unbekannte nicht erschossen hatten: Vielleicht war sie deshalb zu Boden gegangen. Es gab also möglicherweise eine tote Frau in London, und diese da war eine andere, die einfach nur Fritten aß.

Für Danny spielte das keine Rolle.

Er sagte: »Falls sie noch da ist, wenn wir loslegen, übernehme ich sie.«

»Ihr habt meine Anweisungen«, sagte Shin, aber er warf dabei einen Blick zu An und auf Chris, der vorne auf dem Fahrersitz saß, als benötige er ihre Unterstützung.

Als er schließlich ihn ansah, erwiderte Danny Shins Blick mit einem Höchstmaß an Verachtung.

Das war seine Gelegenheit, erkannte er.

Er sagte: »Ich frage mich, ob du wirklich hundertprozentig dahinterstehst.«

»Ob ich …?«

»In Abbotsfield hast du rumgeballert wie ein Anfänger.«

»Wie meinst du das? Was soll das heißen?«

»Du hast wild durch die Gegend geschossen, aber nicht getroffen. Nichts außer einem Hühnerstall. Du hast einen Hühnerstall umgenietet.«

»Ich habe genau gezielt!«

»Du hast in die Luft geschossen.«

»Ich habe zwei, vielleicht sogar drei getötet.«

»Das glaube ich nicht.«

»Ich habe genau gezielt«, wiederholte Shin.

»Dann wundert es mich, dass wir nicht mehr erwischt haben.«

»Ich habe das Kommando über diese Einheit«, sagte Shin. »Und ich werde dieses Gespräch in meinem Tagesbericht erwähnen!«

»Ich schreibe auch Tagesberichte«, log Danny.

Shin verstummte.

An, der an der Seitenwand des Fahrzeugs hockte, schaute auf seine Füße hinunter, dann auf die gegenüberliegende Seitenwand, und vermied es geflissentlich, Danny oder Shin anzusehen.

Danny sagte: »Ich werde sie zuerst töten. Bevor wir reingehen.«

»Ich habe hier das Sagen!«, entgegnete Shin. »Du tust nichts ohne meinen Befehl!«

»Dann befiehl es eben!«, sagte Danny. »Dass ich sie zuerst töten soll. Bevor wir reingehen.«

Er lehnte sich mit dem Rücken gegen die Wand und schloss die Augen.

Von oben auf dem Gerüst aus beobachtete J. K. Coe, wie Dennis Gimball hektisch eine Zigarette rauchte und sich dann zittrig mit dem Stummel der ersten eine zweite anzündete. Irgendetwas ging im Kopf des Politikers vor: Man musste kein Psychologe sein, um das zu erkennen. Was völlig in Ordnung war. So wie Coe über Politiker im Allgemeinen und Gimball im Besonderen dachte, hätte dessen Kopf von ihm aus auch gerne explodieren können.

Trotzdem erstarrte er, als eine weitere Gestalt in der Gasse auftauchte, die wie die personifizierte Bedrohung auf Gimball zustapfte. Irgendetwas stimmt nicht mit seinem Gesicht, dachte Coe und beschloss dann, dass er sich geirrt hatte. Es mussten die Schatten sein, die das Baugerüst warf und die Gesichtszüge des Neuankömmlings verzerrten.

Als der Mann Gimball erreichte, hob der die Schultern, machte sich größer.

Dabei war er von Natur aus groß genug: Sogar von hoch oben konnte Coe das erkennen. Er war dunkelhäutig, trug einen weiten Mantel, und in seinem kurzen Haar waren über den Ohren Streifen ausrasiert. Und dann waren da diese komischen Schatten auf seinem Gesicht, und es dauerte noch einen Moment, bis der Groschen fiel. Der Mann war tätowiert. Über Stirn und Wangenknochen zogen sich schnörkelige Verzierungen.

Coe konnte nicht verstehen, was er sagte; er nahm seine Stimme nur als leises Grollen wahr.

Gimball trat einen Schritt zurück. Er fuchtelte mit seiner Zigarette, als würde er mit dem Rauch malen, und stotterte: »Aber, aber, aber …«

Coe ging zurück zur Leiter, sodass er sich direkt über den beiden dort unten befand. *Passierte es jetzt?* Der Neuankömmling schien nicht bewaffnet zu sein, aber eine Waffe brauchte er auch nicht: Er sah aus, als könnte er Gimball mit bloßen Händen in Stücke reißen, wenn er Lust dazu hatte. Was nicht heißen musste, dass er das tun würde. Er konnte ein besorgter Wähler sein, ein übereifriger Meinungsforscher oder einfach nur einer der achtundvierzig Prozent – dieser winzigen Minderheit, von denen einige noch nicht über ihre Niederlage hinweggekommen waren –, die einen berechtigten politischen Standpunkt vertraten. Und da jeder der oben genannten Punkte durchaus dazu führen konnte, dass Dennis Gimball in eine Mülltonne geworfen wurde, würde eine Einmischung nur bedeuten, den demokratischen Prozess zu stören.

Also dachte Coe: Ich schaue mir das lieber erst mal von oben an.

Dann kam auch River die Gasse entlang, und die Situation eskalierte.

Louisa stand auf, und der gelangweilte Mann in ihrer Reihe schaute sich prüfend um: Du bist der Bulle, dachte sie. Sie tat so, als würde sie es nicht bemerken, holte ihr Handy aus der Tasche, während sie zum Eingang ging, und murmelte etwas hinein, als ob sie einem Anrufer antworten würde. Durch die Fenster sah sie Shirley am Auto stehen und Fritten essen. Erwischt. Ansonsten schien alles ruhig zu sein, obwohl ihr auffiel, dass ein Lieferwagen eingetroffen war, seitdem sie das Gebäude betreten hatte. Kein Logo an der Seite, aber ein Fahrer am Steuer. Er schaute hinter sich, als würde er mit jemandem im Fond sprechen. Konnte etwas bedeuten, vielleicht aber auch nicht. Wäre dies ein richtiger Einsatz und nicht das Slough-House-Äquivalent – also eher ein Probeeinsatz –, wäre der Wagen bereits geöffnet worden und seine Insassen müssten die Nationalhymne singen. Aber sie agierten aus dem Stegreif und konnten nichts weiter tun, als beide Augen offen zu halten.

Es sei denn, natürlich, Shirley tat irgendetwas Unüberlegtes.

River rief »Hey!«, und der Mann mit der Tätowierung drehte sich um. Sein Gesicht schien ausdruckslos zu sein, trotz der angespannten Situation, als würde die Tätowierung jegliche Mimik ersetzen.

»Das hier geht Sie nichts an«, sagte er. »Verschwinden Sie!«

River blieb zwei Meter vor den beiden stehen. »Alles in Ordnung, Mr Gimball?«

Gimball sagte: »Ich muss zu einer wichtigen Versammlung. Ich muss eine Rede halten. Gehen Sie mir aus dem Weg!«

Es war nicht klar, mit wem von den beiden er sprach,

aber River tat so, als sei nicht er damit gemeint. »Sie haben gehört, was der Mann gesagt hat. Lassen Sie ihn vorbei.«

»Ich war noch nicht fertig mit ihm.«

»Aber er mit Ihnen.«

Gimball sagte: »Mir reicht's jetzt. Soll ich die Polizei rufen? Wollen Sie das etwa?«

»Nicht nötig«, sagte River. »Dieser Herr wollte gerade gehen.«

Aber dieser Herr hatte andere Vorstellungen. Als River nach seinem Ellbogen griff, schlug er seine Hand beiseite und stellte sich quer. Er war größer als River, breiter, und es sah nicht so aus, als prügelte er sich zum ersten Mal in einer dunklen Gasse. Aber River war von Profis im Kämpfen unterrichtet worden. Und wenn er auch nicht der Beste in seiner Gruppe gewesen war, so auch nicht der Schlechteste. Das war ein großer Trost für ihn, als der tätowierte Kerl ihm in den Bauch trat.

J.K. Coe beobachtete das alles von oben und kam zu dem Schluss, dass er entweder eingreifen oder in das Gebäude klettern und verschwinden sollte.

River klappte nach vorn, und der Mann packte ihn am Kopf und stieß ihn nach hinten. River stürzte zu Boden.

Gimball sagte: »Jetzt reicht's! Ich rufe die Polizei!« Er fuchtelte mit seinem Handy, als könne er den Angreifer damit beeindrucken. »Ich rufe jetzt an!«

Der Mann riss ihm das Smartphone aus der Hand und warf es gegen die Wand, sodass es zerbrach.

»Aber, aber, aber, aber …«

»Aber gar nichts. Sie hören mir jetzt zu!«

»Aber, aber, aber …«

Der Mann packte Gimball mit einer Faust am Revers und zog ihn zu sich heran.

Oh Gott, dachte J. K. Coe. River rappelte sich auf.

»Aber, aber, aber …«

»Halten Sie die Klappe!«

River packte den Mann an den Schultern. Der ließ Gimball los, drehte sich um, und wollte River seine schwere Faust ins Gesicht hämmern, aber River war schneller und rammte ihm den Ellbogen gegen die Nase. Blut floss, aber der Mann blockte den nächsten Schlag mit dem Unterarm ab und stürzte nach vorne. Die beiden prallten gegen einen Mülleimer und rutschten dann zu Boden, der Mann obenauf. Er hob erneut die Faust, aber River hatte sich bereits losgerissen: Er packte das Handgelenk des Mannes, lenkte den Schlag ab und verpasste ihm gleichzeitig einen Kopfstoß auf die blutende Nase, während Gimball entsetzt zusah.

»Lassen Sie mich vorbei!«

Aber er blieb zitternd und wie angewurzelt stehen wie ein Zuschauer bei einem Hundekampf, der befürchtete, dass sich einer der Kontrahenten gegen ihn wendete, wenn er versuchte vorbeizugehen.

River war jetzt auf den Beinen und versetzte dem Mann einen Tritt, der ihn an der Schulter traf, obwohl Coe annahm, dass er auf seinen Kopf gezielt hatte. Der Mann keuchte, aber war nicht ernsthaft getroffen, und dann stand er auch schon wieder auf den Beinen, schwankte und murmelte vor sich hin: »Los, komm schon, komm her!« Er wich Rivers nächstem und übernächstem Schlag aus und schlug dann selbst zu, wobei er auf die Kehle zielte: Wenn er getroffen hätte, wäre River völlig am Ende gewesen. Aber der wich zurück, und der Schlag ging ins Leere: Von Coes Standpunkt aus sah es wie eine Choreografie aus. Gimball drückte sich gegen einen Mülleimer und sah aus, als würde er gleich hineinklettern, wenn nicht bald Hilfe käme; River und sein Gegner schienen vergessen zu haben, dass er da war. Es ging jetzt nur noch um den Kampf. Es ging nur darum, zu gewinnen. Coe wägte noch einmal seine Optionen ab. Sie waren unverändert: Kampf oder Flucht. River wusste schließlich nicht mal, dass er hier war. Er könnte ein Fenster aufbrechen, reinklettern und sich einen Weg zur Straße suchen. Später konnte er dann zurückkehren und River vom Boden aufkratzen. Allerdings …

Allerdings: Wenn er dort unten wäre und River hier oben, würde River ihm zu Hilfe kommen.

Er dachte einen Moment darüber nach, lange genug, um die nächsten zwei Sekunden des Kampfes zu beobachten, die beide nicht sehr lustig für River waren, der einen heftigen Schlag seitlich gegen den Kopf einkassierte. Um River zu helfen, dachte Coe, müsste man sich in solchen Momenten seinem Gegner in den Weg stellen: ihm ein neues Ziel bieten, an dem er seine Fäuste abreagieren konnte, während River zu Atem kam. Also schön, er würde das Fenster nehmen, und Coe drehte sich um zur Fassade, stieß dabei aber mit einem Fuß gegen die zurückgelassene Farbdose – die zehn Meter tief in die Gasse hinunterwirbelte.

Ach du Scheiße, dachte er.

Fünf Minuten später, viele Kilometer entfernt, aß Shirley ihre Pommes zu Ende, und die Straßenlaternen flackerten auf, was die Welt auf subtile Weise veränderte. Es ist so weit, dachte sie. Was auch in dem Lieferwagen vorging: Es war an der Zeit für die da drinnen, etwas zu unternehmen. Denn wenn etwas passieren sollte, dann war die Dämmerung der richtige Moment dafür.

Eigentlich sollte sie Louisa holen, aber was würde das nützen? Sie waren zu zweit und hatten nur eine Waffe: Wenn die Terroristen in dem Van waren, würden sie mit Louisa gleich doppelt so viele Ziele haben. Shirley zerknüllte das Fish-and-Chips-Papier, wickelte es um den leeren Styropor-Karton und legte den so entstandenen ziegelsteinförmigen Keil auf das Autodach. Sie spürte den Schraubenschlüssel in ihrem rechten Ärmel, dessen Kopf sich in ihre Handfläche grub. Wenn sie die Finger leicht öffnete, würde der Griff nahtlos in ihre Hand gleiten, zumindest stellt sie sich das so vor. In einer idealen Welt hätte sie die Bewegung vorher üben können.

Marcus?, dachte sie.

Leg los, Mädchen!

Und das tat sie.

Shin starrte auf sein Handy. »Da ist was …«, begann er.

»Sie kommt.«

»Was?«

»Die Frau«, sagte An. Er hatte die Rolle des Beobachters übernommen und drückte ein Auge gegen das Guckloch in der Heckklappe des Vans. »Sie kommt auf uns zu.«

»Dann gehen wir jetzt raus«, sagte Danny.

Er hielt eine halbautomatische Waffe in der Hand und wiegte sie, als wäre sie sein Neugeborenes.

»Wir legen jetzt los«, bekräftigte er. »Ich übernehme die Frau, dann gehen wir rein.«

Es würde nicht wie in Abbotsfield sein, das wusste Danny. Dort waren sie in Uniform und unter freiem Himmel gewesen: blauer Himmel über ihnen und alte Steingebäude, die ihre Anwesenheit reflektierten. In der Nähe plätscherte Wasser, und tief verwurzelte Bäume wurden Zeugen ihrer Tat. Es war, als wären sie durch die Jahrhunderte gereist und hätten den Krieg in eine Welt gebracht, die sich frei von Blutvergießen wähnte. Hier und jetzt gab es keine Hügel, von denen aus man hinunterschreien konnte, und keine Vögel, die wegfliegen würden. Hier gab es nichts als Mauern und Fenster, und die Sterbenden würden sich tief im Herzen ihrer Stadt wissen: Aber sterben würden sie trotzdem. Das war die letzte, notwendige Lektion. Dass sie sterben würden.

Und die Erste von ihnen würde diese Frau mit ihrem steifarmigen Gang sein, die sich ihnen jetzt näherte; die mit voller Absicht auf sie zuging.

Danny griff nach dem Hebel der Heckklappe.

»Nein. Warte!«

Das war wieder Shin, der immer noch sein Handy hätschelte, aber Danny ansah und mit mehr Autorität sprach als in letzter Zeit.

Danny umklammerte mit finsterem Blick den Griff. Die Waffe hing über seiner Schulter, und ihr Gurt war ihm so vertraut wie sein Hemd am Oberkörper oder der Gürtel um seine Taille.

»Ich habe gesagt, du sollst warten!«

Die Tür ging auf, und Luft strömte herein, ein plötzlicher

Hauch von Sommerabend, der den Gestank der männlichen Körper durchwehte.

Dann legte An eine Hand auf Dannys Ärmel, griff mit der anderen über ihn hinweg und zog die Tür zu.

»Was?«, sagte Danny.

Shin steckte sein Handy weg und sagte: »Es ist schon erledigt. Wir müssen weg.«

»Was soll das heißen, ›schon erledigt‹? Wie …«

»Schnell! Fahr los!«, rief er Chris zu, der am Steuer saß.

»… kann es denn schon erledigt worden sein?«

Chris startete den Wagen, sodass er mit einem Ruck anfuhr.

»Nein! Wir haben einen Auftrag!«

Shin beugte sich vor und schlug Danny ins Gesicht. »Es reicht!«

Danny sah An mit großen Augen an, aber An weigerte sich, den Blick zu erwidern.

»Das kommt in meinen Bericht«, zischte Shin. Dann wieder zu Chris: »Wieso stehen wir hier noch rum?«

Der Lieferwagen fuhr los.

Louisa war wieder ans Fenster getreten und ignorierte die irritierten Blicke ihrer Mitbürger, während Zafar Jaffrey erklärte, dass eine moderne Stadt, eine vorbildliche Gemeinschaft, in ihrem Schoß Platz für alle bot: Niemand wurde ausgeschlossen, es gab keine Parias. Ja klar, alles wunderbar. Bis ein paar Irre mit Waffen auftauchten und ihren eigenen Ausschlussprozess starteten. Aber Louisa schämte sich ein wenig für diese reflexartige Reaktion: Berufskrankheit, dachte sie. Was nicht bedeuten sollte, dass andere Leute ihre Ziele nicht höher stecken konnten.

Draußen hatte Shirley ihr Picknick auf dem Autodach beendet und ging zielstrebig die Straße hinunter, wobei ihr steifer rechter Arm einen Hinweis darauf gab, wo sich der Schraubenschlüssel gerade befand. Sie schien auf den Lieferwagen zuzugehen, dessen Hintertür in diesem Moment aufsprang. Irgendetwas passiert da, dachte Louisa und nahm im selben Moment ein Gemurmel hinter sich wahr; Jaffreys Publikum, das auf äußere Ereignisse reagierte. Shirley bewegte ihren Arm, und Louisa sah, wie der Schraubenschlüssel sauber in ihre Hand glitt; dann schloss sich die Wagentür wieder und der Motor des Fahrzeugs erwachte hustend zum Leben. Shirley rannte los. Hinter sich hörte Louisa das Scharren von Stühlen und schockierte Geräusche. *Verdammte Hacke noch mal!* Ihr Handy brummte. Der Van fuhr weg, und Shirley gab jetzt Vollgas und schrie irgendetwas, Louisa konnte es nicht verstehen. Oh Gott, dachte sie, und dann war Shirley mitten auf der Straße und der Schraubenschlüssel in vollem Flug; er beschrieb einen Bogen, anmutig wie eine Schwalbe, und traf die Heckklappe des davonfahrenden Lieferwagens mit dem dicken Ende, bevor er klappernd auf dem Asphalt landete. Shirley hielt inne, stützte die Hände auf die Knie und blieb keuchend und zweifellos fluchend stehen, doch ihre Beute war weg. Die ganze Sache hatte vielleicht vier, fünf Sekunden gedauert.

Louisa schüttelte den Kopf. Wenn das ganz normale Bürger in dem Wagen waren, werden wir noch etwas zu hören bekommen, dachte sie.

Zahl, hatte sie zu River gesagt. *Du bekommst Coe.*

Sie hätte nicht lügen sollen. Coe hätte weniger Ärger gemacht.

Dann wandte sie sich wieder der Menschenmenge hinter ihr zu, um herauszufinden, worum sich die ganze Aufregung drehte.

9

Lamb sagte: »Verdammte Scheiße. Also haben die es tatsächlich durchgezogen.«

Auf der BBC-Website war ein Video von einer mit Gerüsten versperrten Gasse veröffentlicht worden, in der sich Leute in weißen Overalls drängten. Entweder hatte sich ABBA in Slough neu formiert, oder dort war eine Leiche entdeckt worden.

Dennis Gimball, laut der sozialen Medien.

Catherine sagte: »Es gibt noch keine offizielle Bestätigung, aber …«

»Aber jedermanns Lieblings-Europhobiker hat gerade einen harten Brexit hingelegt.« Lamb zauberte eine Zigarette aus der Luft und zündete sie an, um diese zu verpesten. »Und ich habe mir die Mühe gemacht, Flopsy, Mopsy, Buschelschwanz und den anderen zu schicken, um das zu verhindern.« Er schüttelte müde den Kopf. »Manchmal frage ich mich, warum ich morgens überhaupt aufstehe.«

»Wahrscheinlich nur, um Heiterkeit und gute Laune zu verbreiten.« Catherine schrieb eine Textnachricht, mit der sie River und Louisa nach Hause beorderte. Natürlich nannte sie es nicht »nach Hause«. Als sie fertig war, blickte sie auf und sah, wie Lamb auf ihr iPad starrte: Sie hatte es auf seinen Schreibtisch gelegt, um ihm die neuesten Nachrichten zu zeigen. Da sie wusste, wie kurzlebig Lambs Beziehungen zur Technik sein konnten, zog sie es rasch aus seiner Reichweite. »Also. Gimball ist tot, und die Terroristen haben gewonnen. Nicht gerade unsere Sternstunde.«

Lamb schniefte. »Andererseits beweist das, dass unsere Theorie richtig ist. Also, du weißt schon, im Großen und Ganzen.«

»Ich bin sicher, das ist ein großer Trost für den Verstorbenen.«

»Er schläft jetzt bei den Silberfischen«, erwiderte Lamb. »Das muss Trost genug sein.«

Catherine verließ das Zimmer, um den Wasserkocher anzuwerfen. Als sie mit zwei Tassen Tee zurückkam, hatte Lamb die Füße auf den Schreibtisch gelegt. Aus einer Socke ragten alle fünf Zehen, drei aus der anderen. Näher kann man dem Nichttragen von Socken nicht kommen, dachte Catherine, ohne barfuß zu gehen. Sie stellte ihm eine Tasse hin und setzte sich wieder auf ihren Platz. Lamb furzte nachdenklich und sagte dann: »Und was bedeutet das für uns?«

»Tja«, sagte Catherine. »Du wusstest, dass möglicherweise ein Attentat auf Dennis Gimball geplant war, hast aber nur ein paar unbewaffnete Büroangestellte hingeschickt, die tatenlos mitansehen mussten, wie es durchgeführt wurde. Und du hast es unterlassen, den Park zu informieren, weil du befürchtet hast, dort könnte man eine Taktik der verbrannten Erde befehlen, um zu vertuschen, dass die Terroristen nach einem Destabilisierungsdrehbuch des Parks handeln. Habe ich etwas vergessen?«

Lamb starrte eine Weile vor sich hin, dann sagte er: »Das

war verletzend. Höflichkeit und Takt ist euch Säufern wohl fremd, was?«

»Moment, ich habe doch noch etwas übersehen«, fuhr Catherine ungerührt fort. »Du hast Emma Flyte währenddessen an einen Stuhl gefesselt.« Sie nippte am Tee. »Das wird sich im Bericht sicher gut machen.«

»Nein, das wird man uns nicht ankreiden. Hätte sie es gemeldet, sobald wir sie freigelassen haben, würden wir jetzt bis zum Hals in der Hundescheiße stecken. Das tun wir aber nicht, zumindest nicht mehr als sonst. Das heißt, sie hat es für sich behalten, was bedeutet, dass sie mit mir einer Meinung ist. Jeder, der weiß, was hier vor sich geht, sollte den Kopf unten halten. Die Sache ist brenzlig.«

»Solche Sachen sind immer brenzlig, Jackson.«

Er warf ihr einen durchdringenden Blick zu, aber sie starrte in ihre Tasse, als rechnete sie damit, auf dem Boden Teeblätter zu finden, aus denen sie Antworten herauslesen könne.

Ihr Telefon vibrierte, und sie checkte die eingegangene Textnachricht. »Louisa und Shirley sind auf dem Rückweg.«

»Eine dankbare Nation seufzt erleichtert auf.«

»Claude Whelan ist ein vernünftiger Mann, Jackson. Übergehe Lady Di und wende dich direkt an ihn. Er wird uns nicht allesamt irgendwo in einem geheimen Gefängnis begraben, nur weil wir mehr wissen, als wir sollten.« Sie nippte am Tee. »Heutzutage werden unliebsame Agenten nicht mehr einfach beseitigt. Wenn das der Fall wäre, hättest du dich nicht so lange gehalten.«

»Kommt darauf an, wie viel Ärger solche Agenten verursachen. Aber warten wir erst einmal ab, was die Fantastischen Vier zu berichten haben, bevor wir irgendwelche Entscheidungen treffen. Ich wische mir ja auch nicht den Arsch ab, bevor ich kacken gehe, oder?«

»Darüber möchte ich lieber nicht nachdenken.«

Lamb grinste und kratzte sich dann, weil er gerade an seinen Hintern gedacht hatte, kräftig daran. »Es hätte schlimmer kommen können«, bemerkte er. »Ich meine, schließlich hat nicht einer von uns diesen Idioten umgebracht, oder?« Er hielt plötzlich mit dem Kratzen inne. »Was war das?«

Unten war jemand zur Tür hereingekommen.

Roderick Ho war in einen Traum versunken, in dem Kim – seine Freundin – ihm erklärte, dass die verschiedenen Kreditkartenrückerstattungen, um die sie ihn gebeten hatte, ein Trick gewesen waren, damit sie genug Geld für ein Geschenk sparen konnte. Irgendwie führte das zu einer Erklärung über ihr phänomenales Pech bei ihren Online-Geschäften, bei denen der eine oder andere Händler immer wieder Geld von ihrer Karte abbuchte, ohne die versprochenen Waren zu schicken. Es gehörte sich für einen Gentleman, so etwas in Ordnung zu bringen, vor allem, wenn der fragliche Gentleman (der Rodster) die Fähigkeit besaß, ungehindert hinter dem digitalen Spiegel des Lebens umherzuwandern und nach Lust und Laune Zahlen von einem Ort zum anderen zu bewegen. Trotzdem spürte er eine ganz bestimmte Art von Freude über diese Nachricht. Wäre die Uhr, die sie ihm dann überreichte, nicht ein kleiner Oktopus gewesen, hätte der Traum vielleicht noch länger angedauert. So aber wickelte das Ding winzige, knochenlose Tentakel um sein Handgelenk und gab ein seltsames Geräusch von sich, das, als Ho die Augen öffnete, genau mit dem Öffnen der Tür zusammenfiel.

Herein kam eine Art Topmodel.

Nachdem er sich die sabberverschmierten Lippen mit dem Handrücken abgewischt und diesen an seinem T-Shirt getrocknet hatte, schenkte Ho ihr sein zweitcharmantestes Lächeln, begleitet von einer leicht hochgezogenen Augenbraue. Es hat keinen Sinn, gleich im ersten Augenblick seine volle Superkraft zu entfesseln. Man musste sich langsam herantasten. Und es sah so aus, als würde sie die Unnahbare spielen wollen, denn sie verschränkte mit versteinerter Miene die Arme und lehnte sich gegen die Wand. Sie war blond und größer als Roddy, aber nur um die üblichen zehn Zentimeter oder so. Und jetzt erkannte er sie auch wieder. Sie war Anfang des Jahres in den Schlamassel verwickelt gewesen, bei dem Roddy heldenhaft aus einem Fenster geklettert war, um nicht erschossen zu werden. Es war Emma Flyte, Head Dog. Hot Dog, um genau zu sein. Er hatte sie ein-, zweimal auf gut Glück gegoogelt, aber alles, was er gefunden hatte, waren ein paar Zeitungsfotos aus ihrer Zeit bei der Polizei. Wahrscheinlich hatte sie ihre Online-Biografie gelöscht. Das war cool: Er mochte es, wenn Frauen geheimnisvoll waren.

Sie sagte: »Diese Kim. Ihre Freundin.«

Roddy nickte entschuldigend. Es war gut, dass sie von vornherein wusste, dass er schon vergeben war.

»Fangen wir mit ihr an«, sagte Flyte.

River Cartwright war angespannt wie ein Tennisschläger.

»Verdammte Scheiße, verdammte!«

»Was regst du dich denn so auf?«, fragte J. K. Coe.

»Bist du psychotisch, oder was?«

Coe schaute aus dem Fenster. Sie waren auf dem Weg zurück nach London, und River fuhr, als wäre Hos Auto aus Glas: Er hielt sich streng ans Tempolimit und beachtete jede Verkehrsregel. Jetzt wie der Knüppel aus dem Sack zu fahren wäre nicht besonders schlau gewesen, da sich zurzeit praktisch die Hälfte aller Strafverfolgungsbehörden Englands sowie nahezu sämtliche Medien auf die Geschehnisse im Umkreis von Slough konzentrieren würden.

Bevor er ins Auto stieg, hatte Coe einen Online-Nachrichtendienst aufgerufen: anonym, von seinem Prepaid-Handy aus. Ein Toter in einer Gasse in Slough. Anschließend nahm er das Gerät auseinander und warf Akku, Handy und die zerstörte SIM-Karte unterwegs aus dem Fenster.

»Die Frage war ernst gemeint«, sagte River. »Bist du psychotisch?«

»Man hat mich als ›traumatisiert‹ bezeichnet. Auch mal als ›paranoid‹. Aber ›psychotisch‹ hat keiner gesagt.« Coe schürzte die Lippen bei der Erinnerung. »Und das waren Experten«, fügte er hinzu.

»Denn du benimmst dich nicht nur wie ein verdammter Psychopath, sondern hinterlässt auch eine Spur der Verwüstung. Was sollen wir denn jetzt machen?«

»Ich finde, wir sollten auf der Autobahn bleiben.«

»Findest du das witzig?«

»Nein«, sagte Coe, obwohl er so klang wie: Na ja, ein bisschen schon.

Ein Polizeiauto raste in die entgegengesetzte Richtung, dann noch eines und noch eines. River hatte das Gefühl, mitten in einen Sturm hineinzufahren, aus dem diese Fahrzeuge mit großer Geschwindigkeit herausgeschleudert wurden. Bei dem Gedanken daran, was sie am Ende der Fahrt erwartete, hätte er am liebsten eine Vollbremsung gemacht. Andererseits musste er möglichst schnell Abstand von dem gewinnen, was hinter ihnen lag.

Vielleicht wäre es sinnvoll, dachte er, sich vorerst auf das Fahren zu konzentrieren.

»Kann ich mal dein Handy haben?«, fragte Coe.

»Wozu?«

»Nachrichten checken.«

River fischte es aus seiner Tasche und warf es Coe zu, in der Hoffnung, dass es ihm ein Auge ausschlagen würde oder so.

»PIN?«

River sagte sie ihm.

Coe ging online und schaute auf Twitter nach. »Da haben wir's ja.«

Es gab bereits sieben Tweets über das, was in Slough passiert war. Ein achter erschien. Und dann noch mehr. Es schien ein sich selbst verstärkender Prozess zu sein, als würde man beobachten, wie Fakten durch das schiere Gewicht von Zahlen geschaffen wurden.

»Und was hilft das jetzt?«

»Je mehr Verwirrung, desto besser, oder?«

Als Leitprinzip, dachte River, nicht unbedingt. Aber unter den gegebenen Umständen war es vielleicht das Beste.

Coe hatte mehr Farbe auf den Wangen, als River je zuvor

gesehen hatte; die Kapuze seines Hoodies hatte sich auf seine Schultern gelegt, und die Ohrhörer lagen lose um seinen Hals. Er hatte schon einmal jemanden umgebracht: War damals das Gleiche passiert? River hatte das unangenehme Gefühl, dass es so gewesen sein könnte.

Er sagte: »Wir haben vorher darüber geredet. Richtig? Du hast versprochen, niemanden umzubringen.«

»Ich habe gesagt, ich würde niemanden erschießen.«

»Das ist nicht der richtige Zeitpunkt für Haarspaltereien.«

Coe erwiderte: »Ich habe es nicht mit Absicht getan.«

»Du hast eine Farbdose runtergeworfen –«

»Gestoßen.«

»… die Gott weiß was wiegt …«

»Sie hätte nicht auf dem Gerüst stehen dürfen.«

»… aus zwölf Metern Höhe …«

»Ich würde sagen zehn.«

»… auf den Kopf eines Mannes.«

»Zu meiner Verteidigung«, sagte Coe, »wenn ich auf ihn gezielt hätte, hätte ich ihn verfehlt.«

»Das soll aber jetzt keine Verteidigung sein, oder? Das ist eher ein Schuldeingeständnis.«

»Aber immerhin ist es kein großer Verlust«, erwiderte Coe.

»Auch das hilft uns nicht weiter.« River merkte, dass er immer schneller wurde, und zwang sich, den Fuß vom Gas zu nehmen. »Überleg doch mal. Wir sollten einen Anschlag vereiteln und nicht den Terroristen die Arbeit abnehmen.«

»Tja, aber Mission Arsch…«

»Lass es«, sagte River. »Lass es einfach.«

Wenn er nicht am Steuer gesessen hätte, hätte er sich in seinem Sitz zurückgelehnt und die Augen geschlossen, aber wenn er das getan hätte, hätte er die Szene immer wieder durchlebt: die Farbdose, die aus dem Nichts auftauchte und Gimball fast den Kopf abriss. Gerade hatte er noch immer wieder das eine Wort gestottert, *aber, aber, aber,* und im nächsten Moment prallte er wie eine abgeschnittene Marionette von einem Mülleimer ab. Die Dose war inzwischen auf dem Boden aufgeschlagen, in die Luft gesprungen und hatte den Schwarzen getroffen, mit dem River rang: Er hatte aufgejault – ein hoher Ton, seltsam weiblich für jemanden, der nach Rivers Eindruck aus gummiertem Beton zu bestehen schien – und war dann abgehauen, als er Gimballs Leiche gesehen hatte. Und der Deckel der Dose hatte immer noch fest an seinem Platz gesessen: Damit könnten die Werbung machen, dachte River zusammenhanglos. Also die Farbenhersteller. Obwohl das nicht unbedingt ein Pluspunkt war, denn vermutlich gab es Momente, in denen man den Deckel ohne Probleme aufkriegen wollte. Zum Beispiel wenn man etwas streichen wollte, anstatt einen Politiker zu töten. Also wahrscheinlich kein guter Aufhänger für eine Werbekampagne. Aber das alles war ja eigentlich vollkommen egal.

Wichtig war nur, dass sie sich vom Tatort entfernt hatten.

Er hatte sich aufgerappelt. Sein Angreifer war verschwunden, River blieb zurück und starrte voller Angst und Entsetzen auf die Szene, die sich ihm bot, und plötzlich war J.K. Coe aufgetaucht. *Lass uns lieber abhauen,* hatte er gesagt und River aus der Gasse gedrängt, hinter ihnen ein Stillleben der Zerstörung: der tote Gimball, die Farbdose. Umringt von Mülltonnen wie von einer Trauergemeinde.

»Wir hätten nicht abhauen sollen«, sagte River jetzt.

»Doch, das mussten wir«, erwiderte Coe.

»Du hast gesagt, es war ein Unfall. Also …«

»Das war es auch.«

»Warum sind wir dann abgehauen? Das sieht doch so aus, als ob …«

»Wir mussten das tun.«

»… als ob wir schuld wären, als ob es ein Anschlag gewesen wäre.«

»Wir mussten es tun«, wiederholte Coe. Er blickte zu River hinüber, dann wieder auf die Straße, die sich vor ihnen ausbreitete, all ihr marginales Funkeln, ihre kurzen Spiegelungen, auf ein Maximum gesteigert. »Überleg doch mal. Wir waren inoffiziell da …«

»Lamb hat uns geschickt.«

»… denn wir sind Slough House, nicht Regent's Park, und Slough House wird nie irgendwo hingeschickt, egal was Lamb sagt.«

»Wir haben uns von einem Tatort entfernt!«

»Es war ein Unfall! Einer, bei dem der lauteste und öffentlichste Kritiker des Sicherheitsdienstes … seinen Lack abbekommen hat. Verzeihung.«

»Herrgott noch mal!«

»Von daher wird jeder noch so kleine Hinweis, dass der Geheimdienst etwas mit seinem Tod zu tun hat, einschließlich unserer Anwesenheit, unter den Teppich gekehrt werden. Verstehst du? Der Park wird die Sache vertuschen.

Koste es, was es wolle. Und du und ich – wir sind nicht teuer, wenn du verstehst, was ich meine.«

»Das ist ein gottverdammter Albtraum.«

»Es ist nicht zu ändern«, erwiderte Coe. »Das Gute daran ist, dass wir einen Sündenbock haben.«

»Du willst es dem Schwarzen in die Schuhe schieben?«

»Wir wollen doch jetzt nicht rassistisch werden. Ist mir scheißegal, welche Hautfarbe er hat – er wollte Gimball umbringen, ganz klar. Dass er es nicht getan hat …«

»Weil du es warst.«

»… versehentlich, ja, aber dass er es nicht getan hat, ist völlig egal. Ist dir aufgefallen, dass der Deckel draufgeblieben ist?«

»Auf der Farbdose?«

»Ja. Wäre eine ziemliche Sauerei gewesen, wenn er aufgegangen wäre.«

»Es ist sowieso eine Riesensauerei«, entgegnete River. »War er einer von denen?«

»Von den Abbotsfield-Typen? Woher soll ich das wissen?«

»Ich meine, weil er keine Waffe hatte.«

»Ich nehme an, dass er sie benutzt hätte, wenn er eine gehabt hätte. – Willst du jetzt die ganze Zeit so langsam fahren?«

»Ich will lieber nicht auffallen«, sagte River zähneknirschend. »Unter diesen Umständen.«

»Aber fünf Meilen unter dem Tempolimit? Als ob das nicht auffällt.«

Dass das ein gutes Argument war, verbesserte Rivers Laune nicht. Er gab Gas und näherte sich der erlaubten

Höchstgeschwindigkeit an. Coe schloss unterdessen – endlich – die Augen und zog sich so in sich selbst zurück, wie er es bis vor Kurzem noch standardmäßig getan hatte, allerdings ohne seine Ohrhörer einzustöpseln. Seine letzte Bemerkung war: »Welche Farbe war es überhaupt?«

River antwortete nicht.

Sie habe etwas über seine Arbeit wissen wollen, sagte Ho.

»Aha. Und warum?«

»Weil es sie interessierte.«

»Sie haben ihr gesagt, dass Sie für den Geheimdienst arbeiten?«

Nein. Sie dachte, er arbeite für eine Bank, aber sie hatte schnell herausgefunden, dass er kein einfacher Schreibtischhengst war.

»Können Sie sich vorstellen, dass ich nur Tabellen erstelle?« Ho schüttelte den Kopf. »Nein, sie wusste, dass ich mich in ganz anderen Sphären bewege.« Er trommelte ein kleines Riff auf der Tischplatte vor ihm. »Ich bin im Cyberspace zu Hause, wissen Sie.«

»Und wie hat sie das herausgefunden?«

»Ich habe es ihr gesagt.«

»Und als sie wusste, dass Sie ein Computer-Ass sind, Roddy, worum hat sie Sie da gebeten?«

Nur, ihr gelegentlich zu helfen, das war alles. Und das hatte er getan – denn sie war Kim, seine Freundin.

Emma Flyte musste sich beherrschen, um nicht den Kopf zu schütteln, tief zu seufzen oder kurzerhand in Tränen auszubrechen. »Wobei zu helfen?«

Bei Kleinigkeiten.

Zum Beispiel bei ihren Kreditkartenproblemen: Sie hatte ständig Probleme mit ihrer Kreditkarte. Oder sie wurde in Restaurants betrogen. Also war er gelegentlich in die Bresche gesprungen und hatte dafür gesorgt, dass alles in Ordnung kam.

Flyte hatte kein Wort für den Gesichtsausdruck, den er dabei machte. Er schien es als verschwörerisches Lächeln zu meinen, aber es sah eher so aus wie das gequälte Grinsen eines Wespenopfers.

»Und das war kein Problem für Sie?«

»Na ja, Mädels halt, Sie wissen schon.«

»Und ab wann ging es nicht mehr nur um Geld?«

»Also, es ging ja nicht um das Geld an sich, sondern ums Prinzip –«

»Ab wann hat es aufgehört, sich nur um Geld zu drehen?«

Und so kam es, dass Emma Flyte erfuhr, dass Ho einige Monate zuvor eines Morgens aufgewacht war und, na ja, der Tequila war schuld, denn er hatte keine Erinnerung an den vorangegangenen Abend, und Kim, seine Freundin, war ganz hingerissen und hatte ihm vorgeschwärmt, wie sehr sie das anmachte, diese ganzen Geheimnisse, die er ihr erzählt hatte. Aber das war okay, denn sie gehörte ja im Grunde zur Familie, oder? Sie war ja seine Freundin.

Lieber Gott im Himmel, dachte Flyte.

»Ihre Freundin. Aber abgesehen von ihrem Namen, einer falschen Adresse und der Tatsache, dass sie Chinesin ist, wissen Sie rein gar nichts über sie, oder?«

Zum ersten Mal wirkte Ho verwirrt. »Chinesin?«

»Sie ist doch Chinesin, oder?«

»Nein«, sagte Ho. »Sie ist Koreanerin.«

»Das verstehe ich nicht«, sagte Danny. »Wieso ist Gimball tot?«

Shin sagte: »Jemand hat ihn umgebracht.«

»Aber wer? Und warum heißt das, dass wir Jaffrey leben lassen?«

An sagte: »Weil der Plan den Tod eines populistischen Anführers vorsieht, und ein populistischer Anführer ist gestorben.«

»Aber wir haben ihn nicht getötet!«

»Das macht nichts.«

Sie hatten den Ort des geplanten Anschlags so schnell wie möglich hinter sich gelassen, wobei die Karosserie des Vans immer noch von dem Schraubenschlüssel vibrierte, den die Verrückte geworfen hatte.

An sagte: »Gimball ist tot, und niemand wird glauben, dass das ein Zufall war. Man wird glauben, dass das zu unserem Plan gehörte, und das bedeutet, dass der Plan funktioniert. Kapierst du das nicht?«

Danny starrte ihn an, Shin ebenfalls, obwohl Shin versuchte, so zu tun, als ob er genau das Gleiche sagen wollte.

»Also sollten wir uns jetzt erst einmal bedeckt halten.«

Sich bedeckt zu halten bedeutete, in der Nähe der Universität zu parken, wo sie am wenigsten auffielen. Immer noch verwirrt über die plötzliche Wendung, die der Abend genommen hatte – und immer noch sauer, weil er den anderen nicht folgen konnte –, dachte Danny plötzlich an das Mädchen, Kim, eine billige Trickbetrügerin, die die Zielperson bearbeitet hatte. Sie hatte Verwandte in Nordkorea, entfernte Verwandte, aber nicht entfernt genug, als dass sie hätte zulassen können, dass sie die Aufmerksamkeit der

Obrigkeit erregten. Vielleicht war sie aber auch nur klug genug, um zu erkennen, dass man manche Angebote nicht ablehnen konnte. Wie weit diese Familienmitglieder auch entfernt sein mochten, ihr eigenes Gesicht, ihre Augen, ihre Zähne lagen ihr nahe und sehr am Herzen.

Ihr Name war ihnen vom SSD genannt worden, der Danny und seine Gefährten rekrutiert hatte, als sie noch Kinder waren, und der sich seitdem um all ihre Bedürfnisse gekümmert hatte. Ihre Aufgabe war es gewesen, die Frau dem Willen des SSD zu unterwerfen, der wiederum dem Willen des Obersten Führers entsprach, dessen Bestimmung es war, seine Feinde zu Fall zu bringen und sie in Angst und Schrecken zu versetzen. Wie seine vier – jetzt drei – Gefährten war auch Danny ein Instrument dieser Bestimmung. Ebenso wie sie war er als Student in dieses Land gekommen, unter der Flagge einer anderen Nation. Sein Studium war eine Tarnung für eine Mission gewesen, die über Jahre hinweg geplant worden war. Der Van, in dem sie jetzt lebten, der Jeep, den sie längst abgefackelt hatten, die Waffen, die sie in einer Garagenwerkstatt am Stadtrand von Preston abgeholt hatten – all das hatte der SSD zur Verfügung gestellt. Auf der anderen Seite der Welt schlemmte der Oberste Führer in seinen Palästen, und Shin lieferte jede Nacht Berichte ab und erhielt seine Anweisungen. Durch seine Gesandten sprach der Oberste Führer zu ihnen und lenkte sie auf ihrer Mission. Überall auf der Welt wurden zugleich andere Gruppen wie die ihre aktiviert und rissen die Häuser Seiner Feinde nieder. Der verrückte Amerikaner hatte den Tiger geweckt, und nun würden er und alle seine Verbündeten den Preis dafür zahlen. Die Welt würde erfahren, dass es viele verschiedene Wege gibt, geladen und gesichert zu sein.

Ruhm und Einfluss des Obersten Führers reichten um die ganze Welt, und Kim verstand, wie töricht es gewesen wäre, ihm seinen Wunsch abzuschlagen. Also hatte sie die Befehle akzeptiert, die man ihr gab, und hatte die Pillen in die Drinks der Zielperson gemischt, um ihr eine Nacht des Vergessens zu bescheren. Am Morgen hatte sie ihn davon überzeugt, dass sie diese Zeit mit dem Austausch von Geheimnissen verbracht hatten. Wenn die Zielperson glaubte, dass sie bereits ihre eigentliche Tätigkeit verraten hatte, würde es ihr leichter fallen, noch mehr, scheinbar triviale Informationen weiterzugeben.

Eine Woche später hielten sie das Dokument in Händen. Und damit hatte es begonnen.

Später, nachdem die Räder in Bewegung gesetzt waren, hatte man sie angewiesen, ihre Spuren zu verwischen und das Mädchen sowie Ho loszuwerden, bevor die Bedeutung des gestohlenen Dokuments offensichtlich wurde. Wie bei jedem Zaubertrick sollte die Magie nicht vor dem letzten Knall enthüllt werden. Daher hatte Shin das Mädchen in ihrer eigenen Wohnung erledigt, aber was Ho betraf, so hatten sie zweimal versucht, ihn auszuschalten, und zweimal waren sie gescheitert. Danny zollte ihm dafür widerwillig Respekt. Ho war offensichtlich ein hochqualifizierter Agent, der der Gefahr geschickt ausweichen konnte. Ein würdiger Gegner in diesem Warmduscherland.

Aber er machte sich Sorgen. Man hatte ihnen gesagt, dass der Plan unveränderlich sei, und doch gab es auf einmal Änderungen. Vorerst würde er mitmachen. Aber falls es weitere Entgleisungen, weitere Umstrukturierungen gab, würde er einschreiten müssen.

Der Oberste Führer würde nichts anderes erwarten.

»Ich verstehe das nicht«, sagte Shirley. »Wie kommt es, dass Gimball tot ist?«

Louisa bedrängte einen Idioten, der unter dem Tempolimit durch die Gegend schlich. »Weil die Scheißkerle ihn erwischt haben.«

»Ja, aber die waren doch in Birmingham. In diesem Van. Sie waren hinter Jaffrey her.«

»Bis du sie verjagt hast«, bemerkte Louisa.

»Genau.«

»Mit einem Schraubenschlüssel.«

Shirley nickte ernst.

»Hast du sie denn deutlich gesehen?«

»Sie haben hinten im Wagen gehockt.«

»Du hast sie also tatsächlich gesehen.«

»Es war ein Lieferwagen, kein Schaufenster.«

»Also hast du sie nicht wirklich gesehen.«

Shirley zuckte mit den Schultern. »Sie haben die Heckklappe geöffnet. Da bin ich auf sie losgegangen.«

Sie war mit einem Stück Metall fuchtelnd die Straße runtergerannt: Kein Wunder, dass die Typen im Lieferwagen sich lieber verpisst hatten. Vor allem wenn es sich zum Beispiel um normale Bürger gehandelt hatte und nicht etwa um bis an die Zähne bewaffnete, mordende Psychopathen.

Shirley sagte: »Hast du meinen Wurf gesehen? Der Schlüssel ist echt in der Heckklappe stecken geblieben! Er hat einen Moment lang dringehangen.«

»Ja, habe ich gesehen.«

»Kein Wunder, dass sie abgehauen sind.«

»Shirley, glaubst du wirklich, dass der Van voller Terroristen war?«

»Ja.«

»Wirklich? Bewaffnete Terroristen?«

»Keine Chance gegen Superwoman.« Shirley tat so, als würde sie den Schraubenschlüssel werfen, obwohl im Auto zu wenig Platz war, um es richtig vorzumachen. Es sah eher so aus, als würde sie einen imaginären Ball für einen nicht existierenden Hund werfen.

»Glaubst du nicht, dass es sich um normale Bürger gehandelt haben könnte? Die du erschreckt hast?«

»Nein«, sagte Shirley.

»Was ist dann in Slough passiert? Wenn die Terroristen in dem Wagen saßen und es auf Jaffrey abgesehen hatten …«

»Bevor ich sie vertrieben habe.«

»… bevor du sie mit einem Werkzeug vertrieben hast, was ist dann in Slough passiert? Sind etwa zwei Banden unterwegs oder was?«

»Vielleicht haben sie sich aufgeteilt.«

Das war eine Möglichkeit, musste Louisa einräumen. Es war schwierig, einen Standpunkt zu vertreten, wenn man keine verlässlichen Informationen hatte. Es sei denn natürlich, man war online. »Steht da, wie Gimball getötet wurde?«

»Nein.« Shirley scrollte weiter durch Twitter, wo präzise Informationen von informierten Zeugen gepostet wurden. »Aber ich nehme an, er wurde erschossen. Oder erstochen.«

»Oder vergiftet oder erstickt«, stimmte Louisa zu. »Wahrscheinlich hast du recht.«

Sie dachte an die Abfolge der Ereignisse im Saal der Bibliothek, als die Nachricht von Gimballs Tod durch die Öffentlichkeit geweht war wie der Wind durch Gras. Sie sagte langsam: »Der Van ist losgefahren, gleich nachdem die Nachricht bekannt wurde. Die Leute in der Bibliothek haben davon auf Twitter erfahren, während ich am Fenster gestanden und es beobachtet habe.«

»Und?«

»Vielleicht war das der Grund, warum sie weggefahren sind. Sie haben gehört, dass die andere Gruppe erfolgreich war, deshalb brauchten sie nichts mehr zu unternehmen. Sie wollten nur einen Politiker erwischen, und das war's.«

»Du glaubst mir also doch«, sagte Shirley.

»Ich weiß nicht. Ich habe keine Ahnung, was da vor sich geht.«

»Ich glaube, ich weiß es«, sagte Shirley.

»Na, dann klär mich doch bitte auf!«

»Ich glaube, die Kacke ist am Dampfen«, sagte Shirley. Dann hellte sich ihre Miene auf. »Gelbes Auto!«

Es war eher goldfarben als gelb, aber Louisa ließ es durchgehen.

Vor einigen Jahren, so schien es, hatte ein längst vergessener Minister beschlossen, dass der Security Service viel mehr Dokumentation benötigte. Obwohl man intern den Verdacht hegte, dass eine Geheimorganisation genau darauf verzichten konnte, waren Transparenz und Offenheit zu dieser Zeit in Westminster in Mode. Das lag vor allem an der weit verbreiteten Hoffnung, dass konkrete, sichtbare Beispiele für diese Tugenden die Überzeugung fördern würden, dass sie flächendeckend funktionierten und so weitere Nachforschungen überflüssig machten. So entstand das Service-Archiv, ein »Werkzeug zur Korrelation aktueller Ereignisse mit historischen Präzedenzfällen«, das von unschätzbarem strategischem Nutzen sein würde, vorausgesetzt, es wäre jemals tatsächlich einsatzbereit. Gegenwärtig war sein Status jedoch dem zahlloser anderer Projekte des öffentlichen Dienstes nicht unähnlich, insofern, dass seine Existenz beschlossen und der Prozess zu seiner Entstehung in Gang gesetzt worden war, und so würde es bis zu seiner offiziellen Einstellung weiterwachsen, obwohl es bei allen, die an seiner Konzeption beteiligt gewesen waren, längst in Vergessenheit geraten war. In diesem speziellen Fall wurde die Unklarheit noch dadurch verschlimmert, dass der Service diese Aufgabe in demselben Geist handhabte, in dem er erteilt worden war, und Slough House die Aufgabe der »Archivpflcgc und -erweiterung« zugewiesen hatte. Mit anderen Worten: Roderick Ho.

Dies, das sollte angemerkt werden, war Flytes Interpretation der Ereignisse, nicht Roddys wortwörtliche Darstellung.

»Und Sie haben dieser Person Zugang zu Ihrem laufenden Arbeitsprogramm gewährt … dieser Kim?«

»Meiner Freundin«, präzisierte Ho.

»Sie haben Ihrer Freundin Staatsgeheimnisse anvertraut?«

Er lehnte sich in seinem Stuhl zurück. »Was soll ich getan haben?«

Der Mann, der die Treppe hinaufkam, war dunkelhäutig, dicklich und für Slough-House-Verhältnisse schick gekleidet, obwohl es, wie Catherine Standish zugab, Tage gab, an denen jeder Mann, der mit geschlossenem Reißverschluss erschien, das von sich behaupten konnte. Es dauerte einen Moment, bis sie ihn erkannte, denn sein Haar war kürzer als bei ihrer letzten Begegnung, aber es war Welles, einer der Dogs. Er hatte einen seltsamen Vornamen. Devon, richtig.

Lamb sagte: »Die Schornsteine wurden schon alle gefegt, danke. Vielleicht nächstes Jahr.«

»Sie sind Lamb«, stellte Devon Welles fest. »Ich habe viel von Ihnen gehört.«

Lamb sah Catherine finster an. »Warst du wieder auf Facebook?«

Welles kam herein, sah sich einmal kurz im Büro um und wandte sich dann wieder Lamb zu. »Wie ich gehört habe, hat es ein bisschen Ärger gegeben.«

»Ihre Chefin hat einen Bock geschossen«, sagte Lamb. »Ich nehme an, Sie suchen ihn.«

»Hauptsächlich wollte ich sichergehen, dass Sie ihn nicht durch ein Fenster geworfen haben«, erwiderte Welles. »Sie sind Catherine Standish«, sagte er zu Catherine. Es war keine Frage.

»Nebenan stehen noch Stühle«, sagte sie. »Und es gibt immer Tee.«

Es klang wie ein philosophischer Sinnspruch, aber es war schwer zu sagen, ob es ein Trost oder eine Drohung sein sollte.

Welles sagte: »Ich habe bisher nur die Treppe und dieses Büro gesehen. Aber mir ist nicht danach, irgendetwas zu trinken, das in diesem Gebäude gekocht wurde. Trotzdem vielen Dank.«

Lamb hob eine Augenbraue. »Ich bin militanter Antirassist, wie Sie wissen«, erinnerte er Catherine. »Aber manchmal ist hochnäsig das einzig passende Wort.«

»Ist er immer so?«

»Ich denke schon«, sagte Catherine. »Ich arbeite nicht am Wochenende.«

Welles fand einen Stuhl, der unter etwas verborgen war, was ein alter Regenmantel, aber ebenso gut die Haut eines ehemaligen Bewohners hätte sein können. Er zog ihn näher an den Schreibtisch heran, nahm das von Catherine wortlos angebotene Papiertuch an und wischte ihn sauber, bevor er sich setzte. »Also«, sagte er. »Slough House. Ich muss sagen, es hält, was es verspricht.«

»Wenn Sie darauf hoffen, zum unbeliebtesten Besucher gewählt zu werden«, sagte Lamb, »sollte ich Sie warnen, dass die Konkurrenz groß ist. Aber reden Sie weiter.«

Welles schaute auf Lambs Füße, die immer noch auf dem Schreibtisch lagen, richtete aber ohne mit der Wimper zu zucken seine nächsten Worte an ihren Besitzer. »Ms Flyte hat mir erklärt, was hier passiert ist. Und zwar ausführlich.«

»Und doch sind Sie allein gekommen, ohne Begleitung des Rudels. Sie sind also, was? Ihr besonderer Freund?« Lamb wackelte mit den Augenbrauen. »Möchten Sie uns etwas mitteilen?«

Der Neuankömmling ignorierte dies und sagte: »Sie sollten eigentlich im Lockdown sein.«

»Davon war mal die Rede.«

»Und Sie hatten eine Waffe. Wo ist sie jetzt?«

»Ich glaube, sie ist in der Fundkiste«, sagte Lamb. »Die ich anscheinend verlegt habe. Sachen gibt's, hm?«

Ohne den Blick von Lamb abzuwenden, fragte Welles: »Ms Standish?«

»Sie liegt vermutlich in seiner Schreibtischschublade.«

»Wie unangenehm soll es denn werden, Mr Lamb?«

»Die letzte Person, die mich das gefragt hat, hat achtzig Pfund verlangt.«

»Werden wir Schwierigkeiten bekommen?«

»Sagen Sie es mir.« Lamb holte eine Zigarette hervor, die irgendwie schon angezündet war. »Ihre Chefin ist vor einer Weile gegangen, und Sie sind allein hier. Falls Sie so tun wollen, als wäre Ihr Besuch vom Park angeordnet worden, werde ich mich so sehr kaputtlachen, dass wir uns alle in die Hose machen.« Er inhalierte. »Nein, Sie sind hier, um Ihrer Chefin den Rücken zu decken. Aber hier hat keiner Angst vorm schwarzen Mann. Nichts für ungut.« Er atmete aus. »Mir ist nur nicht ganz klar, was ich damit zu tun habe.«

»Sie haben die Leiterin der Abteilung für interne Sicherheit mit einer Waffe bedroht und glauben nicht, dass Sie ein Problem haben«, sagte Welles langsam.

»Nun, wenn ich eines hätte, dann würde es von den aktuellen Ereignissen in den Hintergrund gedrängt werden«, erwiderte Lamb. »Denn vor ein paar Stunden habe ich die Leiterin der Abteilung für interne Sicherheit über eine reale und glaubwürdige Bedrohung für ein Mitglied des Parlaments Ihrer Majestät informiert, das zurzeit irgendwo in Slough eine Gasse dekoriert. Ich denke, das fällt unter die Rubrik ›Totalversagen‹, meinen Sie nicht auch?«

Von unten kamen Geräusche.

»Apropos«, fügte Lamb hinzu.

Ein, zwei Augenblicke später kamen River und Coe herein.

»Ah, die siegreichen Helden«, sagte Lamb. »Na, das habt ihr ja wirklich ganz toll hingekriegt. Welcher Teil von ›ein Attentat verhindern‹ hat Ihnen Schwierigkeiten bereitet?«

»Wir waren nur zu zweit«, erwiderte River. »Und wir waren unbewaffnet.«

»Zu zweit gegen wie viele?«

River und Coe tauschten einen Blick aus.

»Keine Absprachen«, sagte Lamb.

Coe sagte: »Wir haben nur einen gesehen.«

Catherines Augen wurden schmal.

Lamb sagte: »Okay, Sie waren also in der Unterzahl.« Er sah Welles an. »Ich runde bei uns immer ab und die Gegner auf. So kann man das wahrscheinliche Ergebnis besser abschätzen. Oh, ich habe Sie gar nicht vorgestellt.« Er wandte sich wieder seinen lahmen Gäulen zu und wies mit dem Daumen in Welles' Richtung. »Das ist jemand aus dem Park. Und diese Deppen sind von hier. Ich kann mir ihre Namen nicht merken.«

»River Cartwright«, sagte Welles. »Und Jason Kevin Coe.«

»J. K., wenn's recht ist.«

»Verstehe.« Er wandte sich wieder an Lamb. »Dennis Gimball wurde ermordet?«

»Man weiß nicht, ob man lachen oder lachen soll, oder?«

»Wo ist, äh …«, begann River.

»Wir fanden, wir hatten sie lange genug festgehalten«, sagte Catherine.

»Also haben wir ihr die Handschellen abgenommen«, fügte Lamb hinzu und sagte dann zu Welles: »Verdammt, Sie sind gut. Haben Sie gehört, was ich gerade Ihretwegen verraten habe?«

Welles fragte Catherine: »Wann kommen die anderen beiden zurück?«

»Sie haben den weiteren Weg«, erklärte sie. »Aber Louisa ist meistens recht schnell unterwegs.«

»Ganz egal, was vorhin aus den Fugen geraten ist«, sagte Welles, »wir müssen es wieder zusammensetzen. So schaffen wir es dann alle, den Tag in einem Stück zu überstehen.«

Lamb verdrehte schockiert die Augen. »Schlagen Sie etwa eine Art Vertuschung vor? Sollen wir so tun, als hätten wir von nichts gewusst?«

»Ich will damit sagen, dass es nicht im Interesse des Services ist, wenn die Öffentlichkeit an seiner Fähigkeit, seine Bürger zu schützen, zweifelt. Nicht in Anbetracht dieser … Serie von Ereignissen.«

»Tja, wobei der lauteste Kritiker des MI5 seine Enttäuschung nun nicht mehr zum Ausdruck bringen kann, weil er tot ist. Natürlich könnte das an sich schon Zweifel an der Fähigkeit des Geheimdienstes aufkommen lassen, bla bla bla.« Er sah River an. »An das mürrische Schweigen von Hamster-Boy bin ich gewöhnt. Aber Sie sind verdächtig still.«

River zuckte mit den Schultern. »Ein Mann ist gestorben.«

»Ich habe nicht erwartet, dass Sie in Lobgesänge ausbrechen. Aber Sie waren doch da, oder? Beiträge willkommen. Wer war dieser ›Eine‹, den Sie gesehen haben?«

J. K. Coe sagte: »Schwarzer Typ. Gesichtstätowierung.«

»Und er hat Gimball getötet?«

»Sah so aus.«

»Ich hoffe, Sie stellen keine Vermutungen aufgrund seiner Hautfarbe an.« Lamb wandte sich an Welles und schüttelte traurig den Kopf. »Ich kann mich nur entschuldigen.«

Welles fragte: »Sie haben ihn mit Gimball gesehen?«

»Er ist ihm in eine Gasse gefolgt«, antwortete River. »Und Gimball kam nicht wieder heraus.«

»Und wo ist der Verdächtige? In Ihrem Kofferraum?«

»Wir hielten es für das Beste, den Tatort zu verlassen. Gimball ist bekannt dafür, dass er dem MI5 ein Dorn im Auge ist. Unsere Anwesenheit hätte die Sache nur noch verschlimmert.«

»Also haben Sie ihn stattdessen entkommen lassen.«

»Ein Gesichtstattoo?«, fragte Catherine.

»Du hinkst ungefähr zwei Gespräche hinterher«, sagte Lamb und mimte in Welles' Richtung jemanden, der einen Drink kippt.

»Haben Sie irgendwelche Informationen über ihn?«, fragte Welles.

Catherine sagte: »Ich habe vorhin ein bisschen recherchiert. Über beide potenziellen Zielpersonen.«

»Die andere ist Zafar Jaffrey«, erklärte Lamb.

»Er hat einen Adjutanten oder einen Assistenten oder was auch immer. Er ist auf mehreren Fotos zu sehen.«

»Und der hat eine Gesichtstätowierung«, ergänzte Welles. »Okay, das ist interessant.«

Lamb sagte: »Sie waren auch ein Bulle, stimmt's?«

»Haben Sie ein Problem damit?«

»Nein, ich mag Polizisten sehr. Man weiß, woran man ist.« Mit einem Wink zu Catherine fuhr er fort: »Hast du einen Fünfer? Dann könnten wir ihn bestechen.«

»Meine Engelsgeduld«, sagte Welles, »ist nur Fassade. Das ist Ihnen doch klar?«

»Ich stelle mal eine Hypothese auf«, sagte Lamb. »Also passen Sie gut auf. Sie waren mit Flyte zusammen im Dienst, stimmt's? Oder zumindest sind Sie in ihrem Kielwasser zum MI 5 gekommen. Sie ist Whelans Supergirl, oder war es zumindest bis heute Nachmittag. Denn seien wir doch mal ehrlich, wenn sie ihren Job ordentlich gemacht hätte, hätte meine kleine Bande von Nichtsnutzen den ganzen Tag die Hände in den Schoß gelegt und der MI 5 hätte Dennis Gimball in Watte gepackt. So aber wurde ein Abgeordneter ermordet, und die Oxbridge-Typen im Park sind angeschmiert, sodass die brillante Karriere von Emma Flyte jeden Moment ins Wanken geraten kann. Und das würde bedeuten, dass Sie auch raus wären. Deshalb wollen Sie das, was heute Nachmittag hier passiert ist, vertuschen. Sie wollen Ihren Arsch retten.«

Welles sah die anderen an, einen nach dem anderen, dann richtete er seinen Blick wieder auf Lamb. »Und Sie wollen mir jetzt eine Predigt über moralisches Handeln halten?«

»Nein«, sagte Lamb und klopfte sich Asche auf den Schoß. »Ethisches Verhalten ist wie schicke Dessous für eine Nonne. Hübsch anzusehen, aber wer hat schon was davon?«

»Mal ganz abgesehen von Mr Lambs plastischen Vergleichen«, sagte Catherine, »ist Vertuschung nie ratsam. Denken Sie nur mal an Watergate.«

»Das hört man ja oft«, sagte Lamb zu ihr, »aber nie fragt mal einer, was bei Watergate wirklich vertuscht wurde. Wenn die Scheiße herauskäme, gäbe es eine Explosion.«

»Sicherheitshalber sollten wir davon ausgehen, dass er Witze macht«, sagte Catherine zu Welles, »und fortfahren.«

»Das hatte ich vor.« Welles wandte sich an Lamb. »Ms Flyte hat mir erzählt, dass hier heute Nachmittag über vieles spekuliert wurde, aber ohne einen einzigen Beweis. Wenn sie es versäumt hat, darüber Bericht zu erstatten, kann man ihr das kaum zum Vorwurf machen. Genauso gut hätte sie über den Tratsch im Supermarkt berichten können.«

»Wobei es leider sein könnte«, erwiderte Lamb, »dass Flyte Sie nicht ganz ins Bild gesetzt hat. Ich meine, woher unsere Informationen stammten. Sind Sie noch unter uns?«

Dies sagte er an J. K. Coe gewandt, der nickte.

»Nur so zur Sicherheit. Erzählen Sie doch dem netten Mann von dem hübschen Stück Papier.«

Doch bevor Coe etwas sagen konnte, entgegnete Welles: »Ich weiß von dem Dokument. Wie ich Ihnen schon sagte, hat Flyte mir alle Einzelheiten berichtet.«

Lamb kniff die Augen zusammen. »Sie vertraut Ihnen wirklich, oder?«

»Vergessen Sie es. Wenn dieses Papier überhaupt existiert, beweist es gar nichts. Ich könnte eine Liste von potenziellen Zielen anlegen ...«

Weiterer Lärm, noch mehr Aufruhr. Louisa und Shirley kehrten zurück; Letztere betrat den Raum zuerst.

»Habt ihr etwa die ganzen Haribos gegessen?«

Lamb warf etwas nach ihr, das sie dankbar auffing, doch

es war eine Fast-Food-Verpackung. Dann nickte er Louisa zu. »Glückwunsch. Ihr Mann ist noch am Leben.«

»Danke.«

»Allerdings besteht die winzige Möglichkeit, dass er Gimball hat umlegen lassen«, fuhr Lamb fort. »Was die Sache verkompliziert, wie Sie sich vorstellen können.«

»Shirley und ich haben trotzdem gewonnen«, sagte sie. »Wer ist das?«

»Devon Welles. Und Sie sind Louisa Guy.«

Louisa strich sich übers Haar. »Stimmt.«

River sah sie an, dann Welles und rollte mit den Augen.

»Dann sind Sie also Shirley Dander«, fuhr Welles fort. »Jetzt haben wir die ganze Besatzung an Bord.«

»Abgesehen von Roddy«, sagte Catherine.

»Normalerweise findet um diese Zeit unser Singkreis statt«, sagte Lamb. »Aber unter diesen Umständen sollten wir lieber weitermachen, oder? Sie könnten eine Liste von Anschlagszielen aufstellen. Das Dorf. Die Wasserstelle. Und so weiter.«

»Und behaupten, sie stamme aus internen Dokumenten, genau. Aber was soll's? Es sind Fake News.«

»Es sei denn, die haben etwas ganz anderes geplant«, wandte River ein.

Louisa fragte: »Was meinen Sie damit, dass er Gimball umgelegt haben könnte?«

»Tja«, sagte Lamb, »kommt ganz darauf an, wie sehr wir den beiden Klatschbasen hier vertrauen. Coes Augen funkeln, wie Sie sehen, und das ist nie ein gutes Zeichen. Entweder haben er und Cartwright also irgendwo zwischen hier und Slough noch eine kleine Nummer geschoben, oder etwas anderes bringt sein Licht zum Leuchten. Aber« – und dabei wandte er sich wieder an Welles – »ich schweife ab. Ich bin mir fast sicher, dass Sie noch nicht fertig waren.«

Welles sagte: »Wir brauchen uns also nur darauf zu einigen, dass Sie alle den Nachmittag sicher im Lockdown verbracht haben. Und alles ist paletti.«

»Ja, aber nicht ganz«, erwiderte Lamb. »Denn dafür hätten Sie gar nicht herkommen müssen, oder? Flyte hätte uns das alles selbst sagen können. Aber sie ist woanders, was vermutlich bedeutet, dass sie dabei ist, das Dokument aufzuspüren, das so leicht zu fälschen wäre.«

»Das Watering-Hole-Dokument«, sagte Coe.

»Vielen Dank, Wunderknabe. Und wenn sie das tut, dann wahrscheinlich, weil sie sich genau dasselbe fragt wie ich.«

»Nämlich woher die Attentäter davon wussten«, schaltete sich Louisa ein.

»Wir wissen, woher sie davon wussten«, erwiderte River. »Ho wurde in eine Sexfalle gelockt. Weißt du noch?«

»Erstaunlicherweise ja«, sagte Louisa. »Aber darauf wollte ich eigentlich nicht hinaus.«

»Aber danke für das Mansplaining, Cartwright«, sagte Lamb. Er sah Louisa an. »Mansplaining ist, wenn ein Mann einer Frau etwas erzählt, was sie bereits weiß, und zwar auf herablassende, bevormundende Weise«, sagte er langsam und deutlich.

»Danke.«

»Muss ich das wiederholen?«

»Nein, danke, ich hab's kapiert.«

»Ausgezeichnet.« Er wandte sich an Welles. »Wir könnten natürlich alle so tun, als wüssten wir von nichts, aber wenn die Dogs mit Ho fertig sind, können wir das vergessen. In der Zwischenzeit stellt sich die große Frage: Woher wussten diese Clowns überhaupt von der Existenz der Watering-Hole-Dokumente?«

»Ah ja. Stimmt«, murmelte River.

»Wir können also den Kopf in den Arsch stecken und so tun, als hätten wir keine Ahnung von dem, was passiert, wie Sie vorschlagen«, fuhr Lamb fort, »oder wir können die Katze aus dem Sack lassen und sehen, mit wem wir es wirklich zu tun haben. Am besten, bevor die Terroristen zum nächsten Punkt auf ihrer Agenda übergehen.«

Welles schaute sich im Raum um. Alle starrten ihn an, mit Ausnahme von Coe und Shirley Dander; Ersterer konzentrierte sich auf seine Schuhe, Letztere blickte in die dunkleren Ecken des Raumes, um möglicherweise das fehlende Haribo zu finden.

Er seufzte und sagte: »Und was ist die nächste Eskalationsstufe?«

Alle drehten sich zu J. K. Coe.

Der sagte, ohne aufzublicken: »Die Kontrolle über die Medien übernehmen.«

Shirley stieß einen spöttischen Laut aus. »Aber wie wollen die *das* denn machen?«

»Bis jetzt liegen sie genau im Zeitplan«, sagte Louisa.

»Na und, wollen die etwa die BBC kapern?«

»Graham Norton ist das immerhin gelungen.«

»Wenn Sie mit dem Geplänkel fertig sind«, sagte Welles, »haben Sie dann konkrete Vorschläge zu machen?«

Lamb verlagerte sein Gewicht von einer Pobacke auf die

andere, und alle im Raum außer Welles zuckten zusammen. Aber als er sprach, geschah dies ohne Darmbegleitung. »Ja, ich schlage vor, Sie schalten mal Ihr Köpfchen ein. Sie müssen sich eine Geschichte einfallen lassen.«

»Wofür?«

»Um mich in den Park zu bringen«, sagte Lamb. »Aus irgendeinem Grund mag man mich dort nicht besonders.«

10

Dunkelheit hatte sich über den Regent's Park gelegt, als sich die Nachricht von Dennis Gimballs Tod verbreitete: Die Dunkelheit würde sich mit der Zeit verziehen, aber eine Nachricht, die sich einmal verbreitet hat, geistert für immer umher. Claude Whelan war auf dem Weg nach draußen: ein frisches Hemd, ein Abendessen mit Claire, mehr verlangte er gar nicht. Aber alles, wofür er Zeit hatte, war ein kurzes Innehalten auf der Treppe; ein paar tiefe Atemzüge der guten Luft, die den sommerlichen Geruch der Blätter aus dem gegenüberliegenden Park herbeiwehte. Als er, von seinem Piepser gerufen, wieder hineinging, traf er zwangsläufig auf Diana Taverner, die ebenfalls auf dem Weg in die Zentrale war. Trotz der späten Stunde und der Strapazen der letzten Tage sah sie wach und frisch aus. Es gab Gerüchte, dass sie in einem der oberen Stockwerke ein Zimmer hatte, in dem sie Bluttransfusionen genoss oder vielleicht Jungfrauen opferte, immer vorausgesetzt, dass sie es an den Sicherheitsleuten vorbeischafften. Ihr kastanienbraunes Haar mit den Naturlocken trug sie in letzter Zeit kurz. Whelan fragte sich, ob sie es färbte. Lady Di würde graue Haare als bedrohliches Zeichen von Schwäche ansehen.

»Es ist Gimball«, sagte sie ohne Überleitung.

Whelan stöhnte auf. »Sagen Sie nichts – er hält seine Rede wie geplant.«

»Nein, denn das wäre ein wahres Wunder«, räumte Lady Di ein. »In Anbetracht seines derzeitigen Zustands. Er ist tot, Claude.«

»Er ist was?«

»Ermordet. In einer Gasse in Slough. Jemand hat ihm fast den Kopf abgeschlagen.«

»Man hat ihm … Oh, Gott! Mit was, mit einer Machete?«

»Nein, mit einer Farbdose. Schauen Sie mich nicht so an, die Berichte sind unklar. Aber er ist es, daran besteht kein Zweifel, er ist definitiv tot, und es wurden keine Attentäter gesichtet. Das ist … äußerst seltsam.«

»Jemand hat Dennis Gimball mit einer Farbdose ermordet!«, hauchte Whelan entsetzt. »Ist das nicht seltsam genug?«

»Es ist nicht das übliche Muster. Terroristen verüben kein Attentat an einer Einzelperson und verschwinden anschließend von der Bildfläche. Sie legen es auf so viele Opfer wie möglich an und gehen dann mit großem Tamtam unter. Bisher haben wir lediglich einen anonymen Hinweis auf einen Mann mit dunkler Hautfarbe und einer Gesichtstätowierung, und angesichts der allgemeinen Zuverlässigkeit von Augenzeugen wird es sich wahrscheinlich um ein junges Mädchen mit einem Muttermal handeln. Wenn es nicht von vornherein ein Täuschungsmanöver ist.«

»Wir sollten nicht auf dem Flur weiterreden.« Sie gingen auf die Treppe zu, und auf dem ersten Treppenabsatz hielt Whelan Taverner auf und sagte: »Ich habe heute Nachmittag mit ihm geredet.«

»Mit Gimball?«

»Bevor er nach Slough gefahren ist.«

»Verstehe. Ich nehme an, um ihn davor zu warnen, Zafar Jaffrey in der Öffentlichkeit zu demontieren.«

»Richtig«, sagte Whelan. »Das hätte diverse Pläne durcheinandergebracht.«

»Die des Premierministers«, stellte Lady Di fest.

»In der Tat. Es ist ein offenes Geheimnis, dass Gimball heute Abend seine Rückkehr in seine alte Partei ankündigen wollte, und höchstwahrscheinlich hätte er auch die Story enthüllt, die seine Frau in petto hat. Ich habe ihm ... von einem solchen Kurs abgeraten.«

»Sie haben die Drecksarbeit des Premierministers erledigt.«

»Im nationalen Interesse.«

»Sind wir uns da sicher?«

»Ihr Ton gefällt mir nicht, und es ist nicht der richtige Zeitpunkt für eine Strategiediskussion. Was geschehen ist, ist geschehen. Wir müssen jetzt sicherstellen, dass derjenige, der für diese schreckliche Tat verantwortlich ist, so schnell wie möglich gefunden wird.«

»Sie meinen, bevor jemand auf die Idee kommt, dass wir es gewesen sein könnten.«

»Das wäre eine lächerliche Annahme.«

»Natürlich, aber das bedeutet nicht, dass niemand die Möglichkeit in Betracht zieht«, erwiderte Taverner. »Gimball war Ihr – ich meine unser – schärfster Kritiker. Wenn Sie an dem Nachmittag, an dem er getötet wurde, bei ihm waren, nun ja. Das wird nicht gut aussehen.« Sie streckte die Hand aus und entfernte einen Fussel von seinem Revers.

»Um es ganz offen zu sagen, Claude, es wird so aussehen, als hätten wir etwas damit zu tun.«

In Whelans Kopf formte sich eine schreckliche Vorahnung, wie eine Wolke, die sich langsam zusammenballte. »Und, hatten wir?«

»Jetzt komme ich nicht mehr mit.«

»Sie sind für Operationen zuständig, Di. Hatten wir etwas damit zu tun?«

»Das Kleingedruckte liest sich immer mühsam«, erwiderte sie, »aber wenn Sie sich die AGB genau ansehen, werden Sie feststellen, dass ich keine amtierenden Abgeordneten umbringen lassen darf. Mit oder ohne Ihr Wissen.«

»Wie tröstlich.«

»Aber dass Sie das Bedürfnis hatten, mich zu fragen, werde ich mir merken. Ein wenig mehr Vertrauen wäre angemessen.« Sie ging ihm voraus die nächsten Stufen hinunter und in die Fahrstuhl-Lobby. Während sie warteten, fragte sie: »Angenommen, es gibt eine Verbindung?«

Whelan war noch dabei, die neuen Informationen zu verarbeiten. »Womit?«

»Mit den anderen Vorfällen. Abbotsfield. Der Bombenanschlag auf die Pinguine.«

»Was könnte eine Verbindung sein? Das waren willkürliche Anschläge, dies hier war ein gezieltes Attentat.«

»Das mag sein. Aber es gibt einen Guerillakader, der in Großbritannien operiert, also stehen die Terroristen automatisch ganz oben auf der Liste der Verdächtigen, wenn es um den Tod eines amtierenden Politikers geht. Unabhängig davon, ob Sie sich nur wenige Stunden vor dem Tod des Politikers mit diesem getroffen haben oder nicht. Sie sind der Chef des Sicherheitsdienstes, um Himmels willen. Jeder wird glauben, dass Sie bei ihm waren, um ihn vor einer drohenden Gefahr zu warnen.«

»Ähm, ja, schon, aber …«

»Ah.« Der Aufzug kam. Diana Taverner betrat ihn und sagte dann: »Es war also noch jemand anwesend.«

»Seine Frau. Dodie.«

»Die Journalistin«, sagte sie nüchtern.

»Das stimmt. Die Journalistin.«

»Sie haben ein gewisses Geschick, die Dinge zu verkomplizieren, Claude. Hätten Sie die Sache nicht telefonisch regeln können?«

»Ich fand, dass die Regierungskommunikationszentrale nicht unbedingt darüber Bescheid wissen musste.«

Sie traten hinaus in die Zentrale und machten sich auf den Weg zum Büro von Lady Di. Hinter der geschlossenen Tür sagte sie: »Flyte wusste nichts Genaues über den Dreck, den Gimball über Jaffrey gesammelt hat. Haben Sie schon recherchiert?«

»Die Frau verbreitet seit Monaten Hetzgeschichten über ihn. Die Einzelheiten sind gar nicht so wichtig, der Zeitpunkt ist das Problem.«

»Wir sollten aber vielleicht doch herausfinden, um was es sich handelt«, schlug Taverner vor. »Wenn es wahr ist, könnte es genau das sein, was wir brauchen, um die Öffentlichkeit abzulenken, während wir die Abbotsfield-Mörder aufspüren.«

»Ich glaube nicht, dass der Premierminister es gutheißen würde, wenn Jaffrey schlechter Publicity ausgesetzt wird. Das ist genau das, was wir vermeiden wollten.«

»Ja, aber der Premierminister wird das hinnehmen müssen. Wenn wir vor der Wahl stehen, die Medien mit unserem eigenen Kopf zu füttern oder ihnen Zafar Jaffreys vorzuwerfen, dann werde ich nicht lange überlegen, Sie etwa? Schon gar nicht, wenn Gimballs eigene Frau den Job für uns erledigen kann. Wir müssen sie nur in die richtige Richtung lenken. Was auch immer sie von Ihnen und uns hält, Jaffrey hasst sie garantiert noch mehr.«

Whelan starrte hinaus in die Zentrale. Alle Jungs und Mädels – sie waren und blieben Jungs und Mädels, selbst wenn manche von ihnen längst selbst Väter und Mütter waren – waren mit ihrer Arbeit beschäftigt, die sich hauptsächlich um die Waffen drehte, die in Abbotsfield eingesetzt worden waren. Die Rohrbombe, die in das Pinguingehege geworfen worden war, war selbstgebaut gewesen; der Sprengsatz im Zug basierte auf einer Internetanleitung. Jeder halbwegs fähige Psychopath wäre in der Lage gewesen, beides zu bauen, dazu hätte er nichts weiter als eine Internetverbindung und zwei gesunde Hände gebraucht. Automatische Waffen jedoch waren wesentlich schwieriger zu beschaffen.

Taverner sagte: »Claude?«

»Ja?«

»Sie müssen sich für eine Seite entscheiden. Der MI 5 ist nicht dazu da, die Interessen der Regierungspartei zu unterstützen. Im Gegenteil: Die Regierungspartei gehört eher zu unseren natürlichen Feinden. Schließlich hält sie die finanziellen Fäden in der Hand.«

»Wir dienen der Nation, Diana«, entgegnete Whelan. »Und die Regierungspartei wurde demokratisch gewählt, um diese Nation zu führen.« Er wandte sich wieder der Glaswand zu, sprach aber weiter. »Ich habe vorhin versucht, Flyte zu erreichen, aber sie ist nicht da. Man sagte mir, Sie hätten sie mit irgendetwas beauftragt.«

»Sie ist in Slough House. Es ist abgeriegelt. Und so soll es bleiben, bis wir herausgefunden haben, was Jackson Lambs Lieblingsstreber mit Abbotsfield verbindet. Hat er schon geredet?«

Whelan sagte: »Ich habe ihn schmoren lassen. Ein Team wurde zu seinem Haus geschickt und hat seine IT eingesammelt. Offenbar eine ganze Menge. Haben wir jemanden in Slough?«

»Wir warten erst mal die Polizeiberichte ab. Unsere Forensik ist nicht besser als ihre. Wir arbeiten zu fünfzig Prozent mit denselben Leuten zusammen.«

»Halten Sie mich auf dem Laufenden. Ich werde mit Dodie Gimball sprechen.«

»Nein, lassen Sie mich das machen«, erwiderte Taverner.

»Diana …«

»Wenn sie glaubt, Sie hätten ihren Mann umbringen lassen, meinen Sie, sie freut sich, Sie zu sehen?«

Er hielt inne. »Vielleicht haben Sie recht. Also gut.« Er wandte sich zum Gehen, drehte sich aber noch einmal um. »Wenn wir Jaffrey den Wölfen zum Fraß vorwerfen«, sagte er, »muss ich sicher sein, dass er es verdient.«

Taverner wartete, bis Whelan gegangen war, bevor sie antwortete. »Er ist keiner von uns, Claude. Das reicht normalerweise aus«, sagte sie. Dann drehte sie an dem Knopf auf ihrem Schreibtisch, der die Glaswand mattierte und sie so vor aller Blicke verbarg.

Abgesehen davon, wie war die Show, Mrs Lincoln?

Dieses alte, sarkastische Zitat, das auf die Ermordung Lincolns während eines Theaterstücks anspielte und von tragischen Themen ablenken sollte, durfte ihm bloß nicht in einem unpassenden Moment herausrutschen. Was bei einem aufstrebenden Politiker im Grunde jeder Moment war.

Abgesehen davon, wie hat Ihnen der Autokorso gefallen, Mrs Kennedy?

Zafar Jaffrey fuhr sich mit einer Hand durch sein ohnehin schon charmant zerzaustes Haar und schüttelte den Kopf, obwohl er allein war.

Mit Ausnahme des Mordes an Dennis Gimball und der Tatsache, dass sich die Nachricht mitten in seiner Rede auf Twitter verbreitete, war der Abend in der Bibliothek recht zufriedenstellend verlaufen. Die Antwort, die er zu den wahrscheinlichen Auswirkungen des Brexits auf das örtliche Hotel- und Gastwirtschaftsgewerbe gegeben hatte, hätte unter anderen Umständen für Gesprächsstoff gesorgt; so aber war sein Vortrag in den Hintergrund gedrängt und alle Aufmerksamkeit wie Eisenfeilspäne auf den Twitter-Magneten gelenkt worden. Es herrschte völlige Verwirrung. Wie in den sozialen Medien üblich, kursierten wilde Gerüchte. Als die offizielle Bestätigung eintraf – tot, Ursache noch unbekannt –, wurde von Beobachtern von hier bis Texas voller Überzeugung behauptet, Gimball sei von Selbstmordattentätern in Burkas angegriffen worden. Doch die Fakten konnten warten. Unmittelbar danach herrschte ein köstlich betäubendes Gefühl, dass etwas Sensationelles im Gange war, dass das dunkle Herz politischer Verschwörung einmal mehr enthüllt wurde.

Für Jaffrey war es im Moment am wichtigsten, wo Tyson war und was sein Handlanger getan hatte.

Er hatte sich so schnell wie möglich aus dem Staub gemacht – dass er anderswo gebraucht wurde, war immer eine plausible Ausrede –, aber er hatte gewartet, bis er zu Hause angekommen war, bevor er ihn anrief.

»Bist du dagewesen?«

»Ich sitze im Auto, Chef.«

»Schön, dass du im Auto sitzt, Tyson.« Er hörte die üblichen Umgebungsgeräusche: das Brummen des Motors, das Rauschen des Verkehrs. »Aber das habe ich dich nicht gefragt. Bist du dagewesen?«

»Wo soll ich gewesen sein, Chef?«

Eines war ihm an den jungen Leuten aufgefallen, die am Rande der Kriminalität lebten, die einen Zeh – manchmal sogar beide Füße – in einen Lebensstil gesteckt hatten, der sich damit brüstete, die Normen der Zivilisation zu missachten, und das war Folgendes: Sie waren unglaublich kindisch. Sie dachten, wenn sie die Augen aufrissen, sei das allein Beweis genug für ihre Unschuld.

»Komm zu mir nach Hause, Tyson. Sobald du zurück bist.«

»Ich dachte, vielleicht morgen früh, Chef?«

»Nein, Tyson. Heute Abend.«

Also hatte er im Dunkeln gewartet und sich mit Gin Tonics gestärkt. Gins & Tonics? Gin Tonic, beschloss er. Der Gin als Zutat war schon längst über den Plural hinaus, während der Tonic immer noch aus derselben halben Flasche kam. Er war ein schlechter Muslim, das wusste er, aber es gab Grenzen dafür, wie stark man sein konnte oder wie gut.

Vorhin hatte er mit seiner Mutter gesprochen. Sie hatte wissen wollen, was sie immer wissen wollte: Wie viele Zuschauer gekommen waren, welche Fragen sie gestellt hatten und ob jemand Karim erwähnt hatte. Immer diese letzte Frage, und Zafar war bis heute nicht klar, warum. Machte sie sich Sorgen, sein jüngerer Bruder, der syrische »Märtyrer«, könnte Zafars politische Karriere für immer ruiniert haben? Oder wollte sie sich vergewissern, dass er nicht in Vergessenheit geraten war?

Manchmal hätte Zafar ihr gerne erklärt, dass seine Position in der Öffentlichkeit nicht etwa von seinem Bruder untergraben wurde, sondern auf ihm beruhte. Sein politisches Bewusstsein war erst durch die Nachricht von Karims Tod geweckt worden. Es würde immer Leute geben, die ihm wegen seines Bruders auf ewig jegliche politische Glaubwürdigkeit absprachen, und Medien, die diese Flamme bei jeder Gelegenheit schürten. Aber die Wahrheit sah anders aus: Hätte Karim sein Leben nicht so vergeudet, wäre Zafar nie politisch aktiv geworden. So aber hatte er das Bedürfnis, diesen Familienmakel zu beseitigen – und auch zu beweisen, dass man als Muslim nicht automatisch ein Feind im eigenen Land sein musste. Es war beschämend, dass man so etwas überhaupt beweisen musste, aber so ging es nun mal im Leben.

Doch er hatte nicht geahnt, wie langanhaltend die Erschütterungen einer Hellfire-Rakete sein konnten; wie sie den Boden unter seinen Füßen noch so viele Kilometer und Jahre von ihrem Detonationspunkt entfernt erbeben lassen würden.

Tyson traf endlich ein; reichlich spät, er hatte sich Zeit

gelassen. Zafar schenkte ihm eine Cola ein und platzierte ihn auf dem Sofa. Das Setting erinnerte ihn an das Vorstellungsgespräch, das er damals mit Tyson Bowman geführt hatte, als er ihn zum ersten Mal getroffen und in ihm einen jungen Mann erkannt hatte, den es zu retten galt. Gewiss hätten viele andere nicht über die Tätowierung hinweggesehen.

»Hast du mit Mr Gimball gesprochen?«

»Ja, irgendwie schon.«

»Irgendwie ja? Oder eher nicht?«

Tyson hatte Angst. Das war noch so etwas, was man über junge Leute wissen musste: Sie hatten oft Angst, weil stets die Gefahr bestand, dass sie in einen Abgrund gesogen wurden und es erst merkten, wenn es schon zu spät war. Sie versuchten immer, diese Angst zu verbergen, aber sie verflüchtigte sich nie vollends.

»Ist schon gut, Tyson«, sagte er. »Was auch immer passiert ist, wir können es in Ordnung bringen.« Das war eine Lüge. »Aber ich muss wissen, was ich in Ordnung bringen muss.«

Er war zum Lichtblick im Leben dieser jungen Leute geworden: der Einzige, der ihnen Vertrauen entgegenbrachte, ihnen Unterstützung anbot, ohne dafür ihre Seelen zu fordern. Aber das bedeutete, dass ihm viele von ihnen alle möglichen und unmöglichen Dinge zutrauten, einschließlich die Fähigkeit, Dinge auszumerzen, die nicht auszumerzen waren.

»Ich wollte, dass du hinfährst, um ihn zu observieren«, erinnerte er Tyson jetzt und hasste sich dafür; er hatte Gewissensbisse, weil er in jeder Version der Geschichte dafür sorgen musste, selbst als Unschuldslamm dazustehen. Aber er hatte damit angefangen, also würde er es auch zu Ende bringen. »Um mit ihm zu reden, wenn sich die Gelegenheit ergibt, aber nicht, um irgendetwas zu erzwingen.«

»Ich habe nichts erzwungen, Chef.«

»Ich wollte nur wissen, was er in seiner Rede über mich sagen wollte.«

Denn falls Ed Timms recht gehabt und Gimball geplant hatte, ihn in den Dreck zu ziehen, hätte Zafar eine deutliche Warnung gebraucht. Um die Sache mit Dancer Blaine zu beenden und anschließend seine Spuren zu verwischen.

»Also, was ist passiert?«

»Ich wollte es ihm erklären«, druckste Tyson herum. »Wollte ihm sagen, er soll nicht auf Ihnen rumhacken und so. Dass er die Fresse halten soll.«

Zafar fühlte sich innerlich vollkommen leer, wie ausgetrocknet. Er sah das Geschehen deutlich vor Augen, als würde es auf seine Wohnzimmerwand projiziert: Tyson, der Gimball ungeschützt erwischte, seine selbstbewussten Drohgebärden, Gimballs panische Reaktion. Fäuste, die ein Revers packten. Ein Kampf, ein Schlag.

»Und, hast du …?«

Was? Zafar wusste nicht einmal, was genau er ihn fragen sollte. Es würde keine tröstlichen Antworten geben.

»Wir haben uns nur ein bisschen gefetzt. Ich habe ihn nicht angefasst.«

»Du hast ihn nicht angefasst?«

»Nein, jedenfalls so gut wie nicht.« Tyson rollte mit den Schultern. »Ich habe ihn nur ein bisschen festgehalten. Er wollte nicht stehen bleiben.«

Es war, als würde man mit einem Kind sprechen, das eine Katze gesteinigt hatte. *Ich wollte ihr nicht weh tun. Die Katze war schuld.*

Er dachte: Tyson muss verschwinden. Und ich muss zu Ende bringen, was er angefangen hat. Wie die meisten seiner Entscheidungen war auch diese kaum getroffen, als er schon die passende Strategie entwickelte: Er würde die morgigen Termine absagen müssen, eine Erkältung vortäuschen, was auch immer. All das war machbar. Er war gut darin, Abläufe in allen Einzelheiten zu planen.

Aber dennoch spürte er, wie der Boden unter seinen Füßen bebte; Schockwellen, die die Erde aufrissen.

Catherine sagte: »Ich glaube, es wird allmählich Zeit, dass ihr uns erklärt, was passiert ist, oder?«

Lamb war gegangen, und Welles war ihm auf dem Fuß gefolgt, als hätte man ihm einen Genickschlag verpasst und dann an die Leine gelegt: Es wäre wirklich sinnvoll, dachte sie manchmal, ein Warnschild an Lambs Tür zu hängen. Sie wäre auch gern nach Hause gegangen, wenn sie nicht auf dem Weg den Spießrutenlauf entlang der Kneipen, Bars und Getränkeläden hätte absolvieren müssen. So aber war ihr wieder einmal die Rolle der Hausmutter zugefallen.

Shirley hatte den Rest Haribo gefunden und hinuntergeschlungen, bevor Catherine sie wegen Lambs ekliger Art, seinen Widerwillen gegen bestimme Geschmacksrichtungen auszudrücken, warnen konnte. Louisa lehnte an der Heizung – sie befanden sich in Rivers Büro – und runzelte die Stirn über irgendetwas, vielleicht über alles. J. K. Coe saß an seinem Schreibtisch, die Kapuze übergezogen. River saß ebenfalls, kam aber sichtlich zu dem Schluss, dass Catherine hauptsächlich mit ihm sprach und definitiv eine Reaktion erwartete.

»Wir haben es euch doch erzählt«, sagte er schließlich. »Ein Mann ist Gimball in die Gasse gefolgt, und Gimball ist nicht wieder rausgekommen.«

Catherine schürzte die Lippen. Nach einem Moment sah River Coe an. »So war es doch, oder?«

Unter seiner Kapuze hervor sagte Coe: »So war es.«

Shirley wandte ein: »Die Terroristen waren auf jeden Fall in Birmingham.«

»Aber auf Jaffrey wurde kein Attentat verübt«, wandte River ein. »Stimmt's?«

»Die haben in einem Lieferwagen gehockt. Aber ich habe sie verjagt.«

»Wie dem auch sei«, sagte Catherine und richtete ihren Blick wieder auf die beiden Männer. »›Wir haben nur einen gesehen‹«, sagte sie. »Zitat Ende.«

»Wen zitierst du?«, fragte River.

»Mr Coe. Das hat er vorhin gesagt, als ihr hier angekommen seid.«

»Tja, er hat richtig gerechnet.«

»Es ist nicht seine Arithmetik, die mich stört. Es ist eher, dass er so bereitwillig Informationen preisgibt. Normalerweise bedarf es starker Überzeugungsarbeit, bevor er in Gesellschaft den Mund aufmacht. Stimmt's, Mr Coe?«

Coe zuckte mit den Schultern.

»Und wie Lamb schon sagte, wirkte er ein wenig wacher als sonst. Und ich glaube, wir alle erinnern uns an das letzte Mal, als das vorgekommen ist.«

»Ihr glaubt doch nicht im Ernst«, begann River und hielt dann inne.

»Wir glauben was nicht im Ernst?«, fragte Catherine.

Einen halben Augenblick lang, vielleicht auch weniger, kam das einzige Geräusch im Zimmer von einer Fliege, die gegen die staubige Fensterscheibe summte; einer der vielen vergeblichen Versuche, aus Slough House zu entkommen.

Und dann fiel der Groschen.

»Oh Gott!«, stieß Louisa hervor. »Wart ihr das etwa?«

»Es war ein Unfall.«

Louisa schaute mit offenem Mund Catherine an, die in den Abgrund starrte, der sich gerade in ihrem eigenen Kopf aufgetan hatte. Shirley war mitten im Kauen erstarrt, und ihr Gesicht hatte das unbestimmte, gummiartige Aussehen, das entsteht, wenn man zwischen zwei Ausdrücken gefangen ist. Die Männer tauschten einen Blick aus und gingen dann wieder in ihre Verteidigungshaltung. Und die Fliege warf sich erneut gegen das Glas und kotzte beim Aufprall, ohne dass jemand es sah.

Catherine kam als Erste wieder zu sich. »Haben Sie ihn umgebracht?«

Sie sprach mit Coe, aber der antwortete nicht.

»Mr Coe? Ziehen Sie Ihre Kapuze ab und beantworten Sie meine Frage!«

Überraschenderweise tat Coe, was ihm gesagt wurde. »Äh … Nicht direkt.«

»Aha, und wie dann? Indirekt, oder was? Haben Sie ihn aus Versehen getötet, aus Schusseligkeit vielleicht? Bitte sagen Sie, dass das nicht wahr ist!«

»Er wurde von einer Farbdose getroffen.«

»Wie?«

»Sie wurde von einem Baugerüst gestoßen.«

»Durch wen?«

»Von wem.«

»Wagen Sie es nicht …«

»Es war ein Unfall«, sagte Coe.

»Das haben wir inzwischen alle kapiert«, warf Louisa ein. »Aber wer hat den verdammten Unfall verursacht?«

»Er«, sagte River.

Alle im Raum drehten sich zu River um.

»Das stimmt! Ich habe gegen den tätowierten Typen gekämpft!«

»Den habt ihn also nicht erfunden?«

»Nein, verdammt noch mal!«, erwiderte River. »Er ist auf Gimball losgegangen.«

Catherine sagte: »Ich glaube, ich falle in Ohnmacht. Hört ihr? Ich glaube, ich falle tatsächlich in Ohnmacht.«

»Ich habe euch doch gesagt, dass sie in diesem Lieferwagen gehockt haben!«, fiel Shirley ein.

»Was?«

»Die richtigen Terroristen«, erklärte Shirley. »Ganz egal, was in Slough passiert ist, das war nur ein Irrläufer des Universums. Die eigentlichen Verbrecher waren in Birmingham. Und ich habe sie verjagt.«

»Ja, toll, vielen Dank dafür«, sagte Louisa. »Und was machen wir jetzt, nachdem wir aus Versehen jemanden ermordet haben, der unser nächster Premierminister hätte werden können? Und wenn ich ›wir‹ sage, dann meine ich übrigens Coe. Ich habe nichts damit zu tun.«

»Ich auch nicht«, sagte Shirley.

»Das stimmt«, sagte Catherine. »Ihr habt ja anderswo irgendwelche Leute attackiert.«

»Gimball ist tot, weil der Kerl mit dem Tattoo ihn angegriffen hat«, stellte River fest. »Und wir wissen inzwischen, dass dieser Mann zu Zafar Jaffrey gehört. Da liegt nämlich der Hase im Pfeffer. Zusätzlich zu, ihr wisst schon. Willkürliche Terroranschläge zur Destabilisierung des Landes und so weiter.«

»Also, die Tatsache, dass ihr, du und unser Hauspsychopath, es waren …«

»Louisa …«

»… die ihn umgebracht haben, ist nur ein Detail am Rande, oder was?«

Etwas flog gegen ihre Brust, und sie fing es reflexartig auf. Ein Handy.

Coe sagte: »Wollen Sie die Polizei rufen?«

Louisa sah erst das Handy, dann Coe an.

Der wiederholte: »Wollt ihr das? Dann nur zu. Denn ihr wart ja nicht dabei. Habt nichts damit zu tun, wie ihr schon gesagt habt. Und zwar unmissverständlich.«

Nach kurzem Schweigen sagte Catherine: »Das Protokoll sieht vor, dass wir uns beim Park melden, nicht bei der Polizei.«

»Und es ist ziemlich klar, dass das nicht passieren wird, oder? Es sei denn, Sie glauben, dass Lamb genau das tut.«

»Lamb weiß doch noch gar nichts davon.«

»Nein, denn er ist bekanntermaßen schwer von Begriff, stimmt's?«

Catherine wollte gerade etwas erwidern, überlegte es sich dann aber anders.

Louisa sagte: »Wenn wir das nicht melden, könnte es uns allen an den Kragen gehen.«

»Es war ein Einsatz«, erwiderte Coe. »Von unserem Teamleiter autorisiert. Wir erstatten ihm und nur ihm Bericht. Alles andere wäre ein Verstoß gegen den Secrets Act. Und das ist ebenfalls ein schwerer Verstoß.«

Shirley sagte, an die anderen gewandt: »Letztes Mal ist er damit durchgekommen.«

Sie starrten sie an.

»Ich meine ja bloß.«

»Lasst uns warten, bis Lamb zurückkommt, bevor wir über unseren nächsten Schritt entscheiden, ja?«, schlug Catherine schließlich vor. »Und in der Zwischenzeit sollten wir unbedingt die Nachrichten verfolgen.«

»Und vielleicht sollten wir auch einfach so tun, als hätte dieses Gespräch nie stattgefunden«, bemerkte Louisa und warf Coe das Handy zu.

Welles checkte über den Parkplatz ein, indem er dem diensthabenden Wachmann seinen Ausweis zeigte und Lamb mit dem Standard-Besucherspitznamen »Lindsay Lohan« anmeldete, ein Überbleibsel aus der Zeit, als die Schauspielerin an allen möglichen Orten unangemeldet aufgetaucht war. Der Wachmann zuckte nicht mit der Wimper. Jackson Lambs Name mochte selbst die Jungen und Unerfahrenen aufhorchen lassen, aber seine öffentlichen Auftritte waren so selten – und so willkommen – wie eine spitze Rückenflosse vor einem überfüllten Strand, sodass sein tatsächliches Erscheinen kein Aufsehen erregte. Der Wachmann hielt ihn wahrscheinlich für einen hiesigen Agenten, der undercover in der Warteschlange einer Tafel für Bedürftige eingesetzt wurde.

Diese Seite des Parks war eine Art Dienstboten- und Lieferanteneingang: Die Chance, dass sie jemandem wie Diana Taverner oder Claude Whelan über den Weg liefen, war gering. Als sie auf den Aufzug warteten, der sie nach unten bringen sollte, sagte Welles zu Lamb: »Erinnern Sie mich daran, warum ich das tue.«

»Wenn wir wissen wollen, was diese Dreckskerle als Nächstes planen, müssen wir wissen, wer ihre Fäden zieht. Sie wussten genau, was sie wollten, als sie Ho in ihre Sexfalle gelockt haben. Das bedeutet, dass sie über Insiderwissen verfügten, wenn auch nicht von einem echten Insider.«

»Sie glauben, es gibt einen Maulwurf?«

»Das wäre nicht das erste Mal. Aber nein, ehrlich gesagt glaube ich, dass irgendjemand einen Fehler gemacht hat. So ist es doch meistens.«

»Wir sollten die Sache nach oben weiterreichen«, meinte Welles. »Mal ganz im Ernst.«

»Ja, aber bevor wir Hare Krishna begehen, sollten wir prüfen, ob wir einen gewissen Spielraum haben, wenn es darum geht, jemand anderem die Schuld zuzuweisen.«

»Harakiri.«

»Gesundheit.«

Als sich die Fahrstuhltüren öffneten, gelangten sie auf Molly Dorans Etage.

Sie rollte bereits auf sie zu, denn, wie sie Lamb später erklärte, sie hatte einen sechsten Sinn für bevorstehende Unannehmlichkeiten. »Wenn du in der Nähe bist, ist es, als würde alles dunkler werden.« Er blinzelte bei dieser Behauptung einfach nur, als wäre das Offensichtliche für seinen Geschmack einmal zu oft ausgesprochen worden. Molly war schon im Sitzen eine kleine Frau, und aufrecht wäre sie noch kleiner gewesen, denn ihr fehlten beide Beine unterhalb der Knie. Unter anderem diese Tatsache trug dazu bei, dass man sie als rund, geradezu kugelig wahrnahm, ebenso wie ihr – irgendwie – übermäßiges Make-up, das bei jeder anderen für Aufsehen gesorgt hätte, aber bei Molly Doran wie eine Herausforderung wirkte. Ihre Wangen waren weiß, ihre Lippen scharlachrot. Ihr Rollstuhl war kirschrot und hatte dicke, samtbezogene Armlehnen.

Als sie Lamb und Welles sah, veränderte sich ihr Gesichtsausdruck nicht, nur das Licht in ihren Augen verschob sich um einen Ton, von dunkelrot zu noch dunkler. Zahlreiche Gerüchte machten über Molly Doran die Runde – wie sie ihr Reich bewachte wie eine Löwin ihre Beute –, und sie hatte sie immer noch zusätzlich angeheizt, denn nichts war in der Spook Street beliebter als eine Legende, allerhöchstens ein Mythos. Der Unterschied zwischen beiden war hauchdünn; der exakte Abstand zwischen dem letzten Atemzug und dem nächsten. Welles war ihr bisher nur einmal flüchtig begegnet; er hatte sie – ziemlich spät in der Nacht – gefragt, ob sie Hilfe beim Einsteigen in einen Aufzug brauche. Der Blick, den er daraufhin geerntet hatte, hätte gut ins Trainingsprogramm der Rekruten für den Nahkampf gepasst.

»Jackson Lamb«, sagte sie. »Dreimal darf ich raten, oder? Du bist hinter irgendeiner Spur her.«

»Wäre ich sonst hier?«

»Erst Zoll bezahlen.«

Er beugte sich vor und küsste sie auf die dick gepuderte Wange. Welles hatte das Gefühl, als hätte man diesen Moment irgendwie festhalten müssen, aber nicht mit einer Kamera oder einem Handy. Man hätte Goya gebraucht, mit einem Stück Holzkohle.

Molly sagte zu Welles: »Er macht keine Privatbesuche. Er kriegt seinen fetten Hintern nur dann hoch, wenn irgendetwas verspricht, ihm die Langeweile zu vertreiben.«

»Ich würde ja öfter vorbeikommen«, sagte Lamb, »aber bei euch Krüppeln fühlt man sich als normaler Menschen immer so unbehaglich.«

»Herrgott noch mal, Lamb!«, fluchte Welles.

Aber Molly Doran lachte. »Er erweckt gerne den Eindruck, als ob er uns den ganzen Schwachsinn ersparen wollte«, sagte sie zu Welles. »Aber in Wahrheit verbreitet er nur seine ganz eigene Art von Schwachsinn. Wie ist es dir ergangen, Jackson?«

»Meine Knie haben mir zu schaffen gemacht«, sagte er. »Aber ich erwarte kein Mitleid.«

»Sehen Sie?«, sagte sie zu Welles. Und dann: »Dogs sind auf meiner Etage nicht erlaubt.«

»Ich bin mir nicht sicher, ob Sie in dieser Angelegenheit eine Wahl haben«, antwortete er.

»Das liegt daran, dass Sie es noch nie haben darauf ankommen lassen«, sagte sie und lächelte kokett.

Eine Puderflocke löste sich von ihrer Wange.

Welles setzte zu einer Antwort an, aber Lamb neigte sich zu ihm und sagte: »Hören Sie lieber auf sie. Sie hat mit dem Ding schon größere Jungs als Sie überfahren.«

»Und es dauert ewig, die Reifen sauber zu kratzen.«

»Sie strapazieren meine Geduld«, sagte Welles zu Lamb und befreite seinen Ellbogen.

»Bestimmt sind Sie ein netter Junge«, sagte Molly Doran. »Aber in dieser Etage bestimme ich. Und zurzeit habe ich auch nicht viel Grund zur Freude, aber der Kampf um meine Nische bringt mich jedes Mal so richtig in Wallung.«

»Und glauben Sie mir«, sagte Lamb. »Sie wollen nicht sehen, wenn sie in Wallung ist.«

Welles schaute von einem zum anderen. »Ich gebe Ihnen zehn Minuten«, sagte er. »Keine Sekunde länger. Danach komme ich da rein.« Er nickte in Richtung von Mollys Tür.

Molly überlegte einen Moment lang und strahlte dann. »Dieser hier gefällt mir richtig gut«, sagte sie zu Lamb. »Er ist weniger kaputt als deine Leute.«

»Alles nur eine Frage der Zeit.«

»Na schön, dann will ich mal eine Ausnahme machen. Sie können hierbleiben«, sagte Molly zu Welles. »Aber nicht pfeifen. Ich kann Pfeifen nicht ausstehen.«

Sie wendete auf der Stelle und fuhr in ihr Zimmer.

»Falls wir noch nicht fertig sind, hängt eine Socke an der Türklinke«, grinste Lamb. »Eine von meinen, natürlich«, fügte er hinzu und folgte Molly in ihr Reich.

Es war ein langgestreckter Raum mit hohen Aktenschränken auf Rollschienen, sodass sie zusammengeschoben werden konnten, wenn sie nicht gebraucht wurden. Sie glichen Bibliotheksregalen und vermittelten ebenso wie diese das Gefühl, dass Wissen, Informationen, *Worte* nie wirklich starben, sondern sich nur vor dem Tageslicht versteckten und darauf warteten, dass die Neugier sie wieder ausgrub. Hier lagerten die älteren Geheimnisse von Regent's Park. Die frischen wurden natürlich in einer leichter zugänglichen Form aufbewahrt, und viele von ihnen hatten deshalb ihre fünfzehn Minuten Ruhm in den sozialen Medien genossen.

Molly fuhr rückwärts in eine Nische, die gerade breit genug für ihren Rollstuhl war, und bremste. Jackson Lamb beäugte einen Hocker daneben mit Abscheu, setzte sich aber dennoch darauf. In Slough House würde seine Mannschaft jetzt inbrünstige Stoßgebete gen Himmel schicken.

»Ich habe gehört, dass sich David Cartwright ins Reich der Dämmerung verzogen hat«, sagte Molly.

»Da ist er am besten aufgehoben.«

»Für den jungen River muss das schwer sein.«

»Für den jungen River ist es schwer, sich anzuziehen«, erwiderte Lamb. »Ich möchte nicht über seine emotionalen Probleme spekulieren.«

»Aber er ist durchaus ein kluges Köpfchen. Er hat nur das Pech, dich als Vorgesetzten zu haben. Das würde jeden dazu bringen, an seiner eigenen Kompetenz zu zweifeln.«

»Ich ermutige sie nicht dazu, mich als Vorgesetzten zu betrachten«, sagte Lamb. »Ich bevorzuge ›heidnische Gottheit‹.« Er blickte auf die Wand über Mollys Kopf. »Warum hast du das Bild abgenommen, das da gehangen hat?«

»Weil ich Lust auf eine Veränderung hatte?«

»Du magst Abwechslung genau so sehr wie ich Milch.« Er sah sich im Zimmer um, auf der Suche nach weiteren Hinweisen, und wandte dann seinen Blick wieder ihr zu. »Du ziehst um?«

»Die setzen mich vor die Tür«, sagte sie.

Lamb nickte und deutete auf ihre Räder. »Solange sie es nicht an einem Abhang tun.«

»Ich erwarte kein Mitleid, Jackson. Aber verschone mich mit deinen humoristischen Einlagen. Ich arbeite seit Jahrzehnten hier. Man hat dieses Büro nach meinen Bedürfnissen gestaltet. Hier kenne ich mich aus, hier fühle ich mich wohl. Aber anscheinend bin ich … überflüssig geworden.«

Er nickte erneut. Der Raum war größtenteils dunkel; nur diese eine Ecke war beleuchtet, und das befriedigte sein inneres Bedürfnis nach Dunkelheit und finsteren Winkeln. Die Aktenreihen enthielten geheime Geschichten, und einige davon waren gewiss von ihm; Berichte, die von ihm und über ihn erstellt worden waren; Listen der Überlebenden und eine Buchführung über die Toten. Molly Doran hauste inmitten erloschener Leben, die er verworfen hatte, und inmitten der Leben von Leuten, die er in den Tagen des Kalten Krieges gekannt hatte. Sie gehörte genauso hierher wie jeder einzelne dieser Ordner mit den schwarzen Bändern. Sie hatte ihren Rollstuhl ohne hinzusehen in diese Abstellkammer gelenkt, so leicht und unbedacht, wie andere durch eine Tür gehen würden.

»Was hast du dann vor?«, fragte er, und wenn einer der Slow Horses ihn gehört hätte – außer Catherine –, hätte er sich gewundert, woher die Worte stammten, aus welcher Tiefe der Tonfall aufgestiegen war.

»Tja, ich kann mir nicht vorstellen, mich im zivilen Leben einzurichten, und du? Selbst wenn ich einen anderen Job finden würde, kannst du dir vorstellen, was für einer das wäre. Alter, Behinderung, Geschlecht. Was fällt dir sonst noch Lustiges dazu ein?«

»Ich weiß nicht, warum ich für dich immer den Komiker spielen soll«, sagte er. »Du wärst selbst eine gute Stand-up, wenn nicht das Offensichtliche dagegen spräche.«

Die Weichheit, die seine Kanten verwischt hatte, war verschwunden.

»Ich habe ein nützliches Leben gelebt«, sagte sie. »Ich habe etwas bewirkt. Jetzt wollen sie mich durch einen Praktikanten ersetzen, Gott steh uns allen bei. Was soll ich tun? Was soll ich deiner Meinung nach tun, Jackson?«

Er schniefte. »Ist deine Entlassung auf Lady Dis Mist gewachsen?«

»Sie hat sie abgesegnet.«

»Da sieht man's mal wieder«, sagte Lamb. »Taverner ist hier das Wort Gottes. Ich meine, Whelan rasselt mit der Blechbüchse. Aber sie ist diejenige, die seine Orgel dreht.« Er fischte aus dem Nichts eine Zigarette hervor und verdrehte die Augen, bevor Molly etwas sagen konnte. »Keine Angst, ich zünde sie nicht an. Sie hilft mir beim Nachdenken, das ist alles. Wie willst du es denn machen?«

»Was?«

Er fuhr sich mit dem Finger über die Kehle. »Das Licht ausknipsen. Nachdem sie dir einen Tritt versetzt haben. Ich nehme an, darauf wollest du hinaus.«

»Ach so. Tabletten, denke ich. Ist am praktischsten, oder was meinst du?«

Er zuckte mit den Schultern. »Du hast jedenfalls mehr Auswahl als die meisten. Idyllischer Küstenweg. Steile Felsen. Du könntest einen neuen Rekord für Fliegen ohne fremde Hilfe aufstellen.« Er saugte an den Zähnen. »Oder zumindest eine persönliche Bestleistung.«

»Wie schön, dass du immer ein paar tröstliche Worte für mich parat hast. Aber schließlich bist du ja auch nicht gekommen, um dir meine Sorgen anzuhören.«

»Wie recht du hast!«, bestätigte er. »Oder sehe ich etwa aus wie so ein Weichei von Sozialarbeiter?«

»Unsere zehn Minuten sind gleich um. Und ich glaube nicht, dass unser Freund uns viel Spielraum geben wird.«

»Also gut. Neulich Abend wollte jemand Roderick Ho ans Leder«, sagte Lamb und verstaute seine Zigarette hinter dem Ohr. »Er erledigt für mich den ganzen Computerkram und so. Und das war sogar schon der zweite Versuch.«

»Hört sich nicht an, als wären sie erfolgreich gewesen.«

»Ho hatte das Glück, die richtige heidnische Gottheit auf seiner Seite zu haben.«

»Gut für ihn«, sagte Molly. »Aber nach dem, was ich über deinen Mr Ho gehört habe, brauchst du weniger eine Auswahl an Verdächtigen als vielmehr das komplette Wählerverzeichnis.«

»Stimmt«, sagte Lamb. »Aber zufällig wissen wir, wer es war. Nämlich dieselben Dreckskerle, die in dem Dorf in Derbyshire um sich geballert haben.«

»Oh je«, sagte Molly. »Er ist da in was Schlimmes reingetreten, oder?«

»Ja, und seitdem klebt es ihm an den Hacken. Ohne dass er etwas davon merkt, natürlich.«

»Wo ist er jetzt?«

Lamb deutete auf den Boden.

»Aber du willst nicht warten, bis sie ihn ausgewrungen haben.«

»Er hat jemandem etwas gegeben. So viel wissen wir. Das Watering-Hole-Dokument, wie Coe es nennt.«

»Mr Coe? Ich erinnere mich an ihn. Ein netter junger Mann.«

»Ja, er hatte seitdem eine Persönlichkeitstransplantation. Jedenfalls ist es ein Planungsdokument aus der Nachkriegszeit, irgendein Unsinn über die Destabilisierung eines Staates der Dritten Welt oder eines Entwicklungslandes, oder wie immer wir sie jetzt nennen. Höllenlöcher?«

»Ich bin mir nicht sicher, ob der Ausdruck pc ist, aber ich ahne, worauf du hinauswillst. Woher hat Ho dieses Dokument?«

»Ho ist Ho – er hat es aus dem Äther gefischt.«

»Aber wenn es digitalisiert wurde, ist es mit Sicherheit nicht hier. Der Sinn der Archivierung durch das Mistvieh ist, dass Unterlagen nicht irgendwo anders Platz wegnehmen. Die Originale sind garantiert schon längst vernichtet worden.«

»Das Mistvieh« war Mollys Sammelbegriff für die verschiedenen Datenbanken, die der Service betrieb. Sie hegte die kaum verhohlene Hoffnung, dass das ganze riesige Rechnersystem eines Tages zu einem krisseligen Müllhaufen zerfallen und ihr Reich als das einzige zuverlässige Gedächtnis des Dienstes übrig bleiben würde.

»Das habe ich auch zuerst gedacht«, sagte Lamb. »Allerdings.« Er kratzte sich an einem Ohr, fand dort eine Zigarette, starrte sie einen Moment lang an und steckte sie wieder zurück. »Allerdings glaube ich, dass mehr als eine Version existiert. Das Original war uralt, wie ich schon sagte. Aber irgendwann wurde es herausgeholt und entstaubt, und so ist es in einer Datenbank gelandet. Zwar wurde das Konzept nicht umgesetzt, aber es stand in den letzten Jahrzehnten garantiert mindestens einmal auf der Tagesordnung.«

»Du glaubst also, dass das Original noch existiert, weil das, was dein Computergenie dem Mistvieh entrissen hat, eine aktualisierte Version war.« Sie zog eine Grimasse, und ihre Nase zuckte. »Könnte sein«, sagte sie schließlich. »Vor allem, wenn derjenige, der sie aktualisiert hat, nicht wollte, dass bekannt wird, dass er bei den Hausaufgaben von jemand anderem abgeschrieben hat.«

»Brillant«, sagte Lamb. »Du könntest die Urfassung nicht zufällig für mich raussuchen, oder?«

»Doch, natürlich könnte ich das. Ich meine, ich habe ja gerade nichts Besseres zu tun.«

»Die Leute, die das Massaker in Abbotsfield verübt haben – sie benutzen dieses Ding als Blaupause.«

»Oh je«, sagte Molly.

»Also, du weißt schon. Ein bisschen Laufarbeit wäre nett.«

Sie holte tief Luft, aber nach einem Moment, in dem man mit einer Explosion rechnen musste, atmete sie wieder aus, blinzelte langsam und schüttelte den Kopf. »Du kannst es einfach nicht lassen, was, Jackson?«

»Eins musst du zugeben«, sagte er. »Du bist eine leichte Beute.«

Jemand erschien in der Tür; beide erwarteten Welles und drehten sich um.

Aber es war Emma Flyte.

»Langsam gehen Sie mir echt auf die Nerven«, sagte sie zu Lamb.

Niemand verließ Slough House, aber das bedeutete nicht, dass alle bleiben mussten, wo sie waren. Louisa, Shirley und Catherine zogen sich in ihre eigenen Büros zurück, während sie auf Lambs Rückkehr warteten. Jeder von ihnen dachte über den möglichen Bumerang nach, der auf Slough House zukommen könnte – würde – definitiv auf Slough House zukam. Shirley reagierte, indem sie das Koks aus der Tasche zog, sich den Rausch vorstellte, den es ihr bescheren würde, und versuchte, einen zwingenden Grund zu finden, es nicht zu tun. Ihr fiel nur ein einziger ein, nämlich dass sie es dann später nicht mehr nehmen könnte, wenn sie es vielleicht dringender brauchte. Was Louisa betraf, so war sie ins Internet abgetaucht. Zunächst hatte sie sich in verschiedenen zweifelhaften Foren umgesehen, wo möglicherweise über Abbotsfield gechattet wurde, aber irgendwann hatte sie aufgegeben und stattdessen nach Stiefeln Ausschau gehalten. Sie fand ein vielversprechendes Paar, vielleicht etwas spitz vorne – sie hatte gehört, dass Stiefel gar nicht zu spitz sein konnten, aber noch nie von jemandem, dem sie voll und ganz vertraute –, doch dann blieb sie so lange über der Schaltfläche »Jetzt kaufen« hängen, als hätte sie sich eine Kaufähmung zugezogen, ein Zustand, den sie immer für geschlechtsspezifisch gehalten hatte. Mein Gott, es war doch nur Geld. Sie klickte und genoss einen kurzen Endorphinschub. Oben räumte Catherine an Stellen auf, die bereits aufgeräumt waren. Ihr Büro war wie eine Kammer ihres eigenen Verstandes: Alles war dort, wo es sein sollte, aber es erforderte ständige Wachsamkeit, damit es so blieb. Auf der anderen Seite des Flurs befand sich Lambs Zimmer, dessen Tür einen Spalt breit geöffnet war. In Lambs Schreibtischschublade stand eine Flasche Whisky, und Catherine konnte sich ohne bewusste Anstrengung – als hätte sie sie mit einem Bleistift markiert – genau daran erinnern, auf welcher Höhe sich der Inhalt befand. Als wäre sie ständig zum Gehen bereit und wüsste immer, wo sich der nächste Ausgang befand. Im Notfall zum Glas greifen. Oder nein, vergessen Sie das Glas und greifen Sie direkt zur Flasche.

River und Coe saßen noch immer in ihrem Büro und stritten über die Ereignisse des Abends.

»Ich dachte, du hättest dein Handy aus dem Autofenster geworfen«, sagte River.

»Hast du etwa nur eins? Im Ernst?«, erwiderte Coe.

»Du hast eins in Reserve für dramatische Gesten, oder?«

River dachte daran, wie Coe das Handy zu Louisa geworfen hatte: *Wollen Sie die Polizei rufen? Nur zu!* Vielleicht erinnerte er sich deswegen daran, weil es besser war, als sich mit den Konsequenzen zu beschäftigen, wenn Louisa genau das getan hätte.

Er sagte: »Das ganze Land konzentriert sich auf eine Gasse in Slough. Glaubst du wirklich, die finden nicht raus, was da wirklich passiert ist? Garantiert hat uns irgendjemand gesehen. Selbst wenn es keine Videoüberwachung gibt, muss uns jemand gesehen haben. Hos Auto muss von den Kameras erfasst worden sein, als wir in die Stadt rein- und wieder rausgefahren sind.«

»Ja, genau wie Hunderte andere auch«, erwiderte Coe. »Außerdem darfst du nicht vergessen, dass da noch ein echter Angreifer war. Wir haben versucht, Gimball zu beschützen.«

»Und wir haben unsere Sache verdammt gut gemacht.«

»Jetzt hör schon auf, hier rumzumaulen. Der wurde auch gefilmt, und er hat nicht den Vorteil, dass er ein Mitglied des Service ist. Wir waren da, um Gimball zu beschützen. Er war dort, um ihm zu schaden.«

»Er könnte aber seine eigene Version der Ereignisse ausplaudern.«

»Tja«, sagte Coe. »Kommt ganz darauf an, ob er sie erzählen darf.«

»Ist das dein Ernst?«

»Er hat ausgesehen wie ein Schläger. Mal ganz ehrlich, er hat dich ganz schön rangenommen. Also, wie hoch schätzt du die Chancen ein, dass er sich wehrt, wenn ein SWAT-Team durch seine Tür bricht?« Coe hob die Augenbrauen, so ungefähr das Äquivalent eines Schulterzuckens. Das war das Ausdrucksstärkste an Mimik, was River je bei ihm gesehen hatte, und bedeutete in diesem Fall: Game over.

»Es wird eine Untersuchung geben«, sagte er. »Selbst wenn sie den Tattoo-Typen nur noch als Leiche erwischen, werden sie die Sache nicht auf sich beruhen lassen. Sie werden sich alles zusammenreimen.«

»Wie lange bist du schon bei dem Verein? Es wird eine offizielle Version der Ereignisse geben. Das ist der Lauf der Dinge. Und was wirklich passiert ist, wird, wenn es unangenehm ist, unter den Teppich gekehrt.«

»Ja, aber wir sind nicht unangenehm«, erwiderte River. »Wir sind Slough House. Wir sind sozusagen maßgeschneidert dafür, wenn sie jemanden hängen wollen. Ganz zu schweigen davon«, fügte er hinzu, »dass du ihn tatsächlich umgebracht hast. Verstehst du? Sie schieben uns also nicht mal die Schuld in die Schuhe.«

»Wir gehören zum Service«, entgegnete Coe. »Slough House hin oder her. Wenn das an die Öffentlichkeit dringt, ist es im Nu international in den Nachrichten. Die halbe Welt wird vermuten, dass wir auf Befehl gehandelt haben, und die andere Hälfte wird es sicher wissen.«

»Du sagst ständig ›wir‹«, bemerkte River.

»Und zwar aus gutem Grund.«

River erinnerte sich zum zweiten Mal seit gestern an die Zeit, als er sich dieses Büro mit Sid Baker geteilt hatte: Seit damals war hier nicht mehr so viel geredet worden. Oder besser: gestritten. Er sagte: »Wenn wir hier noch weiter rumsitzen, fange ich an, Sachen aus dem Fenster zu werfen.« Und zwar dich zuerst, dachte er, sprach es aber nicht laut aus. »Wenn du unbedingt ein positiveres Narrativ konstruieren willst, wie lautet dann dein Plan?«

»›Ein positiveres Narrativ‹?«

»Ich lese den *Guardian*«, sagte River. »Manchmal jedenfalls. Die Comics.«

»Was heute passiert ist, ist ein weiterer Schritt im Abbotsfield-Ablauf. So viel zum ›Narrativ‹. Der Typ mit dem Tattoo, Zafar Jaffreys Mann, ist in das Komplott verwickelt. Und wir haben versucht, ihn zu überlisten.«

River bemerkte, dass Shirley in der Tür stand, die linke Hand zur Faust geballt – sie hielt offenbar etwas darin –, die rechte gegen den Türrahmen gestützt.

»Und, habt ihr schon einen Plan?«, fragte sie.

»Ich dachte, vielleicht bete ich am besten«, sagte er.

»Kannst es ja mal versuchen«, sagte sie. »Aber ihr seid so oder so am Arsch.«

»Stimmt. Aber danke für die Aufmunterung.«

»Willst du ein Haribo?«

»Wenn das alles ist, womit du uns helfen kannst.«

»Ihr müsst Kim suchen«, sagte Shirley.

»Hos Freundin?«

»Ja, sie ist nämlich diejenige, der er das Watering-Hole-Dokument übergeben hat. Sie ist diejenige, die mit den Abbotsfield-Typen in Verbindung steht. Wenn ihr Kim findet, findet ihr auch die anderen. Höchstwahrscheinlich jedenfalls.«

Coe sagte: »Ho war den ganzen Nachmittag im Park. Alles, was er über Kim weiß, wird er ihnen inzwischen verraten haben. In diesem Fall haben sie sie bereits oder sie können sie nicht finden. Wahrscheinlich, weil sie längst tot ist.«

Shirley sagte: »Es stimmt also, was?«

»Was stimmt?«

»Dass du wesentlich munterer wirst, nachdem du jemanden umgebracht hast.« Sie verstaute das, was sie in der Hand hielt, in ihrer Jeanstasche. »Am Ende nimmt Lamb das noch in die Hausordnung auf.«

Coe ignorierte sie. Zu River sagte er: »Die haben versucht, Ho umzubringen. Da liegt es nahe, dass sie das andere lose Ende inzwischen abgeschnitten haben.«

»Das hättest du so gemacht, oder?«, fragte Shirley.

»Was hätte wer gemacht?« Louisa ging an Shirley vorbei ins Zimmer.

River sagte: »Ach, wir besprechen nur gerade den Büroplan. Du weißt schon, wer mit Spülen dran ist. Wen Coe als Nächstes umbringt. Solches Zeug.«

»Wir haben Kim neulich Abend gesehen. Sie ist ziemlich

cool«, sagte Shirley. »Ich meine, die wollten Ho umbringen und haben nicht mal das geschafft, obwohl er kaum seine Schnürsenkel binden kann. Deshalb könnte ich mir vorstellen, dass sie mit Kim größere Schwierigkeiten hatten. Sie wirkte ziemlich … clever.«

Coe googelte: *Frau tot in ihrer Londoner Wohnung aufgefunden.* Er las die Schlagzeile vor. Dann fragte er: »Schwarz?«

»Nein. Also nicht Kim«, antwortete Shirley.

Louisa sagte: »Ihr glaubt, wenn wir sie finden, können wir die Abbotsfield-Bande aufspüren.«

»Oder zumindest irgendwie herausfinden, was sie als Nächstes vorhaben«, bestätigte River.

»Die Medien an sich reißen«, sagte Shirley. »Aber damit könnte alles Mögliche gemeint sein. Es würde im Grunde schon reichen, dass man eine Zeitung kapert.«

Catherine gesellte sich ebenfalls zu ihnen. »Habt ihr versucht, sein Handy zu hacken?«

»Ich gehe mal davon aus, dass es im Park ist«, erwiderte River. »Ho wird es bei sich gehabt haben.«

»Ich glaube, er hat zwei.«

Coe warf River einen vielsagenden Blick zu.

Shirley sagte: »Ja, aber eins könnte ein bisschen kaputt sein.«

»Wenn die SIM-Karte noch drin ist, können wir sie auslesen«, sagte Louisa.

Aber Hos kaputtes Smartphone – das ihm Shirley am Vortag aus der Hand geschlagen hatte, als sie ihm »das Leben gerettet hatte«, wie sie betonte – lieferte keinerlei Hinweise, nachdem sie es in seiner Schreibtischschublade gefunden hatten: Als sie Kims Nummer wählten, die unter »Kim (Freundin)« gespeichert war, ernteten sie diese leere, echolose Stille, die eine eindeutige Abreise signalisierte.

»Ich habe euch doch gesagt, dass sie weg ist«, betonte Shirley.

»Oder tot«, fügte Coe hinzu.

»So oder so«, sagte Louisa, »unsere Chancen, sie zu finden, sind so groß wie die eines Einbeinigen bei einem Wettbewerb im Arschtreten.«

»Wer organisiert solche Veranstaltungen, das möchte ich mal wissen«, beschwerte sich Shirley. »Und wann werden die Teilnahmekriterien verschärft?«

Catherine fragte: »Irgendwelche anderen brillanten Ideen?«, mit dem Tonfall einer Grundschullehrerin, die ihren Schülern noch eine letzte Chance geben will und dabei gute Miene zum bösen Spiel macht.

»Sie haben es eilig«, sagte River schließlich. »Alles ist sehr schnell über die Bühne gegangen.«

»Weil sie keinen Plan B haben«, stellte Louisa fest.

Sie sahen sie fragend an, aber Coe nickte.

Sie fuhr fort: »Für sie ist es ein Wettlauf mit der Zeit. Sie müssen es durchziehen, bevor sie erwischt werden. Denn wenn sie den Plan nicht zu Ende bringen, gibt es niemanden, der es für sie tun kann.«

Catherine sagte: »Das erklärt, warum sie Fehler gemacht haben. Die Blindgänger-Bombe im Zug. Punkte von ihrer Liste abzuhaken zählt für sie mehr als ihre Aufgaben gründlich zu erledigen.«

»Wie auch immer sie die Medien angreifen wollen, sie werden es so schnell wie möglich tun.«

»Das bedeutet, dass sie schon einen Plan haben«, sagte J. K. Coe.

»Damit wissen wir trotzdem nichts Genaueres«, wandte River ein.

Aber Shirleys Miene hatte sich wieder aufgehellt. »Wir haben sie einmal gefunden«, sagte sie. »Dann schaffen wir es auch ein zweites Mal.«

»Ach, und wo waren sie gleich noch mal?«

»Sie waren in einem Lieferwagen«, behauptete sie stur. »In Birmingham.«

»Und ihr wart ganz sicher in Birmingham, ja? Ihr wart ziemlich schnell wieder hier.«

»Louisa ist gefahren.«

Louisa zuckte bescheiden mit den Schultern.

Catherine sagte: »Gehen wir also davon aus, dass Kim noch am Leben ist. Ihr ist klar geworden, dass sie entbehrlich ist, und sie ist untergetaucht. Sie ist, wie Shirley behauptet, ziemlich clever. Wo würde sie sich also verstecken?«

»Am letzten Ort, an dem man sie suchen würde«, sagte Louisa.

»Und wo könnte das sein?«

River sagte: »Bei Ho zu Hause.«

11

In der Straßenrinne befanden sich noch Glassplitter, die aufblitzten, wenn das Licht im richtigen Winkel darauffiel, aber das Haus selbst lag im Dunkeln. Die Vorhänge waren nicht zugezogen, aber das große zerbrochene Fenster war mit Brettern vernagelt worden, und das dadurch entstandene schwarze Auge verstärkte den Eindruck, dass es unbewohnt war. Die Tür war mit Tatortklebeband versiegelt. Das Gebäude sah aus wie ein Abbruchhaus: In einer Woche, so dachte River, wäre es mit Graffiti übersät und von Obdachlosen, Hunden und Mäusen bevölkert.

Sie waren mit denselben beiden Autos angekommen, dem von Louisa und dem von Ho, wieder in derselben Besetzung. »Never change a winning team«, hatte Louisa gesagt. River hatte die ganze Fahrt über eine passende Erwiderung nachgedacht. Jetzt, wo sie hier waren, konzentrierte er sich auf die Tatsache, dass bei den Ersatzschlüsseln, die unter Hos Schreibtisch geklebt waren, kein Schlüssel für seine Haustür war. Shirley hingegen war bereits auf dem Vormarsch. River erwartete, dass sie die Tür eintreten oder ihr einen Kopfstoß verpassen würde. Stattdessen riss sie das Klebeband ab, holte einen Satz Schlüssel hervor und probierte sie nacheinander aus. Der dritte funktionierte.

»Du hast einen Schlüssel zu Hos Haus?«

»Die haben Marcus gehört.«

»Marcus hatte einen Schlüssel zu Hos Haus?«

»Quatsch.« Shirley klimperte mit dem Schlüsselbund. »Universalschlüssel.«

Marcus war nicht immer mit der Tür ins Haus gefallen. Manchmal hatte er den diskreten Weg gewählt.

Sie traten ein und senkten die Stimmen zu einem Flüstern.

»Die Dogs sind hier gewesen«, bemerkte River. Das war offensichtlich: Es gab Spuren offizieller, neugieriger Anwesenheit – heraushängende Schubladen; Stellen, an denen elektronische Geräte gestanden hatten. Es war ein Glaubensartikel, dass alles, was man in eine Steckdose stecken konnte, Daten übertragen konnte: Nicht mal Toaster waren über jeden Verdacht erhaben. Roderick Ho hatte eine Menge Ausrüstung gehabt, und jetzt hatte er eine Menge leerer Regale.

Louisa sagte: »Na, das will ich doch schwer hoffen. Das ist ihr Job.«

»Wenn Kim sich also hier versteckt hat, haben sie sie.«

»Es sei denn, sie hat gewartet, bis sie weg waren.«

Sie ist noch ein halbes Kind, hätte River am liebsten eingewandt, eine Discomaus, die Idioten wie Ho ausnimmt: Was weiß sie schon von solchen Dingen? Aber er spürte wieder diese Enge in der Brust, und seine Eingeweide fühlten sich an, als hätte man sie eine Spur fester eingequetscht. »Ich schaue oben nach«, brachte er gerade so heraus.

Louisa sagte: »Ich komme mit. Shirley, du machst hier unten weiter. Coe – behalt die Tür im Auge.«

River war kurz davor zu fragen, warum Louisa hier die Anweisungen erteilte, aber die klügeren unter seinen

Schutzengeln ließen ihn schweigen. Es gab aktuelle, zwingende Gründe, warum weder River noch Coe unbeaufsichtigt auch nur einen Dosenöffner benutzen sollten, und die Vorstellung, dass Shirley das Kommando übernahm: nun ja. Seine klügeren Engel hatten Besseres zu tun, als diesen Satz zu beenden.

Louisa ging voran, und sie trennten sich auf dem Treppenabsatz. Louisa nahm die Tür zu Hos Schlafzimmer – was ihren angewiderten Blick erklärte –, und River ging in das Wohnzimmer mit dem großen, jetzt kaputten Fenster.

Jemand war ins Zimmer gekommen, daher verhielt sie sich noch stiller als zuvor. Sie war ein Mantel auf einem Bügel, ein zusammengefaltetes Sweatshirt; etwas, das man in einem Kleiderschrank erwarten würde: ein Blick, und man würde sich abwenden und die Tür schließen. Sie würde allein in der Dunkelheit zurückbleiben und schon bald wieder Luft holen können.

Der Trick bestand darin, einen Raum einzunehmen, der geringfügig kleiner war als man selbst, und das immer und immer wieder zu tun. Wenn man fertig war, war man verschwunden, und niemand würde einen jemals finden.

Eine Bodendiele knarrte. Türen wurden geöffnet und schlossen sich. Es gab nur eine begrenzte Anzahl von Orten, an denen man sich verstecken konnte, und nur eine begrenzte Anzahl, die man durchsuchen konnte. Ihr blieben noch Sekunden, und sie spürte, wie diese durch den Spalt unter der Tür versickerten. Es waren laute Sekunden, die flatternde Geräusche verursachten; sie würden sie verraten.

Es war eine unkluge Entscheidung gewesen, sich bei

Roddy Ho zu Hause zu verstecken. Sie wäre besser dran gewesen, wenn sie sich auf die Straße gewagt hätte.

Kim ballte ihre Faust, um die sie einen Drahtkleiderbügel gewickelt hatte, und wartete.

In Hos Küche dachte Shirley: Die wird aber nicht oft benutzt.

Neben der Hintertür türmten sich Pizzakartons; daneben quollen Plastikflaschen aus einer übervollen Tüte: Energydrinks, Cola, einige Markennamen, die sie nicht kannte. Der Kühlschrank war riesig, aber nicht gefüllt, während das Gefrierfach weitere Pizzen und zwei Tüten Ofenpommes enthielt, was Shirley an einen Kiosk an einem Sonntagabend erinnerte. Ihr eigener Kühlschrank war allerdings auch nicht gerade üppig bestückt; das einzig Grüne darin war Flaschenbier. Aber es war eine Erleichterung, dass Ho ihre Erwartungen erfüllte. Wenn er sich als heimlicher Gourmet entpuppt hätte, mit einem Vorrat an weißem Trüffelöl und undefinierbarem Gemüse, hätte sie an sich gezweifelt.

Sie hatte bereits alle Winkel durchsucht, in die ein Mensch hineingepasst hätte, in den Schränken und unter den Tischen nachgesehen. Keine Spur von Kim. Es war ja sowieso nur Spekulation. Früher oder später würde man sie in einem Müllsack finden, der genauso unförmig war wie der mit den Flaschen, aber weicher und stinkiger.

Shirley hoffte das nicht, aber Hoffnung ist eine Sache, die brutale Wahrheit eine andere. Man musste kein Lahmer Gaul sein, um das zu begreifen.

Sie öffnete einen Schrank und erwartete Tassen oder Teller, Gewürze oder Mehl. Doch er enthielt lediglich eine Menge Dosenbohnen. Eine ganze Menge.

Marcus' Schlüsselbund in ihrer Tasche fühlte sich schwer an. Es war das erste Mal, dass sie sein Universalschlüsselset benutzte, eine Trophäe, die sie aus seiner Schreibtischschublade gestohlen hatte. Sie hatte auf seine Waffe gehofft, aber Lamb fackelte nicht lange, wenn es darum ging, toten Männern ihre Sachen zu entreißen. Zuerst hatte sie gedacht, Lamb hätte den Schlüsselbund liegen gelassen, weil ihm nicht klar war, dass es Einbruchswerkzeug war und er angenommen hatte, es seien Marcus' Ersatzschlüssel, aber es hatte nicht lange gedauert, bis ihr eine plausiblere Erklärung eingefallen war: Lamb hatte Marcus' Schlüssel nicht mitgenommen, weil er bereits seine eigenen hatte. Damit hatte sie kein Problem. Trotzdem wünschte sie sich, sie wäre bei der Waffe schneller gewesen.

Wie Marcus selbst gesagt hätte: Es gab Zeiten, in denen eine Waffe äußerst nützlich war.

So schlimm es auch war – ihr Herz pochte so stark, dass der Schrank wahrscheinlich im Takt pulsierte –, es hätte schlimmer sein können. Statt in einem Kleiderschrank hätte sie jetzt genauso gut in einem Sarg stecken können. Als sie in ihrer Wohnung am Fenster gestanden hatte und es zu spät gewesen war, hinauszuspringen, hatte sie nicht das Gefühl gehabt, dass die Sekunden ihr entschlüpften, sondern dass die Zeit stehen geblieben war. Es war Shin, der mit einer Waffe in der Hand durch die Tür gestürmt war. Kims Blase hatte versagt, nur ein klein wenig, und in diesem Moment war ihr klargeworden, dass eine Fluchttasche nicht genug war. Was sie gebraucht hätte, war ein zweites Leben, in dem das alles nicht passiert war … Sie war kein guter Mensch, aber sie schob es auf die Umstände: Sie war von Opfern umgeben, und wessen Schuld war das? Sie war schon vor langer Zeit zu dem Schluss gekommen, dass es zwei Arten von Männern gab: diejenigen, die man melken konnte, und die es als Erfahrung abtun würden, und die, die Gift und Galle spuckten und Jagd auf sie machen. Ein, zwei hatten sie gefunden. Viele solcher Begegnungen würde sie nicht überleben.

Aber Shin und seine Crew waren anders. Sie hatten von vornherein gewusst, wer sie war und was sie machte, und es war klar, dass ihre Informationen von einer höheren Stelle stammten. Es hatte immer schon Gerüchte über junge Frauen gegeben, die von den Geheimdiensten rekrutiert wurden: Honigfallen waren ein beliebtes Mittel, und Mädchen wie Kim waren Honig. Aber sie hatte das für einen urbanen Mythos gehalten, der von den Mädchen stammte, weil es sie geheimnisvoll machte: Dadurch waren sie nicht nur Matratzenfutter, sondern Player in einem riskanten Spiel. Das Letzte, womit sie gerechnet hätte, war die Entdeckung, dass sie es mit einem echten Agenten zu tun hatte. Noch verblüffender war, dass es sich dabei um Roddy Ho handelte, den sie seit Monaten ausgenommen hatte, ohne dabei ins Schwitzen zu geraten. Es hätte sogar ein großer Spaß sein können, wenn Shins Gruppe ihr nicht die Konsequenzen klargemacht hätte, falls sie sich weigerte, ihre Befehle zu befolgen. Sie hatte Verwandte in Nordkorea, Tanten und Onkel, die sie nie gesehen hatte. Eine Cousine mit zwei Kleinkindern – man hatte ihr Fotos gezeigt. Diese

Leute hätten sonst wer sein können, durchaus auch ihre Blutsverwandten, aber bisher war Kims Leben durch die Blutsverwandten, die sie kannte, nicht unbedingt glücklicher geworden. Sie hätte damit leben können, wenn Fremde ihretwegen Unannehmlichkeiten gehabt hätten.

Doch dann hatte man ihr einen Spiegel vorgehalten: ihr eigenes Gesicht, mit seinen vielen kleinen Schönheiten.

Wenn es leicht gewesen war, Ho dazu zu überreden, Kreditkartengesellschaften zu bestehlen, so war es ein Kinderspiel gewesen, ihn Geheimakten klauen zu lassen. Als sie ihm die Codenummer der gewünschten Datei gab, war er bald überzeugt, dass es seine eigene Idee gewesen war, sie zu stehlen.

Sie hatte natürlich gewusst, dass die Übergabe der Datei an Shin nicht das Ende der Geschichte sein würde; dass, sobald die Honigfalle zugeschnappt war, jemand kommen würde, um den Honig wegzuwischen. Nur durch ihr schlechtes Timing hatte Shin sie am Fenster erwischt. Sie hätte schon längst verschwinden und untertauchen sollen. Aber sie war ein Londoner Mädchen. In jeder anderen Stadt wäre sie eher Wild als Jägerin. Und außerdem gab es nur zwei Arten von Männern, und Kim setzte nie auf ein einziges Pferd.

Sie war am Fenster stehen geblieben, die Fluchttasche zusammengeknautscht unter sich auf dem Rasen, und hatte sich gezwungen, Shin mit einem Lächeln zu begrüßen, als er mit einer Pistole in der Hand durch die Tür gekommen war.

»Gott sei Dank, du bist es!«, hatte sie gesagt und die Arme nach ihm ausgestreckt.

Ein Auto fuhr mit normaler Geschwindigkeit die Straße hinunter, und während Coe das Messer in seiner Tasche fester umklammerte, zeigte er nach außen hin keine Reaktion. Der Fahrer beäugte ihn trotzdem im Schein der nächsten Straßenlaterne. Die Nachbarschaft hatte mit Sicherheit mitbekommen, dass in Hos Haus etwas los gewesen war. Gestern Abend war ein Mann aus dem Fenster gestürzt, und es waren Schüsse gefallen; heute hatten schwarze Lieferwagen den größten Teil von Hos Hab und Gut abtransportiert. Aber jeder Neugierige, der sich den Dogs genähert hätte, hätte auf Granit gebissen. Und so was sprach sich schnell herum.

Und selbst wenn es sich nicht herumgesprochen hätte, dachte Coe: Ich bin ein gefährlicher Mann. Annäherung auf eigene Gefahr.

Ach, du Scheiße hatte er gedacht, als er sah, wie der Farbeimer Gimball traf. Es war kein schöner Anblick gewesen. Aber jetzt dachte er vor allem daran, wie schnell er die Kurve gekriegt hatte; fast wie der Tätowierte, der schneller weg war, als eine Katze blinzeln konnte. Obwohl er zwei Leitern hinunterklettern musste, war Coe nicht weit hinter ihm gewesen; er hatte Cartwright eingesammelt, der wie betäubt dastand, und ihn mit zum Auto geschleift. Er war sich ziemlich sicher, dass niemand gesehen hatte, wie sie aus der Gasse gekommen waren. Das bedeutete zwar nicht, dass sie außer Gefahr waren, aber zumindest hatte er ihnen etwas Luft verschafft.

Cartwright glaubte, ein Damoklesschwert schwebte über ihnen, aber Coe wusste, dass der MI5 auf eines ganz besonders scharf war, nämlich alles, was schiefgelaufen war, unter den Teppich zu kehren. Nach den London Rules baute man seine Mauern hoch, und die Reihenfolge, in der man seine Leute darüberwarf, stand in umgekehrtem Verhältnis zu ihrem Nutzen. Solange er also nützlicher war als Cartwright, ging er nicht als Erster über die Mauer. Coe fühlte sich nicht wohl bei dem Gedanken, aber er fühlte sich lebendig, und das war das Allerwichtigste. Zunächst mal saßen sie alle im selben Boot – bis auf Weiteres. Auch das entsprach den London Rules.

Und über noch etwas wunderte er sich, nämlich darüber, dass er heute Abend so aufgekratzt war, dass man es ihm sogar nach außen hin anmerkte. Als er in den Dienst eingetreten war, hatte er in der psychologischen Abteilung gearbeitet, in der es darum ging, operative Strategien auf ihre psychologischen Auswirkungen hin zu überprüfen – sowohl auf die Zielpersonen als auch auf die Agenten –, aber es hatte auch bedeutet, dass er individuelle Beurteilungen vornehmen musste: Wo entstand Stress, wer würde von einer Veränderung der üblichen Strukturen profitieren, und wer war ein Psychopath. In jeder Organisation gab es einige von ihnen, in der Regel auf Führungsebene, und es war praktisch zu wissen, wer sie waren, falls es einen Notfall oder eine Büroparty gab. J. K. Coe war darin geübt, die Zeichen zu erkennen, aber vielleicht hätte er sich selbst genauer unter die Lupe nehmen sollen, besonders seit seinem eigenen Trauma. Vielleicht hatte sich dadurch eine Tür zu seinen persönlichen Abgründen geöffnet, die seitdem nie wieder geschlossen worden war. Und deshalb griff er jedes Mal nach seinem Messer, wenn er aufgeschreckt wurde; deshalb fühlte er sich beschwingt und im Einklang mit sich, nachdem er ein Leben genommen hatte. Hätte er einen Bericht für seine eigene Psych-Eval-Akte verfassen müssen, wäre die Hälfte davon unter strikte Geheimhaltung gefallen.

Aber J. K. Coe fand das ganz in Ordnung. Jeder hatte Ecken und Kanten. Er eben diese.

Das Auto war weg, die Straße lag dunkel und still da. Das Messer steckte an seinem Platz. Hinter ihm, in Hos Haus, gab es einen Tumult, und jemand schrie.

Wieder knarrte eine Bodendiele, und Kim machte sich bereit zur Flucht.

Beim ersten Mal, als sie sich Hos Haus genähert hatte, war dort einiges los gewesen: Vor der Tür parkte ein schwarzer Lieferwagen, und grimmig aussehende Männer luden Roddys Computerausrüstung in den Kofferraum. Auf dem Bürgersteig lagen Glasscherben, und aus dem Mauerwerk waren ein paar Brocken herausgeschlagen worden. Gestern Abend hatte sie hinten aus dem Taxi heraus Shin angerufen und gesagt: *Er ist zu Hause, allein.* Und: *Mach es schnell, ja? Er ist harmlos.* Hatte sie wirklich geglaubt, es würde schnell und schmerzlos geschehen? Wie auch immer, Hauptsache, sie war entkommen. Das waren die Spielregeln: Das Wichtigste war man selbst, und man musste sehen, wo man blieb.

Um sich abzusichern, hatte sie Shin von Anfang an umgarnt.

Du hast das Sagen, stimmt's?

Die anderen müssen dir gehorchen.

Du bist nicht so wie sie …

Keiner von ihnen war jemals wie ein anderer. Denn das

hörten die Männer gerne: Wie unglaublich einzigartig sie waren.

Kim war geradewegs an dem schwarzen Lieferwagen vorbeigegangen und hatte sich ein Café gesucht, in dem sie sich für den Nachmittag einnisten konnte. Als sie zurückkehrte, war alles ruhig, und das Haus lag im Dunkeln. Sie hatte sich Zutritt verschafft und sich dann auf das Bett gelegt, um ihren nächsten Schritt zu planen.

Er war vermutlich tot. Wahrscheinlich hatten sie ihn umgebracht. Und sie hätten auch sie getötet, wenn sie Shin nicht manipuliert hätte. *Du hast das Sagen, du bist nicht wie die anderen.* Das war nötig gewesen, nicht zuletzt weil sie Angst vor Danny hatte, der gefährlich aussah. Und es hatte sich ausgezahlt, denn Shin hatte sie gehen lassen; er hatte zugesehen, wie sie sich durch das Schlafzimmerfenster fallen ließ, sichtlich begeistert von den Versprechen, die sie ihm gegeben hatte. Sie würden zusammen sein, wenn das alles vorbei war. Sie würde auf ihn warten. Sie würden glücklich vögeln bis an ihr Lebensende.

Aber für jeden Trick, der sich auszahlte, wandte sich ein anderer gegen sie. Daher kauerte sie jetzt in einem Kleiderschrank, während draußen jemand rumorte – mehrere, um genau zu sein. Wenn es Shin und Co. waren, würde derselbe Trick kein zweites Mal funktionieren. Wenn sie Shin allein erwischte, wäre er Wachs in ihren Händen. Doch falls die anderen bei ihm waren, würde die Sache anders ausgehen.

Aber sie glaubte nicht, dass sie diejenigen waren, die gerade Hos Haus durchsuchten.

In höchster Alarmbereitschaft verstärkte sie ihren Griff um den Drahtbügel, den sie gebogen und um ihre Faust gewickelt hatte, den Haken zu einer gefährlichen Spitze begradigt.

Wenn das Auge eines anderen der Preis für ihre Freiheit war, sollte ihr das recht sein.

Es zog, denn das Brett, das über die zerbrochene Scheibe geklemmt worden war, passte nicht richtig. River schob es beiseite und ließ die Abendluft über sein Gesicht streichen. Wenn er so schlau gewesen wäre, sich Eltern wie die von Ho auszusuchen, hätten sie ihm vielleicht auch ein Haus geschenkt, mit einem eigenen Eingang und Nachbarn, die sich gelegentlich bei Tageslicht sehen ließen. Doch die Vorstellung, dass seine Mutter ihm den Eigenanteil für ein normales Haus in einer normalen Straße schenkte, brachte ihn fast zum Lächeln. Nein, was er je an Unterstützung vonseiten seiner Familie erhalten hatte, verkörperte der O. B. – eine Stütze, die jetzt verrottete, schon verrottet war, jeden Moment nachgeben würde und dann nur noch eine Erinnerung an das ehemals harte Holz sein würde: etwas, das stark und aufrecht und immer da gewesen war, bis ans bittere Ende. Wenigstens würde er nie erfahren, in was für einen gottverdammten Mist River heute reingeraten war. Das war der Moment, in dem einem klar wurde, dass einem die Scheiße bis zum Hals stand: wenn die Demenz des eigenen Großvaters ein Silberstreif am Horizont war.

Er zog sich vom Fenster zurück. Die Bude war ziemlich leer, nachdem Roddys Spielzeug abgeholt worden war. Die Dogs hatten ihre Arbeit zügig und effizient erledigt. Gut zu wissen, da sie bald das Gleiche bei ihm tun würden. Viel Spaß dabei. Das meiste von dem, was er besaß, konnte man in einen Müllcontainer werfen, ohne dass es jemand als Verschwendung betrachtet hätte. Nein, die wirkliche Verschwendung war seine Karriere, die, wie sich herausgestellt hatte, von Anfang an auf tönernen Füßen gestanden hatte; so sehr, dass seine Idee von gestern, nämlich einfach wegzugehen, ihm jetzt wie ein Wunschtraum vorkam. Sobald der Park eine Bilanz der Ereignisse des Tages gezogen hatte, würde er entweder geopfert oder unter den Teppich gekehrt werden. Und wieder ergriff sie ihn, hinter seinem Brustkorb: eiskalte Panik. Er wagte es nicht, auf seinem Handy die Nachrichten zu checken, und zugleich wünschte er sich, mit jemandem reden zu können, jemandem, der auf seiner Seite stand. Seiner Mutter? Wohl kaum. Seinem Großvater? Da bräuchte er ein stärkeres Signal, als sein Handy hergab. Mit wem also sonst – seinem Vater? Nein, denn Frank war ein Abtrünniger mit Blut an den Händen, und River würde ihn bei der nächsten Gelegenheit umbringen.

Es gab also nur das Hier und das Jetzt; es gab nur diesen Moment. Bis alles zusammenbrach und die Dogs kamen und ihn wegschleppten, würde er weitermachen und eine Person suchen, die vermutlich tot war, was irgendwie zu seinem Leben zu passen schien. Er ging auf ein Knie und sah unter dem Sofa nach, das viel zu niedrig war, um ein Versteck zu bieten; aber wenigstens hatte er das Gefühl, etwas zu tun. Und dann sprang er auf, als es auf der anderen Seite des Treppenabsatzes krachte und jemand erschrocken aufschrie: Louisa!

In Hos Zimmer hing ein beißender, undefinierbarer Geruch, der, eingefangen und in Flaschen abgefüllt, wahrscheinlich Nagetiere oder alte Menschen hätte umbringen können. Louisa atmete möglichst flach. Auf einer Liste von Räumen, in denen ihre Anwesenheit höchst unwahrscheinlich war, stand dieses Schlafzimmer gleich hinter dem von Benedict Cumberbatch, wenn auch aus diametral entgegengesetzten Gründen. Aber wenigstens war Ho nicht hier. Nur die Beweise seiner Anwesenheit: die Anime-Poster an den Wänden, die vielen schmutzigen, mit Schokoschleim verklebten Tassen auf dem Boden.

Die benutzten Taschentücher, die dazwischen blühten wie gescheiterte, verworfene Origamiversuche, ignorierte sie so gut wie möglich.

Das Bett war breit, das Laken dunkelblau, der Bettbezug braun. Echt jetzt?, dachte Louisa. Sie ging auf die Knie und sah unter dem Bett nach. Noch mehr weggeworfene Kleenex-Rosen; genug Staubmäuse, um *Bernhard und Bianca* neu zu verfilmen. Es musste eine Nachttischlampe gegeben haben, aber sie war weg – man könnte meinen, die Dogs wollten heimlich einen Flohmarkt veranstalten –, aber die Schubladen in dem Tisch, auf dem sie gestanden hatte, waren noch da, und Louisa sah sie durch. Okay, Kim würde sich wahrscheinlich nicht darin verstecken, aber wie oft bot sich eine solche Gelegenheit? Nicht, dass Ho irgendetwas Interessantes in einer Schublade verstecken würde: Sein Leben würde in bite-große Datenhäppchen zerlegt und auf die Laptops und Laufwerke verteilt sein, die jetzt nur noch an den Spuren zu erkennen waren, die sie hinterlassen hatten: die staubigen Umrisse der entfernten Hardware. Das alles war inzwischen im Park und wurde derzeit demontiert, ebenso wie Ho. Womöglich würde es auch nie wieder zusammengesetzt werden. Ob das auch für Ho galt, war ein Gedanke, mit dem sich Louisa nicht aufhielt, obwohl sie einen seltenen Anflug von Mitgefühl für ihren Kollegen verspürte, der gelegentlich nützlich, aber selten sympathisch gewesen war. Aber was gab ihr das Recht, so zu denken? Sie hatte sich auch nicht darum bemüht, Slough House zu einem schöneren Ort zu machen. Na gut, sie hatte sich um River gekümmert, aber Herrgott noch mal, nach dem heutigen Tag war der MIT DEN BESTEN AUSSICHTEN AUF ERFOLG völlig im Eimer. Mit ihrer sinnlosen Suche nach einer wahrscheinlich toten Zeugin schlugen sie im Grunde nur die Zeit tot: River und Coe waren am Arsch, und es müsste schon ein Wunder geschehen, wenn sie und alle anderen die Konsequenzen überleben würden.

In diese Gedanken versunken, öffnete sie die Tür des Kleiderschranks, und ein Dämon sprang heraus, dessen rechte Faust ein dünner Metalldorn war, der direkt auf Louisas Gesicht zielte.

Das Letzte, was sie je mit ihrem linken Auge sehen würde, war eine kreischende Hexe mit einer spitzen Faust: Dieses Albtraumszenario hätte sich beinahe bewahrheitet und suchte Louisa wochenlang nachts heim. Aber sie warf ihren Kopf rechtzeitig zur Seite und trat einen Schritt zurück, wobei sie mit dem linken Fuß auf eine von Hos abgestellten Tassen trat, die unter ihrer Ferse zerbrach, wodurch sie der Länge nach zu Boden stürzte. Im Fallen schrie sie auf und sah aus einem verrückten Winkel heraus, wie River in der Schlafzimmertür erschien.

Es blieb keine Zeit für eine Strategie; sie musste sofort handeln. Die Frau, die die Schranktür geöffnet hatte, war aus dem Spiel; in der nächsten Sekunde war ein Mann zu ihr gestoßen. Kim hatte ihn mit voller Wucht getroffen: seinen Bauch mit ihrem Kopf. Er war schlank – es war nicht, als schlüge man quasi auf ein Kissen –, aber ihr Kopf war härter und voller hasserfüllter Gedanken. Er taumelte rückwärts, und Kim schlüpfte unter seinem ausgestreckten Arm hindurch und nahm die Treppe vier Stufen auf einmal. Es war eher ein kontrollierter Sturz als ein gesitteter Abstieg, aber noch bevor sie unten angekommen war, tauchte eine andere Gestalt auf und packte sie am Kragen, sodass ihre Füße vom Boden abhoben. Die beiden stürzten übereinander, und Kim schlug wild mit ihrer behelfsmäßigen Waffe um sich, traf Fleisch und hörte ein empörtes Kreischen von der fassförmigen Kreatur, die sie gefangen hatte. Der Griff lockerte sich. Kim war sofort wieder auf den Beinen und öffnete die Haustür. Von oben kamen Geräusche, Nummer eins und zwei, die sich aufgerappelt hatten und hinter ihr her waren, aber sie war jetzt draußen, auf der Straße, und da wartete noch einer: ein Mann in einem Kapuzenpulli, der gefährlich wirkte. Er griff in seine Tasche, und das konnte Kim nicht gebrauchen; sie wusste, wonach solche Männer griffen, und sie schlug wieder zu; der Drahtbügel fuhr wie ein Blitz durch die Nachtluft. Der Mann zuckte zurück, aber sie erwischte ihn am Kinn: ein paar Tropfen Blut fielen auf ihr Gesicht. Keine Zeit, sich darüber Gedanken zu machen, denn er hatte sich bereits erholt und ihren Arm gepackt, und für einen Moment schien es vorbei zu sein. Die drei im Haus sammelten sich, und der hier hielt sie in seinem Griff, aber Kim dachte keinen Moment nach, sondern trat ihm mit voller Wucht in die Eier: ein traditioneller Move, aber stets effektiv, und der Typ knickte sofort ein. Sie befreite sich aus seinem Griff und rannte so schnell sie konnte die Straße hinunter.

Versteck dich! Such dir einen Unterschlupf und bleib da! Lass den Kleiderbügel los, damit siehst du kriminell aus.

Ohne langsamer zu werden, zog sie die Hand aus dem Kleiderbügel, der wie eine weggeworfene Dornenkrone auf den Bürgersteig fiel. Sie überquerte die Straße, lief an einer Reihe geparkter Fahrzeuge vorbei zur Kreuzung und wollte gerade scharf links abbiegen, als eine Autotür vor ihr aufschwang. Kim knallte dagegen, prallte zurück und schlug so hart auf dem Boden auf, dass ihr sämtliche Knochen im Leib zu brechen schienen.

Etwas Schwerfälliges stieg aus und stellte sich über sie, ein schreckliches Ungeheuer, das seine Beute zerschmettern wollte.

»Ich bin strikt gegen Chauvinismus, wissen Sie«, sagte es. »Aber ich halte einer Dame gerne die Tür auf.«

Doch Kim hörte schon gar nicht mehr zu.

12

Whelan telefonierte, und während er sprach und zuhörte, beobachtete er die »Jungs und Mädels« in der Zentrale. Vor allem eine junge Frau behielt er im Auge; rein väterlich – sie ähnelte Claire in jungen Jahren –, aber er sah genauer hin, wenn sie sich über ihren Schreibtisch lehnte, um einen Kollegen anzusprechen, oder sich zu einer Schublade beugte. In Claude Whelans Gedächtnis gab es einen blinden Fleck, den er nicht auszufüllen versuchte. Hätte ihn jemand mit den Einzelheiten jener lang zurückliegenden Nacht konfrontiert, dem Gespräch mit dem Mädchen an der Ecke, dem Auftauchen des Beamten in Zivil, den Stunden in der Untersuchungshaft, bevor sich alles in Wohlgefallen auflöste, wäre er einen Moment lang wirklich verwirrt gewesen, unfähig, sich daran zu erinnern, ob es ihm selbst passiert war oder er nur darüber gelesen hatte, so sehr hatte er die Episode verdrängt. Ein Ausrutscher, hätte er gesagt, wenn er gefragt worden wäre. Ein bedauerlicher Ausrutscher, der schon lange hinter ihm lag. Er war zufrieden mit Claire, mit ihrer perfekten Ehe, und auch wenn ihr Interesse an Körperlichkeiten von kaum bis gar nicht nachgelassen hatte, war das ein geringer Preis für ihre treue Unterstützung.

Jackson Lamb hatte natürlich die Details herausgefunden

und sie Claude vor die Nase gehalten wie ein Hund, der eine Beute erlegt hat, mit dem Maul voller Federn, aber offenbar wollte er einfach nur, dass Claude ihn und seine Truppe in Ruhe ließ.

Für den Moment würde das genügen müssen.

Whelan sprach mit dem Redakteur der Zeitung, für die Dodie Gimball arbeitete, dann mit dem Anwalt dieser Zeitung, dann mit einem Anwalt des Service und dann wieder mit dem Redakteur der Zeitung. Dieses zweite Gespräch war recht kurz. Als er alle nötigen Informationen beisammenhatte, rief er die Nummer an, die ihm der Redakteur gegeben hatte, und sprach mit einem Mann namens Barrett, dessen sonorer Stimme man mit Vergnügen zuhörte. Barrett, ein ehemaliger Polizist, führte Ermittlungen für die Zeitung durch, eine leidige Lücke in der Nachrichtenbeschaffung, da die meisten Journalisten sich nur noch selten über Twitter und die nächste Nespresso-Maschine hinauswagten. Barrett berichtete ohne Zögern, Wiederholungen oder Umschweife in allen Einzelheiten über seinen Job für Dodie Gimball. Als er fertig war, bedankte sich Whelan bei ihm und klickte ihn weg. Dann starrte er wieder durch seine Glaswand.

Der Premierminister würde nicht glücklich sein.

Die Nacht hält sich tagsüber bedeckt, aber sie ist immer da, sie wartet stets, und manche öffnen ihr schon früh die Tür, erlauben ihr, sich hereinzuschleichen und sich in einer Ecke niederzulassen. Molly Doran gehörte zu diesen Menschen. Sie war ein Geschöpf der Dunkelheit geworden, die hellste Stunde, in der sie sich wohl fühlte, war die blaue, und sie war schon vor langer Zeit in diesem fensterlosen Reich ein paar Stockwerke unter dem Büro von Claude Whelan angespült worden. Ihr Zuhause war eine Wohnung im Erdgeschoss eines Neubaus, zwanzig Minuten mit dem Taxi entfernt, aber es war nicht mehr als eine Kiste, in der sie sich versteckte, wenn die Konventionen es verlangten. Hier fühlte sie sich lebendig, besonders jetzt, während der Spätschicht, wenn die Nacht aus ihrem Körbchen kam und hinter ihr herschlich, während sie durch die Gänge rollte.

In ihrem Archiv gab es reihenweise Akten, in denen Menschenleben verzeichnet waren; es gab Operationen, die minutiös aufgezeichnet worden waren und deren Einzelheiten nie an die Öffentlichkeit gelangen würden, und damit hatte sie kein Problem. Der Geheimdienst trug seinen Namen nicht ohne Grund. Transparenz und Offenheit waren etwas, worüber Interessengruppen meckern mochten, aber Molly Doran wusste, dass vieles von dem, was unsere Sicherheit gewährleistet, im Verborgenen bleiben muss. Die Begierden, die die Demokratie am Leben erhalten, können ungehörig sein. Es gab Geschichten, bei denen Liberale entflammen würden, und obwohl Molly gelegentlich das Gefühl hatte, dass sie die Wärme gut gebrauchen könnte, konnte ein solches Freudenfeuer leicht außer Kontrolle geraten.

Manchmal sprach sie zu ihren Akten.

»Also, meine Lieben«, sagte sie laut. »Wonach suchen wir heute Abend?«

Natürlich antworteten sie nicht; sie war ja nicht verrückt. Doch sprach sie zu der Welt, die sich um sie herum versammelt hatte, wie Eingeschlossene zu ihren Wänden sprechen mochten; es war die Art von Zwiegespräch, mit dem sie ihre Anwesenheit demonstrierte.

»*Watering hole,* die Wasserstelle«, sagte sie. »Was für ein reizender Ausdruck.«

Reizend bedeutete in diesem Fall alt; nach dem Krieg, aber alt.

Ihr Rollstuhl verursachte kaum Geräusche. Sie fragte sich oft, ob sie, wenn sie sich auf die Hände und die nutzlosen Knie begeben würde, Rillen im Boden entdecken würde, wo sie jahrelang unaufhörlich hin und her gefahren war. Doch das spielte jetzt keine Rolle mehr. Sie würden sie bald entlassen – sechs Wochen noch; *Sie brauchen nicht zu kündigen; warum machen Sie nicht mal ein bisschen Urlaub?* – Scheiß auf die. Was dachten die denn, dass sie surfen gehen würde? Sie hatte sich schon überlegt, sich einfach zu weigern und sich einzuschließen, aber das wäre nicht sehr würdevoll gewesen. Besser war es, zu ihren eigenen Bedingungen abzutreten.

»Fangen wir hier an, ja?«

Sie befand sich in den späten Fünfzigern, inmitten diverser nie umgesetzter Notfallpläne, Strategien und Abenteuer aus der Endphase des Empires.

Selbstredend war die Jagd, auf die sie sich gerade begab, ein Entlassungsgrund. Jackson Lamb war in dem Maß eine Persona non grata, dass Regent's Park praktisch ein »No-Jacksons-Club« war, und selbst wenn er es nicht gewesen wäre, gab es Vorschriften, die verhindern sollten, dass jemand einfach auftauchte und um einen Gefallen bat. Die sechswöchige Vorankündigung und das Warum-fahren-Sie-nicht-in-Ski-Urlaub könnten sich also als überflüssig erweisen: ein einziger Ausrutscher, und man landete ohne Federlesens auf der Straße oder gleich im Gefängnis. Darauf hatte Molly Doran keine Lust.

Aber sie hatte auch keine Lust dazu, von Diana Taverner die Entlassungspapiere auf den Tisch geknallt zu bekommen. Nicht, dass Lady Di selbst in Erscheinung getreten wäre, aber ihre Fingerabdrücke waren überall zu sehen: Taverner misstraute den Exzentrikern, und darunter fielen alle, deren Ansichten nicht mit ihren eigenen übereinstimmten. Hätte sie jemals etwas Zeit hier inmitten der Akten verbracht, hätte sie gewusst, dass es die Exzentriker und Phantasten waren, die Grenzfälle, die die Flagge des Dienstes immer am höchsten hielten.

Außerdem: Jackson Lamb. Der Versuchung, ihm den Strick zu reichen, den er suchte, konnte sie nicht so leicht widerstehen. Früher oder später würde er daran baumeln – niemand konnte für immer Jackson Lamb sein, ohne den Preis dafür zu zahlen –, aber die Gewissheit, dass ihm zu helfen Lady Di hysterische Angstzustände bescheren würde, reichte Molly Doran vollkommen. Plötzlich hatte sie das Bild von Lambs Kadaver vor Augen, wie er an einem Galgen baumelte. Sein Gestank würde ganze Gebäude leeren. Aber er würde es nicht anders wollen, das wusste sie. Nachdem er ein halbes Leben lang gegen die Mächte der Unterdrückung gekämpft hatte, hatte er die zweite Hälfte damit verbracht, sich an einer Welt zu rächen, die es ohnehin vermasselt hatte. Wenn die Dinge anders gelaufen wären, wäre er vielleicht eine Augenweide gewesen. So aber war er ein Spektakel, nur nicht die Art, die bewundernde Blicke auf sich zog.

Es war leicht, sich in solche Gedanken zu verrennen. Ihre Tage und Wochen, ihre Jahre hier unten – so viele davon waren von Phantasieflügen erfüllt gewesen, ungeachtet ihrer erdgebundenen Räder. Es war, als würde der Inhalt der Akten langsam durchsickern und die Luft mit geheimen Geschichten, mit privaten Visionen füllen.

»Das ist Regent's Park«, rief sie sich zur Ordnung. »Nicht das verdammte Hogwarts.«

Mit diesen Worten zog sie den ersten von den Schätzen der Nacht aus dem Regal.

Sie saß allein im Auto, und das war es, was Trauer bedeutete. Trauer bedeutete, allein im Auto zu sitzen.

Würde sie sich daran erinnern, oder sollte sie sich eine Notiz für später machen?

Theoretisch, dachte Dodie Gimball, war sie nicht allein, denn da war ja der Fahrer, aber solche Details sparte die Kunst aus. Ihr Mann war tot, und sie war allein im Auto und würde es immer bleiben. Ihr Lebensgefährte war ihr genommen worden – gerade eben war er noch da gewesen, jetzt war er fort. Was sollte sie jetzt bloß tun?

Hinter ihr Blaulicht, vor ihr Blaulicht; die Polizei hatte keine Sirenen eingeschaltet, aber durch das Innere des BMWs huschten rhythmische Farbwechsel. Hin und wieder verschwamm alles, wenn sich Dodies Augen mit Tränen füllten, die aber nie hinaustraten. Es war, als wäre ein Ventil verklemmt und weigerte sich, das Wasser durchströmen zu lassen.

Dennis war tot. Sie hatten ihn umgebracht. Sie würden dafür bezahlen.

Niemand hatte ihr sagen können, was geschehen war. Es wurde »ermittelt«. Es war »zu früh, um etwas zu sagen«. Das Gebiet war abgeschottet worden, eine Straßensperre wurde errichtet, als ihre Wagenkolonne Slough verließ, aber all das drang nicht an ihre Ohren, nicht bis zu ihren Augen. Unter anderen Umständen hätte sie jedem in Hörweite ein Dutzend Löcher in die Karriere gebohrt, aber heute Abend fühlte sie sich machtlos. Das war Trauer; Trauer war, allein im Auto zu sitzen. Aber es war auch etwas anderes, etwas, dem sie noch nicht auf den Grund gegangen war.

Ihre letzten Worte an Dennis waren gewesen: *Wenn du erwischt wirst, darfst du dir nie wieder meine Manolos ausleihen.* Und das war's dann.

Auch dieser Satz würde von einer Neufassung profitieren. *Als ich ihn umarmte, hatte ich eine seltsame Vorahnung, wie bislang nur ein einziges Mal zuvor, als meine geliebte Großmutter – nein, mein Großvater – Großmutter* – scheißegal, die Praktikanten konnten sich um die Details kümmern. *»Ich liebe dich, mein Schatz.« Ich bin für immer dankbar, dass dies die letzten Worte waren, die ich …*

Der Wagen mit dem Blaulicht vor ihr wurde langsamer, kam zum Stehen.

Der Wagen, in dem sie saß, ebenfalls.

Sie befanden sich auf der Western Avenue. Vor ihnen fiel Licht auf das Hoover-Gebäude, das gerade umgebaut wurde. Auf der Straße strömten rote Glühwürmchen in die Londoner Innenstadt; hier zogen blaue Lichter langsam vor und hinter ihr ihre Kreise, und sie stand am Straßenrand. Der Fahrer sagte irgendetwas mit »Ma'am«.

»Wie bitte?«

»Ich wurde gebeten, anzuhalten.«

»Wie bitte?«

»Sie haben einen Besucher.«

Und dann stieg der Fahrer aus, und sie war wirklich allein im Auto.

»Woher wussten Sie, wo wir sind?«

Lamb seufzte. »Jetzt kommen Sie schon! Es war klar, dass Sie nach dem Mädchen suchen würden, und wo sollte sie sich sonst verstecken?«

»Außerdem habe ich es ihm gesagt«, ergänzte Catherine.

»Na schön, wenn man's genau nimmt.«

Kim – die Freundin von Roddy Ho – lag rücklings auf dem Boden des Büros, und alle waren um sie herum versammelt. Das Spektrum von Besorgnis bis hin zu Gleichgültigkeit reichte von Catherine Standish am einen bis zu Jackson Lamb am anderen Ende, der so weit weg war, dass man ihn kaum sehen konnte. »Timing«, hatte er mehrmals betont. »Das war Timing.«

»Es hätte sanftere Methoden gegeben, sie aufzuhalten.«

»Na klar doch.« Er musterte die Anwesenden: J. K. Coe mit aufgeschlitztem Kinn; Shirley Dander mit einem abgerissenen Ohrläppchen; Louisa und River, die sich beide äußerst vorsichtig bewegten. »Ihr habt sie ja mit Samthandschuhen angefasst.«

Das Telefonat mit Catherine hatte er in Welles' Auto geführt, nachdem sie den Park verlassen hatten; Flyte und Welles vorne, Lamb flach auf dem Rücksitz liegend.

»Wir müssen das Mädchen finden«, hatte Flyte gesagt.

»Ich weiß.«

»Falls sie sie noch nicht umgebracht haben.«

Es herrschte nur wenig Verkehr. London trug sein Abendkleid: glitzernde Pailletten und eine vollgestopfte Handtasche. An manchen Abenden sah es aus wie eine Kaiserin in Lumpen. Heute Abend war es eine Stadtstreicherin in Designerkleidung.

Lamb hatte gesagt: »Ich hätte sie umgebracht. Aber diese Schwachköpfe hatten zwei Versuche bei Ho und haben kaum sein Ego angekratzt. Wenn man bedenkt, dass ein Fünfjähriger ihn mit einem Weidenzweig zu Fall bringen könnte, habe ich nicht viel Vertrauen in ihre Fähigkeiten.« Bevor sie etwas erwidern konnte, verlagerte er sein beträchtliches Gewicht, und das Polster knarzte empört. »Was machen Sie eigentlich hier?«, fragte er Flyte. »Ich habe durchaus bemerkt, dass Sie im Auto sitzen.«

»Sie kann man auch kaum ignorieren«, erwiderte Flyte und hielt sich kurz die Nase zu.

»Tja, ich kann ja wohl schlecht zu Fuß nach Hause gehen, oder? Welche Ausrede haben Sie?«

»Sollte ich Ihrer Meinung nach joggen?«

»Ich meine, Sie sollten in Ihrem Büro sitzen und Ihren Bericht schreiben. Aber Sie sitzen hier.« Er kratzte sich am Ohr, und als er fertig war, hielt er eine Zigarette in der Hand. »Weil Sie jetzt bis zum Hals mit drinstecken und Cornwall hier ebenso.«

»Devon.«

»Wie auch immer. Sie haben es vermasselt, und er hat Ihnen im falschen Moment den Rücken freigehalten.« Lamb blickte in Richtung Welles. »Ich wette, Sie wünschen sich, Sie wären nie ans Handy gegangen.«

Welles ignorierte ihn.

Flyte sagte: »Gimball ist tot.«

»Buhuu. Sollen wir einen Teddybären kaufen und ihn an einen Laternenpfahl binden?«

»Sie haben gesagt, dass er in Gefahr schwebt. Wenn ich das nicht ignoriert hätte, wäre die Sache vielleicht anders ausgegangen.«

Lamb lehnte sich zurück. »Wenn Sie neu eingeteilt werden, bringe ich Sie mit Cartwright zusammen«, sagte er. »Sie sind schon einmal aneinandergeraten, stimmt's?«

»Lieber erschieße ich mich.«

»Ich habe eine Waffe, die Sie sich leihen können.«

In dem Moment hatte sein Handy geklingelt: Catherine Standish mit den neuesten Nachrichten aus Slough House.

Während Lamb sprach, sagte Flyte zu Welles: »Als ich dich gebeten habe, mich zu decken, wusste ich nicht, dass alles dermaßen den Bach runtergehen würde. Es tut mir leid. Du bist streng genommen gar nicht im Dienst. Du kannst jederzeit gehen.«

Welles sagte: »Ich habe Lindsay Lohan in den Park geschmuggelt. Das wird Fragen aufwerfen.«

Flyte dachte eine Weile nach und entschied sich dann für eine pauschale Antwort. »Scheiße.«

»Bei mir ist es nicht so schlimm«, sagte Lamb und beendete seinen Anruf. »Wir haben einen neuen Teekessel.«

»Sie sind ein echter Witzbold, was?«

»Das nennt man positive Einstellung«, erwiderte Lamb. »Von mir können Sie noch einiges lernen. Ach, und Hampshire? Planänderung. Meine Mannschaft glaubt, dass sich das Mädchen in Hos Haus befindet.«

»Lebendig?«

»Ist noch zu früh, um das zu sagen. Die letzte Such- und Rettungsaktion meiner Mannschaft war nicht sehr erfolgreich. Aber es ist eine Reise wert.«

Welles fuhr links ran. »Wir sollten zurück zum Park fahren«, sagte er. »Whelan alles erklären, oder meinetwegen sonst wem.«

»Das halte ich für keine so gute Idee«, entgegnete Lamb. »Wissen Sie noch?«

Flyte verdrehte die Augen. »Und was jetzt?«

Welles antwortete an ihrer Stelle. »Als die Typen sich den Plan verschafft haben, wussten sie, wonach sie suchten. Sie hatten Insiderinformationen.«

»Scheiße«, wiederholte Flyte.

»Das bedeutet, dass jemand undicht war«, bemerkte Lamb. »Wäre schön zu wissen, wer, bevor wir wie Rotkälbchen reinspazieren.«

»Käppchen.«

»Anderer Film.« Lamb sah Welles an. »Wollen Sie dic ganze Nacht hier sitzen?«

»Je nachdem, was meine Chefin sagt.«

»Haben Sie ihn mit einem Stöckchen trainiert? Oder ihn zur Schule geschickt?«

Flyte sagte: »Wenn die Täter Insiderinformationen hatten, wozu brauchten sie dann Ho?«

»Das ist nur eine von vielen Fragen, die wir hier nicht beantworten werden.«

»Ich hab's vermasselt«, sagte sie. »Das passiert in Ihrem Umfeld öfter, was? Wie durch eine magnetische Anziehungskraft. Und ich nehme das auf meine Kappe. Aber ich habe keine Lust, die restliche Nacht in einer Zelle neben Roddy Ho zu verbringen. Nicht, wenn auch nur die geringste Chance besteht, diese Scheißkerle aufzuspüren.«

Also fuhren sie stattdessen zu Hos Haus und kamen dort, wie Lamb es ihnen mehrmals unter die Nase rieb, genau rechtzeitig an – perfektes Timing.

Jetzt, in Slough House, kniete sich Catherine hin und reichte Kim ein neues Papiertaschentuch, das diese nahm und sich auf die Nase drückte. Aus der Neun, die Shirley, Louisa und River ihr am Vorabend gegeben hatten, war jetzt, nachdem sie von einer Autotür niedergestreckt worden war, eher eine Dreieinhalb geworden; vielleicht eine Vier, räumte Shirley ein, wenn man auf so etwas stand, wobei »so etwas« ein blaues, geschwollenes Gesicht meinte. Merke: nicht auf die Fresse fallen, dachte sie. Nicht der Länge nach. Wobei die Länge so ziemlich das Einzige war, was Shirley mit Kim gemeinsam hatte. Na ja, und vermutlich das Verlangen nach Betäubungsmitteln, obwohl das in Kims Fall eher ein akutes Dilemma als ein Dauerzustand war.

»Hat sie schon viel gesagt?«, fragte Lamb.

»Du hast die ganze Zeit danebengestanden«, erinnerte ihn Catherine.

»Vielleicht war ich etwas abgelenkt«, erwiderte er. »Ich kann nämlich unter ihren Rock gucken.«

Catherine zog Kims Kleidung zurecht.

Emma Flyte sagte: »Nehmen Sie's mir nicht übel, nur zu meiner Information: Haben Sie vor, sie mit einer Waffe zu bedrohen und an einen Stuhl zu fesseln?«

»Zweimal an einem Tag? Nicht ohne ärztliche Aufsicht.«

Kim, die immer noch auf dem Bauch lag, warf ihm

Schimpfwörter an den Kopf. Sie hatte das in regelmäßigen Abständen getan, seit sie auf dem Weg nach Slough House im Auto zu sich gekommen war.

»Wir sollten sie ins Krankenhaus bringen«, drängte River erneut, jedoch hörbar ohne große Hoffnung, dass man seinen Rat befolgen würde.

»Entweder das«, erwiderte Lamb. »Oder Sie halten die Klappe.«

»Es ist schon nach Mitternacht«, gab Louisa zu bedenken.

»Wenn ich die Zeitansage hören wollte, hätte ich Sie angerufen.«

»Ich wollte damit nur sagen, dass heute ein neuer Tag ist. Und es scheint, als wollten wir ihn noch schlimmer machen als den gestrigen.«

»Sie waren ein Gimball-Fan?«

»Ich bin ein Fan davon, mir keine Sorgen machen zu müssen, dass man uns alle verhaftet.«

»Mir ist irgendwie, als hätte hier jemand ein schlechtes Gewissen.« Lamb sah zu River, dann zu Coe, und ließ seinen Blick auf ihm ruhen. »Wer könnte das bloß sein?«

Welles sagte: »Wenn sie einen Draht zu den Typen hat, die das Abbotsfield-Massaker angerichtet haben, sollten wir sie befragen. Und nicht zusehen, wie sie verblutet.«

»Mir scheint, ich habe Sie falsch eingeschätzt, Dorset«, sagte Lamb zu ihm. »Sie haben Ihre lichten Momente.« Er ging in die Knie. »Damit hier keine Missverständnisse aufkommen«, sagte er zu Kim, und obwohl er leise sprach, war jedes seiner Worte deutlich zu verstehen. »Wir wissen, was Sie getan haben, und wir wissen, was dabei herausgekommen ist. Sie werden uns alles sagen, was wir wissen wollen, oder

Ihr Leben als freie Frau ist ab heute Abend vorbei. Habe ich mich klar ausgedrückt?«

»Fick dich«, sagte sie mit zusammengebissenen Zähnen.

»Das wäre Ihre zweite Option gewesen.«

»Jackson!«, warnte Catherine.

»Ist ja schon gut. Herrgott noch mal, darf man denn nicht mal mehr ein Witzchen machen?« Er stand auf und drehte sich zu Emma Flyte um. »Legen Sie los. Ich habe sie für Sie aufgewärmt.«

»Sie lassen mich das machen?«

»Angeblich sollen Sie doch Expertin darin sein.«

Sie verkniff es sich wohlweislich, ihm zu seinem Anfall von gesundem Menschenverstand zu gratulieren. »In diesem Fall«, sagte sie, »können sich jetzt alle anderen hier verziehen.«

Und nach einem Blick zu Lamb taten das dann auch alle anderen.

Als sie sich dem Wagen der Gimball-Witwe näherte, klingelte Di Taverners Handy, und sie blieb am Straßenrand stehen, um den Anruf anzunehmen. Es herrschte nicht viel Verkehr, aber die Autos fuhren schnell, und sie musste das Gespräch vor einer Hintergrundkulisse von Motorenlärm führen.

»Wir haben die Bestätigung für ein bekanntes Gesicht in Slough.«

»Weiter.«

»Die Aufnahmen des Mannes stammen von einer Überwachungskamera im Stadtzentrum, wenige Minuten nachdem die Nachricht über den Todesfall eintraf.«

»Schnelle Arbeit.«

»Die Gesichtserkennungssoftware hat angesprochen, weil er schwer dekoriert ist.«

Taverner dachte an Tapferkeitsmedaillen. »Er ist Soldat?«

»Nein, ein Ex-Häftling. Mit Tattoos im Gesicht.«

In dem Moment überschritt ein Hitzkopf die Geschwindigkeitsbegrenzung und möglicherweise den hiesigen Rekord.

Taverner wartete, bis der Raser vorbei war, und sagte dann: »Die Bilder interessieren mich weniger; bitte halten Sie sich an die Fakten.«

Die Queens of the Database, wie die Kommunikations- und Überwachungsfachleute des Parks genannt wurden, neigten dazu, sich mit blumiger Sprache zu schmücken; ein kleines Trostpflaster, wie sie behaupteten, für die chronische Unterbezahlung.

»Verzeihung, Ma'am.«

»Um wen handelt es sich?«

»Sein Name ist Tyson Bowman. Er arbeitet für Zafar Jaffrey, den …«

»Ich weiß, wer Jaffrey ist. Haben Sie eine Ahnung, warum dieser Bowman heute Abend in Slough war?«

»Noch nicht. Die Polizei hat gerade erst damit begonnen, die Fahndungslisten durchzugehen. Wir haben die Information früher erhalten, weil Jaffrey überwacht wird und seine Mitarbeiter automatisch angezeigt werden.«

Die Überwachungsvideos waren dem Park zur Verfügung gestellt worden, in der Annahme, dass jeder Treffer sofort weitergegeben werden würde. Jeder wusste, dass dies nur selten der Fall war, obwohl der Grund dafür in der

Regel nicht in der Politik lag, sondern eher darin, dass sich die Informationen in der Bürokratie verhedderten, die wie Fliegenfänger an den Zuständigkeitsgrenzen baumelte.

Taverner sagte: »Okay. War Jaffrey auch in Slough?«

»Nein. Er hat eine Rede vor Parteianhängern in Birmingham gehalten.«

»Okay«, wiederholte Taverner. »Mal sehen, ob wir eine Abholung organisieren können, ohne Aufsehen in der Nachbarschaft zu erregen. Es ist wahrscheinlich ein Zufall. Aber …«

»Ich sehe mal nach, wer in der Nähe ist. Schade, dass er nicht früher signalisiert wurde. Wir hatten ein Team in der Nähe.«

Taverner, die die Verbindung gerade unterbrechen wollte, hielt inne. »Wie bitte?«

»Zwei Agenten, in Slough. Sie wurden ebenfalls von den Überwachungskameras erfasst.«

»Verstehe«, sagte Taverner langsam. »Ja, das ist ärgerlich. Helfen Sie mir auf die Sprünge – wer war gleich noch mal dort?«

Aus der Nähe betrachtet glich das »Mädchen« der jüngeren Claire nicht so sehr, wie er gedacht hatte; sie hatte schmalere Gesichtszüge, und jugendliche Akne hatte auf ihrer Haut flache, aber deutlich sichtbare Spuren hinterlassen. Doch auch wenn die Ähnlichkeit nicht sehr groß war, blieb die Tatsache, dass sie jung und weiblich war, und das reichte aus, um gewisse Erinnerungen zu wecken. Und dazu kam: Er hatte sie gerufen, und sie war gekommen. Manchmal war das alles, was nötig war.

»Sir?«

»Josie.«

Sie wartete. »Kann ich irgendetwas für Sie tun?«

Whelan blinzelte und fing sich wieder. »Ja. Es geht um einen Mann namens Blaine, der sich Dancer nennt. Er betreibt ein Schreibwarengeschäft in der Nähe von St. Paul's, aber das ist nur eine Tarnung für diverse andere … Aktivitäten, wie ich höre. Steht er auf unserer Liste?«

»Das kann ich für Sie nachsehen.«

»Gutes Mädchen. Ich meine, ich danke Ihnen.«

Er beobachtete durch die Glaswand, wie sie eilig zu ihrem Schreibtisch zurückkehrte und begann, Informationen zu ernten: eine digitale Harke, eine digitale Sense. Er bemerkte, wie ihre Bluse protestierte, wenn sie sich reckte; wie sie sich konzentriert auf die Unterlippe biss, und es schnürte ihm die Kehle zu.

Jemand stand in seiner Tür. »Ja, bitte?«

»Das ist für Sie, Sir.«

»Das« erwies sich als Transkription von Roderick Hos Verhör.

Whelan runzelte die Stirn, als er den Namen obendrauf las: Emma Flyte? Sollte sie nicht in Slough House sein? Er wollte schon nachfragen, aber er war wieder allein; der Überbringer der Abschrift war zurück in die Anonymität abgetaucht.

Er überflog die Seiten. Ho war ein Slow Horse – alle Abteilungen des Service hatten irgendeinen inoffiziellen Namen; Whelan selbst war ein Wiesel; aber bei den Slow Horses war es insofern etwas anderes, als ihr Spitzname verächtlich war – und ebenso wie bei den anderen war Hos

Kurzbiografie eine Studie des Niedergangs. Von Regent's Park nach Slough House, ein flotter Spaziergang von einer halben Stunde, doch von da aus führte kein Weg zurück – jedenfalls hatte ihn noch keiner gefunden. Seltsamerweise schien Ho jedoch keinen dunklen Fleck auf seiner weißen Weste zu haben. Dem Exil ging in der Regel ein katastrophales Versagen voraus; Ho dagegen war einfach dorthin versetzt worden, als wäre er von vornherein an der falschen Adresse gewesen und seine erneute Auslieferung eine einfache Fehlerkorrektur.

Das war aber nicht der springende Punkt. Was auch immer Ho nach Slough House verschlagen hatte: Er gehörte auf jeden Fall dorthin, denn die Honigfalle, in die er getappt war, war ein lächerlich alter Hut. Falls der Park jemals auf die Idee käme, ein Trainingshandbuch in Comicform zu erstellen, dann wäre das hier die Vorlage: eine kleine Schönheitskönigin, die sich einem Computernerd an den Hals warf, dessen Sexleben wahrscheinlich von einer WLAN-Verbindung abhing. Nachdem ihre Auftraggeber bekommen hatten, was sie wollten, beschlossen sie offensichtlich, ihn zu eliminieren, und in dem Punkt hatte Ho großes Glück gehabt. Aber worauf zum Teufel waren die Typen eigentlich scharf gewesen?

Josie war zurück, und ihr Atem ging etwas schneller, aber Whelan bemerkte es kaum. Zwei Informationen in dem Transkript vor ihm fesselten ihn, von denen die erste das Mädchen betraf. Eine britische Staatsbürgerin, aber nordkoreanischer Abstammung.

Die zweite betraf die Art des Dokuments, das Ho an sie weitergegeben hatte.

»Sir?«

Es dauerte einen Moment, bis er wieder im Hier und Jetzt war.

»Sie wollten etwas über Dancer Blaine wissen«, sagte Josie.

»Wollte ich das?«

»Geht es Ihnen gut, Sir?«

»Ehrlich gesagt«, entgegnete Whelan, »bin ich mir nicht ganz sicher.«

»Ihr Name ist Kim Park. Sie sind die Freundin von Roderick Ho, oder geben sich als solche aus. Und er hat Ihnen Dokumente verschafft, die Sie anschließend an einige sehr üble Typen weitergegeben haben. Sie haben dem Terrorismus Vorschub geleistet, Kim. Wissen Sie, welche Strafe darauf steht?«

»Fick dich!«

Ihre Nase war blutig und ihre Augen blau und geschwollen, aber ihr Mund war unversehrt und funktionierte einwandfrei. Unter der Feindseligkeit lauerte jedoch die Angst, das hörte Emma Flyte deutlich heraus. Egal ob sie eine harte Nuss war oder nicht, sie war jung, und sie war verletzt und traumatisiert. Und Flyte fühlte sich nicht wohl dabei, in Wunden zu stochern. Andererseits hatte dieses Kind eine Reihe von Ereignissen angestoßen, die das ganze Land in Aufruhr versetzten. Dass man ihr eine Autotür ins Gesicht geknallt hatte, war die mildeste Reaktion, die sie derzeit erwarten konnte.

»Wir werden nicht lange brauchen, denn wenn ich nicht innerhalb von fünf Minuten Antworten bekomme, wasche ich meine Hände in Unschuld. Die nächste Mannschaft, die Sie abholen kommt – und es wird eine Mannschaft sein –, wird Sie nicht mit Samthandschuhen anfassen so wie ich. Wenn die ein junges Mädchen wie Sie sehen, das ihnen Informationen vorenthält, strahlen sie wie Footballspieler vor einem Braten. Ich denke, Sie wissen, was ich meine. Es gibt verschiedene Möglichkeiten, auf Sie einzuwirken, aber alle enden damit, dass Sie alles, was Sie wissen, ausplaudern werden. Sie haben die Wahl.«

»Wir sind hier in England«, fauchte das Mädchen. »Das können die nicht machen. Sie können mich mal.«

»Wir sind hier in England, und vor ein paar Tagen wurde von den Dreckskerlen, denen Sie in die Hände spielen, ein ganzes Dorf zusammengeschossen. Vielleicht hatten Sie Ihre Gründe, mitzumachen. Vielleicht wurden Sie bedroht, wurde Ihre Familie bedroht. Aber Sie können es genauso gut jetzt hören, denn Sie werden es ohnehin erfahren. Es interessiert keinen, welche Mittel zum Einsatz kamen. Niemanden. Denn was uns angeht, hätten Sie genauso gut selbst dabei sein können, Kim. Sie hätten genauso gut den Abzug drücken können.«

»Ich war nicht dabei.«

»Das spielt keine Rolle. Rechtlich gesehen hat es nie eine Rolle gespielt, und im aktuellen Klima tut es das erst recht nicht. Ihnen bleibt nichts anderes übrig, als zu kooperieren, in der Hoffnung, dass es dadurch für Sie weniger unangenehm wird. Sagen Sie mir, dass Sie das verstanden haben. Und sagen Sie nicht …«

»Fick dich!«

»Vier Minuten. Die Uhr läuft, Kim.«

»Fick dich!«

Aber die Angst schwang immer deutlicher mit.

Sie war allein im Auto, aber nur für wenige Augenblicke. Als sich die Tür wieder öffnete, stieg eine Frau ein und setzte sich zu ihr auf den Rücksitz. Sie schien etwa im selben Alter zu sein wie Dodie, war aber auch ohne ersichtliche chirurgische Hilfe noch sehr attraktiv. Ihr schulterlanges Haar war kastanienbraun, ihr Anzug von Chanel, dunkelblau oder schwarz, ihre Bluse karminrot. Sie nickte Dodie zu und sagte etwas. Dodie musste sie bitten, es zu wiederholen.

Die Frau sagte: »Mein Beileid für Ihren Verlust.«

»Wer sind Sie? Was machen Sie in meinem Wagen?«

»Mein Name ist Diana Taverner.« Sie hielt inne, als erwarte sie, dass Dodie wusste, wer sie war. »Und es tut mir leid, dass ich Ihre Fahrt unterbreche, aber es ist wichtig, dass wir uns unterhalten.«

»Sind Sie von der Polizei?« Doch noch während sie die Frage stellte, gab Dodie sich selbst eine Antwort: Sie schüttelte den Kopf, ein wütendes Dementi. »Nein. Nein, das sind Sie nicht, oder? Sie sind vom MI 5.«

»Ich kann Ihnen meine genaue Funktion nicht verraten, aber ja, ich gehöre zum Sicherheitsdienst.« Sie wedelte mit einem Ausweis, der auch eine Payback-Karte hätte sein können. »Und wir müssen darüber reden, was vorhin passiert ist.«

»Mein Mann wurde ermordet.«

»Ihr Mann ist gestorben, ja, und das tut mir sehr leid. Aber die Todesursache muss noch ermittelt werden. Und es ist für niemanden von Vorteil, am wenigsten für Sie selbst, wenn Gerüchte in Umlauf gebracht werden.«

»Sie kursieren bereits!«

Dodie Gimball hatte nicht schreien wollen, aber sie schien ihre Stimme momentan genauso wenig kontrollieren zu können wie ihre Tränendrüsen.

»Hier!«

Sie zeigte dieser Frau, dieser Taverner, ihr Handy. Ein Twitter-Feed, ein Hashtag, der trendet. Ein Orchester aus schockierten Klagen, das sich die Seele aus dem Leib schrie.

»Sehen Sie?«

»Ich weiß.« Diana Taverner lehnte sich in ihrem Sitz zurück, behielt aber Dodie im Auge. Sie sagte: »Da kann man genauso gut in einem Wespennest nach Informationen suchen. Bei dem, was passiert ist, könnte es sich um einen Unfall handeln. Es könnte eine natürliche Ursache geben. Niemand kann das bisher mit Sicherheit sagen. Wir wissen nur eines: dass jetzt das Lebenswerk und die Karriere Ihres Mannes auf dem Spiel stehen. Wenn Sie sein Andenken in Ehren halten und Ihre eigene Karriere vorantreiben wollen, müssen Sie sehr vorsichtig sein, wen Sie an den Pranger stellen.«

»Mein Dennis war ein großartiger Mann! Sein Lebenswerk wird gefeiert …«

»… und von Fotos illustriert werden, die alles andere als schmeichelhaft sind, Dodie. Sie wissen, welche Art von Fotos ich meine.«

Neben ihnen zischte auf der Straße ins Londoner Zentrum der Verkehr seinen Unmut heraus.

»Da wären wir also«, sagte Dodie. »Mein Mann ist gerade mal ein paar Stunden tot, und schon kommen Sie wieder mit Ihren bösartigen Drohungen. Wissen Sie eigentlich, wie viele Menschen die gleichen … Neigungen haben wie Dennis? Und glauben Sie wirklich, dass das eine Rolle spielt?«

»Ich nicht. Nicht im Geringsten. Aber die Leute, die Ihre Kolumne lesen, werden mit dem Finger auf ihn zeigen, Dodie. Auch diejenigen, die sie in der Unterwäsche ihrer Frauen lesen. Das alles haben Sie sicher schon von Claude Whelan gehört. Es spielt keine Rolle, wie unschuldig das alles ist, es spielt keine Rolle, ob jemand damit verletzt wird oder dass es niemanden etwas angeht. Für eine Zeitung wie die Ihre gibt es nur eine einzige Möglichkeit, diese pikante Nachricht zu verbreiten, nämlich als schmutziges kleines Geheimnis. Kennen Sie den Unterschied zwischen einem toten und einem lebenden Perversen? Ein toter Perverser kann nicht klagen.«

»Mein Mann war kein …«

»Sie werden also Folgendes tun. Sie werden den Artikel veröffentlichen, den Sie über Zafar Jaffrey geplant hatten. Sie können sogar verkünden, dass Dennis in seiner Rede heute Abend das Gleiche verkünden wollte. Was Sie in dieser Geschichte weglassen werden, ist jede Erwähnung des Security Service. Haben Sie das verstanden?«

Nicht so richtig, ihrem Gesicht nach zu urteilen.

Die Blaulichter kreisten immer noch, vor und hinter ihr. Sie färbten das Gesicht ihrer Besucherin abwechselnd indigoblau, dann violett, dann plötzlich gespenstisch weiß. Dodie fiel ein, dass sie noch vor zehn Minuten gedacht hatte, die Polizeiautos seien da, um sie zu beschützen. Jetzt schien es so, als hätten sie von vornherein dazu gedient, sie zu einer anderen Peinigerin zu bringen, die sie nur verwirren wollte. Sie sehnte sich jetzt schon nach der einfachen Trauer zurück, nach der Zeit, die sie allein im Auto verbracht hatte.

Sie sagte: »Aber Whelans Besuch hatte doch den einzigen Zweck, uns dazu zu bringen, Zafar Jaffrey in Ruhe zu lassen«, und selbst in ihren eigenen Ohren klang ihre Stimme leblos.

»Die Dinge ändern sich«, sagte Taverner zu ihr. »Allianzen ändern sich. Und das sollten Sie bedenken, Dodie. Aus irgendeinem Grund scheinen Sie zu glauben, wir seien der Feind. Doch nichts könnte weiter von der Wahrheit entfernt sein. Wir sind nicht perfekt, sicher. Manchmal entgeht uns etwas. Aber ansonsten sind wir immer – jederzeit – zur Stelle und erfüllen unsere Aufgabe.«

Sie drehte sich um und beobachtete eine Weile den vorbeiziehenden Verkehr, als wäre ihr bewusst, dass auch dieser unter ihrem Schutz stand. Dann wandte sie sich wieder an Dodie.

»Nichts kann Ihnen Ihren Mann zurückbringen, Mrs Gimball. Aber wenn Sie wollen, dass er als Held in Erinnerung bleibt, dann können wir Ihnen dabei helfen. Zu gegebener Zeit. Und seine kleinen Peinlichkeiten müssen niemals ans Licht der Öffentlichkeit gelangen.«

Sie öffnete die Autotür.

»Ich werde jetzt gehen. Nochmals mein Beileid für Ihren Verlust. Aber wenn Sie wollen, dass Ihr Mann ein Vermächtnis hinterlässt, auf das er stolz gewesen wäre, denken Sie bitte an das, was ich gesagt habe, und unterlassen jede

Erwähnung einer Beteiligung des Service. Ich bin sicher, wir verstehen uns.«

Sie ging. Wieder allein, konzentrierte sich Dodie erneut auf die Schlange der roten Rücklichter auf der Straße, die in die Stadt hineinführte. Sie bemerkte kaum, dass der Fahrer wieder einstieg und die kleine Prozession ihre Fahrt fortsetzte.

13

Die Morgendämmerung war wiedergekehrt und schlich sich unbemerkt hinein. In Slough House bot sich ihr der ungewohnte Anblick von lebenden, erwachenden Menschen, von denen man die meisten allerdings auch für etwas anderes hätte halten können. River Cartwright und J. K. Coe hatten beide die Augen geschlossen, wobei dies in Coes Fall daran lag, dass er sein Gedächtnis anstrengte: Er versuchte, sich an das genaue Gefühl zu erinnern, an die exakte Geometrie eines bestimmten Moments, als er einem gefesselten Mann drei Kugeln in die Brust geschossen hatte. River sah währenddessen Schreckliches vor seinem inneren Auge: das nicht enden wollende Taumeln einer tödlichen Farbdose, die immer wieder gegen einen menschlichen Kopf prallte. Beide Männer saßen, beide auf dem Boden. Von allen Anwesenden stand nur Louisa Guy, mit dem Rücken an die Wand gelehnt und das rechte Bein angehoben. Sie hielt diese Position volle dreißig Sekunden lang, dann senkte sie das Bein und hob das andere. Jackson Lamb beobachtete sie aus Krokodilsaugen, während er mit anderen Dingen beschäftigt war.

Shirley Dander lag ebenfalls auf dem Boden. Sie hatte sich zu einem Ball zusammengerollt, aber auch sie schlief nicht, sondern fügte ihrer Zählung einen weiteren Tag hinzu und fragte sich, wo diese Zahlenfolge enden würde. Eine Stunde zuvor hatte Catherine Standish ihr einen Mantel übergelegt, was sie zum Zittern gebracht hatte. Von jemandem zugedeckt zu werden war ungewohnt für sie. Nach der Erledigung ihrer Gluckenpflichten hatte Catherine sich in einem Bürostuhl niedergelassen, der auf der gegenüberliegenden Seite des Schreibtisches stand, auf den Lamb seine Füße gelegt hatte; eine Anordnung, die sie aus Lambs Büro übernommen hatten, als ob sie unabhängig von ihrem Aufenthaltsort denselben Tanz vollführten. Catherine wirkte wach und gelassen, das Haar wie üblich zurückgebunden, ihr Kleid so faltenfrei, als hätte sie es erst vor einer Stunde angezogen. Lamb hatte seine Flasche von oben geholt, und sie stand wie ein Wachtposten fast leer auf dem Schreibtisch vor ihm. Aber es stand nur ein Glas daneben – seines –, und Catherines Augen verweilten weder darauf noch auf der Flasche selbst.

Sie befanden sich in Roderick Hos Büro, obwohl Ho natürlich woanders war. Von den Anwesenden schenkten nur zwei dem Szenario Beachtung, und eine davon war Catherine.

Von der anderen Seite des Flurs hörte sie ein leises Gemurmel, das zunächst aus Emma Flytes Stimme bestand, mit gelegentlichen Zwischenrufen. Dann kam ein geflüsterter Kontrapunkt, zunächst zögerlich, ein Tropfen aus einem defekten Wasserhahn, der inzwischen regelmäßiger geworden war; ein gleichmäßiges Rinnsal, das mit der Zeit jedes bereitgestellte Gefäß füllen würde. Das war es, was passierte, wenn man sich öffnete: Was man begonnen hatte, war nicht mehr aufzuhalten. Das war einer der Gründe, warum Catherine den Treffen der Anonymen Alkoholikern skeptisch gegenüberstand.

Jetzt dachte sie an das Gesicht des armen Mädchens, die Nase gebrochen und blutig, ihre Augen dunkelblau und geschwollen. Und dann dachte sie an die Fernsehbilder von Abbotsfield, der Festung in Derbyshire, die unter anderem wegen der Taten des Mädchens gefallen war. Es war seltsam, dass sie trotzdem Mitgefühl empfand. Oder dass sie sich sogar jetzt noch Sorgen um Roddy Ho machte, obwohl sie sich eigentlich schon vor Jahren hätten zusammentun und ihn aus einem Fenster hätten hängen sollen. Um ihm klarzumachen, dass es jenseits der Blase seines eigenen Egos harte Fakten gab, darunter den nächsten Bürgersteig.

Lamb regte sich. »Ist das nicht gemütlich?«

»Ich hätte sie längst zum Reden gebracht«, murmelte Shirley, die Stimme gedämpft von ihrem Arm.

»Du hättest sie zum Schreien gebracht. Das ist ein Unterschied.«

Louisa sagte: »Und wenn sie nichts weiß?«

»Na ja, wenn sie so ahnungslos ist, kann sie ja bei uns anfangen«, erwiderte Lamb.

Catherine schaltete ihr iPad ein und scrollte durch die Nachrichtenseiten. Alle verheizten die gleiche Story: den Tod von Dennis Gimball in einer Gasse in Slough. Die Spekulationen reichten von der Ermordung durch die Brexit-Gegner – eine ebenso unwahrscheinliche wie unvermeidliche Theorie – bis hin zu einer Verschwörung in der Downing Street. Letzteres wurde zwar nicht von den Mainstream-Websites aufgegriffen, war aber bei den Idioten in den sozialen Medien sehr beliebt. Andererseits hatten die

Idioten in den sozialen Medien in letzter Zeit das Weltgeschehen diktiert und befanden sich eindeutig im Aufwind.

Auch Abbotsfield war weiterhin Thema. Ein Sprecher des Innenministeriums sagte, dass die Ermittlungen fortgesetzt und es zu Verhaftungen kommen würde. Der Mangel an konkreten Einzelheiten wurde damit begründet, dass man die laufenden Operationen nicht gefährden wolle; eine Notwendigkeit, von der die meisten Lesenden wussten, dass man sie über Bord werfen würde, sobald konkrete Details vorlagen. In der Zwischenzeit würde am Nachmittag in der Westminster Abbey ein Gottesdienst für die zivilen Opfer des Krieges, umgewidmet zu einem Gedenkgottesdienst für Abbotsfield, stattfinden, an dem die jungen Prinzen, der Premierminister und alle, die ihre Tränen für die Nachwelt festhalten wollten, teilnehmen würden. In Abbotsfield, selbst würde ein weniger mit Prominenz geschmückter, etwas übereilter Gottesdienst abgehalten werden. Catherine stieß auf ein verwackeltes kurzes Video aus dem Dorf: die Kirche, ein verwitterter Friedhof, die vielfarbige Tristesse der Glasmalerei von der falschen Seite aus betrachtet. Das Tor zum Friedhof war mit Kränzen und kleinen Gaben behängt, die die Lebenden den Toten weihen – Spielzeug und Schleifen, Blumen, Fotos. Catherine war sich nicht sicher, was sie davon halten sollte. Andererseits gehörte sie nicht zu den Trauernden.

»Die Kontrolle über die Medien übernehmen«, sagte Lamb. Er schien zu schmollen, sein Unterkiefer war vorgeschoben. Das konnte alles bedeuten, von tiefer Nachdenklichkeit bis hin zu drohenden Blähungen.

Shirley setzte sich auf. Die linke Schulter ihres Sweatshirts war mit Blut von ihrem abgerissenen Ohr getränkt, und sie hatte die Flecken durch ihre Versuche, das Oberteil zu waschen, ohne es vorher auszuziehen, noch wesentlich schlimmer gemacht. Das Ohr sah auch nicht gut aus. Im Verbandskasten war kein Pflaster in der passenden Größe, und bis Catherine ein zu großes zurechtgeschnitten hatte, hatte Shirley sich schon mit einem Stück Tesafilm beholfen. Das hatte die Blutung gestillt, aber Shirley sah aus wie eine geflickte Puppe.

Sie sagte: »Das Fernsehen. Das ist ihr nächstes Ziel. Shepherd's Bush oder so. Wo ist Sky?«

Für einen kurzen verwirrten Moment dachte Catherine, Shirley hätte gerade gefragt, wo der Himmel war. Noch besorgniserregender war, dass sie es für eine normale Frage gehalten hatte.

»Sie werden nicht versuchen, die Kontrolle über einen Fernsehsender zu übernehmen«, erwiderte Louisa. »Ich meine, ernsthaft?«

»Warum nicht?«, entgegnete River.

»Weil die nicht mal erfolgreich eine Bombe in einem Zug platzieren konnten. Und wenn wir ehrlich sind, ist das nicht viel schwieriger als einen Regenschirm zu vergessen.«

»Jemand ist in den Dobsey Park gegangen und hat einen Schwarm Pinguine in die Luft gejagt«, erinnerte sie River.

»Pinguine, genau. Schwieriges Ziel, oder?«

»Kann sein, aber sie sind rein- und rausgegangen, ohne erwischt zu werden.«

»Das ist kein Hochsicherheitsgefängnis, sondern ein Tierpark. Sie haben eine Eintrittskarte gekauft. Fernsehstudios haben Kontrollpunkte, sie haben Wachen, Besucher brauchen Ausweise. Man muss genau wissen, was man tut. Dieser Haufen ist schon zweimal über seinen eigenen Schwanz gestolpert.«

»Dreimal«, bemerkte Shirley.

»Wie auch immer, sie sind wohl kaum das A-Team. Ein Dorf voller Rentner plattzumachen, ist eine Sache. Aber was sie am besten können, ist durch Fenster zu fallen.«

»Okay, vielleicht doch nicht das Fernsehen«, gab River zu.

»Eine Zeitung? Genau dasselbe Spiel«, fuhr Louisa fort. »Man spaziert nicht einfach so in eine Zeitungsredaktion. Ganz besonders spaziert man nicht einfach in eine …«

»Radio?«, fragte River.

»Die könnten ein paar DJs aufhängen«, schlug Shirley vor.

»… eine Zeitungsredaktion.«

Devon Welles fragte: »Ist das Brainstorming? Ich habe mich schon oft gefragt, wie das wohl aussehen mag.«

»Die Kontrolle. Über die Medien. Übernehmen«, wiederholte Lamb, und alle sahen ihn an. »Wird da irgendwo ein Gebäude erwähnt?«

J. K. Coe sagte: »Der ursprüngliche Plan …«

»Das Watering-Hole-Dokument«, ergänzte River.

»… ist von einem Entwicklungsland ausgegangen.« Er sprach langsam, als ob er von seinen Notizen ablesen würde. »Bevor es Satelliten gab. In der analogen Zeit. Ein Staat, in dem es nur einen einzigen Fernsehsender gibt. Einen einzigen Radiosender. Die Kontrolle über die Medien zu übernehmen wäre also ein Leichtes gewesen.«

»Dafür hätten sie nur ein paar Maschinenpistolen gebraucht«, sagte Shirley.

»Das wollte ich mehr oder weniger damit sagen.«

»Aber in Big London ist das nicht so einfach, oder? Da gelten andere Regeln.«

Coe rieb sich das Kinn und riss den Kratzer wieder auf, den Kim ihm versetzt hatte.

Welles ließ sich unwillkürlich mitreißen. »Wisst ihr noch, wie sie versucht haben, die Verkehrsinfrastruktur zu zerstören?«

»Mit einem Blindgänger«, sagte Shirley.

»In einem Zug«, sagte Welles. »Das ist der springende Punkt. Sie haben eine Bombe in einem Zug gelegt.«

Louisa sagte: »O – kay.«

»Einen Blindgänger«, wiederholte Shirley. »Wir haben schon festgestellt, dass sie Versager sind. Was hilft uns das Kleingedruckte?«

»Es spielt keine Rolle, dass es ein Blindgänger war«, sagte Louisa. »Das Entscheidende ist, dass es ein Zug war.«

»Denn wenn man einen Zug in die Luft jagt, selbst wenn die Bombe explodiert, hätte man nur diesen einen Zug erwischt«, sagte Welles. »Damit wird keine Infrastruktur zerstört. Verstehen Sie?«

»Sie haken ihre Aufgaben ab«, sagte Louisa. »Guter Gedanke.«

»Oh Gott, sie läuft heiß«, sagte Lamb.

»Meint ihr damit, dass die einen Fernseher in die Luft jagen?«, fragte Shirley. »Oder eine Zeitung anzünden?«

River sagte: »Nicht die Medien. Ein Medienereignis.«

Die Tür wurde geöffnet, und Emma Flyte kam herein.

»Hat sie geredet?«, fragte Welles.

»Sie hat geredet«, sagte Emma.

Claude Whelan zupfte an einem losen Faden an seinem Hemdkragen und wünschte sich sofort, er hätte es nicht getan. Wenn man an Dingen zerrte, machte man sie manchmal nur noch schlimmer.

Oh Gott, dachte er. Es ist noch viel zu früh am Tag für Symbolik.

In einer anderen Welt hätte er gestern Abend getan, was er vorgehabt hatte: Er wäre von der Arbeit nach Hause gegangen und hätte mit Claire zu Abend gegessen. In manchen Nächten teilten sie das Bett, aber nicht oft, und immer keusch. War es da ein Wunder … doch es hatte keinen Sinn, diesen Gedanken weiterzuverfolgen. Er liebte seine Frau. Er hatte sie um Mitternacht angerufen, um ihr mitzuteilen, dass er nicht nach Hause kommen würde, dass gerade vieles in Bewegung sei, er aber alles im Griff habe. Während er das sagte, hatte er ein Bild der jungen Josie vor Augen: wie er auf ihr lag und sie in Bewegung war. War das seine Schuld? Es kam wohl darauf an, wen man fragte.

Sie war mit ihrem Bericht über Dancer Blaine zu ihm zurückgekehrt:

»Ein kleiner Mittelsmann, Sir. Er besorgt gefälschte Ausweise, manchmal einen Unterschlupf, gelegentlich eine gebrauchte Schusswaffe. Aber meistens geht es um Ausweise.«

»Liefert er uns Informationen?«

»Nicht über alles, sonst hätten wir ihn schon längst aus dem Verkehr gezogen. Aber er war hilfreich.«

Sie hatte einen Stapel Ausdrucke dabei: eine grobe Zählung ergab, dass Blaine dabei geholfen hatte, ein Dutzend Kriminelle dingfest zu machen, von denen keiner besonders wichtig war, und dass man ihm erlaubt hatte, sein tristes kleines Unternehmen in der Nähe von St. Paul's weiterzuführen. Ein kleiner Fisch, hatte Whelan gedacht, als er die Seiten durchblätterte. Einen, den wir zurückwerfen. Sicherlich gibt es ein Argument dafür, ihn stattdessen in eine Abfallbeseitigungsanlage zu stecken? Denn seien wir ehrlich, die großen Fische sind immer noch da draußen. Die Kleinen zu verschonen ändert daran nichts.

Aber es war spät, und die Lage war unübersichtlich, und man konnte die Regeln nicht mehr ändern, wenn das Spiel erst einmal begonnen hatte. Er war sich ziemlich sicher, dass Lady Di da ihre Finger im Spiel hatte.

»Sir?«

Er musste zu lange auf die Seiten gestarrt haben.

»Wollten Sie sonst noch etwas?«

Herrgott, nein, das hatte sie nicht gesagt. Sie hatte nichts dergleichen geäußert.

Sie kehrte in die Zentrale zurück. Alle machten Überstunden. Die Perspektive hatte sich verändert, jetzt, da sie wussten, dass es nicht um islamistischen Extremismus ging. Das Netz, das sie ausgeworfen hatten, war zu weitmaschig. ISIS hatte zwar die Verantwortung für den Anschlag übernommen, aber Kommando zurück: ein todesanbetender Haufen mittelalterlicher Faschisten hatte sich eine Auszeit von der Enthauptung von Geiseln genommen, um Schwindeleien zu erzählen. Aber wenn er das laut gesagt hätte, wäre er derjenige gewesen, der Ärger bekommen hätte: kein

Wunder, dass er erschöpft war. Der Welt beim Verrücktwerden zuzusehen war ermüdend.

Di Taverner war in sein Büro gekommen und starrte ihn an. »Geht es Ihnen gut?«

»Tut mir leid.« Er fuhr sich mit der Hand durch die Haare und dachte dabei, dass dies eher eine dramatische Geste war als ein Bedürfnis nach Pflege. »Es ist so viel passiert.«

»So ist es doch immer.«

Sie hatte recht. War es erst gestern gewesen, dass er den Auftrag erhalten hatte, dafür zu sorgen, dass Zafar Jaffrey blitzsauber war? Und er hatte diesen Auftrag erfüllt, indem er das genaue Gegenteil herausgefunden hatte, was bedeutete, dass der Premierminister nicht glücklich sein würde. Andererseits waren die Tage des Premierministers gezählt, denn Jaffreys Flecken auf seiner weißen Weste waren ein weiterer Nagel in einem allmählich etwas übertrieben konstruierten Sarg.

»Ihr Besuch bei den Gimballs gestern hat nicht stattgefunden«, sagte Lady Di zu ihm. Sie hatte ihren Regenmantel ausgezogen und über die Rückenlehne seines Besucherstuhls gehängt. Sie setzte sich nicht, tigerte aber auch nicht durchs Zimmer, sondern blieb aufrecht stehen und stützte sich mit einer Hand leicht auf die Stuhllehne, als würde sie für ein Magazin posieren.

»Vielen Dank«, sagte er.

»Wir stehen zusammen«, sagte sie, was wohl gelten würde, solange es ihr passte. Jetzt war nicht der richtige Zeitpunkt, um ihren Chef untergehen zu sehen, nicht, solange sie beide auf demselben Schiff waren. Sie wollte ihn in ihrer

Nähe haben, bis ein Rettungsboot in Sicht kam. »So. Was ist passiert?«

Er stand auf, schloss die Tür und kehrte an seinen Platz zurück. Dann mattierte er die Büroglasscheibe, sodass Josie und alle anderen Mädels und Jungs nur noch schemenhafte Gestalten waren, die über Monitoren kauerten. »Diese Anschläge. Es ist nicht ISIS. Es ist Nordkorea.«

Taverner nickte. Ihre Weigerung, sich überraschen zu lassen, war einer ihrer irritierendsten Züge. »Okay. Ich glaube, auf diese Hiobsbotschaft haben wir im Grunde schon gewartet. Weiß Nummer 10 davon?«

»Noch nicht. Da ist noch mehr.«

Natürlich, besagte ihr Schweigen.

Er erzählte ihr von dem Dokument, das Ho weitergegeben hatte.

Draußen bewegten sich die schemenhaften Gestalten weiterhin unscharf. Drinnen bewegte sich nichts außer der verrinnenden Zeit, während Taverner die Zusammenhänge analysierte.

»Sie benutzen unser Manuskript«, sagte sie schließlich.

»Na ja, es ist nicht unbedingt ein …«

»Sie benutzen unser Manuskript.«

Er nickte.

»Das«, sagte sie, »wird nicht gut ankommen.«

»Ihr Beitrag ist immer willkommen. Aber so weit war ich auch schon.«

»Eine nordkoreanische Geheimoperation. Hier. Herrgott!« Wenigstens hatte sie die Freundlichkeit zu fluchen, auch wenn ihre Miene unbeeindruckt blieb. Er fragte sich, ob sie sich botoxen ließ; dachte daran, es zu recherchieren, und schob den Gedanken beiseite, da er im Moment nicht wichtig war. Sie sagte: »Also, wie lautet der Spielplan?«

»Der was?«

»Sie arbeiten eine Liste ab. Was kommt als Nächstes?«

»Das habe ich nicht überprüft.«

»Meinen Sie nicht, dass das nützlich wäre?«, fragte sie nach einer Kunstpause.

»Ich glaube nicht, dass es hilfreich wäre, eine Papierspur zu hinterlassen«, erwiderte er. »Nicht, wenn wir das Ganze plausibel dementieren wollen.«

Taverner nickte. »Wie gesagt, Sie lernen dazu. Was machen die Jungs und Mädels?«

»Sie ermitteln die Aufenthaltsorte koreanischer Staatsangehöriger und Gleichgesinnter. Es ist gerade nicht der richtige Zeitpunkt für politische Korrektheit.«

»Natürlich nicht. Aber das ist gut. Wir sind ihrer Ergreifung schon ein bisschen näher. Wenigstens wissen wir jetzt, wer oder was sie nicht sind, meine ich.«

»Und wir wissen auch, dass sie nicht einfach nur versuchen, sich quer durch unser Land zu metzeln. Sie benutzen unsere eigene imperiale Vergangenheit als Kerosin. Es ist der ultimative Propagandacoup.«

»Nur wenn sie ihre Mission erfüllen«, erwiderte Lady Di. »Die Sache mit den Pinguinen, waren sie das auch?«

»Und die Bombe im Zug, glaube ich. Und Gimballs Tod ist zwar bisher ein Rätsel, aber auch er könnte in ihr Muster passen.«

»Ja, und genauso gut könnte er das Strandgut der alltäglichen Realität sein. Willkommen im 21. Jahrhundert.« Sie ging zu der mattierten Wand. Aus der Nähe war es, als sähe man die Welt durch eine Gazefolie. Als ob es auf der anderen Seite Geister gäbe; oder die Realität auf der anderen Seite war und die Geister auf dieser spukten. »Das Ganze gleicht einem Masterplan, den sich ein Phantast in der Abstellkammer seiner Mutter ausgedacht hat. Wir finden sie also, bevor sie sich offenbaren, und vereiteln damit ihre Pläne.« Sie sagte das alles zur Wand oder zu sich selbst. »Dann kann der Oberste Führer behaupten, was er will, von wegen dass diese Leute nach einem britischen Plan gehandelt hätten, und wir können erwidern: Aber natürlich haben sie das. Und dass Sie Sprengköpfe auf das Japanische Meer abfeuern, das steht auch schon bei Nostradamus.«

»Sie werden das Dokument vorlegen.«

»Und wir werden leugnen, dass es echt ist. Kommen Sie, Claude. Wir spielen hier einen Propagandakrieg. Der Gewinner ist derjenige mit dem pokerigsten Gesicht.«

»Dem pokerigsten?«

»Es ist zwei Uhr morgens. Wer ist da noch rhetorisch auf der Höhe?«

»Und wenn das Killerkommando auftaucht und verkündet: ›Seht her, was wir getan haben?‹«

»Tja, das darf natürlich nicht passieren.« Sie drehte sich endlich zu ihm um. »Sie müssen sterben, Claude. Ich hätte gedacht, dass das offensichtlich ist.«

»Es darf nicht wie eine Hinrichtung aussehen.«

»Es spielt keine Rolle, wie es aussieht. Glauben Sie, ihr Tod wird schlecht ankommen? Vielleicht in einem Jahr, wenn eine der Sonntagszeitungen einen ausführlichen Bericht bringt. Aber drei Tage nach Abbotsfield wird es ein

Straßenfest in der Mall geben, und die Menschen werden Schlange stehen, um ihre Leichen zu sehen. Und alle Linken, die Justizmord schreien, sollten besser Schutzhelme tragen.«

»Das ist die Art von Entscheidung, die wir nicht ohne das Innenministerium treffen können.«

»Scheiß drauf«, sagte Lady Di. »Die haben damit angefangen. Wenn die nach den London Rules spielen wollen, hätten sie vorher ihr Testament machen müssen.« Sie schüttelte den Kopf. »Wir beenden das. Und dann sehen wir uns diesen verdammten SSD mal genauer an. Wir beginnen damit, ihnen die Eier abzuhacken.«

Als sie weg war, versuchte er, ein Nickerchen zu machen, was sich in einen fiebrigen zehnminütigen Ringkampf verwandelte: Er war mit einer Erektion aufgewacht, die einer Siegessäule erschreckend nahekam. Die Erinnerung daran schmerzte noch immer in seiner Leistengegend; er hatte sich Wasser ins Gesicht gespritzt und patrouillierte durch die Zentrale, wobei er an Josies Schreibtisch innehielt und versuchte, väterlich zu wirken. Er fragte sie, ob sie auch mal nach Hause gehe. Sie lachte und sagte, dass sie ihn wohl dasselbe fragen könne. Es lag etwas in der Luft, das Ozon, das bei einem Notfall knisterte.

Gegen fünf Uhr tauchten fast gleichzeitig zwei Namen auf. Studenten mit chinesischen Pässen, die beide am Wochenende zuvor verschwunden waren.

»Finden wir raus, wo sie sind«, sagte er, als ob diese Worte einen Unterschied ausmachen würden. Um ihn herum konzentrierten sich die Jungs und Mädels bereits auf genau diese Aufgabe.

Diese losen Fäden, dachte er wieder. Fangen wir an, daran zu ziehen. »Dancer Blaine«, sagte er zu Josie.

»Sir?«

»Rufen Sie ihn an«, sagte Whelan ihr. »Es wird Zeit, dass ich mit ihm spreche.«

»Das sind Kinder.«

»Kinder?«

»Studenten. Neunzehn, zwanzig, so in etwa. Sie wurden vor Jahren hierher beordert. Könnte ich eine Tasse Tee bekommen?«

Catherine machte Anstalten, aufzustehen, aber Devon Welles kam ihr zuvor; er war schon aus der Tür und auf dem Weg zum Wasserkocher, bevor sie auf den Beinen war.

Emma Flyte ließ sich auf den Stuhl sinken, den er frei gemacht hatte. So erschöpft sie auch war, sie hatte immer noch eine unglaubliche Ausstrahlung. Aus den Glühbirnen an der Decke drang grelles Licht, das alle anderen – mit Ausnahme von Welles und Shirley – farblos erscheinen ließ. Als es auf Flyte fiel, fand es versteckte Gold- und Grautöne.

River sagte: »Naher Osten?«

»Nordkorea.«

Louisa pfiff leise. »Das ist der Hammer.«

»Aber nichts Neues«, sagte Lamb. Er goss den letzten Rest aus seiner Flasche in sein Glas. »Der Fette Kontrolleur hat so viele Terroranschläge gesponsert, dass es ein Wunder ist, dass er noch keine T-Shirts hat drucken lassen. Haben Sie sie eingesperrt?«

»Keine Sorge«, sagte Flyte. »Die geht nirgendwo hin.«

Welles kam mit einer Tasse Tee zurück, und sie nahm sie

dankbar an. »Danke. Sie haben sie vor ein paar Monaten rekrutiert. In einem Club aufgelesen. Sie habe Verwandte dort, hat sie gesagt. Sie haben ihr Bilder gezeigt.«

»Die sind wahrscheinlich schon tot«, bemerkte Coe. Als sich die Blicke in seine Richtung wandten, zuckte er mit den Schultern. »So machen die das. Das Ministerium für Staatssicherheit.«

»Der SSD«, sagte River.

»Danke. Wenn ich Initialen wissen will, frage ich in Zukunft dich.«

»Sie war bereits mit Ho liiert«, fuhr Flyte fort. »Sie hat ihn schlicht und ergreifend ausgenommen.«

»Hab ich doch gesagt«, sagte Shirley.

»Und sie haben sie auf Anweisung des SSD in die Falle gelockt. Sie wollten die Blaupause. Das sogenannte …«

»… Watering-Hole-Dokument.«

»Von dem sie bereits wussten«, sagte Lamb, fast zu sich selbst. »Das ist interessant.«

»Schön, dass ich Ihre Aufmerksamkeit erregt habe«, sagte Flyte.

»Wieso haben sie sie nicht umgebracht?«, fragte Louisa.

»Sie hat getan, was sie immer tut. Sie hat einen von ihnen um den kleinen Finger gewickelt.«

»Ich bezweifle, dass es ihr Finger war.«

»Ja, das ist die zensierte Version. Shin, so heißt er. So ist sie entkommen. Die anderen glauben, dass er sie getötet hat, nachdem Ho abgeholt wurde.«

»Sie räumen auf«, sagte Welles. Da es für ihn keine Sitzgelegenheit mehr gab, hatte er sich neben Louisa, die ihre Übungen eingestellt hatte, an die Wand gelehnt.

»Hm-hm. Weil sie fast fertig sind.«

»Und wenn er sich nicht gerade rumgewälzt hat, damit sie ihm den Bauch kraulen konnte«, sagte Lamb, »hat dieser Shin dann mal erwähnt, was ihr letzter Akt sein würde?«

Unwillkürlich beugten sie sich alle vor, als Flyte antwortete.

»Nein, nicht direkt«, sagte sie. »Er hat nur gesagt, dass die ganze Welt zusehen würde. Und dann sagte er etwas von einer Schlange, die ihren eigenen Schwanz frisst.«

Alle waren einen Moment lang still.

Dann sagte Louisa: »Ach, verdammt!«

»Entschuldigung. Aber das hat sie gesagt.«

»Woher stammt das Zitat? Sun Tzu?«

»Eher aus Kung Fu Panda«, meinte River.

Aber Lamb sagte: »Ich vergesse immer wieder, dass ich es hier mit lauter Idioten zu tun habe.«

St. Paul's war in himmlisches Licht getaucht, zumindest konnte man sich dieses Gedankens nicht erwehren. Tief im Herzen wusste Zafar Jaffrey, dass es nicht so war, und er hätte dasselbe empfunden, wenn es eine Moschee gewesen wäre. Wonach die Kathedrale tatsächlich aussah, ein bisschen jedenfalls. Ein Gedanke, den er am besten für sich behielt.

Im Pendlerzug, umgeben von Geschäftsleuten, Wählern, hatte er versucht, sich unsichtbar zu machen, sich in das frühmorgendliche Elend zu hüllen, das den Waggon erfüllte. Alles, was er wollte, war Anonymität; einer unter vielen Marionetten auf ihrer täglichen Pilgerfahrt: vom Halbdunkel verwischt, auf einem Bahnsteig abgesetzt, in den Untergrund gespuckt. Kaum hatten sie Birmingham verlassen, beugte sich ein Mann zu ihm und berührte ihn am Ellbogen. »Erste Klasse, was?« Er kicherte. »Nicht ganz der Mann des Volkes also.«

»Fick dich«, hatte Zafar ihm geantwortet. Eine verlorene Stimme, aber ein gewonnener Moment.

Gestern Abend hatte er Tyson alles Bargeld gegeben, das er zur Verfügung hatte, und ihn angewiesen, so schnell wie möglich so weit wie möglich abzuhauen.

Fürs Erste der beste Rat, den er ihm geben konnte, aber etwas anderes kam für Tyson auch nicht infrage, denn vorausschauende Planung war für den jungen Mann noch nie ein Thema gewesen. Was konnte wichtiger sein als das Hier und Jetzt? Wenn er Tyson wirklich hätte helfen wollen, hätte Zafar einen Anwalt kontaktieren müssen. Doch er hatte nichts weiter getan, als sich eine Atempause zu verschaffen.

Er hatte sich die Adresse gemerkt.

»Ein Schreibwarengeschäft?«

»Ja, Bürobedarf und so.«

Aus irgendeinem Grund regte dieses Detail Jaffreys Fantasie an: dass ein kriminelles Unternehmen von einem Schreibwarenladen aus geleitet wurde. Ich hätte gerne Kugelschreiber, ein Notizbuch und Post-its. Wollen Sie ein paar gefälschte Pässe dazu? Oder einen Führerschein oder vielleicht eine Pistole?

»Er will erst sein restliches Geld haben. Sieht irgendwie komisch aus, der Typ.«

Sagte der Mann mit dem Gesichtstattoo, dachte Jaffrey.

Tyson war gegangen, die Tasche voller Geld. Wie weit

würde er kommen?, fragte sich Jaffrey. Bald, falls nicht schon längst geschehen, würde die Jagd auf Tyson Bowman eröffnet werden, der kein unauffälliger Mann war; er hatte sich große Mühe gegeben, jemand zu sein, dem man einen zweiten Blick schenkte. Er war ein wandelnder Verstoß gegen das Gesetz des gesunden Menschenverstandes: einer, der schon als Jugendlicher kriminell geworden war und sich, nur um es den anderen einfacher zu machen, zu diesem Zweck hatte brandmarken lassen. Daraufhin fragte sich Zafar Jaffrey, ob er Tyson gerade deshalb rekrutiert hatte. Nicht, um ihn zu resozialisieren, sondern für den Fall, dass er eines Tages einen Komplizen brauchte. Tyson war es gewesen, der eine Lösung für Jaffreys Problem hatte, Tyson, der ihn zu Dancer Blaine geführt hatte. So ging es nun mal im Leben. Hatte man einen Zeh ins kriminelle Wasser getaucht, konnte man ihn jederzeit wieder trocknen. Hatte man aber einmal sein Gesicht mit Tinte eingefärbt, würde einen nie wieder jemand für unschuldig halten.

Jaffrey fand den Schreibwarenladen problemlos, aber er hatte noch nicht geöffnet, daher wanderte er durch die umliegenden Straßen, froh, den Moment noch etwas hinauszuschieben. Wie ging man das eigentlich an? *Guten Tag, mein Name ist …* Nein, so nicht. *Ich glaube, Sie haben etwas für mich?* Wie oft hatte er schon jungen Leuten, die auf die schiefe Bahn geraten waren, vorgehalten, dass sie sich mit der Kriminalität für den einfachen Weg entschieden hatten und dass sie daran glauben mussten, auch den schwierigen Weg meistern zu können, aber er fragte sich jetzt, ob das wirklich so stimmte. Kriminelle Machenschaften waren mit Schwierigkeiten verknüpft, die ihm vorher nie in den Sinn gekommen waren. Sie folgten ihren ganz eigenen, anderen Regeln.

London regte sich und erwachte langsam zum Leben. Es war eben schon viel los gewesen, aber hauptsächlich wegen der Pendler. Jetzt kam die neue Welle derjenigen, die es nicht eilig hatten. Die Zeit hatten, in die Schaufenster zu blicken oder an den Ecken innezuhalten und ihr Handy zu checken.

Als er das Geschäft wieder erreichte, war es geöffnet, und er ging hinein.

Nur ein junger Mann war zu sehen: Er saß hinter dem Tresen, in sein Handy vertieft. Auf einem Regal neben ihm dampfte ein Becher mit etwas, das nicht aromatisch genug war, um den süßlichen, Übelkeit erregenden Geruch von Marihuana zu überdecken, den seine Kleidung ausdünstete. Er nahm keine Notiz von Jaffreys Ankunft und blickte kaum auf, als er angesprochen wurde.

»Ich suche Mr Blaine.«

»Kenn ich nicht.«

Okay, dachte Jaffrey. Und was jetzt? Druckerpapier kaufen und zurück nach Euston laufen? Er griff in seine Tasche und holte den Umschlag heraus, den er schon seit Tagen mit sich herumtrug, weil er Angst hatte, ihn irgendwo hinzulegen, wo er unter Umständen verschwinden könnte. Ein beängstigend großer Teil seines Ersparten befand sich darin. Die verbleibende Hälfte dessen, was er Blaine schuldete. Er knallte den Umschlag auf den Tresen, der unverwechselbare Klang von Geld.

Der junge Mann blickte auf.

»Und, kennst du ihn jetzt?«, fragte Jaffrey.

Die Leiche begann zu stinken.

Oder war es gar nicht die Leiche? Sie war in Frischhaltefolie eingewickelt, was sie eigentlich frisch halten sollte. Der Gestank konnte durchaus andere Ursachen haben: Shin zum Beispiel, oder auch An und Chris. Der hintere Teil des Lieferwagens verwandelte sich tagsüber in einen mobilen Backofen, und es war Tage her, dass einer von ihnen geduscht hatte. Es konnte also sein, dass Joon unschuldig war und als Einziger nicht zu dem ranzigen Mief beitrug, aber er war auch der Einzige, der tot war und sich nicht verteidigen konnte.

Neben dem Körpergeruch trübte auch die Anspannung die Atmosphäre.

»Wir müssen mit bewaffneten Polizeieinheiten rechnen«, sagte Shin.

»Das können wir nicht mit Sicherheit sagen«, erwiderte An.

»Und mit Hubschraubern.«

Wieder die Antwort: »Das muss nicht unbedingt sein.«

Danny nickte An zu, als Zeichen, dass er mit ihm einer Meinung war. Shin bemerkte es und zog ein finsteres Gesicht.

Aber Shins Stern war über Nacht gesunken, und seine schiere Anwesenheit hatte nicht mehr Gewicht als die von Joon. Sie glaubten nicht mehr an ihn. Shin hatte noch nicht damit gedroht, dies in seinem ach so wichtigen Tagesbericht zu erwähnen, aber nur, so dachte Danny, weil er wusste, wie schwach es ihn erscheinen lassen würde. Wenn Shin vor Frustration oder Wut das Gesicht verzog, tat er so, als sei sein Kragen zu eng oder sein Gürtel zu locker, und fummelte dann kurz an der vorgeblichen Ursache des Ärgernisses herum. Aber in Wahrheit waren es Danny und An, die ihm auf die Nerven gingen, weil sie seine Schwäche und sein Versagen erkannten.

Sie hatten Birmingham vor einer Stunde verlassen, und Chris saß wieder einmal am Steuer. Er wirkte als Einziger von ihnen von den Ereignissen unberührt und schien damit zufrieden zu sein, den Wagen zu fahren, zu warten und Befehle zu befolgen.

Shin sagte: »Sie wissen, wozu wir fähig sind.«

An kniete auf dem Boden – Danny konnte nicht glauben, dass diese Position in einem fahrenden Auto bequem war – und hielt eines der Sturmgewehre auf dem Schoß. Eine Handfläche lag flach auf dem Abzugsbügel, der Lauf war auf die Hintertür gerichtet.

»Und sie gehen sicher davon aus, dass wir etwas unternehmen.«

An sagte: »Aber sie können nicht wissen, wo.«

Er streichelte die Waffe.

Shin versuchte es erneut. »Inzwischen wissen sie garantiert über den Plan Bescheid. Ho muss ihnen von dem Dokument erzählt haben. Wir operieren nicht mehr im Geheimen.«

An sagte: »Aber Ho weiß nichts von unseren eigentlichen Plänen. Darüber kann er ihnen nichts verraten.«

»Aber vielleicht das Mädchen …«, sagte Shin und hielt inne.

Der Van fuhr über ein Schlagloch: Überall waren Schlaglöcher auf den Straßen. Das ganze Land rutschte Stück für Stück in ein Loch.

Danny fragte: »Was hast du gesagt?«

»Nichts. Ich habe nichts gesagt.«

»Du hast etwas über das Mädchen gesagt.«

»Das Mädchen wusste auch nichts. Das ist alles, was ich sagen wollte.«

Danny sagte: »Das Mädchen ist tot.«

»Ja«, sagte Shin.

»Warum hast du dann gesagt, dass sie nichts wusste?«

Shin sagte: »Selbst wenn sie am Leben wäre, würde ihnen das nicht helfen. Das habe ich gemeint, mehr nicht.«

»Du hast gesagt, dass du sie getötet hast.«

»Habe ich auch.«

»Als du aus ihrem Haus gekommen bist, hast du uns gesagt, dass sie tot sei, dass du sie eliminiert hättest.«

»Stimmt.«

»Aber niemand hat ihre Leiche gesehen.«

»Ich habe ihre Leiche gesehen«, erwiderte Shin.

Danny sah An an und wartete darauf, dass er die offensichtliche Schlussfolgerung ziehen würde: dass Shin log. Dass Shin sie verraten hatte.

Aber An sagte nichts.

Shin fragte: »Warum stellst du mir überhaupt solche Fragen? Hast du vergessen, wer hier das Sagen hat?«

Niemand hatte vergessen, wer das Sagen hatte.

Die Hitze im Wagen stieg, als die Sonne an Kraft gewann. Sie waren nun schon seit Stunden, seit Tagen hier drin, und ihr altes Leben war so wertlos wie die abgestreifte Haut einer Schlange. Es stimmte allerdings, dass sie nicht mehr im Geheimen operierten. Irgendwo wurde an Türen geklopft, wurden Computereinträge durchgescrollt und Namen und

Beschreibungen gesammelt. Aber sie hatten nur noch eine Sache zu erledigen, und alles, was zählte, war, dass sie sie durchzogen.

Denn sie waren Soldaten. Als Student in dieser fremden Welt war Danny erstaunt über die Worte und Mätzchen derer gewesen, die sich einbildeten, selbst über ihr Leben zu entscheiden und damit anfangen zu können, was sie wollten, ohne zu begreifen, dass alles, was sie zu wollen glaubten, ihnen von Mächten aufgezwungen worden war, die größer waren als sie selbst. Nur wenn sie diese Kräfte akzeptierten, konnten sie wahre Freiheit finden. Ein Beispiel: Als er erfuhr, dass der Oberste Führer seinen eigenen Onkel mit einem Flugabwehrgeschütz hatte hinrichten lassen, hatte Danny verstanden, dass so etwas notwendig war, um Abtrünnige zu bestrafen. Als er außerdem erfuhr, dass diese Geschichte von den westlichen Medien erfunden worden war, hatte Danny verstanden, dass der Oberste Führer eine sanfte Seele war, die von seinen Feinden verleumdet wurde. In keiner dieser verschiedenen Welten wurde sein Glaube an den Obersten Führer erschüttert.

Als ob er Dannys Gedanken lesen würde, sagte An: »Es ist vollkommen egal. Entweder sie erwarten uns, oder sie erwarten uns nicht. Es macht keinen Unterschied. Wir werden unsere Mission erfüllen.«

Dann griff er nach dem Transistorradio, das mit einem Riemen an einem Haken hing; ein kleines, billiges, scheinbar unzerstörbares Gerät, dem es nichts ausmachte, bei jeder Kurve oder Bodenwelle gegen die Scheibe zu schlagen. Als er den Knopf drehte, setzte knisternd eine Nachrichtensendung ein. Es ging um den Gottesdienst am Nachmittag in der Westminster Abbey, bei dem Prinzen und Politiker, darunter der Premierminister, anwesend sein würden, und das alles unter den Augen der Weltöffentlichkeit.

Shin sagte: »Ich habe keine Angst. Ich sage nur, dass wir vorsichtig sein sollten. Das ist alles.«

Danny sagte nichts. Shin hatte das Mädchen verschont, sie lief jetzt frei herum. Shin hatte sie alle in Gefahr gebracht. Er war ein Verräter und ein Feigling, und das sollte nicht ungestraft bleiben. Und er versuchte, An all das begreiflich zu machen, aber An hatte die Augen geschlossen, und der Blick, den Danny ihm zuwarf, erreichte ihn nicht.

Und sie fuhren weiter durch den Tag, der sich vor ihnen ausdehnte.

14

Hinaus in die Morgenluft zu treten – nach einem Zahnarztbesuch oder einem Vorstellungsgespräch –, die Füße wieder auf festem Pflaster zu spüren, während sich der Tag offen und gleichmäßig wie eine Rennstrecke vor einem ausdehnte – dabei fühlt man sich lebendig, dachte Zafar Jaffrey. Er verließ das Gewirr der Gassen und warf einen Blick auf St. Paul's, ein Moment der Reinheit, den er bis in die Zehenspitzen spürte. In seiner Jackentasche steckte das Päckchen, das er gerade abgeholt hatte. Das alles könnte sich immer noch lohnen. Selbst der Schlamassel, in den Tyson hineingeraten war, der Tod von Dennis Gimball – nirgendwo stand geschrieben, dass sich die Dinge nicht doch noch zum Guten wenden konnten.

Wie Tyson gesagt hatte, sah Dancer Blaine komisch aus mit dem graumelierten, dünnen Pferdeschwanz und den irren braunen Augen hinter der dicken runden Brille. Schon während ihres kurzen Gesprächs hatte er Jaffrey zu verstehen gegeben, dass sein Spitzname ehrlich verdient und er wendig wie ein Floh war. Jaffrey hatte höflich genickt. Seltsamerweise fiel es ihm nicht schwer, sich diese Gestalt vorzustellen, wie sie zwei, drei Zentimeter über einer Tanzfläche schwebte; es fiel ihm nicht schwer, sich vorzustellen, wie sie ballettartige Bewegungen ausführte. Um sich eine

Frau auszumalen, die seine Partnerin sein könnte, dazu fehlte ihm jedoch die Fantasie. Unter Blaines schmutzigem Haarstrang, seiner pockennarbigen und fettigen Haut lauerte ein Geruch von Fäulnis. Blaine roch wie Jaffreys Zehennägel, wenn sie zu lange nicht geschnitten worden waren.

Aber das spielte keine Rolle. Dancer Blaine war ein Gauner, ein Mittler der Unterwelt, und er hatte getan, was Gauner tun, und Jaffreys Problem gelöst. Deswegen fühlte sich Jaffrey nun trotz des Pechs, das er gehabt hatte – wegen des Pechs –, leicht und frei und glaubte wieder an die Zukunft. Er war nur aus Gewohnheit an die Erde gefesselt, mehr nicht. Er hatte plötzlich Heißhunger. Er war zutiefst erleichtert.

Er fand ein Café mit Tischen draußen, trotz des schmalen Bürgersteigs. Er setzte sich und bestellte Kaffee und zwei Croissants und streckte seine Beine so weit aus wie möglich. Das Gewicht in seiner Tasche war das seines eigenen Herzens. Er rief seine Mutter an und plauderte mit ihr über dies und jenes, hörte ihr zu, bis der Kaffee kam, und sagte ihr dann, dass er Schluss machen müsse, weil er einen Termin habe. Er war am Verhungern, er war wie ausgehöhlt. Das erste Gebäckstück inhalierte er quasi und bestellte sich einen weiteren Kaffee, noch bevor er die erste Tasse ausgetrunken hatte.

Er schloss die Augen. Dancer Blaine hatte gesagt: »War mir ein Vergnügen, Geschäfte mit Ihnen zu machen.« Er war nicht imstande gewesen, ihm zu antworten. Das Vergnügen lag darin, dass es vorbei war.

Ein Schatten fiel auf ihn.

Zafar Jaffrey öffnete nicht die Augen. Solange er das

nicht tat, konnte er diese neue Realität ignorieren. Es war die Kellnerin, die seine Tasse auffüllen wollte; es war der Manager, der wissen wollte, ob alles zu seiner Zufriedenheit war. Solange er die Augen geschlossen hielt, konnte dies leicht die Wahrheit sein: Alles war gut, alles in bester Ordnung.

»Mr Jaffrey?«

Auch das musste nichts zu bedeuten haben. Er wurde oft erkannt, er war prominent. Selbst hier, im großen London, wo andere Regeln galten.

»Mr Zafar Jaffrey?«

»Ich habe gerade Pause«, sagte er.

»Mein Name ist Claude Whelan«, sagte der Schatten, und Zafar wusste, dass er bald so tun musste, als würde er aufwachen.

»Emma Flyte.«

»Ma'am.«

»Sie sehen schlecht aus. Schlimme Nacht gehabt?«

»Ich hatte schon bessere.«

Sie würde noch schlimmere haben.

Die beiden hatten sich in der Lobby des Aufzugs getroffen: Flyte war gerade wieder im Park angekommen, Diana Taverner machte gerade Pause. Flyte wirkte tatsächlich müde. Taverner selbst war seit mehr Stunden auf den Beinen, als sie sich erinnern konnte, und sogar wenn sie noch zehn Jahre älter gewesen wäre, hätte sie Flyte noch etwas vorgemacht. Außerdem hatte sie etwas an sich, das in Notfällen gedieh, und sie glühte förmlich. Allerdings war sie nicht so verblendet zu glauben, dass sie Flyte in den Schatten stellen könnte. Eher würde Donald Trump präsidial auftreten, als dass Emma Flyte nicht mehr gut aussah. Kein Wunschdenken der Welt konnte das bewirken. Aber Taverner war die stellvertretende Chefin des MI 5 und damit bedeutender als jeder Spiegel im Gebäude. Flyte wiederum würde sich deswegen garantiert nicht an die Personalabteilung wenden.

»Nun, Sie waren gewiss sehr beschäftigt.«

»Das waren wir sicher alle.«

»Aber in Ihrem Fall hat Sie das davon abgehalten, Ihre Anweisungen zu befolgen. Sie sollten doch in Slough House sein.«

»Ja.«

»Das eigentlich im Lockdown sein sollte. Gibt es einen besonderen Grund, warum das nicht so ist?«

»Die Situation ist außer Kontrolle geraten«, antwortete Flyte.

»Das passiert schnell, wenn Jackson Lamb involviert ist«, räumte Taverner ein. »Deshalb habe ich Sie darauf angesetzt. Sind Sie nicht Expertin für die Kontrolle von Menschenmengen?«

»Er ist aber nicht gerade eine Menschenmenge, oder? Eher ein Verkehrsunfall.«

»Schön. Das erklärt aber nicht, warum Sie hierher zurückgekommen sind und Roderick Ho verhört haben.«

»Es schien mir wichtig herauszufinden, was er weiß.«

»Was er weiß, ist, dass er ein geheimes Dokument an seine Freundin weitergegeben hat. Er wird für lange Zeit verschwinden.«

»Tatsächlich?«

»Wie bitte?«

Flyte sagte: »Er behauptet, das Dokument sei nicht geheim gewesen.«

»So lautet seine Verteidigung? Viel Glück damit vor Gericht. Er hat es von der Datenbank des Geheimdienstes heruntergeladen, Flyte. Das ist nicht dasselbe wie Post-its zu klauen. Ist Ihnen bewusst, wofür das Dokument verwendet wurde?«

»Ja, das weiß ich.«

»Sehen Sie, auch das macht mir Sorgen. Mit diesem Wissen sind Sie eindeutig überfordert. Und Ho ohne Genehmigung zu verhören fällt auch nicht in Ihren Zuständigkeitsbereich. Würden Sie mir bitte sagen, was Sie vorhaben?«

»Bei allem Respekt, Ma'am, ich bin befugt, Mitglieder des Dienstes nach eigenem Ermessen zu befragen.«

Taverner hielt inne. Es stimmte: Als Head Dog besaß Flyte die Befugnis, jedes Mitglied des Dienstes zu befragen, auch sie selbst übrigens, aber falls es jemals dazu kommen sollte, würde es definitiv Kollateralschäden geben, und zwar nicht zu knapp. »Aber Sie haben einen Lockdown beendet, den ich angeordnet hatte. Woher nehmen Sie die Befugnis dazu?«

»Als Abteilungsleiterin kann ich delegieren, was ich für richtig halte. Ich habe Devon beauftragt, mich zu vertreten.«

»Devon?«

»Devon Welles, Ma'am. Sie können ihn nicht übersehen. Er verkörpert die Diversität der Dogs.«

Taverner sagte: »Sie sind Lamb vielleicht nicht schnell genug entkommen. Sie scheinen infiziert zu sein.« Sie konsultierte ihr Handy und wusste ganz genau, dass Flyte einer tickenden Bombe glich: Sie hatte Neuigkeiten zu verkünden, sie stand kurz vor der Explosion.

»Ma'am …«

»Einen Augenblick.« Sie beendete die Überprüfung des Dienstplans und zeigte ihn Flyte. »Hier steht, dass Welles nicht im Dienst ist. Er sollte inzwischen die Hälfte seines achtundvierzigstündigen Urlaubs hinter sich haben.«

»Ja, das sollte er. Aber wie ich schon sagte, habe ich ihn gebeten, mich zu vertreten.«

»Und jetzt? Ist er noch da?«

»Ja.«

»Sie können also mit Bestimmtheit sagen, dass Lambs Team in den letzten vierundzwanzig Stunden abgeschottet war?«

Flyte holte tief Luft. »Es könnte eine kleine Unterbrechung gegeben haben.«

»Dann wäre das eine disziplinarische …«

»Stimmt. Aber kann das warten? Ich muss Mr Whelan sprechen.«

»Er ist nicht im Haus. Sie müssen mit mir vorliebnehmen.«

»Sie wollen das vielleicht lieber nicht hören.«

»Alles, was ich vielleicht nicht hören will, will ich unbedingt hören«, entgegnete Taverner und starrte Flyte unverwandt an. »Kommen Sie, gehen wir in mein Büro.«

Die Jungs und Mädels in der Zentrale blickten nicht auf. Sie waren zu sehr damit beschäftigt, wie Flipperkugeln in einer Maschine aufeinanderzuprallen: Irgendwann spielte es keine Rolle mehr, dass sie Individuen waren. Sie schwärmten gemeinsam aus. Es gab einen Tag, an dem alle Schmetterlinge gleichzeitig ankamen, erinnerte sich Flyte, einmal gelesen zu haben: in einer Stadt am Schwarzen Meer, dachte sie. An einem einzigen Tag, der die Ankunft des Sommers symbolisierte, wurde die Stadt von Schmetterlingen überflutet. Dieser Gedanke kam ihr in den Sinn, als sie die vor Aktivität summende Zentrale sah. Es war nicht nur die Arbeit, die getan wurde. Es war das Wissen, dass die Ergebnisse Gestalt annahmen. Die Jungs und Mädels verwandelten sich in Schmetterlinge.

Möglicherweise empfand es Diana Taverner nicht so, denn kaum hatten sie ihr Büro betreten, ließ sie die große Glasscheibe milchig werden.

»Ich hoffe für Sie, dass Sie mir etwas Nützliches zu sagen haben«, begann sie.

»Der letzte Punkt auf dem Watering-Hole-Dokument«, sagte Flyte.

»Dem was?«

»So nennen sie es. Das Watering-Hole-Dokument.«

»Ich führe selbst eine Liste«, sagte Taverner. »Und sie wird von Minute zu Minute länger. Was ist der letzte Punkt?«

»Die Kontrolle über die Medien erlangen«, sagte Flyte. »Aber es bedeutet nicht genau das, was da steht.«

»Sie scheinen darüber Bescheid zu wissen.«

»Eigentlich war es Lamb, der es erkannt hat. Diese letzte Sache, die Sache mit den Medien, ist eine Art Angriff vor laufender Kamera. Irgendwo, wo eine Menge Presse anwesend ist, wo es vor Journalisten und Kameras wimmelt. Irgendwo in der Öffentlichkeit. Und zwar sehr bald.«

»Westminster Abbey«, sagte Taverner.

»Ja, die Abbey«, sagte Flyte. »Heute. Die Abbotsfield-Gedenkfeier.«

Sie brachten ihm Pizza. Er hatte eine Fleischpizza bestellt; die Witzbolde kamen mit einer einfachen Margherita, belegt mit Sardellen: Oh, Mann, dachte er kopfschüttelnd und kratzte die widerlichen Fischstückchen mit dem Finger an den Rand. Oh, Mann!

Dann ließen sie ihn in Ruhe.

Es hatte die ganze Nacht gedauert. Nach seiner Sitzung mit Emma, nachdem er ihr ein paar Sachen verklickert hatte, waren die Typen reingekommen, und er hatte alles noch einmal durchkauen müssen. Ihr redet wohl nicht miteinander?, hätte er am liebsten gefragt. Aber Roddy Ho wusste, wie es lief, denn Kim – seine Freundin – war genauso: Immer, wenn sie länger als zehn Minuten zusammen gewesen waren, fand sie es zu intensiv und musste für eine Weile weg, irgendwohin, wo es ruhig war und sie allein sein konnte. Das war einer der kleinen Unterschiede – Frauen brauchten ihre Auszeiten. Hatte er recht, oder hatte er recht?

Abgesehen davon deutete die Tatsache, dass sie ihn hier festhielten, darauf hin, dass weiterhin eine ernsthafte Bedrohung bestand. Es war sinnvoll, ihn in Watte zu packen – man wollte den bösen Jungs weiß Gott keinen Propagandacoup wie die Auslöschung des Rodmans gönnen –, aber eigentlich mussten doch alle Beteiligten inzwischen begriffen haben, dass nur einer hier irgendetwas löschte, nämlich Roddy Ho.

Es gab ein Wort für die Art von Coolness, die er besaß, und das hieß katzenhaft. Man brauchte eine Katze nur anzusehen, um zu wissen, dass sie nie eine Pfote falsch aufsetzen würde, oder wenn doch, dann nur ganz kurz. Katzen landeten immer auf den Füßen. Und das war die Art von Coolness, die Roddy Ho gefiel, bei der es vielleicht ab und zu etwas Aufregung gab – ein kleines Gerangel, wie neulich Abend –, aber man wusste immer, wer am Ende als Sieger dastehen würde.

Gleichzeitig konnte er mit den coolsten aller Typen mithalten. Der typische Außenseiter. Das Beste aus beiden Welten.

Wie er den Jungs gesagt hatte: »Klar, die haben jemanden geschickt, um mich auszuschalten. Und schaut euch an, was es denen gebracht hat. Das nächste Mal wissen sie, dass sie zwei losschicken müssen.«

Und die Jungs hatten einen vielsagenden Blick gewechselt.

Jetzt vertilgte er also seine Pizza, bis auf die Sardellen, und während er sich die Finger leckte, fiel ihm ein, dass ihm noch niemand gesagt hatte, was mit Kim, seiner Freundin, geschehen war. Eben hatte er erklärt, dass das Dokument, das er ihr weitergegeben hatte, nicht einmal geheim gewesen war – im Ernst: der coole Rod und Geheimnisse verraten? Also bitte … und hey, Jungs – sie war kein schlechtes Mädchen, nur ein bisschen neugierig, und seit wann war das ein Verbrechen? Aber sie ließen ihn im Ungewissen.

Und wenn sie …

Doch es gab einen Winkel in seinem Gehirn, den Roderick Ho lieber nicht beleuchten wollte und von dem er sich jetzt zurückzog. Es war eine Ecke, in der andere Entscheidungen getroffen und andere Ziele erreicht worden waren; eine Ecke, die, wenn er mehr Zeit dort verbracht hätte, vielleicht bedeutet hätte, dass er ein bisschen mehr Slow Horse und ein bisschen weniger der Rodster gewesen wäre. Es hätte bedeutet, dass er mehr Fragen gestellt hätte, als Kim in sein Leben trat, und dass er mehr Leute um sich gehabt hätte, die ihm geholfen hätten, sie zu beantworten ... Aber es gab kein Zurück. So war er nun mal, und Kim war seine Freundin, richtig? Kim war seine Freundin. Und wenn er jetzt teilweise im Dunkeln tappte, na ja, so war das eben in der Welt der Geheimdienste. Vieles war einfach zu ... geheim.

Roddy schüttelte den Kopf. Es würde sich schon alles aufklären, dachte er bei sich. Bis dahin würde er wohl hierbleiben müssen, damit sich niemand Sorgen um ihn machen musste. Er lächelte in sich hinein. Wer ist dieser Kerl?, werden die sich fragen, dachte er. Eine Kombination aus Bond und Q? Tagsüber im Dark Web unterwegs und nachts zieht er mit einer Mega-Tussi um die Häuser und wirft Dreckskerle aus dem Fenster?

Wer ist dieser Typ?

Das fragen sie sich.

Im Zimmer nebenan teilten sich die beiden Typen eine dick belegte Fleischpizza. Sie sprachen nicht viel, aber schließlich hielt einer von ihnen inne und fragte: »Wer ist dieser Typ?«

Beide schüttelten den Kopf und aßen weiter.

Claude Whelan war zurück in der Downing Street, in einem der Brutkästen. Der Premierminister hatte ihn warten lassen – kein gutes Zeichen –, aber die Wartezeit war durch einen Anruf von Di Taverner mit einem Update von der Zentrale gefüllt worden. Als der Premierminister endlich eintraf, gekleidet in seinen Beerdigungsanzug, war sein Gesicht rot vor Anstrengung. »Ich bin den ganzen Morgen im Kabinett und habe keine Zeit, mich danach noch umzuziehen. Der ist furchtbar figurbetont. Sehe ich darin nicht zu dick aus?«

»Ich finde nicht, dass …« Whelan zwang sich innezuhalten und noch einmal neu anzusetzen. Es würde nichts passieren, bevor diese Brücke nicht überquert war. »Schwarz macht schlank.«

»Ja, angeblich, aber wenn ich seitwärts stehe … Dickerchen ist ein grausames Wort, nicht wahr? Man hört ja so manches.«

»Sie sehen … würdevoll wie ein Premierminister aus.«

Er sah aus wie ein Spanferkel im Hochzeitszwirn, aber das wollte niemand hören.

»Ich sollte mich mehr bewegen«, grübelte der Premierminister. »Aber all die Jungs, mit denen ich Tennis gespielt habe … Nun ja.« Sein Gesicht nahm einen shakespearschen Ausdruck an. »Es sind diejenigen, die fragwürdige Entscheidungen treffen, die sich schließlich als falsche Schlangen entpuppen. Das ist bezeichnend, finden Sie nicht auch?«

»Ich finde, wir haben Wichtigeres zu besprechen.«

Der Premierminister seufzte theatralisch. »Glauben Sie, ich wüsste das nicht?« Er öffnete den untersten Knopf seines Jacketts und atmete tief durch. »Zafar Jaffrey ist in Gewahrsam. Es ist bisher nur ein Gerücht, aber es stimmt, oder?«

»Ich fürchte ja.«

»Ich wollte wissen, ob er eine weiße Weste hat, und es stellt sich heraus, dass er mit einem zwielichtigen Kontakt zur Unterwelt zusammenarbeitet. Wirklich, Claude?« Es klang, als würde er Whelan dafür verantwortlich machen. »Das ist ja wie in einem schlechten Michael-Caine-Film.«

Streng genommen war der Premierminister zu jung, um sich an eine andere Art Film mit Michael Caine zu erinnern, aber jetzt war nicht der richtige Zeitpunkt, ihn darauf hinzuweisen.

»Vielleicht. Aber die Berichterstattung über Gimball wird alles andere in den Schatten stellen, zumindest für heute. So wie die Dinge liegen, haben Sie einen zeitlichen Vorsprung. Geben Sie jetzt eine Erklärung ab, und nehmen Sie damit allen den Wind aus den Segeln.«

»Eine Erklärung? Ich weiß noch nicht einmal, was er vorhatte. Was hat er verbrochen? Unterstützt er heimlich den IS? Das kann ich nicht glauben, Claude, Jaffrey ist Warwickshire-Fan …«

»Es geht um seinen Bruder.«

»Sein Bruder ist in Syrien getötet worden, was übrigens seine eigene Schuld war, und daraufhin soll Zaff sich zum Islamismus bekehren?«

»Sein Bruder ist nicht tot.«

»Oh.«

»Sein Bruder ist derjenige, für den er einen falschen Pass brauchte.«

»Oh.« Der Premierminister holte tief Luft und knöpfte sein Jackett wieder zu. »Wir dachten alle, er wäre gestorben.«

»Jaffreys Familie dachte das auch. Hellfire-Rakete, von einer Drohne abgefeuert, August 2016. Der junge Karim war nicht das Ziel, aber es war bekannt, dass er sich in der Nähe des Einschlags befand, und es gab eine Leiche, die nicht identifiziert werden konnte.« Whelan schüttelte den Kopf. »Es gibt eine fünfundneunzigprozentige Trefferquote bei diesen Anschlägen. Karim hat die anderen fünf erwischt. So was kommt vor.«

»Und was hat er dann gemacht? Ist er einfach davonspaziert?«

»Wir wissen nichts Genaues. Wir wissen nur, dass er vor vier Monaten Kontakt zu seinem älteren Bruder aufgenommen hat. Zu diesem Zeitpunkt war er in Frankreich und hat auf der Straße gelebt. Er hat die Karte des verlorenen Sohnes ausgespielt. Er wünscht sich nichts sehnlicher, als sein altes Leben wiederzuhaben, jetzt, nachdem er am eigenen Leib erfahren hat, dass der Dschihad kein Zuckerschlecken ist.«

»Das hätte ich ihm auch sagen können. *Jeder* hätte ihm das sagen können.«

»Und Zafar hat versprochen, ihm zu helfen.«

»Nennen Sie mich einen Pedanten, aber ich hatte den Eindruck, dass der IS es nicht besonders schätzt, wenn man seine Meinung ändert. Das ist ungefähr, wie von Celtic zu den Rangers überzulaufen.«

»Nun ja, nicht ganz. Aber deshalb jedenfalls die ganze Unterweltgeschichte.«

»Ah. Ja, natürlich. Jaffrey hat seinem Bruder also eine neue Identität besorgt, damit er unerkannt nach England zurückkehren und dort weitermachen kann, wo er aufgehört hat? Nur unter dem Vorwand, ein anderer zu sein, damit seine Sünden ungesühnt bleiben?«

»So in etwa«, sagte Whelan.

»Warum ist Zafar nicht zu mir gekommen?«

»Wahrscheinlich, weil Sie dafür gesorgt hätten, dass der junge Karim vor Gericht gestellt wird, woraufhin er ins Gefängnis gekommen wäre. Und dort wäre er wahrscheinlich umgebracht worden.«

»Das ist wahr.«

»Und das zu vermeiden, war der Sinn der Sache.«

»Familien sind ein Ärgernis, nicht wahr? Es ist mir entfallen, haben Sie Geschwister?« Der Premierminister wartete nicht auf die Antwort. »Nun, wie auch immer. Gut, dass ich das alles jetzt weiß, bevor ich ein Dementi abgebe. Das Parlament zu belügen macht nie einen guten Eindruck. Spätestens beim vierten oder fünften Mal erntet man spürbare Missbilligung.«

»Da ist noch mehr.«

»Wie immer.« Der Premierminister holte eine Dose mit Pfefferminzbonbons aus seiner Hosentasche. »Möchten Sie …?«

»Danke.« Whelan schob das Bonbon in seine Wange und fuhr fort. »Es könnte heute Nachmittag einen Angriff auf Westminster Abbey geben.«

»Während des Gottesdienstes.«

»Während des Gottesdienstes. Wir haben keine konkreten Informationen, aber eine begründete Vermutung.«

»Und woher stammt diese Vermutung?«

»Diana Taverner.«

»Ah. Die schöne Lady Di.« Der Premierminister fummelte an seinem Krawattenknoten herum. »Wenn auch nicht fair, offensichtlich. Trotzdem. Ein hübsches Stutfohlen. Ich hätte nichts dagegen, mit ihr eine Runde über die Koppel zu drehen. Aber wenn sie je erfährt, dass ich das gesagt habe, lasse ich Sie umbringen.«

»In Anbetracht der Tatsache, dass Sie das mit ihr absprechen müssten, könnte das ein Eigentor werden«, erwiderte Whelan. »Jedenfalls hält sie die Bedrohung für glaubwürdig. Sie hat von der Redewendung ›die Schlange frisst ihren eigenen Schwanz‹ Wind bekommen. Mit anderen Worten, die Kämpfer schließen den Kreis und enden mit einem Anschlag auf den Gedenkgottesdienst für die Toten des ersten Attentats. Die Opferliste erfüllt sich selbst. Sie müssen wissen, wer alles erwartet wird. Die Prinzen, Sie, die Oppositionsführerin ...«

»Oh, Gott. Die.«

»... die Hälfte der Fraktionsspitze, der Bürgermeister und so weiter. Es wird natürlich höchste Sicherheitsvorkehrungen geben, aber trotzdem kann man einen Anschlag nicht ausschließen. Das alte Lied: Sie brauchen nur einen Treffer zu landen ...«

Die vielen Kritiker des Premierministers machten sich einen Spaß daraus, seine politische Feigheit hervorzuheben, aber manchmal, in unbeobachteten Momenten, wuchs er über sich selbst hinaus. »Na schön. Wir werden den Gottesdienst weder absagen noch die Abtei in Schildkrötenformation betreten. Aber wir sollten dafür sorgen, dass die Menschenmenge weiter zurückbleibt als sonst. Für den Fall von, was auch immer. Schrapnellen.«

»Natürlich.«

»Wir haben keine Zeit für COBRA, aber ich werde mit der Führung über eine verstärkte Militärpräsenz sprechen. Nicht, dass wir noch viel mehr Platz hätten. Mindestens dreitausend auf den Straßen und Scharfschützen – man nennt sie Scharfschützen, nicht wahr? Nicht Heckenschützen?«

»Ich glaube schon.«

»Scharfschützen auf allen Dächern. Großer Gott, Mann. Was ist nur aus uns geworden? Es gab mal eine Zeit, in der man sich in London sicher fühlen konnte. Als es so etwas wie Regeln gab.«

»Wir sind nicht immun gegen die Probleme der Welt. Das werden wir auch nie sein.« Whelan ließ das Pfefferminzbonbon von einer Wange in die andere wandern. »Der Palast muss natürlich gewarnt werden.«

Der Premierminister schnaubte. »Da würde ich gerne mal eine Fliege an der Wand sein. Nein, die Zeremonie wird wie geplant stattfinden. Heutzutage sind alle öffentlichen Veranstaltungen potenzielle Ziele für Terroristen. Aber was sollen wir denn tun? Uns in unseren Kellern verschanzen?«

»Natürlich nicht.«

»Ich will nicht mehr Menschenleben gefährden als unbedingt nötig. Abgesehen davon will ich, dass diese Dreckskerle lebend gefasst werden, Claude. Ich will Gefangene auf einer Anklagebank. Ich will sehen, wie sie Prozesskostenhilfe beantragen, auf ›nicht schuldig‹ plädieren, beim Obersten Gerichtshof Berufung einlegen und auf alle Rechte pochen, die wir ihnen gewähren. Ich möchte, dass die Welt sieht, wie sie bei einem System, das sie verachten, um Gnade betteln. Und dann möchte ich, dass sie für den Rest ihres elenden Lebens im Knast verrotten. Was ich nicht will, sind Märtyrer. Wir hatten schon zu viele verdammte sogenannte Märtyrer.«

Whelan biss auf das Pfefferminz und spürte, wie es zwischen seinen Zähnen knackte. Einen kurzen, panischen Moment lang dachte er, ihm wäre ein Zahn abgebrochen, und er musste die Stücke mit der Zunge einsammeln und Stück für Stück sortieren, um sicher zu sein. Wahrscheinlich war es nur das Pfefferminz. Wahrscheinlich. Der Premierminister sprach immer noch: »Das könnte mein letzter großer Tag sein, wissen Sie. Die Wölfe versammeln sich vor dem Tor, wenn man das so sagen kann. Gimball hätte den Angriff angeführt, aber wissen Sie was? Jetzt, wo er nicht mehr da ist, werden andere aus dem Gebüsch kriechen. Niemand wollte etwas unternehmen, als er die Wahl für sich entschieden hatte. Aber jetzt ist die Jagd eröffnet. Sicher ist nur, wer der unbeliebte Kandidat ist. Nämlich ich.«

»Das kann man vorher nie mit Sicherheit sagen«, entgegnete Whelan, der sich ziemlich sicher war, dass man das in diesem Fall konnte.

»Nein, meine Tage sind gezählt. Aber wissen Sie was? Wenn Sie diese Mörderschweine unter meiner Ägide schnappen, dann reicht mir das als Abgesang. Dann werde ich mir wohl eine kleine Hütte kaufen. Und meine Memoiren schreiben.« Er überprüfte noch einmal seine Vorderseite, schien zu akzeptieren, dass er in den nächsten dreißig Minuten auf keinen Fall drei Pfund abnehmen würde, und nickte. »Interessante Zeiten, Claude. Danke, dass Sie mich ins Bild gesetzt haben.« Dann ging er.

Whelan schluckte ein Stückchen Minzbonbon und prüfte seine Zähne mit der Zunge. Das sind nicht gerade meine besten Tage, dachte er. Jaffrey hatte sich mit Sicherheit inzwischen einen Anwalt genommen, aber er musste wissen, dass seine Karriere vorbei war und er die Wahl verloren hatte. Und das war kein besonders gutes Ergebnis, nicht für die Leute in den West Midlands. Er wäre ein guter Bürgermeister gewesen, und was ihm den Weg verbaut hatte, war nicht Gier oder Hass oder eine der unzähligen Versuchungen eines öffentlichen Amtes, sondern die Liebe zu einem Bruder, der besser von dieser Rakete verbrannt worden wäre. Oder vielleicht nicht mal Liebe: eher Loyalität. Man musste jemanden nicht lieben, um ihm treu zu bleiben. Ob das wohl auch umgekehrt galt?

Was Dennis Gimball betraf, egal, welche Schwächen er gehabt haben mochte, so hatte Whelan skrupellos gehandelt: Er hatte eine harmlose Absonderlichkeit ausgenutzt, um Druck auf ihn auszuüben. Weiß Gott, dachte Claude: Ich habe gut reden. Aber so war es nun mal. Er hatte einen Auftrag, und er tat, was er konnte, um ihn zu erfüllen. Es würde Verluste geben, denn die gab es immer, aber es gab auch ein höheres Ziel, und es war seine Pflicht, dieses Ziel zu verfolgen. Wenn er von allen, denen er Unrecht getan hatte, Vergebung erwartet hätte, wäre er nicht so weit gekommen.

Natürlich hatte er auch andere Probleme. Manchmal musste man sich absichern: das befolgen, was Diana Taverner die Londoner Regeln nennen würde.

Das bedeutete zum Beispiel, dass der Schauprozess, den der Premierminister wollte, nicht zustande kommen würde.

Whelan verließ das Gebäude und griff nach seinem Handy. Heute Nachmittag würden mehr bewaffnete Soldaten in den Straßen Londons patrouillieren als je zuvor seit dem letzten Krieg, und seine Aufgabe war es jetzt, dafür zu sorgen, dass sie alle die gleichen Anweisungen erhielten. Aber zuerst wollte er noch kurz mit seiner Frau sprechen. Ihre Stimme klang in seinen Ohren immer wie eine Art Vergebung. Und im Moment gab es viel, was man ihm verzeihen musste.

Sie parkten einige Meilen vor ihrem Ziel und aßen, was sie noch hatten: ein paar verklebte Nudeln aus einem Kühlschrank, dessen Verschluss nicht funktionierte. Danny schmeckte unterschwellige Fäulnis und genoss gleichzeitig diese Erfahrung: ein funktionierender Mund; ein Körper, der Nahrung aufnahm. Womöglich würde es nicht mehr viele Mahlzeiten geben.

Shin schien das nicht so zu sehen. Den ersten Bissen spuckte er in ein Taschentuch, den Rest ließ er liegen.

Es gab verschiedene Arten, ein Krieger zu sein, wie Danny wusste. Aber Shin kannte keine davon. Shin war ein Feigling, und tief im Inneren wusste er das. Das war der Grund, warum er jetzt nichts runterkriegte. Deshalb hatte er das Mädchen am Leben gelassen.

Das an sich konnte Danny verzeihen. Es war ein Fehler und ein Verrat, aber es war eine verzeihliche Schwäche, Mitleid mit einer Frau zu haben, und wenn dies Shins einziger Fehler gewesen wäre, hätte Danny keine Freude daran gehabt, ihn dafür sterben zu sehen. Aber indem Shin sie hatte entkommen lassen, hatte er die Mission in Gefahr gebracht, und weil er anschließend gelogen hatte, hatte er Danny, An und Chris gegenüber Verachtung gezeigt. Wenn Shin also starb, würde Danny ihm direkt in die Augen sehen und dafür sorgen, dass er wusste, dass Danny auf seinen Leichnam pissen und ihn in einem Graben verbrennen würde.

Und wenn sie diesen letzten Angriff überlebten, würde er sich auf die Suche nach Kim machen und auch ihrem Leben ein Ende bereiten. Denn das war ein Teil ihrer Mission, und kein Teil durfte unvollendet bleiben.

An schaute auf die Uhr. »Vier Stunden«, sagte er. Wie Danny hatte er die gleiche schäbige Uniform angezogen, die er in Abbotsfield getragen hatte; wie Danny trug er jetzt einen Revolver in einem Holster an der Hüfte. Wenn die Zeit gekommen war, würden sie sich nicht unter die Menschenmenge mischen. Sie würden wie Furien heranstürmen, als Krieger, die Tod und Verderben brachten.

»Alles scheint ruhig zu sein«, bemerkte Shin hoffnungsvoll.

»Ob ruhig oder nicht. Wir gehen in vier Stunden.«

»Wir sollten zuerst jemanden vorausschicken. Um sicherzugehen, dass der Weg frei ist.«

»Du drückst dich davor«, warf ihm Danny vor. »Du bist wie ein Kettenhund. Du bellst, wenn es Geräusche gibt. Du bellst, wenn es keine gibt.«

»Wenn unsere Mission gelingen soll, müssen wir behutsam vorgehen«, erwiderte Shin. »Und wir gehen auf mein Kommando, nicht auf deines«, fügte er hinzu und sah An an.

Danny sagte: »Du hast Angst.«

»Nicht mehr als du.«

»Ich habe keine Angst«, sagte Danny.

Das entsprach der Wahrheit. Er fühlte sich irgendwie – er fand keine Worte dafür – erhaben vielleicht, in Erwartung von Ruhm – aber er hatte keine Angst. Was als Nächstes kam, auch wenn es seinen Tod bedeutete, würde ein Heldentum sein, das sich nicht vielen bot. Er würde die Vision des Obersten Führers erfüllen, und sein Name würde wie eine ewige Kerze brennen. Er hatte nur wenige Optionen für eine sinnvolle Zukunft gehabt, aber diese würde er ergreifen.

Shin hingegen würde vor jeder Zukunft zurückschrecken, die gefährlicher war als eine faulige Nudel.

»Du hast das Mädchen gehen lassen«, sagte Danny jetzt.

»Ich habe sie getötet.«

»Du lügst.«

Shin sagte zu An: »Er ist ein Idiot«, aber seine Stimme zitterte.

»Hast du das gehört?«, fragte Danny. »Er weiß, dass ich es weiß. Wir alle wissen es. Er hat das Mädchen gehen lassen.«

»Das reicht jetzt«, sagte An.

Chris fragte: »Du hast sie gehen lassen? Das hättest du nicht tun dürfen.«

»Er hat die ganze Mission gefährdet«, fuhr Danny fort.

»Ich habe die Mission nicht gefährdet!«, brüllte Shin.

Seine Worte hallten im Inneren des Wagens wider, als hätte man einen Stein geworfen.

Danny sagte: »Bevor du sie hast gehen lassen. Bevor du

deine Befehle missachtet hast. Hast du ihr da gesagt, was wir als Nächstes vorhaben?«

»Ich habe ihr gar nichts gesagt.«

»Aber du hast sie gehen lassen.«

»Ich habe keine Befehle missachtet. Ich habe das Kommando!«

»Du hast das Kommando gar nicht verdient!«

»Wer gibt dir das Recht, so was zu sagen!«

»In Abbotsfield hast du absichtlich vorbeigeschossen. Du hast einen Hühnerstall abgeknallt.«

»Ich habe in Abbotsfield meine Pflicht getan!«, erwiderte Shin, und seine Stimme zitterte vor Wut.

»Und was ist mit heute? Können wir dir heute vertrauen?«

»Können wir *dir* vertrauen?«, entgegnete Shin. »Ich habe hier das Sagen. Wenn ich spreche, spreche ich für den Obersten Führer!«

Chris sagte: »Ich mache mir Sorgen, weil du das Mädchen hast gehen lassen.«

»Es reicht«, sagte An.

Danny sagte: »Wenn wir uns auf den Weg machen, wenn wir losziehen, um unsere Mission zu erfüllen. Was wirst du diesmal tun? Dich hinter einer Mülltonne verstecken? Die Hände heben und dich ergeben?«

»Das wird alles in meinem Bericht stehen!«, sagte Shin. »Du bist hier der Verräter!«

Danny sah zu An. »Er bringt uns alle in Gefahr.«

»Ich habe hier das Sagen!«

»Wer weiß, was er dem Mädchen erzählt hat. Vielleicht sind sie längst hinter uns her.«

»Du bist der Verräter«, herrschte ihn Shin an. »Du tanzt aus der Reihe. Damit spuckst du auf den Obersten Führer persönlich.«

»Es reicht!«, sagte An erneut.

»Ja, es reicht!«, blaffte Danny. Er sah Chris an, dann An. »Man kann ihm nicht trauen. Wenn wir unsere Mission erfüllen wollen, müssen wir es ohne ihn tun. Er wird uns alle verraten.«

»Lügner!«, schrie Shin.

An zog seine Waffe aus dem Holster und schoss Danny ins Gesicht.

Als das Echo verklungen war, sagte er zu Shin: »Der Oberste Führer hat dir das Kommando übertragen. Wer dich infrage stellt, stellt ihn infrage.«

Shin nickte stumm.

»Wir gehen in vier Stunden«, sagte An, legte die Waffe weg und aß weiter seine Nudeln.

15

In London wird der Mittag eingeläutet, denn London ist eine Stadt der Glocken. Von ihrem Herzen bis zu ihren zerklüfteten Rändern teilen sie den Tag mit ihren Tönen ein, dröhnend, bimmelnd und mit tiefen Bassschlägen. Sie erklingen von Kirchtürmen und Glockentürmen, von Kathedralen und Rathäusern, und zelebrieren so, einander überlappend, die unerschütterliche Tatsache, dass die Zeit vergeht. In der Hitze meint man fast beobachten zu können, wie ihr Klang durch den Dunst getragen wird, der in mittlerer Entfernung flimmert. Und in den Rhythmus der Glocken fallen auch die Uhren ein: an Ecken und über Juweliergeschäften schlagen sie die Stunde, alle ein klein wenig der Sonne hinterher oder voraus, aber immer – immer – kommt der eine Moment, in dem alle zusammen läuten. Jedenfalls wäre es schön, behaupten zu können, dass die Stadt zweimal am Tag, um Mitternacht und um Mittag, mit einer Stimme spräche. Aber selbst wenn das wahr wäre, wäre es im Nu wieder vorbei, und die übliche Kakofonie würde wieder einsetzen; Stimmen, die streiten, schimpfen, trösten und Witze reißen; die um Eiscreme betteln, um die Rückkehr der Geliebten; die Wechselgeld anbieten und Bestätigung suchen; die übereinander stolpern in einem ständigen Chor aus Freude und Klage, Glück und Verrat; aus großem Kummer, kleinen Sorgen und unerwarteter Freude. Jeder Tag ist wie dieser: vertraut und einzigartig zugleich. Der heutige Tag ist, wie der morgige, stets anders und immer derselbe.

Und heute ist London in den Kriegszustand versetzt worden. Bewaffnete Polizei auf den Straßen sieht niemand gerne, aber anscheinend hat das lockere Leben, das die Londoner genießen, seinen Preis: die Freiheit der Bürger, durch die Straßen zu gehen, ihr Gesicht unverhüllt zu zeigen, in der Öffentlichkeit Händchen zu halten. Manchmal vergehen Monate, ohne dass ein Zivilist eine Waffe sieht. Aber die Lektionen der letzten Zeit waren unbarmherzig, und die Toten der Hauptstadt und ihrer Schwesterstädte sind stets präsent, wo auch immer sich Menschenmengen versammeln, und deshalb patrouillieren heute bewaffnete Polizeieinheiten auf den Straßen. In der Umgebung der Abtei wurden die Bürgersteige mit Metallbarrieren abgesperrt. Dahinter versammeln sich Londoner und Besucher von außerhalb, um den Toten von Abbotsfield die letzte Ehre zu erweisen, denn Abbotsfield hätte überall sein können, und London ist auch überall. Das mussten London und seine Schwesterstädte leidvoll erfahren: dass Verbrechen aus Hass die Seele besudeln, aber nur die Seelen derer, die sie begehen. Wenn die Trauernden zusammenstehen, sei es auch nur für einen Moment, dann bleiben sie unbefleckt. Und so versammeln sich die Menschen und warten, und die bewaffneten Polizistinnen und Polizisten überprüfen die Neuankömmlinge, zwölf Uhr kommt und geht mit dem Bimmeln und Gongen der Glockenschläge, und der Nachmittag beginnt.

Es war Stunden her, dass sich irgendjemand ausgeruht hatte. Claude Whelan war zurück im Regent's Park; erleichtert, an seinem Schreibtisch zu sitzen, wo er wenigstens den Anschein von Kontrolle erwecken konnte; Di Taverner war ebenfalls im Haus, streifte aber augenblicklich durch die Zentrale und schaute den Jungs und Mädels über die Schultern. An einem bestimmten Schreibtisch verweilte sie länger als gewöhnlich: dem einer jungen Frau – Josie –, deren blauweiß geringeltes T-Shirt ihre Brüste betonte, und die die Eigenart besaß, schüchtern zu blinzeln, wenn man sie ansprach. Einem zufälligen Beobachter wäre es unmöglich gewesen zu erraten, was Taverner dachte, aber ein erfahrener Lady-Di-Beobachter hätte gewusst, dass sie sich irgendetwas einprägte und im Hinterkopf abspeicherte.

»Lagebericht«, befahl sie.

Josie blinzelte, dann las sie von ihrem Bildschirm ab. »Die Royals werden in fünfzig Minuten in der Abtei erwartet. Der PM in vierzig. In der Great Smith Street gab es einen Zwischenfall, aber der ist bereits aufgelöst. Ein paar Betrunkene haben randaliert.«

Taverner sagte: »Wir sagen hier weder ›Royals‹ noch ›PM‹. Halten Sie sich bitte ans Protokoll, ja?«

»Tut mir leid, Ma'am.«

»Wie ist unser Status auf der Straße?«

»Turmfalke eins befindet sich auf der Millbank, zwei auf der Westminster Bridge. Keine Einheit meldet etwas Verdächtiges. Drei bis fünf sind entlang Whitehall stationiert. Die Menge ist ruhig, bis auf wenige Unruhen und Zwischenrufe. Sprechchöre, in denen es um Dennis Gimball geht. Vermutlich von einer der rechten Gruppen inszeniert.«

Dass Verbindungen zwischen dem Massaker von Abbotsfield und dem Tod Dennis Gimballs gezogen wurden, überraschte Taverner nicht sonderlich. Verschwörungstheorien blühten mit einer Geschwindigkeit von einhundertvierzig Zeichen pro Sekunde.

Sie fragte: »Gibt es Verhaftungen?«

»Ein paar, Ma'am. Soweit wir wissen.«

Taverner legte ihre Hand auf die Schulterstütze von Josies Stuhl. Sie fühlte sich warm an. »Halten Sie Mr Whelan auf dem Laufenden?«

»Ja, Ma'am.«

»Per E-Mail, oder …?«

»Er hat es lieber, wenn ich in sein Büro komme.«

Taverner nickte, als wäre sie mit den Gedanken ganz woanders. »Passen Sie auf sich auf«, sagte sie und kehrte in ihr Büro zurück.

Kim Park, die Freundin von Roderick Ho, war inzwischen im Keller; Flyte und Welles hatten sie eingeliefert. Bei ihrer ersten Befragung hatte sie nur wenig preisgegeben, was sie nicht schon Flyte erzählt hatte, aber ihr Verhör würde noch eine Weile dauern. Kim kannte ihre Rechte und wusste, wie lange sie ohne Anklage festgehalten werden konnte. Was sie jetzt gerade lernte, war, dass dies nur nach einer Verhaftung galt, jedoch nicht in ihrem Fall. Juristisch betrachtet war sie entführt worden. Dann mal viel Glück, wenn sie das zum Thema macht, dachte Taverner. Zumindest hatte sie geholfen, Phantomzeichnungen der Terrorverdächtigen anzufertigen, aber wie alle Bilder dieser Art, die Taverner gesehen hatte, glichen die Personen darauf Robotern: Batterien nicht inbegriffen. Sie vermutete, dass ihre realen Gegenstücke kaum anders aussahen. Terror-Bots war ihre Bezeichnung für sie. Wer bereit war, für seine Überzeugungen zu morden, war zwangsläufig ohne Empathie, und das menschliche Licht in den Augen war erloschen. Sie fühlte sich gelegentlich selbst ein wenig distanziert. Aber sie hatte noch nie einen Krieg gegen Kinder geführt.

Josie sah allerdings wie Freiwild aus. Und wenn sie auf Claudes Schoß saß, während sie ihre Memos ablieferte, sollte sie besser darauf vorbereitet sein, die Bedeutung von Kollateralschäden zu lernen.

Einen Moment lang schloss Taverner selbst die Augen. Notfälle waren eine Prüfung für die Systeme, ihr eigenes nicht ausgenommen. Wenn das hier vorbei war, würde sie achtundvierzig Stunden lang schlafen müssen. Aber jetzt noch nicht.

Sie schaltete den Fernseher ein und fand einen Nachrichtensender. Luftaufnahmen von London füllten den Bildschirm. Noch vor zehn Jahren hatte es ganz anders ausgesehen: kein Heron Tower, keine Needle. Blätterte man zwanzig Jahre zurück, wären The Gherkin, das London Eye sowie die halbe Skyline verschwunden. Und in zwanzig Jahren, wer weiß, könnte es Einschienenbahnen geben, die zwischen hundertstöckigen Türmen gespannt waren. Aber es würde immer noch London sein, denn das war die Regel. Unter dem Make-up und der Kostümierung schlug das gleiche Herz.

Unten regierte derzeit der Direktor der Metropolitan Police über die Straßen. Aber Di Taverner hatte auch Agenten draußen, Turmfalken eins bis fünf, die die Stadt beobachteten und den Puls der Stadt fühlten. Wenn es zu einem

Angriff kam, war es unwahrscheinlich, dass die Terroristen lebend gefasst wurden. Mit Agenten vor Ort standen die Chancen etwas besser.

So oder so würde es bald vorbei sein; danach gab es andere Aufgaben zu erledigen. Um Emma Flyte musste man sich kümmern, um ihren Gefolgsmann Devon Welles ebenfalls. Die beiden wurden für die Dauer der Untersuchung im Park festgehalten. Taverner vermutete in etwa siebzig Prozent aller Fälle eine Verschwörung. Was auch immer Flyte angestellt hatte, fiel zwar möglicherweise eher in die Kategorie »Pfusch«, aber das reichte aus, um sie hart zu bestrafen. Auch Slough House stand auf ihrer Tagesordnung. Es war schon lange an der Zeit, dass Jackson Lamb die Botschaft verstand: Unter den Glocken, die man heute hörte, waren einige, die für ihn läuteten.

Der Schutz des Dienstes war ihre oberste Priorität, jetzt und immer. Die abgestorbenen Äste abzuschneiden, die den gesunden Stamm zu ersticken drohten: Das war gute Haushaltsführung.

Auf dem Bildschirm liefen auf beiden Kanälen Aufnahmen von den sich sammelnden Menschenmassen. Die Londoner gingen auf die Straße, um ihre Solidarität mit den fernen Toten zu bezeugen. Es war eine vorhersehbare, bewundernswerte Reaktion, auf die sich die Mörder verließen. Di Taverner hoffte, dass es morgen keine weiteren Opfer geben würde, an die man sich erinnern müsste. Aber es war wie bei jeder Menschenmenge: Wenn man sie in ihre Einzelteile zerlegte, würde es immer Opfer unter ihnen geben.

River Cartwright befand sich inmitten der Menge und schlängelte sich durch die dichten Grüppchen. Die meisten Leute wirkten bedrückt, ernst, sich der Bedeutung des Tages bewusst und bereit, Flagge zu zeigen. *Wir haben keine Angst!* Die Gespräche drehten sich um Abbotsfield; auch Dennis Gimballs Tod spielte eine große Rolle, und es wurden Verbindungen gezogen. Jedes Mal, wenn er die BBC-Website aufrief, erwartete er, sein eigenes Gesicht neben dem von Coe zu sehen. *Die Polizei sucht nach diesen Männern.* Aber bis jetzt Fehlanzeige.

Zweimal musste er seinen Dienstausweis vorzeigen, um eine Absperrung passieren zu können: Er konnte sich nicht daran erinnern, dass London jemals so stark abgeriegelt worden war. Aber es war sinnvoll. Ein Anschlag auf die Gedenkfeier für Abbotsfield wäre mehr als nur ein Propagandacoup; es wäre ein Dolch ins Herzen des Establishments, selbst wenn die Terroristen nicht in die Nähe der Abtei selbst kämen. Was ihnen definitiv nicht gelingen würde. Jeder bewaffnete Feind im Zentrum Londons würde nur Sekunden überleben, nicht länger. Was nicht hieß, dass er nicht Dutzende Schaulustige mit in den Tod reißen konnte, was weltweit für Schlagzeilen sorgen würde.

Die Schlange frisst ihren eigenen Schwanz …

Er war erschöpft, aber an Schlaf war jetzt gar nicht zu denken. Jeder Nerv in ihm vibrierte wie eine Hochspannungsleitung.

Er rief Louisa an. »Wo bist du?«

»Storey's Gate. Und du?«

»Ganz in der Nähe. Bleibst du dort?«

»Ist das eine Frage oder soll ich hierbleiben?«

»Ist eine Frage.«

»Okay, ich bleibe da.«

Er beendete die Verbindung und ging die Straße hinauf; normalerweise ein Spaziergang von zwei Minuten, der jetzt eher zehn dauern würde.

Einige Stunden zuvor waren sie alle noch in Slough House gewesen. Flyte und Welles waren gefahren und hatten Kim mitgenommen; die Slow Horses versammelten sich in Hos Büro, das in Abwesenheit des regulären Bewohners zum Gemeinschaftsraum umfunktioniert worden war. Wir sollten die Möbel rausräumen, hatte River gedacht, und einen Flipper anschaffen. Eine Jukebox. Nicht, dass er viel Zeit haben würde, die Annehmlichkeiten zu genießen. Das Grollen, das er in der Ferne hörte, war nicht der Verkehr, der die London Wall hinaufdonnerte – es war das Schicksal, das auf sie zukam.

Catherine hatte über ihr iPad gebeugt gesagt: »Es werden Tausende von Besuchern erwartet. Zehntausende. So ist das, wenn eine Tragödie geschehen ist. Die Leute wollen sich solidarisch zeigen.«

»Ja, aber die sollten ihre Ärsche lieber zu Hause parken«, erwiderte Lamb. »Als ob es die Toten noch groß interessieren würde.«

»So was ist wichtig!«, entgegnete Catherine scharf. »Wenn Unschuldigen etwas Schlimmes zustößt, sollten wir anderen zusammenstehen. Sonst könnten wir genauso gut hinter Barrikaden leben.«

»Weißt du, warum guten Menschen schlimme Dinge passieren?«, fragte Lamb. »Das liegt an den ganzen Schwachköpfen.«

»Na schön, den Punkt Theologie hätten wir damit schon mal abgehakt. Vielen Dank dafür.« Sie schaute sich in der Runde um. »Wir sind alle fix und fertig, und im Augenblick können wir nichts ausrichten. Geht doch nach Hause und ruht euch ein bisschen aus.«

»Wir sollten da rausgehen«, erwiderte Shirley. »Zur Abbey.«

»Und was sollen wir da?«, fragte Lamb. »Die bösen Jungs mit Tackern bewerfen?«

»Ein Tacker kann eine Menge Schaden anrichten«, murmelte Shirley.

River sagte: »Flyte hat dem Park Bericht erstattet, der Park hat mit Sicherheit die Polizei informiert. Alle Einsatzkräfte werden mobilisiert werden, Polizei, Militär, und der MI 5 wird seine Agenten vor Ort haben. Ich denke, sie werden auch ohne uns auskommen.«

»Ich denke, denen war schon von vornherein klar, dass der Gottesdienst heute ein Anschlagsziel sein könnte«, meinte Catherine. »Niemand wird riskieren, dass die Prinzen ohne erhöhte Sicherheitsvorkehrungen teilnehmen.«

»Ein Verdacht, der sich bestätigt, wird zu einer verifizierten Theorie«, bemerkte Coe.

»Vielen Dank, Konfuzius«, sagte Lamb. Er wandte sich an River. »Gebranntes Kind scheut die Kirche, was?«

»Keine Ahnung, was das heißen soll«, grummelte River.

»Das kleine Abenteuer von gestern Abend hat Sie schussscheu gemacht. Was ist los, wollen Sie nicht in der Nähe sein, falls weitere … *Unfälle* passieren?«

»Ich möchte nur ein bisschen schlafen«, verteidigte sich River.

»Das wollen wir alle«, pflichtete Catherine ihm bei. »Wir sollten alle nach Hause gehen«, wiederholte sie. »Egal, was heute passiert, es ist nicht unsere Aufgabe, es zu verhindern.«

Lamb ignorierte ihren Einwand: »Ich weiß nicht, was in Slough passiert ist, aber Sie beide haben eindeutig stromaufwärts gepisst. Wie hoch stehen die Chancen, dass wir alle bald dieses Wasser trinken?«

Louisa reckte sich theatralisch. »Ich finde, Catherine hat nicht ganz unrecht. Wenn wir morgen schon Pisse trinken müssen, können wir genauso gut vorher etwas Schlaf nachholen.«

»Ich bin mir nicht sicher, ob ich genau das gesagt habe.«

Coe schaute aus dem Fenster.

Lamb sagte: »Ich erwähne also Slough, und alle wollen nach Hause gehen. Ein misstrauischer Geist könnte das merkwürdig finden.«

»Die anderen sind nach Slough gefahren«, sagte Louisa. »Ich bin nach Birmingham gefahren. Und zurück. Und habe nicht geschlafen.«

»Sie haben also nicht vor, sich in der Umgebung der Abtei zu blamieren.«

»In dem Zustand? Ich wäre ungefähr so effektiv wie Donald Trump junior.«

»Es gibt einen Donald Trump junior? Oh Gott. Gerade als ich dachte, es könnte nicht mehr schlimmer kommen.«

Ein Handy summte, aber niemand griff in die Tasche.

»Kann mal jemand das verdammte Ding ausmachen?«, blaffte Lamb.

»Es ist deins«, sagte Catherine.

»Wenn das so ist, verpisst ihr euch dann bitte woanders hin?«

Sie verließen das Büro und trafen sich in Shirleys Zimmer.

»Jetzt wäre ein guter Zeitpunkt«, sagte Catherine. »Geht einfach. Ihr alle.«

»Er weiß es, oder?«, fragte River.

»Es ist wahrscheinlich besser für euch, wenn er es weiß«, erwiderte sie. »Wenn rauskommt, was passiert ist, dann steckt Slough House in ernsthaften Schwierigkeiten. Das wiederum bedeutet, dass er auf eurer Seite steht, solange, bis die Sache geklärt ist.«

River glaubte nicht, dass sich in näherer Zukunft irgendetwas klären würde, falls Lamb nicht die Macht hatte, Tote zum Leben zu erwecken.

Shirley war verschwunden. Coe steckte seine Ohrstöpsel wieder rein, aber ob er einen Nachrichtensender oder seinen endlosen Jazz-Soundtrack hörte, konnte keiner wissen.

River sagte: »Okay, das war's für mich«, und verließ das Gebäude.

In der Aldersgate Street wartete er, bis Louisa ihn eingeholt hatte. »Fährst du nach Hause?«

»Das sollen wir ja anscheinend.«

»Und, machst du es?«

»Auf gar keinen Fall.«

»Ich auch nicht.«

»Hätte ich auch nicht gedacht. Was sollte dieses ›Ich glaube, die werden auch ohne uns auskommen‹?«

»Das Letzte, was ich im Moment will«, sagte River, »ist, wieder Coe am Hals zu haben. Oder Shirley.«

»Glaubst du, dass die auch zur Abbey fahren?«

»Weiß der Teufel, was Coe macht. Hauptsache, er macht es weit weg. Aber bei Shirley bin ich mir ziemlich sicher.«

»Du hast wahrscheinlich recht. Nehmen wir die U-Bahn?«

River hatte Hos Autoschlüssel auf seinem Schreibtisch liegen lassen, und außerdem waren sämtliche Straßen ins Zentrum sicher hoffnungslos verstopft. »Okay.«

Bei ihrer Ankunft hatten sie sich getrennt und waren durch die Straßen patrouilliert, die sich erst langsam, dann immer schneller füllten. Es war eine sinnlose Übung, aber sie war ihnen nun mal eingeimpft worden. Das war der Job, für den sie trainiert hatten, bevor sie ihre Karriere in den Sand gesetzt hatten. Es war dieser winzige Funke Hoffnung, der noch nicht ganz erloschen war und der, wenn er sorgfältig genährt wurde, ihnen den Weg zurück zu ihrer Karriere weisen konnte. Nach zwei Stunden hatten sie sich auf eine Cola getroffen und sich dann wieder in das Gedränge gestürzt. Jetzt, neunzig Minuten später, würde die Gedenkfeier bald beginnen; um ein Uhr setzten die Glocken mit ihrem ungleichmäßigen Wechselgesang ein. River sah Louisa weiter vorn an einer Straßenlaterne stehen; sie hielt zwei Kaffeebecher in einer Hand und checkte ihr Handy.

»Und?«, fragte er und nahm ihr einen Becher ab.

»Nada. Und bei dir?«

»Dasselbe.«

In einiger Entfernung fuhren Autos vorbei. Da alle Straßen gesperrt waren, konnten es nur die Wagen sein, die die VIPs zur Abtei brachten. Das werden die Prinzen sein, dachte er, oder der Premierminister. Es ging los.

»Hast du Shirley gesehen?«

»Nein. Und Coe auch nicht.«

»Die sind bestimmt ins Bett gegangen.«

Louisa spuckte Kaffee aus.

»Nein, was denkst du denn! Ich hab doch nur gemeint …«

»Ich weiß, was du gemeint hast. Aber trotzdem …«

»Verstehe.«

»Ich meine, kannst du dir das *vorstellen*?« Sie steckte ihr Handy wieder weg. »Meinst du, dass das gutgeht?«

»Was? Der Gottesdienst?«

»Alles.« Sie schaute sich um, um sicherzugehen, dass niemand zuhörte, senkte aber trotzdem ihre Stimme. »Coe. Die Sache mit Gimball. Scheiße, River, das ist verdammt brenzlig.«

»Keine Ahnung, was daraus wird«, erwiderte er, bemüht unaufgeregt. Sie machten sich auf den Weg, vorbei an einer Reihe geparkter Autos.

»Hast du mal überlegt, es nach oben zu melden?«

»Ja.«

»Und?«

»Ich weiß nicht, wozu das gut sein soll. Ich war da, genau wie Coe. Wir wissen beide, was das bedeutet, wenn es zu einer Verurteilung kommt. Es gibt Gründe, warum der Park es möglicherweise lieber vertuscht, aber wahrscheinlich noch viel mehr, warum er es nicht tun wird. Zum Beispiel, weil wir nicht gerade zu ihren Lieblingen gehören.« Sein Kaffee war zu heiß. Ein heißes Getränk an einem heißen Tag. Aber besser als nichts. »Soll ich dir mal was Lustiges erzählen?«

»Klar.«

»Ich hatte vor zu kündigen. Bevor das alles losging. Ich hatte beschlossen, dass ich genug habe und ich mich aus dem Staub mache. Ein neues Leben anfangen.« Er lachte sarkastisch. »Und da ging es mir noch gut.«

Louisa legte ihm die Hand auf die Schulter. »Du bist aber im Moment auch ganz schön durch den Wind. Schon wegen deines Großvaters und so.«

»Ja. Aber trotzdem.«

»Ich würde jetzt keine übereilten Entscheidungen treffen. Nicht bis … gelbes Auto!«

»Was?«

»Nichts. Nicht, bis sich alles ein bisschen beruhigt hat. Wenn wir diese Typen schnappen, sind wir Helden. Dann sieht die Sache schon ganz anders aus. Außerdem, du weißt schon. Lamb. Er hat so seine Methoden, die Dinge wieder hinzubiegen.«

River sagte: »Es gibt Grenzen. Aber wie dem auch sei, wir schnappen diese Typen ja sowieso nicht, gib's doch zu. Das ist unrealistisch. Selbst wenn sie hier auftauchen sollten. In diesem Fall werden wir, ehrlich gesagt, eher erschossen, als dass wir zu Helden werden.«

Louisa ließ ihren Becher in einen Mülleimer fallen. »Das ist einfach nur defätistisch.« Sie holte ihr Handy wieder hervor. »Mir kommt es immer noch komisch vor, dass wir Shirley nicht entdeckt haben.«

»In der Menschenmenge? So klein, wie sie ist?«

»Aber sie weiß sehr wohl, wie man sich bemerkbar macht. Ich ruf sie mal an.«

»Damit weckst du sie wahrscheinlich.«

»Ach, aber das wäre doch auch ganz lustig«, erwiderte Louisa und rief an.

An der Wand waren zwei stumm geschaltete Fernsehgeräte angebracht, die jeweils Aufnahmen der Westminster Abbey zeigten. Der Premierminister war gerade dabei, im Inneren zu verschwinden, und die Schatten verschluckten ihn so effektiv, wie die Historie es alsbald tun würde. Andererseits wurde das ja schon seit einer ganzen Weile behauptet. Auf dem anderen Bildschirm waren Menschenmengen zu sehen, die die Straßen säumten. Wie bei einem Fest, nur dass kaum Fahnen wehten. Nahaufnahmen zeigten ernste Mienen und gelegentlich Tränen.

Emma Flyte fragte: »Hast du schon mal so viele Blaue auf der Straße gesehen?«

»Bei der königlichen Hochzeit?«

»Nicht mal dann. Und das Militär ist auch unterwegs. Da draußen müssen zwei ganze Regimenter rummarschieren. Man könnte glatt im Londoner Stadtzentrum einen Krieg vom Zaun brechen.«

Welles fragte: »Hast du Angst, dass etwas passiert? Oder eher, dass nichts passiert?«

Sie befanden sich im Quartier der Dogs – »dem Zwinger«, versteht sich –, nachdem Taverner sie angewiesen hatte, bis auf weiteres dort zu bleiben, was, soweit es Flyte betraf, nicht sehr lange sein würde. Gestern war sie in Slough House mit Handschellen an einen Stuhl gefesselt gewesen und hatte zugehört, wie diese Idioten darüber diskutierten, wer von beiden, Gimball oder Jaffrey, am Ende sterben würde. Wenn sie das direkt an den Park gemeldet hätte, hätte Gimball vielleicht die Nacht überstanden. So, wie die Dinge lagen, würde ihre Karriere ihn wahrscheinlich nicht lange überleben.

Trotzdem war sie jetzt hier und hatte Devon mit reingezogen. Bis jetzt hatte sie allerdings noch kein Wort der Klage von ihm gehört.

Sie sagte: »Die Abbotsfield-Crew, zu wievielt sind die? Zu fünft? Wahrscheinlich einer weniger, nachdem er durch ein Fenster geflogen ist.«

»Ich sag nur eins«, erwiderte Welles. »Selbstmordkommando.«

»Okay. Aber selbst dann, wie nahe kommen sie an die Abtei ran? Im Umkreis von einem halben Kilometer ist alles abgezäunt. Und zu Fuß schaffen sie es nicht mal bis zur Absperrung. Nicht bei der intensiven Überwachung.«

»Sie brauchen gar nicht so nah ranzukommen«, meinte Welles. »Sie müssen sich nicht an internationale Kriegskonventionen halten, schon vergessen? Um zu einem Ziel zu werden, muss man nur zur falschen Zeit am falschen Ort auftauchen. Wenn diese Leute eine Menschenmenge auf einem Zebrastreifen niedermähen, sind sie schon zufrieden. Irgendeine Menschenmenge auf irgendeiner Straße. Sie brauchen nur zu feuern.«

»Stimmt schon«, sagte sie. »Aber damit übernehmen sie nicht gerade die Kontrolle über die Medien, oder?«

»Da draußen wimmelt es von Reportern und Kameras.«

»Das gefällt mir nicht.«

»Niemandem gefällt das.« Welles erhob sich von seinem Stuhl. In der Ecke stand ein Tisch, auf dem eine alte Kaffeemaschine vor sich hin brodelte. »Willst du auch einen?«

»Ich bin bis obenhin voll mit Koffein«, sagte Flyte zu ihm. »Noch mehr, und du musst mich von der Decke abkratzen.«

»Wäre nicht das erste Mal.« Er schenkte sich Kaffee aus der Kanne in einen Pappbecher. »Ich sollte eigentlich gar nicht hier sein«, erinnerte er sie. »Ich habe offiziell frei.«

»Ich heul gleich.«

»Mir scheint, da bahnt sich eine Diskriminierungsklage an.«

»Du machst so ein Bohei darum, dass du schwarz bist«, sagte sie. »Was denkst du, wie es wäre, wenn du blond wärst? Dann wüsstest du, wie sich Belästigung anfühlt.«

Er lachte.

Auf einem der Bildschirme änderte sich das Bild, und Flyte erstarrte.

Eine Störung, Menschen drängten nach vorne, sodass eine Barriere fiel. »Dev?«

Er hatte seinen Kaffee schon losgelassen; der Becher fiel auf die Tischplatte und rollte zu Boden.

Und dann waren Polizisten auf dem Bildschirm zu sehen, die den Leuten auf die Beine halfen und die Absperrung verschoben, damit niemand mehr stolperte.

Welles atmete erleichtert aus.

Flyte sagte halb zu sich selbst: »So viele Leute! Fast wie bei einer Krönung.«

»›Wir haben keine Angst‹«, zitierte Welles. »Die sind alle gekommen, um den Dreckskerlen zu zeigen, dass sie nicht gewinnen werden. Dass sie niemals gewinnen werden.«

»Aber einige von uns werden trotzdem verlieren.« Auf dem Bildschirm war jemand zu sehen, der bei dem Zwischenfall verletzt worden war: eine junge Frau mit schmerzverzerrtem Gesicht. Bein gebrochen? Irgendetwas gebrochen. Zwei Beamte hockten neben ihr, einer legte ihr eine Hand auf die Stirn.

Welles fragte: »Wäre es dir lieber, wenn die Straßen leer wären? Wenn es einen Gedenkgottesdienst gäbe, und niemand ginge hin?«

»Bis jetzt haben sie sich wehrlose Ziele ausgesucht«, sagte Emma. »Das wird ein Schock für sie sein.«

»Ich bin mir nicht sicher, ob viele von uns Mitleid mit ihnen haben werden.«

»Nein. Aber ich frage mich, warum sie so ehrgeizig sind. Die werden nicht einmal in die Nähe der Abbey kommen.«

»Eine Schlange, die ihren Schwanz frisst. Sie würden diesen Anlass nicht nutzen, wenn sie nicht das Massaker in Abbotsfield verübt hätten. Sie haben ihre eigenen Opfer bestellt. – Was ist denn los?«

Emma war blass geworden.

Lamb war nicht weit vom Regent's Park entfernt und wartete an einer Kreuzung, wo ein Baum den Bürgersteig überragte. Hier war es nicht überfüllt. Fern von Westminster Abbey war London seltsam ruhig, als wäre der gewölbte blaue Himmel eine umgedrehte Schale, die alles einschloss. Er hatte es geschafft, zu spät zu kommen, aber nicht spät genug, und es dauerte eine ganze Minute, bis Molly Doran sich ihm näherte, in ihrem kirschroten Rollstuhl, der summte, als würde er von Moskitos verfolgt werden. Er zündete sich eine Zigarette an und fuhr mit einem Finger unter seinem Kragen entlang. Als er ihn herauszog, war er feucht.

»Wie schnell kannst du mit dem Ding fahren?«, fragte er, als sie in Hörweite war.

»Schneller als du denkst.«

Lamb grunzte. »Ich sollte mir auch einen zulegen. Laufen ist bei diesem Wetter die Hölle. Mir schwellen die Füße an.«

»Hat nicht ein kleiner Teil von dir allmählich genug davon?«

Er lachte. »Ich habe keine kleinen Teile. Schon vergessen?«

»Es muss Spaß machen, für dich zu arbeiten, Jackson.« Sie lenkte ihren Stuhl in den Schatten. »Erzähl mir von Catherine Standish.«

Für einen Moment geschah das beinahe Unmögliche, und Jackson Lamb wirkte angeschlagen. Aber er überragte Molly Doran, und vielleicht hatte sie es nicht bemerkt. »Sie ist Alkoholikerin. Sie kocht mir Tee. Erledigt die Tipparbeiten. Und?«

»Niemand tippt heutzutage mehr.«

»Ich kontrolliere nicht alles. Ob sie tippt oder sonst was macht. Was interessiert dich das?«

»Es ist nur fair, dass ich als Gegenleistung ein paar Informationen bekomme.«

»Als Gegenleistung wofür? Du hast mir noch nichts gesagt.«

»Glaubst du im Ernst, ich würde dir meins zeigen, ohne vorher deins zu sehen? Komm schon, Jackson. Selbst als ich noch Beine hatte, habe ich sie nicht so einfach gespreizt. Sie war Charles Partners Mädchen für alles, richtig?«

»Du hast sie nie kennen gelernt?«

»Sie war auf der Führungsebene. So oft bin ich nicht da raufgekommen.«

»Den hättest du auch mir überlassen können«, sagte er. »Da steckt doch irgendwo eine Pointe drin.«

»Sie taucht ab und zu in den Akten auf. In den Akten von Partner. Und dass ich das gesagt habe, werde ich jetzt wohl auf ewig bereuen, wie so vieles andere auch.«

»Sie ist ein Slow Horse«, sagte Lamb. »Genau wie alle anderen in meiner Mannschaft.«

»Nur dass sie die Erste war, stimmt's? Du hast sie aus dem Park mitgenommen. Warum ausgerechnet sie? Das ist mein Preis.«

Er sagte: »Ich brauchte jemanden, der mir Tee kocht. Und der die Schreibarbeiten erledigt.«

»Verpiss dich, Jackson.«

Er nahm die Zigarette aus dem Mund und betrachtete die glühende Spitze. Leuchtend orangefarbene Adern unter einem Film aus Asche. Er pustete darauf, und die Asche verschwand. Innerhalb weniger Augenblicke war sie wieder da.

»Sie ist eine Agentin«, sagte er schließlich.

Molly Doran lachte: halb höhnisch, halb gackernd. Hier draußen sah sie aus, als gehöre sie nicht ans Tageslicht. »Sie hat ihre ganze Karriere am Schreibtisch verbracht. Wenn sie nicht gerade jeden fickte, der nicht bei drei auf den Bäumen war. Das sind natürlich Informationen, die man zwischen den Zeilen lesen muss, wie du wohl weißt.«

»Partner hat sie als Lockvogel benutzt.«

Und jetzt atmete sie tief ein, und die Genugtuung stand ihr ins Gesicht geschrieben wie eine zusätzliche Schicht Make-up. »Die Gerüchte über Partner sind also wahr.«

»Ja, aber ich würde das nicht verbreiten. Ist immer noch ziemlich heikel.«

»Also sein Selbstmord …«

»Das reicht!«, sagte er mit absoluter Entschiedenheit.

Sie hielt inne und sagte dann: »Also er hat sie benutzt. Und das macht sie in deinen Augen zu einer aktiven Agentin.«

»In Slough House sind meine Augen die einzigen, die zählen. Bist du jetzt fertig mit deinen Spielchen?«

»Ich werde das alles vermissen.«

»Wenn ich so tue, als ob mich das interessiert, können wir dann zum Punkt kommen?«

»Jackson, Jackson, Jackson.« Sie schüttelte den Kopf, als wollte sie ein paar schwarze Gedanken loswerden. Dann sagte sie: »Das Dokument, das dein Ho gestohlen hat.«

»Du hast das Original gefunden?«

»Hm-hm.«

»Und es gibt eine Papierspur?«

»Das kann man wohl sagen«, bestätigte Molly Doran.

Flyte sagte: »Wir haben uns geirrt. Alle haben sich geirrt.«

»Wie meinst du das?«

»Es ist die Gedenkfeier, das stimmt. Dort werden sie angreifen. Aber nicht in Westminster. Sie sind wieder in Abbotsfield.«

»Du glaubst …«

Aber Flyte war schon aufgesprungen, aus der Tür und auf dem Weg zur Zentrale.

An sagte: »Es wird Zeit, dass du den Befehl gibst.«

Sie hatten Dannys Leiche auf die von Joon gehievt, sodass die beiden wie Baumstämme dalagen. Der Untere war mit Frischhaltefolie überzogen, der Obere wurde von Minute zu Minute wächserner. Dannys letzte Gedanken waren auf die Seitenwand des Wagens gespritzt, aber sie trockneten gerade und würden für immer geheim bleiben.

Shin versuchte zu sprechen, brachte aber kein Wort heraus und griff nach seiner Wasserflasche. Nach einem Schluck versuchte er es erneut. »Wir fahren jetzt«, sagte er.

»Lauter.«

»Wir fahren jetzt.«

Vorne startete Chris den Wagen. Er verließ den ungepflegten Straßenrand, auf dem er geparkt hatte, und hinter ihm richteten sich das Unkraut und das lange Gras wieder auf.

Unten am Hügel wartete Abbotsfield auf ihre zweite Ankunft.

Shirley ging nach dem dritten Klingeln dran. »Ja. Was ist?«

»Wo bist du?«

»Warum, wo bist du denn?«

»Ich bin bei Westminster Abbey, Shirl. Mit River. Bist du nicht auch hier? Wir haben dich nirgendwo gesehen.«

»Tja, das liegt daran, dass ich nicht da bin«, sagte sie. »Ganz einfach.«

Louisa unterdrückte ein verärgertes Seufzen. »Wo bist du denn dann?«

»Ich bin in Abbotsfield«, sagte Shirley.

16

Nachdem Lamb Slough House verlassen hatte, war Shirley in sein Büro geschlichen. Schleichen ist vielleicht das falsche Wort, genauso wie Verstecken vielleicht nicht das war, was sie unmittelbar vor seinem Weggang getan hatte. Aber tatsächlich wollte sie nicht dabei erwischt werden, wie sie seinen Schreibtisch durchsuchte, weshalb sie fast an die Decke ging, als J. K. Coe sie von der Tür aus ansprach:

»Suchst du nach Lambs Waffe?«

»Es ist die Waffe von Marcus«, brachte sie schließlich hervor.

Coe zuckte mit den Schultern.

Shirley hatte mehrmals gehört, wie sich die Hintertür öffnete und schloss, und gedacht, alle wären weg. Bei einer Wette hätte sie darauf gesetzt, dass Coe zuerst gegangen war.

»Das geht dich sowieso nichts an.«

»Stimmt.«

Die unterste Schublade auf der linken Seite war verschlossen. Shirley kramte in ihrer Tasche und fand Marcus' Universalschlüssel.

Coe sagte: »Du wirst es mir wahrscheinlich sowieso sagen. Wenn ich lange genug hier stehen bleibe.«

»Sie haben auf mich geschossen«, sagte Shirley. »Vor Hos Haus. Wenn die noch mal auf mich schießen, will ich zurückschießen können.«

»Vor der Abbey?«

»Ja.«

»Jeder, der heute in der Nähe der Abbey mit einer Waffe herumfuchtelt, wird zwanzig Sekunden später Katzenfutter sein.«

Shirley sagte nichts.

Der kleinste Schlüssel passte. Sie öffnete die Schublade und fand einen Schuhkarton.

Coe sagte: »Die Sache ist die, ich glaube nicht, dass sie bei der Abtei zuschlagen werden.«

»Die anderen?«

»Die Abbotsfield-Crew.«

»Warum nicht?«

»Weil sie im Grunde genommen eine Dorfmannschaft sind. Und die Abbey ist was für Profis.«

Shirley öffnete den Deckel des Kartons. Ordentlich Lauf gegen Griff lagen zwei Pistolen darin. Eine Heckler & Koch, von der sie annahm, dass sie Lamb gehörte, und die Glock von Marcus.

»Ich glaube nicht, dass es diese Grünschnäbel mit dem Besten aufnehmen können, was London zu bieten hat. Ich glaube, sie suchen sich ein leichteres Ziel.«

»Und warum hast du das nicht früher gesagt?«

»Im Moment hört mir niemand zu.«

»Das könnte daran liegen, dass du Dennis Gimball abgemurkst hast.«

Die Glock war geladen, das war gut. Die andere hatte sie

gar nicht erst überprüft. Lambs Waffe zu stehlen, dachte sie, wäre schlimmer als sein Mittagessen zu klauen, und niemand klaute Lambs Mittagessen.

Sie nahm die Glock heraus, legte den Deckel auf den Schuhkarton, verstaute ihn wieder in der Schublade und schloss sie ab.

»Falls es dir was hilft«, sagte sie, »wahrscheinlich sollte man dir ein Denkmal bauen.«

»Danke.«

»Aber das wird man nicht tun. Man wird dich ins Gefängnis stecken. Tut mir leid für dich.«

»Hast du gefunden, was du gesucht hast?«

»Ja.«

»Und jetzt geht's ab zur Abbey?«

Louisa und River waren garantiert dorthin unterwegs, ohne auf sie zu warten, diese Schweine. Und Coe hatte wahrscheinlich recht mit dem, was er eben über das Herumfuchteln mit einer Waffe gesagt hatte, aber sie hatte schließlich nicht vor, damit zu fuchteln, oder? Sie nahm sie nur für alle Fälle mit. Wenn das nächste Mal jemand auf sie schoss, würde sie sich nicht einfach hinter ein Auto werfen.

»Ich dachte, du wärst schon nach Hause gegangen«, sagte sie und stand auf.

»Hältst du mich für einen Psychopathen?«

»Darüber habe ich noch gar nicht nachgedacht«, log sie. »Ja, vielleicht. Warum?«

»Ach, nur so.«

»Tja, ich bin kein Profi, weißt du. Das ist nur meine Meinung.«

»Ich weiß.«

»Du warst doch in der Psycho-Abteilung, soweit ich weiß. Also, was meinst du?«

»Ich bin mir nicht sicher. Möglicherweise bin ich einer.«

»Du bist in letzter Zeit jedenfalls sehr viel gesprächiger als früher.«

»Das ist nicht unbedingt ein Indikator.«

»Vermutlich nicht.« Es war ihr etwas unangenehm, während dieses Gesprächs eine Waffe in der Hand zu halten. Er könnte denken, sie hätte das Bedürfnis, sich zu verteidigen.

Die Glock passte nicht richtig in ihre Jackentasche. Sie würde einen Beutel brauchen oder so.

»Du hast mich noch nicht gefragt, wo sie meiner Meinung nach auftauchen werden.«

»Was glaubst du, wo sie auftauchen werden?«

»Abbotsfield«, sagte Coe.

»Ernsthaft?«

»Dort findet heute auch ein Gedenkgottesdienst statt. Zur selben Zeit wie in der Abbey. Ich nehme an, dass man auch dort Sicherheitsmaßnahmen ergriffen hat, aber keine so strengen wie in London. Und die Medien werden da sein.«

»*Zweimal* in Abbotsfield?«

Er sagte: »Ich weiß nicht, ob das schon mal jemand gemacht hat.«

»Himmelherrgott!«

»Ich weiß nicht, was der Hi…«

»Das musst du jemandem sagen!«

»Aber auf mich hört keiner.« Er rieb sich die Nase und sagte dann: »Wegen dem, was in Slough passiert ist.«

»Ja, aber …«

»Und ich könnte falschliegen.«

»Ja, aber …«

»Also dachte ich, ich fahre selbst mal hin.«

»Ernsthaft?«

»Es sind etwa drei Stunden mit dem Auto. Etwas mehr.« Er warf die Schlüssel in die Luft und fing sie auf. Hos, nahm sie an.

»Und was ist, wenn du recht hast? Was, wenn die wirklich da oben sind?«

»Du hast doch jetzt eine Waffe, oder?«

Sie sollte sich an Plan A halten, dachte sie. Alle anderen zogen Plan A durch. Sie wollte nicht Plan B befolgen, wenn alle anderen Spaß hatten.

»Du kannst natürlich auch zur Abbey fahren. Dich unter die Leute mischen.« Er warf erneut die Schlüssel in die Luft. »Deine Entscheidung.«

»Warum willst du mich dabeihaben?«

»Als Partnerin?«

Der braucht keine Partnerin, dachte sie. Der müsste mal so richtig durchgevögelt werden. Aber was soll's.

Was würde Marcus tun? Abbey oder Abbotsfield? Alle waren in Westminster. Wenn dort also Heldentum verteilt werden würde, würde der Anteil mickrig ausfallen, ja, niemand würde sie überhaupt bemerken.

»Kommst du mit?«

Marcus, dachte sie, würde dafür sorgen, dass alle Ausgänge gesichert sind.

»Okay.«

Und jetzt waren sie da.

Sie hatten dreieinhalb Stunden im Auto gesessen und sich dabei nicht viel unterhalten. Nach zwei Stunden hatten sie die Plätze getauscht, und Shirley war die zweite Etappe gefahren, unterbrochen von gelegentlichen Kommentaren des Navis. Die Waffe beulte noch immer unangenehm ihre Hosentasche aus. In der anderen Tasche befand sich das Kokspäckchen. Es kam ihr in den Sinn, dass diese Kombination bei einer Verkehrskontrolle mit Durchsuchung nicht gerade ein gutes Bild abgeben würde. Also beschloss sie, dass es am besten wäre, wenn sie nicht angehalten und durchsucht werden würden. Manche Probleme waren leichter zu lösen als andere.

Das Blut an Coes Kinn war getrocknet, aber er hatte es nicht weggewischt. Ihr Ohr fühlte sich unangenehm warm an, aber das Tesafilm sorgte dafür, dass es nicht tropfte.

Zu jeder vollen Stunde checkten sie die Nachrichten: Es gab nicht viel Neues. Dennis Gimball war immer noch in den Schlagzeilen; zum letzten Mal erregte er Aufmerksamkeit. Und aus der Umgebung von Westminster Abbey, wo die Straßen von Trauernden bevölkert waren, trafen ebenfalls Berichte ein.

»Hoffentlich verschwenden wir hier nicht unsere Zeit, du Superbrain«, sagte Shirley, aber nicht allzu laut. Nicht, weil sie Coe für einen Psychopathen hielt, sondern für den Fall, dass er es nicht war. Wenn er Gefühle hatte, sah seine Zukunft schon düster genug aus, ohne dass Shirley sie verletzte.

In Derbyshire gelangten sie in eine andere Welt. Ringsherum ragten Hügel auf, und schattige Bäume säumten die Straßen. Hecken zogen sich am Wegesrand entlang, manchmal unterbrochen von Gräben, und überall ringsum grasten Schafe und Kühe.

Als Shirley das letzte Mal auf dem Land gewesen war, hatte sie einen Pfau gesehen. Er hatte zu den wenigen Lebewesen gehört, denen sie dort begegnet war, die wahrscheinlich keine russischen Spione waren.

Dort, wo die Straße eine Biegung machte, tauchte ein Schild auf: ABBOTSFIELD. »Sie haben Ihr Ziel erreicht«, meldete das Navi. Schön, dass man sich einig war.

»Hey«, sagte sie. Sie wusste nicht, wie sie ihn nennen sollte: Coe? J. K.? Man hätte meinen können, dass das im letzten Jahr so oder so geklärt worden wäre. Doch was er auch bevorzugte, er schlief gerade, oder jedenfalls so gut wie. Shirley klopfte ihm auf die Schulter: leicht, aber nicht so leicht, dass er so tun konnte, als würde er weiterschlafen, und er öffnete die Augen. »Wir sind da.«

Coe zog seine Ohrhörer heraus und sah sich um.

Es war Polizei anwesend, sogar eine ganze Menge; nicht bewaffnet, wie es schien, nur um den Verkehr zu kontrollieren. Coe zeigte seinen Dienstausweis, was ihm ein paar hochgezogene Augenbrauen einbrachte. Auf der einen Seite der Hauptstraße waren Autos geparkt, und auf der anderen Seite sprachen Reporter von Nachrichtensendern in die Kameras. Weitere Autos standen entlang der drei Seitenstraßen, von denen jede nach etwa hundert Metern ins Nichts führte. Die Hauptstraße schlängelte sich um die Kirche herum und zwängte sich zwischen einem, wie Shirley zunächst meinte, Garten hindurch, auf dem allerdings zahlreiche Grabsteine standen, und einer hohen Mauer, die wahrscheinlich ein Herrenhaus oder etwas Ähnliches schützte.

Auf dem Land herrschten eigene Regeln, und sie war sich nicht sicher, ob sie sie verstand. Aber wie sie auch lauteten: Sie hatten ihren Ursprung hinter dieser oder einer ähnlichen Mauer.

Vor der Kirche stand ein Polizeiwagen, in der Nähe einer Art Plattform, mit Blumen, Spielzeug und bunten Papiersymbolen. Herzen und noch mehr Blumen. Ein weiterer Wagen gehörte zu einem dritten Nachrichtenteam, das gerade den Weg zur Kirche versperrte, was Shirley als aufdringlich empfand. Andererseits war sie hier mit einer Pistole in der Tasche aufgetaucht. Auch das könnte ein wenig unangebracht erscheinen.

Jetzt, wo sie hier war, hoffte sie, dass es wirklich unnötig war.

Sie folgte dem Kreisbogen um die Kirche, fand einen Platz, der fast groß genug für Hos Auto war, und zwängte es hinein. Als sie den Motor abstellte, tastete sie automatisch ihre Tasche ab – die Waffe war noch da: Wo auch sonst? – und sah sich dann die Umgebung an. Hinter der Kirche befand sich eine Reihe von Häusern, aus deren Blumenkästen Farbkleckse tropften; anderswo waren Blumensträuße an Laternenpfähle gebunden, und auch auf der Straße war etwas mit Kreide gemalt, eine Kinderzeichnung, wie es aussah: ebenfalls bunt. Noch mehr Blumen, um genau zu sein, stellte Shirley fest, und dann: An dieser Stelle ist jemand getötet worden. Es würde ein Denkmal für die Toten geben: Die meisten Dörfer hatten Kriegsdenkmäler. In Abbotsfield gab es jetzt viele Stellen, an denen eins stehen könnte.

»Warum machst du das eigentlich?«, fragte sie Coe.

Coe starrte eine Weile geradeaus. »Wenn sie mich holen kommen, wegen Gimball?«, sagte er schließlich.

»Was sie mit Sicherheit tun werden.«

»Dann wäre es vielleicht eine gute Idee, etwas auf der Habenseite vorweisen zu können.«

Ich habe einen Abgeordneten getötet, dachte sie, *bin aber den ganzen Weg bis rauf nach Derbyshire gefahren, nur wegen der unwahrscheinlichen Chance, eine Gruppe von Terroristen zu erwischen.*

Sie war nicht davon überzeugt, dass das eine das andere aufwiegen würde.

»Und was nun?«

Er sagte: »Die Hauptstraße wird ziemlich gut bewacht.«

»Von unbewaffneten Polizisten.«

»Mindestens drei von ihnen haben Waffen.« Er zeigte auf sie. »Zwei hinter dieser Ecke. Einer weiter unten auf der Straße. Wir sind gleich nach dem Ortsschild an ihm vorbeigefahren.«

Sie hatte gedacht, er hätte geschlafen. »Gewehre?«

»Eins. Zwei Maschinengewehre.«

»Wow! Du bist gut.«

»Ich bin leicht paranoid«, erklärte er. »Das hilft.«

Sie fragte sich, ob das ein Witz sein sollte, beschloss dann aber, dass es keine Rolle spielte.

»Was schlägst du also vor?«

Er zuckte mit den Schultern. »Ich wusste nur, dass wir hierher müssen, weiter bin ich nicht gekommen.«

»Ich könnte in die Kirche reingehen.«

»Dann solltest du aber das Ding lieber nicht in der Tasche tragen.«

Sie würde es hinten in den Bund ihrer Jeans stecken. Die Jacke würde es verdecken.

Was sie direkt tat, nachdem sie aus dem Auto gestiegen waren. Coe nickte, vermutlich zufrieden, weil sie jetzt nicht mehr so auffällig ausgerüstet war, und wies dann die Straße hinunter.

»Ich geh mal da runter und schau mich um.«

Und wenn er damit fertig ist, dachte sie, kann er sich in die andere Richtung umsehen, und dann sind wir mehr oder weniger fertig.

Sie überquerte die Straße allein. Als sie ins Dorf hineingefahren waren, hatten die Glocken geläutet, aber jetzt schwiegen sie. Das Fernsehteam verlagerte seine Ausrüstung vom Kirchweg auf den Bürgersteig. Sie betrachteten Shirley einen Moment lang, hielten sie aber offenbar für uninteressant.

»Volles Haus?«, fragte sie und meinte damit die Kirche.

Einer von ihnen, um die dreißig, mit einem T-Shirt, auf dem ON YOUR CASE stand, musterte sie kurz und sagte dann: »Ja.«

»Ist viel Fernsehen da?«

Er überlegte. »Vier Teams?«

Kontrolle über die Medien übernehmen, dachte Shirley.

»Und ein paar Leute vom Radio, die in der Nähe des Ladens Leute interviewen«, mischte sich eine Frau ein. Sie sagte »Radio«, als ob sie »Masern« meinte; eine dieser Krankheiten, von denen man dachte, dass sie inzwischen ausgerottet sein müssten.

Sie ließen sie stehen, auf einem kreuz und quer gepflasterten Weg durch den Friedhof, der zum Portal der Kirche führte. Hier stapelten sich noch mehr Blumen: ein unordentlicher Haufen von Sträußen, bei dem Shirley sich fragte, wozu das gut sein sollte; fünfzehn oder zwanzig Pfund für eine Geste, die niemand bemerken würde, außer als Teil einer großen, undifferenzierten Gefühlsorgie. Die einzige Person, der es danach besser ging, war die Blumenhändlerin. Aber der Duft wehte ihr entgegen, als sie vorüberging: Er traf sie wie eine Schwingtür. Im selben Moment klingelte ihr Handy.

Wie eine Idiotin griff sie als Erstes nach der Waffe. Zum Glück war niemand da, der es bemerkte. Aus dem Inneren der Kirche kam ein gemeinsames Gemurmel als ritualisierte Antwort und dann ein Schlurfen, das alles Mögliche bedeuten konnte, aber in diesem Fall wahrscheinlich nur, dass eine große Gemeinde nach ihren Gesangbüchern griff. Shirley ging nach dem dritten Klingeln ran. »Ja. Was ist?«

»Wo bist du?«, fragte Louisa.

»Warum, wo bist du denn?«

»Ich bin an der Westminster Abbey, Shirl. Mit River. Bist du nicht auch hier? Wir haben dich nirgends gesehen.«

»Tja, das liegt daran, dass ich nicht da bin«, sagte sie. »Ganz einfach.«

Louisa unterdrückte ein verärgertes Seufzen. »Wo bist du denn dann?«

»Ich bin in Abbotsfield«, sagte Shirley.

»Du bist was?«

»Mit Coe.«

»Was zum Teufel macht ihr da?«

Das Gleiche, was ihr bei der Abbey macht, dachte Shirley. Zur falschen Zeit am falschen Ort sein.

Der Gesang setzte ein, offenbar etwas Heiliges, mit Trauer beladen. Shirley erkannte die Melodie, konnte sich aber nicht erinnern, welches Lied es war.

»Nicht viel«, sagte sie. »Was ist bei euch los?«

Sie wartete, aber Louisa antwortete nicht. Die Verbindung war abgerissen, erkannte sie. In einem Kaff wie diesem war es ein Wunder, dass ihr Handy überhaupt geklingelt hatte.

Sie steckte es weg, öffnete die Tür und schlich hinein. Die Kirche war voll, und alle standen und sangen. Die Luft war stickig und warm, das Licht warf bunte Muster. Ein paar Leute drehten sich um, als sie eintrat, aber nicht viele, und sie schloss die Tür so leise wie möglich hinter sich. In den hinteren Bänken waren noch Plätze frei, aber sie war sich nicht sicher, ob sie bleiben wollte, jetzt, wo sie hier war, aber gehen wollte sie auch nicht gleich wieder. Das wäre unhöflich gewesen. Also blieb sie an der Tür stehen und ließ ihren Blick schweifen. Wann hatte sie das letzte Mal eine Kirche betreten? Und hatte sie Gott in diesem Moment etwas zu sagen? Irgendwie hätte sie ihn wohl gerne gefragt, warum es seiner Meinung nach geschehen musste, dass diese Terroristen diesen ruhigen Ort überfallen hatten. Aber er hatte seit ewigen Zeiten die Massaker in den Dörfern gemanagt. Entweder hatte er inzwischen eine narrensichere Antwort, oder es war ihm egal.

Das Kirchenlied schwoll zu einem Refrain an, und der Raum füllte sich mit Klang.

Es dauerte mehrere Minuten, bis irgendjemand die Schießerei bemerkte.

Als Chris das Schild mit der Aufschrift ABBOTSFIELD sah, auf dem auch darauf hingewiesen wurde, dass Besucher vorsichtig fahren sollten, erhöhte er die Geschwindigkeit auf fünfzig, sechzig km/h.

»Fahr gefälligst normal!«, zischte Shin hinter ihm.

Aber An sagte: »Nein. So ist es gut.«

Shins Hemd war voller Blut, aber nicht seinem eigenen. Dannys Blut war auf ihn gespritzt, als er starb. Es gab auch noch andere Kleckse, die an Rührei erinnerten, und wenn er ins Sonnenlicht trat, würde er gruselig aussehen.

Aber das würde er ohnehin; es reichte, dass er zum zweiten Mal auf den Straßen von Abbotsfield erschien.

»Da sind Kamerateams«, sagte An. »Unser Sieg wird auf der ganzen Welt zu sehen sein.«

Und was dann?, hatte sich Shin gefragt. Der Oberste Führer persönlich würde ihren Sieg mitverfolgen können, das stimmte. Aber was dann?

»Wir nehmen die Kirche ein«, sagte An, als ob er Shins Frage beantworten würde. »Dort sind sie jetzt versammelt. Sie beten, aber sie werden nicht das bekommen, wofür sie beten.«

Sechzig, fünfundsechzig.

»Die werden uns nie mehr vergessen.«

Der Wagen holperte und schwankte auf der unebenen Straße.

Weiter vorn trat eine Polizistin auf die Fahrbahn und winkte, dass sie anhalten sollten.

Als J. K. Coe den Lieferwagen ankommen sah, dachte er: Das ist nicht gut.

Fahrzeuge waren jetzt Waffen. Alles war eine Waffe.

Er hatte das Ende des Dorfes erreicht, den Schauplatz des Überfalls, und wollte gerade zur Kirche zurückkehren. Vor dem einzigen Geschäft im Ort, vor dem ein paar Zeitungen in einer Plastikvitrine auslagen, hatten sich zwei Journalisten genähert, von denen einer ein Mikrofon in der Hand hielt, aber er wehrte sie mit der ausgestreckten, flachen Hand ab. Ein Stück weiter hielt ihn ein Polizist an, und er wies sich noch einmal aus, gab aber keine Erklärung für seine Anwesenheit ab. *Ich bin hier, denn wenn ich nach Hause gehe, kann ich nur noch auf das Klopfen an der Tür warten.* Die Beamtin prüfte seinen Ausweis, als wäre es das erste Mal, dass sie so einen sah, was vermutlich der Fall war, und setzte dann ihre langsame Patrouille die Straße hinunter fort. Eine halbe Minute später, nachdem er die beiden Fernsehteams umgangen hatte, sah sich Coe um. Ein Lieferwagen näherte sich mit hoher Geschwindigkeit.

Das ist nicht gut.

Die Polizistin trat auf die Straße, um den Wagen anzuhalten.

Sie war nicht bewaffnet. Es hätte auch keinen Unterschied ausgemacht: Als der Wagen sie rammte, wurde sie gegen die Wand des nächstgelegenen Hauses geschleudert, wo sie für den Bruchteil einer Sekunde hing, bevor sie auf den Boden fiel. Der Lieferwagen wich nach dem Aufprall aus, streifte mit einem gequälten Kreischen ein geparktes Auto, kam wieder in die Senkrechte und fuhr weiter auf Coe zu.

Er ließ sich fallen und suchte Schutz hinter einem Auto.

Rufe wurden laut, Leute rannten herbei, und irgendjemand brüllte in ein mobiles Funkgerät. Die Journalisten rannten ebenfalls in Richtung der angefahrenen Polizistin, aber als der Wagen an ihnen vorbeifuhr, schwang die Heckklappe auf, und Coe hörte das *Plopp-plopp-plopp* von automatischem Gewehrfeuer. Einer der Journalisten wurde zur Seite geschleudert und prallte von der Motorhaube eines Autos ab.

Jemand schrie.

Als der Lieferwagen vorbeiraste, tauchte ein Polizist aus einer Seitenstraße auf, zielte und feuerte dreimal. Jeder Schuss traf die Heckklappe des Vans, die in den Scharnieren federte und wieder zufiel. Dann öffnete sie sich wieder, während der Wagen einen Känguru-Hüpfer vollführte: Von dort, wo er kauerte, erhaschte Coe einen kurzen Blick auf eine Gestalt in Tarnkleidung, aufrecht und bewaffnet. Er roch Angst, Metall und Freude und sah, wie der Polizist eine Pirouette versuchte und auf halbem Weg aufgab. Sein Gewehr schlug eine Sekunde nach seinem Körper auf dem Boden auf. Ein Stück vor ihm kam der Wagen schräg zum Stehen.

Hinter ihm rief jemand: »Was ist denn da los?«

Der Fahrer stieg aus dem Wagen, hob eine Waffe und starb, als zwei bewaffnete Beamte gleichzeitig das Feuer eröffneten.

Inmitten des Tumults und Durcheinanders rappelte sich Coe wieder auf. Sein Körper schien seine eigenen Entscheidungen zu treffen, wie er interessiert feststellte. Er funktionierte langsam, aber effizient. Mindestens zwei Personen waren hinten aus dem Wagen gesprungen, und einer der Polizeibeamten war durch das Tor auf das Kirchengelände gelaufen, hinter der Mauer in Deckung gegangen und feuerte von da aus. Der andere war hinter dem verlassenen Lieferwagen in Deckung gegangen und hatte sich in Schussposition gebracht, aber er schoss nicht, sondern rief jemandem Anweisungen zu. Ihm?

Coe überquerte die Straße und beugte sich über den gefallenen Polizisten. Er hätte seinen Puls überprüft, aber das hatte wenig Sinn, da die Kehle des Polizisten größtenteils fehlte. Coe fragte sich, wie er sich dabei fühlte, und beschloss, dass er bisher noch gar nichts fühlte. Außer vielleicht, dass er lieber nicht hier wäre. Trotzdem registrierte er, dass er das gefallene Gewehr aufhob.

»Legen Sie das weg! Legen Sie die Waffe weg!«

Diesmal war die Anweisung ganz klar an ihn selbst gerichtet, also tat er genau das, legte das Gewehr ab, als weitere Schüsse die Anweisung unterbrachen: »Legen Sie die Waffe ...«

Er wusste nicht mehr genau, wo die Schützen waren. Er konnte keinen von ihnen sehen, falls es denn wirklich zwei waren, nur zwei. Er konnte jedoch den Polizisten sehen, der ihn eben noch angeschrien hatte: Er lag leblos auf der Straße. Die Bewaffneten waren also außerhalb von Coes Blickfeld; sie mussten sich seitlich neben der Kirche befinden, auf der Straße, die um sie herumführte, dort, wo Dander geparkt hatte. Ihr Fahrer lag immer noch neben dem Lieferwagen, der gleichfalls von Kugeln durchlöchert war. Bonnie und Clyde, dachte Coe.

Und ein Nachrichtenteam filmte das Geschehen auf offener Straße.

Dagegen sollte man etwas unternehmen, dachte er, ohne

sich in irgendeiner Weise dieser Aufgabe anzunehmen. Stattdessen nahm er das Gewehr wieder in die Hand und prüfte sein Gewicht, als ob er wüsste, was er da tat. Einige hundert Meter hinter ihm jaulte jemand: Das war das einzige Wort, das passte. Es war seltsam, dass das Wetter immer noch schön war, der Himmel über ihm immer noch blau. Mit dem Gewehr in der Hand ging Coe auf den Van zu.

Das ist falsch, dachte er. Er sollte in die Hocke gehen, sich verstecken, in Deckung gehen. Aber derjenige, der schoss, war um die Ecke. Kugeln, dachte Coe, fliegen nicht um Ecken. Solange er auf der Hauptstraße blieb, war er sicher.

Er erreichte die Ecke und hielt inne. War das psychopathisches Verhalten? Vernünftig war es jedenfalls nicht. Er fragte sich, wo Shirley Dander abgeblieben war, ob sie gleich mit vorgehaltener Waffe auftauchen würde oder ob sie tot war. Er hatte in den letzten Jahren viel Zeit damit verbracht, zu hoffen, dass nichts passieren würde oder dass er, falls doch, nicht in der Nähe war. Was sollte er also jetzt tun? Er war für so etwas nicht geschaffen. Das letzte Mal, als er jemanden getötet hatte – fairerweise musste man sagen: das letzte Mal, als er jemanden *absichtlich* getötet hatte –, war dieser unbewaffnet und mit Handschellen an einen Heizkörper gefesselt gewesen. Das Risiko war gering gewesen. Und selbst da hatte ihm der Rückstoß den Daumen verstaucht.

Das nächstgelegene Nachrichtenteam filmte ihn gerade. Sie waren nicht bewaffnet, vielleicht sollte er einfach sie erschießen.

Stattdessen trat er um die Ecke.

Auf der anderen Straßenseite stand der Polizist hinter

der niedrigen Kirchenmauer und gab zwei schnelle Schüsse ab, die eine Reihe von Löchern in mehrere geparkte Autos schlugen, darunter auch das von Roderick Ho. Und hinter dem Auto von Roderick Ho hatte sich ein Schütze verschanzt: auf dem Bürgersteig, die Beine ausgestreckt, mit dem Rücken gegen die Fahrertür. Er war dabei, ein neues Magazin in seine Waffe zu schieben, während Coe zusah. Dann rollte er sich halb auf die Knie, stützte die Waffe auf der Motorhaube des Wagens ab und feuerte eine Salve in die ungefähre Richtung des Polizisten ab. Die Buntglasfenster an der Seite der Kirche zerbrachen. Warum schaute der Mann nicht in seine Richtung, fragte sich Coe. Coe hatte ihn perfekt im Visier, aber es war, als würde der Mann ihn gar nicht wahrnehmen. Er war vielleicht fünfzig Meter entfernt. Eine Metallente auf einer Schiene. Aber Vorsicht war besser als Nachsicht. Die Waffe des Schützen war halbautomatisch; er konnte in kürzester Zeit viel mehr Kugeln abfeuern als Coe. Wenn Coe jetzt schoss und nicht traf, würde er nicht nur mit einem verstauchten Daumen davonkommen.

Also schlich er näher, langsam, aber stetig, den Schützen im Visier.

Der Gesang war bereits verstummt, als der Glasregen einsetzte.

Shirley sah es als eine Reihe von Explosionen: Die Seitenfenster der Kirche zersplitterten in bunte Hagelkörner, die durch die Gewölbe flogen, bevor sie sich auf dem Boden verteilten. Es klang wie ein Windspiel, klang wie Eis. Und dann lösten sich auch die Harmonien auf und zerstreuten sich, und das Kirchenlied wich Hysterie. Die Orgel hielt inne, und das Geschrei begann. Die Leute duckten sich und gingen in Deckung, um sich und ihre Lieben vor dem kaleidoskopischen Regenguss zu schützen, und diejenigen an den Enden der Kirchenbänke rannten zur Tür, vor der Shirley stand.

Die dürfen nicht raus, dachte sie. Draußen wird geschossen.

Im Schloss steckte ein großer, altmodischer Schlüssel. Sie drehte ihn um, zog ihn ab und stellte sich dann mit ausgebreiteten Armen vor die Menge. »Nein!«, schrie sie, oder glaubte es zumindest. Alles war so abrupt unterbrochen worden, dass sie nicht sicher sein konnte, ob ihre Stimme noch funktionierte.

Es fielen keine Glasscherben mehr, aber die Veränderung der Atmosphäre, der rasche Wechsel von Farbe zu grellem Tageslicht, war wie ein Schlag ins Gesicht. Wie schnell wurde die Kirchengemeinde zu einem Mob, wie schnell erhob sich Geschrei! Ein junger Mann stolperte, als er von einer Bank kletterte, und der Mann dahinter trampelte ihn nieder in seinem Drang zu entkommen. Shirley schrie wieder »Nein!«, aber die Menge war nun über ihr, sie wurde gegen die Tür gepresst, und der Atem wurde aus ihr herausgequetscht. Das Gebet war in Panik umgeschlagen, auch eine vereinende Kraft, aber eine, die keine Rücksicht, keine Zeit auf Singularitäten verschwendete. Jemand trat ihr auf den Fuß, und sie konnte sich mit einem Ruck befreien, aber es war wie ein Kampf gegen eine Herde. Diejenigen, die vorne gefangen waren, wie Shirley, wurden rasch eingeklemmt, während die Hinteren, die immer noch auf Flucht programmiert waren, drängelten und schubsten, als ob das irgendetwas nutzen würde. Shirley glaubte, draußen weitere Schüsse zu hören. Aber dieses Problem war nicht das Naheliegendste, denn auf ihrer Seite der Tür, in diesem dichten Gedränge von Körpern, trübte sich ihre Sicht, und die Angst verschlang die Vernunft. Wenn das so weiterging, würden Menschen sterben. Und sie würde eine von ihnen sein. Wieder trat ihr jemand auf den Fuß, ein anderer stieß ihr den Ellbogen ins Gesicht. Ein Kopf schlug gegen ihre Nase, und es kam Blut.

Ein Mann im hinteren Teil der Menge zerrte an den Leuten vor ihm. Er legte einen Arm um die Kehle einer Frau und warf sie zu Boden.

Shirley schloss die Augen und spürte, wie die Tür ächzte. Wenn sie jetzt nachgab, würde sie unter dem Zombie-Ansturm zerquetscht werden.

Sie hätte sie den Schützen in die Arme laufen lassen sollen. Die Schreie wurden lauter, die Panik nahm zu. Etwas presste sich in ihren Magen, irgendein Körperteil, sie wusste nicht, welches, aber dieses Gefühl würde zu ihren letzten gehören. Wenn einem langsam die Luft ausging. So war es, wenn man lebendig begraben wurde. Lebendig begraben von Menschen. Sie schluckte Blut: ihre letzte Mahlzeit. Wenn sie ihre Waffe erreichen könnte, würde sie sich erschießen. In dem Moment, in dem sie diese Entscheidung traf, fühlte es sich wie ein Gebet an, jedenfalls in dem Maß, wie sie als Erwachsene beten würde. *Bitte, lass mich an meine Waffe kommen! Ich will niemanden sonst damit verletzen.*

Eine Glocke läutete.

Die Leute schrien immer noch, drängten immer noch; Shirley rang immer noch nach Atem, aber der Lärm wurde jetzt von einer Glocke übertönt, von oben, von unten, von allen Seiten. Das Läuten war klar und musikalisch, und je eindringlicher es wurde, desto mehr ließen die Schreie nach. Der Ellbogen wurde aus Shirleys Gesicht genommen, und was auch immer gegen ihren Bauch gedrückt hatte, entspannte sich, und sie atmete wieder: schlechte Luft, voller Schweiß und Angst und dem Gestank des Beinahe-Todes, aber Luft. Sie merkte, dass sie etwas umklammert hielt – einen Arm –, und ließ ihn los. Die Menschen zogen sich zurück, einige lagen immer noch auf dem Boden, und man hörte Weinen und Wimmern und andere verängstigte Laute, aber das Schreien hatte aufgehört, und die Glocke läutete immer noch.

Shirley konnte nun bis zum Altar sehen, wo der Vikar stand und eine Handglocke hin und her schwang. Noch während sie zusah, wurde er langsamer und hörte schließlich ganz auf. Die Fensterrosette hinter ihm war unversehrt geblieben. Aber entlang der rechten Wand waren die hohen, schmalen Fenster zerbrochen, und die Geschichten, die sie erzählt hatten, lagen in Bruchstücken auf dem Boden und den Bänken und in den Haaren der Leute. Außerhalb der Kirche war eine andere Geschichte zu Ende: Die Schüsse waren verstummt. An ihre Stelle waren statisches Knistern und Funksprüche, gebrüllte Flüche und entfernte Sirenen getreten.

Und dann erschien am anderen Ende des Kirchenschiffs ein junger Mann mit einem Maschinengewehr in der Hand.

Die Menschenmenge wich von Shirley zurück, und sie

trat über diejenigen hinweg, die auf dem Boden liegen geblieben waren. Allmählich wurden alle auf den Bewaffneten aufmerksam, doch statt neuer Panik machte sich eine resignierte Ruhe breit. Diejenigen, die noch auf den Kirchenbänken saßen, neigten die Köpfe, als ob die Weigerung, sich anzusehen, was er vorhatte, die Wirkung zunichtemachen würde; diejenigen, die zur Tür gekrochen waren, robbten in jede Deckung, die sie finden konnten.

Einige blieben jedoch stehen und starrten ihn an.

Wie war er dorthin gekommen?, fragte sich Shirley.

Und dann: Hintertür. Es gab immer eine Hintertür.

Fast ohne sich dessen bewusst zu sein, hatte sie ihre eigene Waffe, Marcus' Pistole, gezogen und hielt sie mit beiden Händen an den ausgestreckten Armen vor sich.

Ein halbes Dutzend Schritte, und sie war selbst im Gang. »Nehmen Sie die Waffe runter!«, rief sie.

Der Mann starrte sie an. Er blickte auf seine Waffe hinunter und starrte dann wieder zu ihr.

Sie sollte ihn ohne Vorwarnung erschießen. Er war bewaffnet, er war gefährlich. Er war schon einmal hier gewesen. Um ihn herum standen Dutzende von Menschen, jeder von ihnen ein unschuldiges Ziel; er konnte sie innerhalb von Sekunden in Stücke schreddern. Selbst im Sterben könnte sein Finger ihr Leben zerfetzen. Sie sollte ihn jetzt erschießen: ihm eine Kugel in den Kopf jagen. Sie war eine gute Schützin. Sie konnte ihn von hier aus töten.

Er sah nicht älter aus als siebzehn. Vielleicht achtzehn. Schwer zu sagen.

»Legen Sie sie weg«, sagte sie. »Oder ich werde Sie töten.«

Er legte sie nicht weg.

Sie ging weiter auf ihn zu. Er war jetzt schon ein leichtes Ziel und wurde es von Minute zu Minute mehr.

Jemand hämmerte von draußen an die Kirchentür. »Legen Sie sie hin«, wiederholte sie.

Links von ihr schluckte ein Kind vor Angst.

Wieder das Hämmern, das jetzt zu einem dumpfen Pochen wurde, als ob ein Rammbock zum Einsatz käme.

Hinter dem Schützen, oben beim Altar, hatte der Priester die Augen geschlossen und murmelte ein Gebet.

Der Mund des Bewaffneten zitterte.

»Sofort!«, befahl sie.

Ein Schuss. Sie konnte ihm eine Kugel durch das rechte oder das linke Auge jagen: Es lag an ihm. Oder er konnte seine Waffe ablegen, aber er musste es jetzt tun.

Ein Schritt weiter, und sie könnte die Mündung ihrer Waffe an seine Stirn pressen.

Er blickte noch einmal auf seine Waffe. Er schüttelte den Kopf, als könne das alles unmöglich wahr sein – das Gewehr, dieser Moment, seine Anwesenheit hier.

Sie sollte ihn jetzt töten. Bevor er wieder zu sich kam. Bevor er Abbotsfield wieder lehrte, wie man stirbt.

Ihre Waffe berührte seine Haut.

»Ich habe in die Luft geschossen«, sagte er zu ihr.

Shirley griff nach seiner Waffe, und er ließ sie los.

Hinter ihr splitterte die Tür und gab nach, und die Kirche füllte sich wieder mit Lärm.

Es hätte der nächste Tag sein können; es hätte der Tag danach sein können.

Der späte Nachmittag hatte Slough House in Beschlag genommen und tauchte es in brütende Hitze. In ihrem Büro kratzte Louisa Guy Farbe vom Fensterrahmen ab, in der Hoffnung, das Fenster öffnen zu können und eine Brise durch das Gebäude wehen zu lassen. River Cartwright griff nach seinem klingelnden Handy; J. K. Coe studierte den Verkehr. Der Geruch von Feuchtigkeit zog durch das Treppenhaus, lauerte auf den Treppenabsätzen und löste die Tapete von den Wänden. Shirley Dander lag flach auf dem Rücken und lauschte dem fiebrigen Ticken einer Uhr, wobei sie sich fragte, ob die Zeit schneller lief oder sie selbst langsamer wurde. Hinter einer geschlossenen Tür bürstete Catherine Standish ihr Haar, neun, zehn, elf Mal; wenn sie bei dreißig war, würde sie aufhören. Roderick Ho war nirgends zu sehen. Und Lady Di Taverner stieg die Treppe hinauf und versuchte, nichts zu berühren, nicht einmal die Stufen.

»Verpiss dich«, knurrte Lamb aus seinem Zimmer, als sie die Hand hob, um anzuklopfen.

»Das werde ich nicht einmal ignorieren«, erwiderte sie, trat ein, schloss die Tür hinter sich und ging zum einzigen Fenster des Zimmers.

Lamb hatte die Füße auf den Schreibtisch gelegt; eine Zigarette glomm in einer leeren Schachtel, die ihm als Aschenbecher diente, eine andere hatte er im Mund. Graue Haare pickten durch die Öffnung in seinem Hemd, wo ein Knopf fehlte, und er kratzte sich geistesabwesend, während er Taverner dabei beobachtete, wie sie mit der Jalousie kämpfte, offensichtlich in der Absicht, das Fenster zu öffnen. »Ich könnte dir ja verraten, dass du deine Zeit vergeudest«, sagte er, »aber ich finde es ziemlich unterhaltsam.«

Sie gab auf. »Man kriegt keine Luft hier drin. Würdest du bitte das verdammte Ding ausmachen?«

»Sicher.« Er drückte die Zigarette aus und zündete sich eine neue an. »Ist das alles, was du wolltest?«

»Das hättest du wohl gerne.« Sie betrachtete den Besucherstuhl mit Abscheu und zog ihn weiter von Lambs Schreibtisch weg. Dann stützte sie sich mit den Händen auf die Rückenlehne. »Wir müssen über deinen Stab sprechen.«

Lamb grinste anzüglich.

»Ich bin's, nicht irgendeine Praktikantin«, sagte sie. »Mit Schwanzwitzen kommst du bei mir nicht weiter.«

»Jeder ist ein Kritiker.«

»J. K. Coe. Was hast du über ihn zu sagen?«

»Jüngste Berichte behaupten, er sei ein Held.« Lamb gähnte. »Eingeweihte hingegen halten ihn für ein Arschloch. Ich vermute, die Wahrheit liegt irgendwo dazwischen. Wie immer.«

»Danke für den Einblick. Der Beamte am Tatort sagt, Coe sei direkt auf den Schützen zugegangen, der zu diesem Zeitpunkt aus einer Halbautomatik feuerte, und habe ihm aus nächster Nähe in den Kopf geschossen. Mit einem Gewehr.«

»Ja, ich habe die Fotos gesehen. Sie sehen aus, als hätte Jackson Pollock auf eine Pizza gekotzt.«

»Coe wurde gefragt, warum der Schütze ihn nicht kommen sah. Weißt du, was er geantwortet hat? Er sagte, er sei eben sehr, sehr leise gegangen.«

»Ich glaube, es wird Zeit, dass ich meine Tür abschließe«, bemerkte Lamb. »Der Kerl ist schon unheimlich genug, wenn er nur auf seine Finger starrt.«

»Shirley Dander gefährdet unterdessen eine Kirche voller Menschen, indem sie mit einer nicht zugelassenen Waffe herumfuchtelt. Ihr Zielobjekt hatte ebenfalls eine halbautomatische Waffe in den Händen. Wie viele Tote es hätte geben können, darf man sich nicht mal ausmalen. Sie hätte ihn gleich im ersten Moment ausschalten müssen.«

»Sie hat einen Kurs zur Aggressionsbewältigung absolviert. Das ist offensichtlich nach hinten losgegangen. Aber betrachte es doch mal positiv: Ihr habt einen von ihnen lebend erwischt. Ist das nicht ein Leckerbissen für deine Knochenbrecher? Aber nein, Moment mal – mir ist da so etwas zu Ohren gekommen …?«

»Er wurde bei einem Schusswechsel verwundet, bevor er die Kirche betrat«, sagte Lady Di. »Als man ihn ins nächste Krankenhaus eingeliefert hat, wurde er für tot erklärt.«

»Komisch, Dander hat nicht erwähnt, dass er verwundet war.« Er wartete, aber Taverners Miene blieb ausdruckslos. »Hm. Nun, ich hoffe für ihn, dass es eine genehmigte Waffe war, die den Schaden verursacht hat. Sind wir fertig?«

»Nicht mal annähernd. Du hast zwei deiner Leute nach Abbotsfield geschickt. Hast du den Verstand verloren?«

»Da gehen die Meinungen auseinander.«

»Glaub mir, nicht im Park. Und dann ist da noch Slough. Coe – er schon wieder. Cartwright und Coe waren in Slough in der Nacht, als Gimball getötet wurde.«

»Cartwright und Coe«, sagte Lamb. »Klingt nach einer Anwaltskanzlei, nicht wahr?«

»Dabei solltet ihr eigentlich im Lockdown sein. Aber falls sie keine eineiigen Zwillinge haben, haben wir Videoaufnahmen, die sie in der Nähe des Tatorts zeigen.«

»Meinst du, dass irgendwelche Indizien gefunden wurden?«

»Ich bin sicher, die Met wird uns das zu gegebener Zeit mitteilen. Wir übergeben ihnen die Aufnahmen. Ich kann mir vorstellen, dass deine beiden Gäule zwanzig Sekunden später zur Befragung einbestellt werden.«

Lamb nahm die Zigarette aus dem Mund und studierte sie; sein Gesicht war leer. »Du würdest zwei Joes an die Met ausliefern?«

»Das sind keine Joes, Lamb. In Slough House gibt es keine Joes. Dir wurde zugestanden, diese Dependance zu führen, aus Respekt für die Dienste, die du dem Service erwiesen hast …«

»Ja, ich erinnere mich gut daran.«

»… aber es gibt Grenzen, und du hast sie bei Weitem überschritten.«

»Niemand hat mir eine Gebrauchsanweisung ausgehändigt. Mir wurden lediglich die Schlüssel übergeben. Ich habe sie immer noch.«

»Ja, aber die werden sie bald zurückverlangen. Das Ganze ist zu chaotisch geworden. Deine Freaks sollten an ihre Schreibtische gefesselt sein und nicht überall mitmischen. Ganz zu schweigen von Roderick Ho. Ein Verräter? Hier? Du hast nicht mal das Budget, um die Garderobenhaken zu ersetzen, aber genügend Glamour für deinen persönlichen Maulwurf?«

Lamb steckte seine Zigarette wieder in den Mund und verzog beim Inhalieren die Lippen. Oder er lächelte. Schwer zu sagen.

Di Taverner sagte: »Den kriegst du also auch nicht zurück. Sieht ganz so aus, als wäre das schöne Leben vorbei, Jackson.«

»Es sei denn«, sagte Lamb.

»Es sei denn, was?«

»Es sei denn, ich kann alle deine Träume wahr werden lassen.«

Sie wollte etwas sagen, hielt dann aber inne.

Irgendwo tickte eine Uhr, ohne dass sie eine entdecken konnte.

Sie sagte: »Wird das jetzt wieder ein Einzeiler über deinen Stab?«

»Dein Wunsch sei mir Befehl. Aber zunächst einmal geht es um unseren sogenannten Verräter. Und um das geheime Dokument, das diesen ganzen Ärger verursacht hat. Das, von dem du ganz bestimmt nicht willst, dass es an die Öffentlichkeit gelangt, oder?« Er atmete Rauch aus. »Es war nicht geheim.«

Taverner lachte. »Nicht schon wieder! Es war in der Datenbank. Alles, was da drin ist, ist geheim.«

»Aber nicht das hier.« Lamb öffnete sein Fach, zog ein Blatt Papier heraus und reichte es ihr hinüber. »Das ist eine Kopie. Aber du kannst gerne die Codierung überprüfen.«

Sie tat es, mit zusammengekniffenen Augen. »Soll das ein Witz sein?«

»Ach, jetzt willst du, dass ich Witze mache? Nein, es ist kein Scherz.« Aus dem noch offenen Fach holte er eine Flasche und zwei Gläser hervor. Er stellte sie auf den Schreibtisch, hielt inne und stellte eines der Gläser wieder weg. In das andere schüttete er eine absurde Menge Scotch. »Willst du eine Geschichte hören?«

»Ich gehe mal davon aus, dass du sie mir sowieso erzählen wirst.«

»Ja, aber setz dich erst hin.« Sie rührte sich nicht. »Ich meine es ernst. Ich erzähle dir alles. Aber du wirst dich dabei hinsetzen.«

»Deine Höhle, deine Regeln, was?« Aber sie setzte sich endlich auf den Stuhl, immer noch das Blatt Papier in der Hand.

Lamb wies mit einem Nicken darauf. »Vor neunzehn Jahren wurde es freigegeben, wie die Codierung besagt. Abgezeichnet von Charles Partner, der damals der Chef war. Und niemand außer dem Leiter des MI 5 kann die Geheimhaltung aufheben.«

»Erzähl mir was Neues.«

»Aber es war nicht seine Idee. Es war Teil der Operation ›Einkaufsliste‹. Denn zu der Zeit gab es einen Verräter im Dienst. Zwar keinen so bedeutenden wie Partner selbst – über ihn wissen wir ja Bescheid. Es war ein kleineres Rädchen, dessen Name nicht wichtig ist, ein Mann mit hohen Schulden, der sich dachte, er könne sie möglicherweise begleichen, indem er einige Geheimnisse verkaufte.«

Lamb führte sein Glas an die Lippen und trank.

»Das Pech für Mr Nobody war, dass er erwischt wurde, kaum dass er seinen kleinen Handel eröffnet hatte. Kein Zahltag für ihn. Aber ein kluger Kopf beschloss, dass dies genau der richtige Haken sein könnte, um daran seinen Regenschirm aufzuhängen. Und so wurde die Operation Einkaufsliste geboren. Denn weißt du, Mr Nobody hatte bereits seinen Zeh in trübes Wasser getaucht. Es gab einige

Interessenten, die wussten, dass er käuflich war und seine Angebote prüfen wollten.«

»Also haben wir ihm welche besorgt«, schlussfolgerte Lady Di.

»In der Tat. Er erhielt einen Haufen Geheimnisse, deren Verfallsdatum abgelaufen war, und die alle aufgepeppt wurden, damit sie schick und neu aussahen. Es gibt nichts Besseres, als dem Gegner eine Schüssel Hundescheiße zu füttern, die als Kaviar angerichtet ist. Aber bevor die Hundescheiße als Köder angeboten werden konnte, musste sie freigegeben werden, sonst wäre die Operation Einkaufsliste selbst ein Akt des Verrats gewesen. Man kann nicht einfach so geheimes Material zum Verkauf anbieten, auch nicht im Rahmen einer verdeckten Ermittlung und auch wenn das Material keinen strategischen Wert besitzt.«

»Wie die Watering-Hole-Dokumente«, sagte Taverner.

»Exakt. Eine wertlose kleine Strategie, die sich ein Ex-Kolonialist ausgedacht hat, als Topi-Kappen noch der letzte Schrei waren. Aber in der Zusammenfassung klang es gut. Wie man einen Nationalstaat destabilisiert. Wenn man den Teil weglässt, aus dem hervorgeht, dass die Strategie um fünfzig Jahre veraltet ist, würden sich viele zwielichtige Gestalten die Finger danach lecken.«

»Und was ist also passiert?«

»Mr Nobody hat sich aufgehängt, das ist passiert. Er wurde von Schamgefühlen überwältigt oder wollte sich einen runterholen und hat den Knoten zu fest geknüpft. Die Operation Einkaufsliste kam also nie über die Anfangsphase hinaus, die darin bestand, die interessierten Parteien mit kleinen Leckerchen zu füttern.«

»Daher wusste der SSD auch von der Existenz des Dokuments.«

»Oh ja. Es war bekannt. Es wurde nur aus dem Regal genommen, bevor der Laden eröffnet wurde. Aber siehe da, zwei Jahrzehnte später beschließt der SSD, dass es genau das Richtige wäre, um es für seine schmutzigen Pläne zu nutzen, weil es äußert peinlich für uns wäre, wenn sie die Strategie hier bei uns im Grünen in die Tat umsetzen würden. Was zunächst wie eine zufällige Serie von Angriffen aussehen würde, würde plötzlich die Fingerabdrücke des MI 5 tragen, und zwar auf einem Dokument, das so umdatiert wurde, dass es weniger als zwei Jahrzehnte alt zu sein schien. Und hier sitzen wir nun.«

»Hier sitzen wir nun«, stimmte sie zu. »Aber ich weiß immer noch nicht, inwiefern du meine Träume wahr werden lassen willst.«

»Tja«, sagte er. »Wie wäre es, wenn ich dir die Identität des Genies verraten würde, das die ganze Sache ins Rollen gebracht hat?«

Di Taverner schloss kurz die Augen. Als sie sie wieder öffnete, waren sie von einem trüben Licht erfüllt. »Claude Whelan«, sagte sie.

»Der einzig Wahre.«

Mit einer Kopfbewegung zu dem Glas in seiner Hand fragte sie: »Hast du auch einen für mich?«

»Ich bin ein großzügiger Mensch, wie du weißt«, sagte er. »Aber kauf dir deine verdammten Drinks selber.«

»Wer weiß noch davon?«

»Bis jetzt? Du, ich und Molly Doran. Ich kann mir vorstellen, dass du es Claude gerne persönlich erzählen willst.«

»Was, dass sein schlauer kleiner Plan von vor zwanzig Jahren uns allen um die Ohren geflogen ist? Ja, ich denke, ich werde diese Unterhaltung genießen.«

»Oh, gut. Dann werden wir ja alle glücklich und zufrieden sein.«

»Und jetzt kommt die Rechnung. Was willst du, Jackson?«

»Was ich immer will, Diana. Ich möchte, dass man mich in Ruhe lässt.«

»Soll mir recht sein.«

»Mich und alles, was zu mir gehört. Du kannst Ho auf die Finger klopfen, so viel du willst, aber schick ihn nach Hause, wenn du fertig bist. Ich bin nämlich noch nicht fertig mit ihm. Was die anderen beiden angeht …«

»Die Wahrscheinlichkeit ist groß, dass sie etwas mit Gimballs Tod zu tun haben.«

»Ja, buuhu. Nein, ich denke, es wird sich herausstellen, dass Gimball eine rauchen ging und sich gegen ein Gerüst gelehnt hat, auf dem irgendein Trottel eine Dose Farbe vergessen hatte.« Er machte mit seiner freien Hand eine spiralförmige Bewegung. »Die Gesetze der Schwerkraft, und so.«

»Ist das dein Ernst?«

Lamb zuckte mit den Schultern. »Ich höre ständig, dass Rauchen schlecht für die Gesundheit ist. Irgendwas muss ja dran sein. Und wenn es nicht das Rauchen war, na ja, schließlich war auch noch der Lakai von Zafar Jaffrey vor Ort. Wenn du es nicht schaffst, einem tätowierten Ex-Knacki den Tod von Gimball anzuhängen, was soll dann aus diesem Land werden?« Er nahm eine fromme Miene an. »Er hätte es so gewollt.«

»Möglicherweise gehen wir davon aus, dass es ein Unfall war«, stimmte Taverner zu. »Und das war's? Du willst nur deine Crew wieder an ihrem Platz haben?«

»Ja, und Molly Doran. Sie hat mir erzählt, dass du sie rausschmeißen willst.« Er schüttelte den Kopf. »Das solltest du schön bleiben lassen.«

Taverner schlug ihre Beine wieder übereinander. »Ein misstrauischer Geist könnte sich fragen, warum du Molly an der langen Leine halten willst. Du willst wohl nicht, dass sich jemand anderes in ihrem kleinen Reich herumtreibt, was? Wer weiß, was man da unten alles ausgraben könnte. An Geheimnissen mangelt es dir ja nicht.«

»Mit dem, was ich dir gerade gegeben habe, gehört der Chefposten dir. Claude wird es niemals überleben, dass er der Architekt von Abbotsfield war. Mal ganz abgesehen von den armen Pinguinen. Und im Gegensatz zu anderen Versagern der letzten Zeit kann dieser Mist ihm allein angelastet werden und nicht einem Systemversagen, sodass dein Weg damit frei ist.« Lamb drückte seine Zigarette so demonstrativ wie möglich aus. »Du wirst also tun, was ich dir sage, und dabei lächeln. So wie jeder andere Profi auch.«

»Was ist mit Flyte?«

»Was ist mit ihr? Sie gehört nicht zu meinen Leuten.«

»Du hast deinen eigenen Kodex, nicht wahr, Jackson?« Sie stand auf. »Also gut. Du bekommst, was du willst. Und hier und jetzt werde ich sogar lächeln. Aber ich mag es nicht, wenn man mir etwas vorschreibt. Das habe ich noch nie gemocht. Das solltest du vielleicht bedenken.«

»Was dich betrifft, so denke ich an alles.«

Lamb griff nach einer weiteren Zigarette, als sie sich zum

Gehen wandte, aber die Bewegung löste irgendetwas in ihm aus, und sein Gesicht wurde rot. Er sackte in seinem Stuhl zurück, als der Husten ihn erfasste, einen Arm über der Brust verschränkt, während er mit dem anderen nach dem Schreibtisch griff und seinen Drink dabei zu Boden warf. Seine Augen tränten vor Schmerz oder Panik, und die Anstrengung, die es ihn kostete, Luft zu holen, hätte einen strammen Baum gefällt. Er sieht aus, dachte Diana Taverner, wie ein halb-aquatisches Säugetier, das in den Wehen liegt. Er klang auch wie eines. Sie beobachtete ihn, und getreu ihrem Versprechen lächelte sie. Dann verließ sie sein Büro und schloss die Tür hinter sich.

Auf der anderen Seite des Flurs klopfte sie einmal an die Tür von Catherine Standishs Büro und trat ein, ohne auf eine Antwort zu warten. Catherine saß an ihrem Schreibtisch, das Haar ordentlich gebürstet, und hielt einen Stapel Papiere in der Hand, die sie auf die Oberfläche des Schreibtischs klopfte, um die Kanten gerade auszurichten. Als sie Taverner sah, hielt sie inne.

»Geht es ihm gut?«

»Hören Sie bloß auf.« Taverner lehnte sich gegen die Bürotür. »Sagen Sie mal, Catherine«, begann sie. »Eines habe ich mich schon immer gefragt. Hat Lamb Ihnen jemals erzählt, wie Charles Partner wirklich gestorben ist?«

Wenn die Dämmerung endlich einsetzt, kommt sie aus den Ecken, wo sie den ganzen Tag gewartet hat, und sickert durch Slough House, so wie Tinte sich in Wasser ausbreitet; erst streckt sie Fühler aus, dann wird sie zu einer rauchigen schwarzen Wolke, und schließlich ist sie überall, so wie sie es immer sein will. Ihre ältere Schwester, die Nacht, hat einen breiteren Schritt und eine lautere Stimme, aber die Dämmerung ist die Schleicherin der Familie, eine Hüterin von Geheimnissen. In jedem Büro streicht sie an den Wänden entlang, leckt die Sockelleisten ab, prüft die Rohre, und draußen auf den Fluren streichelt sie Türklinken, schlüpft durch Schlüssellöcher und ist zufrieden. Sie lehnt sich fest gegen die Vordertür – die sich nie öffnet und nie schließt – und drückt sanft gegen die Hintertür, die bei jedem Wetter klemmt; sie drückt auf jede Treppenstufe gleichzeitig, ohne dass eine davon knarrt, und späht durch beide Seiten jedes Fensters. In verschlossenen Schubladen sucht sie nach ihren kleinen Geschwistern, und mit jedem, das sie findet, wird es ein wenig dunkler. Die Dämmerung ist ein flüchtiges Geschöpf, das war sie schon immer. Je schneller sie frisst, desto eher überlässt sie der Nacht das Feld.

Aber im Moment ist sie hier in Slough House, und während sie sich fortbewegt und anschwillt, sammelt sie alle Spuren des Tages ein und hält sie in ihren rauchigen Fingern, um die Geheimnisse, die sie enthalten, herauszuquetschen. Sie lauscht den Gesprächen, die in diesen Mauern stattgefunden haben und jetzt zu einem für menschliche Ohren unhörbaren Flüstern verhallt sind, und verschlingt sie. Hinter einem Heizkörper im Büro von Shirley Dander holt sie die Erinnerung daran hervor, wie die Bewohnerin ein Stück Papier auffaltet und dessen Inhalt durch eine Fünf-Pfund-Note schnieft. »Zurück auf null«, sagte Shirley laut, als sie fertig war, und obwohl die Dämmerung die Worte nicht versteht – sie hat überhaupt keinen Wortschatz –, nimmt sie ihren Ton des trotzigen Bedauerns auf und steckt ihn in ihren Beutel. Im leeren Zimmer von Roderick Ho findet sie nichts, aber in der nächsten Etage gibt es interessante Momente, Stoff zum Nachdenken. Louisa Guy hat eine Duftspur hinterlassen; die Dämmerung hat keinen Geruchssinn, aber hierin liegt eine vertraute Absicht, ein anhaltendes Gefühl der Zielstrebigkeit, das sie wiedererkennt. Die Dämmerung hat schon viel erlebt. Sie weiß die Anstrengungen zu schätzen, die mit solchen Ereignissen verbunden sind.

Und im Nachbarbüro trödelt sie länger und genießt die Überbleibsel des Tages. Sie kann immer noch River Cartwrights letzten Anruf hören, einen Anruf, der nur aus einem Wort bestand, *River*?, bevor die Verbindung abbrach und River ins Leere sprach. *Sid*?, hatte er möglicherweise gesagt; ein Wort ist nur ein Geräusch und geht leicht inmitten anderer Empfindungen verloren: zum Beispiel Rivers Erkenntnis, dass jeglicher Schutz, den Lamb zu bieten hatte, nur solange Bestand hatte, wie er ein Slow Horse war. Denn Lamb würde alles tun, um einen Joe zu beschützen, aber kaltlächelnd zusehen, wenn sich der Rest der Welt erhängte. Möglicherweise entspricht das nicht der Wahrheit – es gibt Ecken und Winkel in Lambs Leben, von denen River nichts weiß –, aber zumindest für den Moment scheint es, dass Resignation keine Option mehr ist; eine Schlussfolgerung, die noch im Raum steht, nachdem River sich verabschiedet hat. Auch J. K. Coe ist längst gegangen, doch zuvor war er noch eine Weile stehen geblieben und schien zu lächeln, als die Dämmerung aus einem Loch im Teppich hervorlugte. Die Dämmerung, die solche Begrüßungen nicht gewohnt ist, fragt sich, ob Coe sie mit ihrer älteren

Schwester Nacht verwechselt hat. Vielleicht wäre eine Vorstellung angebracht. Aber Coe ist schon weg, bevor es dazu kommen könnte, und das ist vielleicht auch gut so, denn wer der Nacht auf Augenhöhe begegnet, geht selten ohne Blessuren aus diesem Zusammentreffen hervor.

Weitere Stufen führen aufwärts, und die Dämmerung hat sie bereits erklommen. In Catherine Standishs Zimmer, so erinnert sie sich jetzt, lag sie unter einem Aktenschrank, während Diana Taverner die letzten Momente von Catherines ehemaligem Chef beschrieb; wie Jackson Lamb Charles Partner in seiner Badewanne ermordete; ein sanktionierter Mord, aber dennoch ein Mord, der Lamb ins Exil trieb und ihm Slough House bescherte. Das Leben, das Catherine jetzt führt, ist auf den Folgen von Jackson Lambs Verbrechen aufgebaut. Diana Taverner dachte nur, dass sie das wissen sollte. Und als Taverner gegangen war, wartete die Dämmerung darauf, dass Catherine weinen, schreien oder wütend werden würde, aber sie hörte nichts. Und als die Zeit kam, aus ihrem Versteck zu kriechen, fand sie den Raum leer vor, und Catherine Standish war verschwunden.

So gelangt die Dämmerung schließlich in das Büro von Jackson Lamb, wo ein Teil von ihr natürlich schon wartet, und stellt fest, dass es dort nichts zu finden gibt, denn Jackson Lamb trägt seine eigene Dunkelheit mit sich und achtet darauf, nichts davon in unbeachteten Ecken liegen zu lassen. Alles, was von seiner Anwesenheit übrig ist, abgesehen von verschüttetem Whisky und verstreuter Asche, ist ein schmutziges, widerliches Taschentuch, das vom Rand eines Mülleimers hängt. Die Dämmerung denkt darüber nach und fügt es ihrem Wissen über den Tag hinzu. Ein Wissen, das sie bald aufgeben wird, denn das ist die Regel, in London und anderswo: Alles, was passiert – Gutes und Schlechtes –, wird von der Dämmerung registriert, absorbiert und dann meist wieder vergessen. Denn wenn die Dämmerung sich an alles erinnern würde, würde dieses Gewicht sie auf der Stelle festnageln und sie von ihrer ewigen Suche nach ihrem Zwilling, der Morgendämmerung, abhalten, der sie nie begegnet ist. Sie ist immer auf halbem Weg hinter ihr oder auf halbem Weg voraus. Sie hat nie erfahren, was genau.

Währenddessen verliert die ältere Schwester der Dämmerung, die Nacht, die seit einer Stunde über uns schwebt, langsam ihr Gleichgewicht und fällt. Bald wird alles wieder anders sein, so wie immer. Die Dämmerung wirft einen letzten Blick in die Runde, aber ihre Sehkraft lässt nach, ihr Gehör wird schwächer. Sie ist überall gewesen, hat alles gesehen. Es ist Zeit zu gehen. Sie ist bereits gegangen. In ihrem Kielwasser, in der Dunkelheit, schlummert Slough House, schnarcht Slough House.

Aber vor allem wartet Slough House.

Danksagung

Ein dickes Dankeschön, wie immer, an meine Freunde bei John Murray in London und bei Soho Press in New York, insbesondere an Mark Richards, Yassine Belkacemi, Emma Petfield und Becky Walsh hier bei uns, sowie Bronwen Hruska, Juliet Grames und Paul Oliver drüben. Und natürlich an Juliet Burton, die alles auf Kurs hält.

Vor einiger Zeit hatte ich das Glück, dabei zu sein, als Helen Giltrow und Steph Broadribb über Mr Tom Hiddleston diskutierten. Ich hoffe, ich habe ihre Ansichten nicht falsch wiedergegeben. Und die Fragen von Mark Billingham, Sarah Hilary und Will Smith haben mir einige Wege aufgezeigt, die ich in diesem und im nächsten Roman dankbar weiterverfolge. Mein Dank an alle.

Ich danke auch verschiedenen Leserinnen und Lesern für ihren Enthusiasmus, ihre Unterstützung und die behutsame Korrektur von Fehlern. Aakash Chakrabarty und David Craggs haben mir besonders geholfen, aber auch die vielen E-Mails, egal wie kurz sie sind, bereiten mir viel Freude. Und ich bin den Mitarbeitern der Summertown Library in Oxford dafür dankbar, dass sie meine fast tägliche Anwesenheit tolerieren, während ich in ihren Regalen stöbere, ihre DVDs durchblättere, ihre Zeitungen lese und ihre Computer benutze. Es wird sie überraschen, wenn sie erfahren, dass ich gelegentlich auch etwas Arbeit erledige.

Die Regeln von »Gelbes Auto«, die Louisa in Kapitel 7 zitiert, wurden von Mr John Finnemore in seiner wunderbaren Radio-4-Serie *Cabin Pressure* aufgestellt. Dank ihm spiele ich »Yellow Car« seit etwa 2014. Es ist unwahrscheinlich, dass ich jemals damit aufhören werde.

MH, Oxford, September 2017

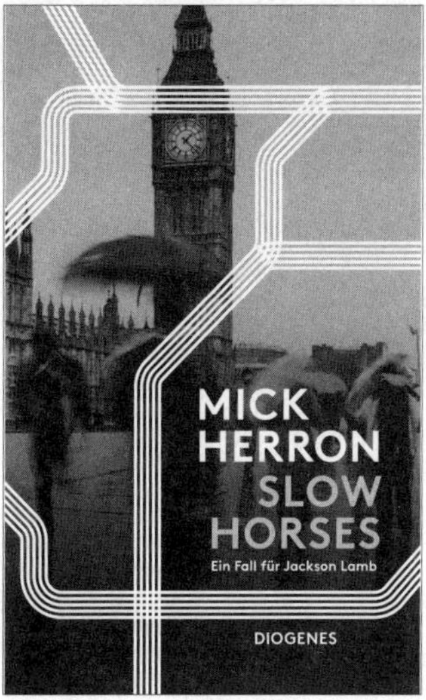

Krimi
Aus dem Englischen von Stefanie Schäfer
512 Seiten
Auch erhältlich als eBook und Hörbuch-Download

River Cartwright ist ein ausgemusterter MI5-Agent, und er ist es leid, nur noch Müllsäcke zu durchsuchen und abgehörte Telefonate zu transkribieren. Er wittert seine Chance, als ein pakistanischer Jugendlicher entführt wird und live im Netz enthauptet werden soll. Doch ist das Opfer der, der er zu sein vorgibt? Und wer steckt hinter den Entführern? Die Uhr tickt, und jeder der Beteiligten hat seine eigene Agenda. Auch Rivers Chef.

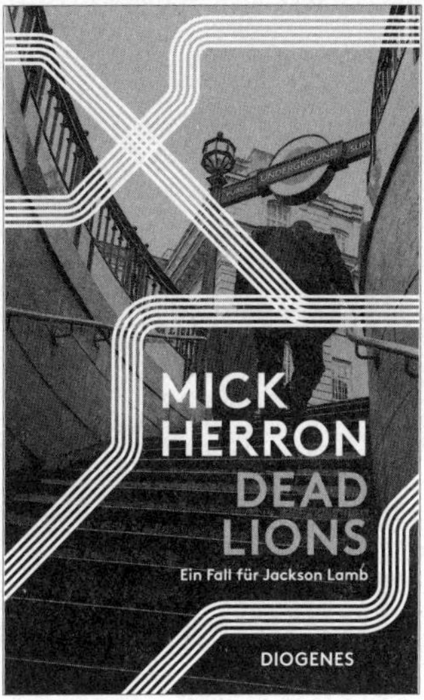

Krimi
Aus dem Englischen von Stefanie Schäfer
480 Seiten
Auch erhältlich als eBook und Hörbuch-Download

Zwei Agenten von Slough House, einem Abstellgleis des MI5, erhalten den Auftrag, einen russischen Oligarchen zu beschützen. Gleichzeitig wird ein ehemaliger Spion aus kalten Kriegszeiten tot aufgefunden, angeblich infolge eines Schlaganfalls. Bei beiden Fällen spielen russische Schläfer eine wichtige Rolle: ›Dead Lions‹. Ausgerechnet die Agenten, denen keiner etwas zutraut, sind beim Erwachen der Löwen dabei.

Krimi
Aus dem Englischen von Stefanie Schäfer
480 Seiten
Auch erhältlich als eBook und Hörbuch-Download

Jackson Lambs Assistentin ist so diskret, dass es zuerst keiner merkt, als sie nicht zur Arbeit erscheint. Und erst recht nicht glaubt, dass sie entführt wurde … von einem ehemaligen Liebhaber. Doch Catherines Entführung ist nur die Spitze des Eisbergs einer viel größeren Verschwörung – gegen den MI5 und sogar gegen den Premierminister.

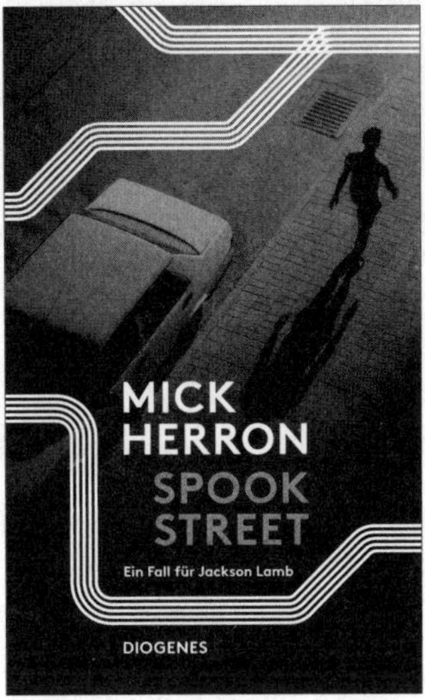

Krimi
Aus dem Englischen von Stefanie Schäfer
464 Seiten
Auch erhältlich als eBook und Hörbuch-Download

River Cartwright ist einer der Abservierten des MI5. Sein Großvater dagegen, einst Nummer 2 des britischen Inlandgeheimdienstes, ist heute alt und vergesslich und deshalb ein potenzielles Risiko, aber nicht hilflos. Als eines Abends ein Fremder an seiner Tür steht und sich als sein Enkel ausgibt, erschießt er ihn sofort. Der echte Enkel findet in den Taschen des Toten eine Fahrkarte nach Frankreich – zufällig in den Ort, in dem sein Großvater immer »Urlaub« gemacht hatte.